Darcy, what else ?

TERI WILSON

Darcy, what else ?

Roman

Titre original :
UNLEASHING MR. DARCY

Traduction de l'américain par EMMANUELLE DEBON

&H® est une marque déposée par Harlequin

HARLEQUIN
83-85, boulevard Vincent Auriol, 75646 PARIS CEDEX 13.
Service Lectrices — Tél. : 01 45 82 47 47

www.harlequin.fr

ISBN 978-2-2803-3444-0 – ISSN 2271-0256

Chapitre 1

S'il est une vérité universellement reconnue, c'est qu'une femme approchant la trentaine est forcément à la recherche d'un mari. Mlle Elizabeth Scott, âgée de vingt-neuf ans et trois cent-soixante-quatre jours, constituait une exception notable à cette règle. Toute pression de sa mère mise à part, Elizabeth était fort satisfaite de son statut de célibataire. Et ces dernières semaines, elle s'en réjouissait plus que jamais. Quelque chose dans le fait d'attirer l'attention indésirable d'un homme très puissant et très marié, incapable de comprendre le mot « non », lui faisait apprécier l'amour inconditionnel de sa chienne sous un tout nouveau jour.

Les chiens étaient loyaux.

Les chiens ne licenciaient pas les gens à tort et à travers.

Les chiens comprenaient parfaitement le mot *non*.

Voilà pourquoi elle se sentait sur un nuage à l'idée de passer le week-end de son anniversaire dans un concours canin situé au-delà de l'autoroute du New Jersey. Quel meilleur moyen d'oublier que sa vie craquait littéralement aux entournures, que de passer deux jours à toiletter à la perfection sa petite chienne, un adorable cavalier King Charles, et peut-être, de remporter dans la foulée une poignée de rosettes de satin chatoyantes ?

Pour Elizabeth, avec ou sans rosettes, ce week-end allait être parfait. Elle sourit à Bliss qui, depuis la table de toilettage, la considérait de ses grands yeux brillants. La petite chienne se dressa sur ses pattes arrière, étira le cou et posa sur la joue d'Elizabeth un doux baiser de chiot. Elle adorait ce chien, c'en était presque trop. Ou *carrément* trop, à en croire sa sœur Jenna.

— Tu sais à quoi ça me fait penser ? demanda justement Jenna en désignant Bliss du menton avec un sourire narquois. A cette grosse tête de Barbie qu'on t'a offerte à Noël, quand tu avais neuf ans. Tu te souviens ? Celle avec des cheveux que tu pouvais coiffer et cette espèce de fard à paupières d'un bleu criard.

— Bien sûr que je me souviens.

Elizabeth aspergea les oreilles de Bliss de spray volumateur.

— Lulu, ajouta-t-elle.

— Oh ! non… j'avais oublié que tu l'avais appelée comme ça ! s'exclama Jenna en avalant une grande gorgée de son café Starbucks avant de secouer la tête d'un air désabusé. Personne ne rebaptise ses Barbies.

— Moi, si.

Elizabeth lorgna avec envie le *latte* de sa sœur. C'était exactement le genre de plaisir coupable qu'un professeur au chômage — même *provisoirement*, comme elle — ne pouvait se permettre. Tout comme les droits d'inscription à un concours canin, cela dit. Mais elle avait bien l'intention de tirer le meilleur parti de cette occasion.

— Non, sérieusement, reprit Jenna. En gros, c'est le même principe. La brosse, le sèche-cheveux…

Jenna s'empara d'une paire de ciseaux à désépaisser et les

examina jusqu'à ce qu'Elizabeth les lui prenne des mains. Ces ciseaux lui avaient coûté deux bonnes journées de paie.

A l'époque où elle avait un travail.

Tu as toujours *un travail. Ce n'est qu'une petite suspension d'une semaine. Penses-y comme à des vacances — à des vacances* forcées, *d'accord, et que tu n'as en aucun cas les moyens de t'offrir.*

Elizabeth respira un grand coup et approcha les ciseaux de la tête de Bliss avant de tailler avec soin quelques touffes de poils soyeux du crâne de son chiot. Elle recula pour avoir une dernière vue d'ensemble.

— Parfait.

Bliss jappa pour manifester son accord, et Jenna leva les yeux au ciel.

— Au lieu d'être prof, tu aurais dû faire coiffeuse, petite sœur. Je crains que tu n'aies pas choisi le bon métier.

A peine avait-elle prononcé ces mots qu'elle se mordit la lèvre.

— Désolée. Ce n'est pas sorti comme je voulais.

Elizabeth afficha un sourire forcé.

— Ce n'est rien.

Une expression chagrinée se peignit fugitivement sur les traits de Jenna. Du moins Elizabeth espérait-elle qu'il s'agissait bien de chagrin — et non de pitié.

— Je suis bête, ne fais pas attention. Tu es une prof exceptionnelle. La meilleure qui soit. Ce « congé administratif » est provisoire. Tu auras récupéré ton poste en un rien de temps. Je suis bête, et ce Grant Markham est un sale corniaud.

— Ne dis pas des choses pareilles, lui rétorqua Elizabeth en retirant son tablier avant de lisser le devant de sa robe. C'est insultant pour les chiens.

— Pas faux, dit Jenna.

Puis, comme saisie d'une idée, elle lança :

— Tiens, je vais me rattraper. Que dirais-tu d'un *latte* ? C'est moi qui offre — c'est ton anniversaire, après tout !

Elizabeth passa la laisse de présentation autour du cou de Bliss. Si Jenna partait maintenant lui chercher un *latte* au Starbucks, elle allait manquer le passage de Bliss devant les jurés.

Cela dit, sa sœur n'étant pas une adepte des concours canins, elle ne s'en formaliserait pas. Elizabeth savait qu'elle ne l'avait accompagnée que parce qu'elle s'inquiétait de la savoir seule pour son anniversaire.

Quand Elizabeth avait tenté de lui expliquer qu'elle ne serait pas seule — après tout, elle était avec Bliss —, la détermination de Jenna s'en était trouvée renforcée.

Adorable Jenna, qui se posait toujours en grande sœur protectrice.

— Un *latte* ? Ce serait génial.

Glissant sa chienne sous son bras, Elizabeth ajouta :

— Un *latte* citrouille aux épices. Allégé, s'il te plaît.

— Non, je t'en prends un avec de la chantilly. C'est ton anniversaire, lâche-toi un peu !

Jenna enfila la bandoulière de son sac à main et disparut en souriant dans le labyrinthe de chaises de camping et de tables pliantes qui jonchaient l'aire de toilettage de l'exposition canine.

Elizabeth étreignit Bliss avec douceur.

— A nous deux, mon cœur. Tu es prête ? En avant pour le spectacle.

Une atmosphère électrique régnait sur le ring. Bliss était le premier chien de concours que possédait Elizabeth. Elle avait neuf mois, et par bien des aspects, ce n'était encore qu'un chiot. Toutes deux partageaient la même inexpérience, et il était donc naturel qu'elles se sentent nerveuses. En règle générale, les autres dresseurs avaient tendance à suivre le mouvement sans sourciller. Aujourd'hui, cependant, quelque chose semblait les déranger. Ils étaient rassemblés par groupes de deux ou trois et échangeaient des regards inquiets.

Un étrange silence s'était abattu autour du ring numéro cinq. Les chiens avaient même cessé d'aboyer.

Elizabeth resserra son étreinte autour de Bliss et se joignit à l'un des petits groupes d'exposants absorbés dans leurs discussions, sourcils froncés.

— Que se passe-t-il ?

— Il y a eu un changement dans le jury, expliqua une femme au visage rond surmonté d'une masse de boucles blondes.

Et, tout en parlant, elle enroula nerveusement la laisse tricolore de son chien autour de ses doigts jusqu'à s'en faire blanchir les phalanges.

— Un changement ?

Elizabeth reporta son attention sur le ring, mais il était désert.

— Oui. Un juge en visite va intervenir. Quelqu'un dont nous n'avons jamais entendu parler.

Une autre exposante acquiesça et murmura quelque chose derrière sa main.

— D'après ce qu'on dit, il vient d'Angleterre.

Elizabeth ne put retenir un sourire. Pourquoi chuchotaient-ils ainsi ? Qui que soit ce juge, il n'avait pas encore fait son apparition dans le ring. Pour une fois, elle était heureuse d'être la petite nouvelle. Elle ne connaissait pas assez les juges pour qu'un quelconque changement l'inquiète.

Par pure curiosité, elle s'approcha du grand tableau blanc posé contre la table du commissaire de l'exposition située près de l'entrée. Elle jeta un coup d'œil en haut du tableau où figurait le nom du juge pressenti pour le concours. Il avait été barré d'un épais trait de feutre noir. Juste en dessous, en lettres majuscules, on avait inscrit le nom de son remplaçant.

M. DONOVAN DARCY.

Elizabeth fronça les sourcils, intriguée.

Donovan Darcy. Quel drôle de nom.

Le nom d'un homme riche, sans nul doute.

Les plombiers et les mécaniciens n'appelaient pas leurs enfants Donovan. Elizabeth avait travaillé assez longtemps dans l'une des écoles privées les plus prestigieuses de Manhattan pour reconnaître le nom d'un aristocrate quand elle en voyait un. Elle était donc intimement persuadée qu'un homme nommé Donovan Darcy n'aurait pas de cambouis sous les ongles.

Elle plissa le front de dégoût. Grant Markham avait des ongles parfaitement manucurés, mais il n'en était pas moins sale.

— Donovan Darcy, murmura quelqu'un derrière elle avec un accent typiquement britannique. Quelle chance, n'est-ce pas ?

Elizabeth fit volte-face. La voix appartenait à une femme d'un certain âge vêtue d'une jupe de tweed et d'une veste assortie. Au lieu de tenir un chien en laisse, elle poussait un chariot à roulettes chargé de quatre caisses empilées les unes sur les autres. Les ouvertures grillagées laissaient apparaître le museau chiffonné de quatre terriers. Le sourire de la femme, allié à son regard amical, fit comprendre à Elizabeth que son commentaire était sans ironie.

Elle lui retourna son sourire :

— De la chance ? Pourquoi cela ?

— Ce juge est aussi un éleveur. Ses chiens sont une véritable légende. Vous n'avez jamais entendu parler des chenils de Chadwicke ? Le grand domaine dans le Derbyshire ?

Sans attendre la réponse d'Elizabeth, elle secoua la tête et émit un petit claquement de langue avant de reprendre :

— Mais où ai-je la tête ? Bien sûr que vous ne connaissez pas. Nous sommes en Amérique, je l'oublie sans cesse.

Elizabeth ne put s'empêcher de rire :

— Comment cela, vous oubliez que nous sommes en Amérique ?

— Oui.

Elle désigna de la main un homme au visage empourpré occupé à ranger une pile de brassards sur une table de toilettage.

— L'entreprise de mon mari s'est beaucoup développée l'année dernière. Ça fait quatorze mois que nous faisons des allers-retours entre la maison et les Etats-Unis. Je crois que ça commence à me perturber. Il m'arrive d'oublier complètement à quel endroit nous nous trouvons.

— Alors je suis désolée de vous décevoir, mais je vous confirme que vous êtes bien dans le New Jersey.

Elizabeth lui tendit la main.

— Je m'appelle Elizabeth.

— Sue. Sue Barrow.

Du menton, la femme désigna son mari derrière la table de toilettage. Avec force soupirs, il s'efforçait à présent de démêler un tas de bracelets de caoutchouc.

— Et voici mon cher Alan. Le pauvre, ce n'est pas un grand amateur de concours canins.

Elizabeth hocha la tête avec compréhension. Alan semblait être aussi ravi d'être là que Jenna avant de s'échapper en direction du Starbucks.

Puis, reportant son regard sur le tableau où figurait le nom du juge, elle demanda :

— Et pour en revenir à ce mystérieux M. Darcy, que disiez-vous ?

— Ah, oui, répondit Sue tandis que le rose lui montait aux joues. Il est merveilleux. Il élève d'excellentes races dans son chenil.

Instinctivement, Elizabeth devina que cette rougeur subite n'avait guère à voir avec le chenil de ce M. Darcy.

— Quel genre de chiens élève-t-il ? Des terriers ?

Sue rougit de plus belle. Elle s'éventa avec un catalogue de l'exposition, puis s'écria soudain :

— Le voilà !

Un homme de grande taille, droit comme un I, les dépassa pour entrer dans le ring. A sa vue, le cœur d'Elizabeth se mit à palpiter. Elle raffermit sa prise sur la laisse de Bliss. *Quoi ? Elle avait simplement le trac*, tenta-t-elle de se convaincre. Bliss la dévisagea, une expression interrogatrice sur son front poilu.

Même sa chienne semblait savoir qu'Elizabeth se racontait des histoires.

M. Darcy était bel homme. Pour tout dire, il était même beau à couper le souffle. De toute évidence, ses chiens n'étaient pas les seuls à avoir tiré le gros lot, côté gènes.

Elizabeth s'efforça de respirer avec calme tout en s'astreignant à ne pas regarder ses yeux sombres à l'expression intense, ni ses larges épaules parfaitement mises en valeur par une veste de costume taillée sur mesure. Ce n'était pas gagné. Tout, dans cet homme, était captivant. Ce qui, en y réfléchissant, aurait dû la dégoûter. Elle avait eu raison, après tout : M. Darcy était manifestement très fortuné. Personne ne parcourait la moitié de la planète pour aller juger des chiens dans un concours, pas vrai ?

Seigneur. Il était riche, imposant, et assez beau pour donner des palpitations à n'importe quelle femme. Près d'Elizabeth, le bras qui éventait le visage de Sue était passé à la vitesse supérieure.

La vie était injuste.

Certes, Elizabeth avait retenu cette leçon depuis longtemps. Et, au cas où elle aurait menacé de l'oublier, le récent incident avec Markham la lui avait remémorée de façon douloureuse.

— C'est votre tour, murmura Sue.

Son commentaire parvint à peine au cerveau d'Elizabeth. Elle battit des paupières. Sans savoir comment, elle était de nouveau en train de dévisager M. Darcy. Entre-temps, elle avait dû commencer à avoir des hallucinations, parce qu'il semblait l'observer, lui aussi. Elle expira d'un coup tout l'air que contenaient ses poumons. L'intensité de son regard, à présent qu'il était posé directement sur elle, avait quelque chose de paralysant — même si ce regard n'était qu'un effet de son imagination.

— Elizabeth, siffla Sue. C'est votre tour.

L'Anglaise lui donna un petit coup d'épaule, et Elizabeth partit en avant, manquant perdre l'équilibre. Dans le mouvement, elle trébucha sur Bliss qui laissa échapper un jappement plaintif. L'instant d'après, Elizabeth venait s'écraser contre le torse impressionnant de Donovan Darcy. Apparemment, non seulement il l'avait regardée, mais il avait également fait quelques pas dans sa direction pour se rapprocher d'elle.

Horrifiée, Elizabeth bondit en arrière.

— Je suis confuse, Votre Honneur. Je veux dire, euh… monsieur Darcy.

Trop mortifiée pour le regarder droit dans les yeux, elle adressa ces mots à sa cravate. Elle était bleu roi, de toute évidence de soie, et coûtait probablement plus à elle seule que la tenue complète d'Elizabeth. Chaussures comprises.

Un soupir irrité souleva ladite cravate.

— Cavalier King Charles, catégorie jeunes chiens, numéro huit ?

— Oui, c'est bien nous.

— Le commissaire vous appelle depuis deux bonnes minutes. Quelque chose vous empêche d'entrer dans ce ring ?

Votre silhouette sublime ?

— Non, pas du tout. Je suis désolée. J'étais un peu… distraite.

— Auriez-vous l'obligeance d'entrer dans le ring, à présent, ou vous faut-il une invitation en trois exemplaires ?

Sa voix posée et la beauté de son accent britannique ne parvinrent pas à adoucir le sarcasme de sa réflexion.

Une fois remise du choc, Elizabeth lui fut presque reconnaissante de se montrer aussi grossier. Maintenant, au moins, il avait cessé d'être parfait. C'était un homme comme les autres.

Elle redressa les épaules et leva le menton. Même alors, il lui fallut étirer la nuque pour pouvoir le regarder en face. Un effort inutile — il semblait l'ignorer complètement à présent.

— Ce ne sera pas nécessaire, dit-elle enfin d'une voix faible.

— Dans ce cas, je vous en prie…

D'un geste de la main théâtral, il balaya l'aire cernée d'un treillis blanc pour l'inviter à y pénétrer.

Les joues d'Elizabeth s'empourprèrent. Les autres juges qu'elle avait rencontrés depuis qu'elle avait commencé à exposer Bliss dans les concours canins s'étaient tous montrés amicaux. Ou polis, à tout le moins. En seulement trois enjambées, M. Darcy se retrouva au milieu du ring. Même à cette distance, Elizabeth continuait de percevoir la froideur glaçante distillée par chaque pore de sa peau.

Qu'est-ce qui ne va pas chez cet homme ?

La seule explication qui lui vint fut qu'au contraire de Sue, il était parfaitement conscient de se trouver dans le New Jersey plutôt que dans sa propriété de rupin en Angleterre. Et cette idée lui était manifestement des plus déplaisantes.

— Numéro huit ?

Depuis son poste au centre du ring, M. Darcy s'était mis à battre de la semelle. Bliss suivait d'un regard captivé le mouvement de son pied.

— Si cela ne vous ennuie pas trop… Je veux dire, si vous n'êtes pas trop *distraite*, pourriez-vous faire faire à votre chien le tour de ce ring ?

Elizabeth ne comprit jamais vraiment ce qui se passa alors, en dehors du fait qu'elle avait fini par atteindre son point de rupture. Après toutes les épreuves traversées, elle ne supportait plus de respirer le même air que cet homme riche et arrogant. Même s'il avait plus l'allure d'un dieu que d'un homme.

Comme s'ils étaient mus par une volonté propre, les mots s'échappèrent de sa bouche :

— J'ai un nom, vous savez.

Le silence s'abattit sur la foule des spectateurs massés autour du ring.

M. Darcy croisa les bras, révélant le bord des poignets mousquetaire de sa chemise ainsi qu'une discrète paire de bouton de manchettes en or.

— Je vous demande pardon ?

— J'ai un nom.

La voix d'Elizabeth tremblait plus qu'elle ne l'aurait voulu. Elle s'éclaircit la gorge.

— Et ce n'est pas Numéro Huit.

Donovan Darcy leva les sourcils.

— Je vous en prie, éclairez-moi.

— Je m'appelle Elizabeth. Elizabeth Scott.

La tension sur le ring était devenue électrique, au point qu'on voyait presque des étincelles ricocher sur les treillis blancs qui séparaient les deux bretteurs du reste de la foule. La seule à ne pas sembler faire cas de cette tension était Bliss. Elle ouvrit la gueule en grand pour laisser échapper un bâillement puis se roula en boule aux pieds d'Elizabeth.

Celle-ci poussa sa chienne du bout de sa ballerine.

— Bliss, debout, mon cœur.

Le cavalier se remit sur ses pattes, et ses grands yeux ronds se posèrent tour à tour sur sa maîtresse et sur le juge.

— Fort bien, déclara M. Darcy sur un ton égal. Mademoiselle Scott, faites faire un tour complet à votre chien, puis faites-le monter sur la table.

Elizabeth enroula le bout de la laisse de présentation autour de sa main gauche. Sa paume était moite de transpiration, tout comme sa nuque et le creux entre ses seins. Pourvu que personne ne le remarque !

— Viens, Bliss. Allons-y.

Elle tenta d'insuffler à sa voix autant d'enthousiasme que possible.

Ce n'était pas le bond le plus élégant de la carrière de Bliss, mais Elizabeth aurait eu mauvaise grâce à le lui reprocher. Elle roucoula dans l'oreille de la pauvre chienne, la cajola et, de façon générale, se tourna en ridicule en essayant de l'inciter à manifester davantage d'entrain. Elle eut le sentiment que ce tour de ring était le plus long de l'histoire des concours canins.

Quand, l'ayant enfin achevé, elles arrivèrent à hauteur de la table, les sourcils touffus de sa chienne semblaient froncés d'inquiétude. Elizabeth ne put s'empêcher de planter un minuscule baiser sur sa tête tout en la prenant dans ses bras pour la poser sur la table de toilettage.

Selon l'expérience d'Elizabeth — aussi limitée soit-elle —, la plupart des juges donnaient au dresseur le temps de placer leur chien sur la table de façon à faire ressortir leur beauté et à les mettre à leur avantage. Il existait également des juges qui se penchaient avec impatience sur la table, réduisant les chiens les plus timides à une masse de poils tremblante, la queue perdue entre les pattes. Pour des raisons évidentes, Elizabeth s'attendait à ce que Donovan Darcy appartienne à la seconde catégorie. Aussi fut-elle plus que surprise de le voir reculer pour observer la scène à quelques mètres de distance.

Les mains d'Elizabeth tremblaient quand elle saisit doucement chacune des pattes de Bliss pour les placer à égale distance les unes des autres. Puis, d'une caresse, elle aplatit la fourrure sur le dos de sa chienne pour mettre en valeur la courbe de son échine. Pendant tout ce temps, elle sentait le regard de M. Darcy sur elle, aussi ardent qu'un tisonnier chauffé à blanc.

En dépit de ses prières silencieuses, ses doigts refusèrent de s'immobiliser tandis qu'il approchait. Elizabeth fixa le regard sur son chien. Elle ne voulait pas voir le sourire suffisant qui ne manquerait pas d'apparaître sur les lèvres de Donovan Darcy quand il s'apercevrait qu'il était parvenu à la déstabiliser.

Il offrit sa main à Bliss, paume en l'air, pour qu'elle le renifle. Aux anges, celle-ci se mit à frétiller de l'arrière-train. Elizabeth pinça les lèvres. *Sa chienne ne pouvait-elle donc pas montrer un peu plus de retenue, tout de même ?*

— Mademoiselle Scott ?

Elle finit par lever les yeux vers lui.

— Oui ?

— Pourriez-vous me montrer la dentition de votre chienne, s'il vous plaît ?

Il lui décocha un sourire froid dévoilant toute une panoplie de fossettes autour de sa bouche aux lèvres charnues.

La honte envahit Elizabeth, et elle savait bien pourquoi : *si elle avait eu une queue, elle serait elle aussi en train de l'agiter furieusement.*

— Bien sûr.

Elle retroussa les babines de Bliss pour exposer ses dents. M. Darcy les examina, hocha brièvement la tête, et Elizabeth reposa ses mains sur la laisse de sa chienne. Une fois de plus, elle fut étonnée par la douceur de Donovan Darcy tandis qu'il caressait la robe de Bliss pour inspecter son garrot, ses côtes, et l'équilibre de ses hanches.

Puis il s'écarta et croisa les bras. Son sourire et les fossettes qui l'accompagnaient s'évanouirent.

— Mademoiselle Scott ?

— Oui ? demanda Elizabeth, une boule dans la gorge.

Elle aurait vraiment aimé qu'il cesse de répéter son nom à tout bout de champ. Cela commençait à l'agacer. Cela dit, elle l'avait un peu cherché.

— Faites faire un aller-retour à votre chien, je vous prie.

Elle souleva Bliss de la table et la reposa sur la moquette. En se redressant, Elizabeth s'aperçut — une fraction de seconde trop tard — que le décolleté en V de sa robe portefeuille de soie framboise bâillait largement quand elle se penchait. Horrifiée à l'idée qu'elle venait d'exhiber ses seins devant le très correct, et très irritable, M. Darcy, elle porta une main à sa poitrine. Elle lui décocha un regard en coin et, en remarquant la lueur amusée qui flottait dans ses yeux marron, elle se prit à souhaiter que le sol s'ouvre en deux et l'engouffre tout entière.

Oh ! mon Dieu. Ça n'en finira donc jamais ?

Elle rata complètement son aller-retour, se précipitant à tel point que Bliss avait du mal à la suivre. Elizabeth se fichait désormais de la couleur du ruban qu'elles rapporteraient à la maison. Tout ce qu'elle voulait, c'était voir la fin de cette épreuve.

Ce week-end était censé être un moment de détente, une pause lui permettant enfin d'échapper aux doutes et aux soucis qui l'empêchaient de dormir la nuit pendant que Bliss ronflait paisiblement dans le creux de son coude. C'était son *anniversaire*, bon sang. Comment ses tourments avaient-ils pu la suivre jusque dans le New Jersey ?

Alors qu'elle traversait le ring pour rejoindre M. Darcy, une boule se forma de nouveau dans sa gorge. Des larmes de rage se mirent à lui brûler les yeux, menaçant de se répandre en flots sur ses joues. Alors, l'humiliation serait complète.

Elle arrêta Bliss à un mètre du juge, s'attendant à ce qu'il les congédie d'une manière ou d'une autre. Un sourcil levé, il la considéra de telle sorte qu'elle se demanda si c'était elle ou la chienne qu'il était en train d'évaluer.

— Mademoiselle Scott.

Ce nom, encore. La boule qui encombrait la gorge d'Elizabeth l'empêchait de parler et, cette fois, elle se contenta de hocher la tête.

— Belle expression. Et des yeux exceptionnels.

Puis il fronça les sourcils et le coin de ses lèvres s'abaissa pour laisser échapper un nouveau commentaire plein de dérision :

— Dommage pour les taches de rousseur, cela dit.

Stupéfaite, Elizabeth porta une main tremblante à sa joue. Une larme lui mouilla le bout des doigts. Elle ne s'était pas aperçue qu'elle s'était mise à pleurer.

Chapitre 2

Horrifié, Donovan Darcy vit trembler la lèvre inférieure de l'adorable — bien que clairement fragile — candidate. Ce n'était pas la première fois qu'il contemplait cette moue, et il savait qu'elle précédait généralement de peu quelque chose qui l'horrifiait plus que tout : les larmes d'une femme.

Il n'aurait pourtant pas rangé l'énigmatique Mlle Scott dans la catégorie des pleurnicheuses. Elle était plutôt imprévisible, de toute évidence. Et sans aucun doute terriblement attirante.

Mais une pleurnicheuse ?

Donovan n'était pas joueur, mais si cela avait été le cas, il aurait parié que quelqu'un comme cette Mlle Scott n'était pas du genre à pleurer. Quand elle avait exigé qu'il l'appelle par son nom, cette femme l'avait complètement pris de court. Et maintenant, voilà qu'elle se tenait devant lui tandis qu'une larme — oui, une vraie larme — sillonnait sa joue !

Donovan se prépara à l'inévitable assaut de mépris ou, à tout le moins, d'indifférence, que pareille image ne manquait jamais de susciter en lui. Dans son expérience, les larmes des femmes étaient des armes plutôt que la manifestation d'une émotion véritable. Cela avait certainement été le cas avec Helena Robson chacune de la demi-douzaine de fois où il lui avait refusé l'accès à son lit. Elle le lui avait prouvé dès la première fois, quand sa tentative sincère pour la consoler s'était soldée par une gifle cuisante et l'insinuation qu'il devait être homosexuel. Il avait retenu la leçon. Depuis lors, chaque fois qu'elle avait essayé de transformer l'une de ses soirées à la campagne en un simulacre de rendez-vous romantique, il lui avait simplement opposé un *non* péremptoire avant de lui claquer la porte de sa chambre au nez.

Même sa tante Constance, maîtresse femme entre toutes, y allait de temps à autre de sa petite larme pour manipuler ses proches.

Aussi froide que son attitude puisse sembler, Donovan était désormais immunisé contre ces pleurs. C'est pourquoi il fut complètement déstabilisé par le désir soudain — un désir sincère, vraiment — d'effacer d'une caresse de son pouce la larme qui courait sur la joue de Mlle Scott.

Il serra le poing pour juguler son élan puis tendit la main vers elle.

— Mademoiselle Scott, vous pleurez ?

— Non.

Elle battit furieusement des paupières, mais pas assez vite pour empêcher de nouvelles larmes de se répandre.

Donovan croisa aussitôt les bras alors même qu'ils semblaient animés d'une envie irrépressible d'envelopper les épaules fragiles de la demoiselle. C'était comme s'ils appartenaient à un tout autre homme que lui.

— Mademoiselle Scott, je sais reconnaître des larmes quand j'en vois. Je vous prierais de bien vouloir vous ressaisir. Nous ne sommes pas seuls, je vous le rappelle.

— Je m'en fiche.

Elle redressa fièrement le menton — qui frémissait d'émotion contenue.

Donovan détourna les yeux avant que ce frémissement ne le mène à sa perte.

Il poussa un soupir de frustration. Au nom du ciel, qu'est-ce qui l'avait poussé à croire que ce déplacement jusqu'en Amérique pour être juge dans ce concours canin était une bonne idée ? Il avait déjà largement de quoi s'occuper en Angleterre. Entre le rôle de tuteur qu'il exerçait auprès de sa sœur et la cogestion de la fondation familiale avec sa tante Constance, il avait à peine le temps de penser. Sans compter que sa chienne préférée, qui faisait son bonheur et sa fierté, allait mettre bas d'un jour à l'autre.

La pauvre Figgy semblait prête à exploser. Il s'était fait un sang d'encre à son sujet.

Donovan prit une profonde inspiration et reporta son attention sur Mlle Scott. Alors, seulement, il remarqua un fin semis de taches de rousseur couleur cannelle sur son nez mutin. Il comprit enfin — mais un peu tard. De toute évidence, elle avait cru qu'il se moquait de son teint, et non qu'il évaluait sa chienne !

Son regard s'attarda sur sa peau de porcelaine. Les taches de rousseur ne faisaient qu'ajouter à son charme, lui conférant le même attrait qu'une pâtisserie saupoudrée de sucre et d'épices.

Reprends-toi, bon sang. Il s'agit d'une femme, pas d'un gâteau !

Donovan avança aussi lentement qu'il le put, comme s'il s'approchait d'un cheval de polo récalcitrant. Il fit un pas en avant.

— Mademoiselle Scott…

Toute cette prudence était vaine. Elle renifla — assez bruyamment, d'ailleurs — avant de lever les yeux au ciel.

— Pour l'amour du ciel, pourriez-vous cesser de répéter *mademoiselle Scott* ?

Il ouvrit les mains en signe de reddition.

— C'est pourtant votre nom, n'est-ce pas ?

Nouveau reniflement.

— Oui, mais dans votre bouche, cela sonne d'une manière tellement... protocolaire. C'est plutôt intimidant, vous savez.

Il afficha une moue amusée :

— Si vous préférez, je peux recommencer à vous appeler Numéro Huit...

Cette suggestion n'était qu'une plaisanterie, mais en voyant le joli visage de Mlle Scott s'empourprer de colère et ses délicieuses taches de rousseur s'estomper sous ce brusque afflux de sang, il comprit que son trait humour était loin d'avoir fait mouche.

Il était temps de passer à l'action, d'une façon ou d'une autre. En moins de dix minutes, il avait réussi à perdre le contrôle de son propre ring.

— Mademoiselle Scott, quand j'ai exprimé mon opinion au sujet des taches de rousseur, vous êtes consciente que je faisais référence à votre chien, n'est-ce pas ?

D'un geste, il désigna son jeune cavalier.

Elle regarda la chienne, et son front se plissa sous l'effet de la réflexion. Puis elle effleura ses pommettes du bout des doigts.

— Oh. Bien entendu. Je le savais.

Mon œil. Donovan ne put résister à l'envie de la taquiner un peu :

— Vous le saviez — *vraiment* ?

— Dites, vous ne pourriez pas juste nous donner notre rosette et nous laisser partir ?

Son ton de voix n'avait rien d'espiègle, loin de là.

L'irritation gagna Donovan.

— Mademoiselle Scott..., commença-t-il.

La jeune femme le fusilla du regard, et ses yeux passèrent en un instant du brun chaud à un marron cuivré.

— Mademoiselle Scott, articula-t-il avec une lenteur exagérée.

Elle s'était peut-être lassée de l'entendre prononcer son nom, mais il n'avait pas l'intention de recommencer à l'appeler Numéro Huit.

— Vous êtes consciente que je suis le juge, et que vous êtes la candidate ?

Elle hocha la tête de façon presque imperceptible.

— Oui, je le suis.

Oui, je le suis.

Oui, je le veux. C'étaient presque les mots d'une jeune mariée. Cette pensée inepte prit Donovan par surprise. Il la chassa de son esprit et, sur un ton plus irrité qu'il n'en avait eu l'intention, il reprit :

— Il entre dans mes prérogatives de juge de décider ou non si votre chienne mérite une rosette. Je peux aussi choisir de vous éliminer, tout simplement.

Les yeux plissés, elle lui lança un regard plus noir que jamais. Ses doigts fins étaient crispés autour de la laisse de présentation. Pour un peu, Donovan aurait eu l'impression de se trouver face à face avec une mère ours défendant ses petits.

Une vague de tendresse inattendue le submergea. Cette Mlle Scott aimait son chien, c'était une évidence. Et c'était une chose avec laquelle il n'avait aucun mal à s'identifier.

Donovan resta silencieux. Après avoir soutenu longuement

le regard de la jeune femme, il reporta son attention sur le cavalier. La petite chienne le dévisagea de ses grands yeux expressifs. C'était vraiment un très bel animal, encore plus qu'il ne l'avait cru au départ. *Toutes taches de rousseur mises à part.*

Donovan se détourna pour regagner la table des juges et noter son appréciation dans le livre officiel du concours. Il sentait la présence de Mlle Scott dans son dos tandis qu'il parcourait les rosettes soigneusement rangées devant lui. Il en sélectionna une de couleur bleu roi et la lui tendit.

Un sourire effleura les lèvres roses de la jeune femme.

Enfin.

Donovan dut s'astreindre à détourner les yeux de sa bouche. Il s'éclaircit la voix :

— Je vous reverrai pour le titre de la meilleure chienne.

Incapable de résister, il ajouta :

— Mademoiselle Scott.

— Merci.

Son regard était redevenu plus chaleureux ; ses yeux avaient retrouvé la teinte délicieuse du chocolat chaud.

— Monsieur Darcy.

De nouveau, elle sourit, et Donovan sentit tous ses soucis se dissiper lentement. Pour la première fois depuis qu'il avait embarqué dans l'avion à Heathrow, toutes les tensions accumulées en Angleterre lui semblèrent aussi lointaines qu'elles l'étaient en réalité. Un regard bienveillant de la part de Mlle Scott, allié à son nom sortant de ses lèvres aussi douces que le miel — voilà qui mettait un baume bienvenu sur son esprit troublé.

*
* *

— Excusez ma curiosité, demanda Sue à Elizabeth quand celle-ci franchit l'enceinte du ring, mais que diable s'est-il passé ?

Adoptant une attitude faussement nonchalante, Elizabeth haussa les épaules. Ce n'était pas si simple : tous les yeux, à l'extérieur du ring, étaient rivés sur elle. Les autres dresseurs la dévisageaient ouvertement, bouche bée. Elle aurait voulu ramper sous la moquette bleue et disparaître, comme Bliss qui allait se fourrer sous les couvertures chaque fois qu'il y avait un orage.

— Que voulez-vous dire ? demanda-t-elle.

— Ce que je veux dire ? *Ce que je veux dire ?* Vous n'êtes pas sérieuse, n'est-ce pas ? Après ce que je viens de voir ?

Sue gesticula en direction de M. Darcy qui venait d'inviter le groupe de chiens suivant à entrer dans le ring.

Celui-ci l'observait-il ou non ? Elizabeth l'ignorait. Elle refusait d'aventurer son regard dans la direction du juge. A la place, elle se tourna vers Sue. La femme la considérait avec un étrange mélange de curiosité et de sympathie. Il n'avait pas échappé à Elizabeth que les autres candidats s'éloignaient d'elle en douce, comme si elle était affligée de la peste ou d'une maladie du même acabit. Sue était la seule à rester auprès d'elle.

A ce moment, Elizabeth décida qu'elle aimait Sue. Elle l'aimait même beaucoup.

— C'était si terrible que ça ?

Son ventre noué lui indiqua qu'en effet, le spectacle qu'on avait pu apercevoir dans le ring était vraiment affreux.

— Je ne suis pas certaine qu'on puisse qualifier cela de *terrible*, dit Sue en grimaçant. Bien que, de temps à autre, j'aie eu l'impression que vous étiez sur le point de gifler M. Darcy.

A ces mots, Elizabeth songea qu'elle n'oserait plus jamais remettre les pieds dans un concours canin.

— Oh ! mon Dieu, qu'est-ce que j'ai fait ? Je n'arrive pas à croire qu'il ne nous ait pas éliminées, après tout ce que je lui ai dit.

— Sans doute parce que vous donniez aussi l'impression d'avoir envie qu'il vous embrasse.

Elizabeth faillit s'étouffer.

— Voyons, vous vous faites des idées !

Sue lui agita l'index sous le nez.

— Ce n'est pas à un vieux singe que vous allez apprendre à faire des grimaces, ma chère. Vous hésitiez entre gifler cet homme et l'embrasser furieusement.

— Très drôle. N'importe quoi. Jamais de la vie.

Une phrase sortie de ses cours de littérature anglaise traversa l'esprit d'Elizabeth. « La dame proteste un peu trop. » Shakespeare. Quel donneur de leçons, celui-là !

— Très bien. J'opterai pour la gifle, dans ce cas.

Sue acquiesça résolument, mais derrière les verres de ses lunettes, ses yeux pétillaient d'humour.

— Personnellement, j'aurais choisi le baiser, mais chacune ses goûts.

— Et qui as-tu l'intention d'embrasser ?

Alan, le mari de Sue, venait d'arriver près d'elles. A ce qu'il semblait, il avait renoncé à se battre contre ses bracelets de caoutchouc. Son brassard était maintenu en place par au moins une demi-douzaine d'élastiques aussi emmêlés qu'un plat de spaghettis.

— Rien que toi, mon chéri, répondit Sue en lui tapotant affectueusement la joue. Rien que toi.

Devant ces démonstrations d'affection toutes simples,

Elizabeth ne put retenir un sourire. Cette distraction était la bienvenue après leur débat gifle-ou-baiser. La main tendue, elle se présenta :

— Bonjour, je m'appelle Elizabeth.

— Enchantée, Elizabeth.

Comme Sue, Alan avait un fort accent britannique.

Se remémorant ce même accent chez Donovan Darcy, Elizabeth se laissa aller à une rêverie éveillée. La première fois qu'il avait prononcé son nom, elle avait adoré la manière dont cela sonnait. *Mademoiselle Scott.* C'était si poétique. Lyrique. Séduisant, même.

Ensuite, il avait rompu le charme en insistant pour répéter son nom sans arrêt, jusqu'à lui donner envie de l'étrangler avec la laisse de Bliss.

— Elizabeth !

Sue agitait la main devant le visage d'Elizabeth, perdue dans ses pensées.

— Vous êtes avec nous ? lui demanda-t-elle.

Elizabeth retomba brusquement sur terre.

— Oui ? Qu'y a-t-il ?

— Encore un moment de distraction, on dirait ? ironisa Sue en échangeant un regard entendu avec son mari. Vous étiez en train de penser à M. Darcy, n'est-ce pas ? En quels termes, cette fois-ci ? Gifle ou baiser ?

— Strangulation, rétorqua Elizabeth, impassible.

Alan émit un rire étranglé.

— Eh bien, c'est l'occasion ou jamais. C'est de nouveau votre tour, commenta Sue.

Un bras passé autour des épaules d'Elizabeth, elle la guida une fois de plus vers l'ouverture dans le treillis blanc qui marquait l'entrée du ring.

Tant bien que mal, Elizabeth résista à l'envie de tourner les talons et de repartir en courant jusqu'à Manhattan. Elle trouva cependant la force d'entrer dans le ring où l'attendait M. Darcy — peut-être parce qu'elle s'était rappelé tous les cartons qui l'attendaient dans son appartement de New York, prêts à être remplis de ses effets personnels. A l'époque où elle avait un salaire, elle avait tout juste de quoi payer son loyer. C'était difficile à admettre, mais ses jours dans son petit appartement au quatrième sans ascenseur étaient désormais comptés.

La pensée d'affronter de nouveau Donovan Darcy prenait un tour moins douloureux comparée à la perspective de déménager dans la maison familiale où vivaient toujours ses parents. Cette seule idée la faisait frissonner de terreur. Et ce n'était pas une façon de parler.

Aussi, elle détendit ses épaules que Sue n'avait pas lâchées, tira un petit coup sur la laisse de Bliss et franchit le seuil du territoire de M. Darcy.

Elle s'aligna derrière les gagnants des autres catégories du concours des meilleures chiennes. Comme Bliss n'était qu'un chiot, ses chances de l'emporter face à des animaux plus matures auraient déjà été minces quel que soit le juge. Mais au vu des préjugés que Donovan Darcy éprouvait envers les taches de rousseur, la bataille était perdue d'avance, Elizabeth en était consciente. La petite truffe noire de Bliss était littéralement constellée de taches rousses — que sa maîtresse avait toujours trouvées adorables, d'ailleurs. Certes, son opinion n'était pas des plus objectives. Elle-même était affligée de son lot de taches de son.

La mine renfrognée, elle tenta de faire comme si elle n'était pas là. Elle savait que le rôle de M. Darcy se bornait à juger l'apparence de Bliss, et non la sienne. Il s'était expliqué sur cet humiliant malentendu.

Pourtant, la façon dont il la regardait l'irritait au plus haut point. Chaque fois qu'il posait son regard pénétrant sur elle, Elizabeth avait toutes les peines du monde à se rappeler comment elle s'appelait.

— Mademoiselle Scott.

Oh ! mon Dieu. C'est reparti.

En tout cas, une chose était certaine : tant qu'il le serinerait ainsi, elle ne risquait pas d'oublier son nom.

S'armant de courage, elle détourna les yeux de Bliss pour les planter directement dans ceux du juge.

— Monsieur Darcy.

Il sourit en l'entendant prononcer son nom. Aussi exaspérant qu'elle l'ait trouvé jusqu'alors, il fallait bien reconnaître qu'il était bel homme, très bel homme même, et elle aurait eu du mal à croire qu'il soit possible d'être encore plus séduisant. Pourtant, avec ce sourire, il était passé à un niveau supérieur — un niveau à couper le souffle.

Elle déglutit avec peine, remerciant le ciel qu'il ne puisse lire dans ses pensées.

Elle s'attendait à ce qu'il s'éloigne d'un moment à l'autre, à ce que ses longues jambes l'emportent à l'autre bout du ring afin qu'il puisse avoir une vue d'ensemble de tous les chiens présents.

Au lieu de cela, M. Darcy resta planté exactement là où il était — tout près d'elle. C'était… déroutant.

— Ravi de vous revoir.

Elle fut surprise en entendant le son de sa voix — à la fois pour sa présence et la sincérité qui s'en dégageait. Il était rare que les juges s'adressent à un candidat, en particulier au beau milieu d'un ring noir de monde, et encore moins pour évoquer des sujets sans lien avec le concours. Une part d'elle-même se demanda s'il n'était pas simplement en train de se moquer d'elle. Son précédent passage dans le ring pouvait difficilement être qualifié d'élégant. Depuis, pourtant, il semblait s'être départi de son attitude hautaine, ce qui plongeait Elizabeth dans des abîmes de confusion.

Le véritable M. Darcy pourrait-il sortir de sa cachette ?

— Euh, merci.

Ça, c'était envoyé.

Mais qu'était-elle censée dire d'autre ? *Je suis comblée de vous retrouver, M. Darcy. Nous avons passé un moment exquis, la dernière fois. Voyons… je n'arrive plus à me rappeler quel moment j'ai le plus apprécié. Etait-ce celui où je vous ai accidentellement montré mes seins en me penchant ? Celui où vous avez insulté ma chienne ? A moins que ce ne soit le moment où je me suis mise à pleurer ? Oui, c'est ça ! Un magnifique souvenir, c'est certain.*

M. Darcy semblait dans l'expectative, comme s'il pensait qu'elle allait poursuivre. Comme elle ne disait rien, son regard s'assombrit d'un coup, et il se détourna.

La candidate la plus proche d'Elizabeth grogna dans sa barbe :

— Merci bien.

Elizabeth se tourna vers elle, purement par curiosité. En découvrant que la femme la dévisageait avec une hostilité ostentatoire, elle s'étonna :

— Pardon ?

— J'ai dit, *merci bien*, siffla-t-elle sans remuer les lèvres. Merci d'avoir mis le juge de mauvaise humeur. Je ne comprends pas pourquoi il ne vous a pas éliminée, ni pourquoi il vous adresse encore la parole, d'ailleurs.

— Pour votre gouverne, je ne suis pas responsable de ses sautes d'humeur.

Elizabeth jeta un coup d'œil fugace à Bliss, en quête d'un peu de soutien. Un petit frémissement des oreilles aurait été le bienvenu. Ou un léger grognement, peut-être ?

Rien.

La femme roula des yeux exaspérés.

— Nous avons tous été témoins de votre façon d'agir, marmonna-t-elle, toujours sans le moindre mouvement des lèvres.

Elizabeth commençait à se demander si elle était ventriloque. Elle décida du contraire : quelqu'un qui manipulait des marionnettes ne pouvait certainement pas se montrer aussi mal embouché.

Elle était sur le point de lui expliquer que la mauvaise humeur de M. Darcy était certainement un trait de naissance mais par bonheur, elle croisa le regard de l'intéressé au moment où elle allait ouvrir la bouche. Alors, elle tourna résolument le dos à la candidate revêche et s'efforça de concentrer toute son attention sur Bliss.

Je ne gâcherai pas ce moment. Je ne ferai pas de scène... Je ne montrerai pas mes seins au juge, et il est hors de question que je pleure.

Elle prit une profonde inspiration. Tout ce qu'elle avait à faire était de suivre le mouvement et d'attendre qu'on remette leur rosette aux gagnants. Bliss n'avait aucune chance. Ainsi, repartir du ring sans faire de nouveau scandale constituerait son unique victoire.

De la main droite, M. Darcy esquissa un geste circulaire

et chacun fit parcourir à son chien un cercle autour du ring. Le dresseur qui se trouvait en tête s'arrêta une fois son tour achevé, s'attendant manifestement à ce que Donovan Darcy demande à chaque chien de traverser le ring en diagonale, comme c'était la coutume.

A la place, il montra du doigt le deuxième chien de la rangée, une très jolie femelle noir et fauve.

— Voici notre championne.

Son annonce fut accueillie par les cris ravis de la propriétaire et de quelques personnes en dehors du ring. Malgré elle, Elizabeth ressentit une pointe de jalousie. Voir un juge désigner Bliss de cette façon, rien qu'une fois, l'aurait grandement aidée à oublier les récents événements qui lui gâchaient la vie. Cela aurait même pu chasser l'odieux Grant Markham de ses souvenirs.

Elle n'eut pas le temps de se consoler, ni même de réprimer un tant soit peu sa déception — M. Darcy levait de nouveau son index élégant dans la direction des candidats. Et cette fois, il était pointé directement sur *Bliss*.

— Et voici notre championne de réserve.

Elizabeth baissa les yeux vers sa petite chienne, s'attendant à voir un autre chien au bout de la laisse, comme si Bliss avait échangé sa place avec un autre cavalier pendant qu'elle avait le dos tourné. Un cavalier doté d'une truffe blanc crème où les taches de rousseur brilleraient par leur absence. Mais à son entière stupéfaction, c'était bien sa chienne qui était assise à ses pieds.

Bliss se dressa sur son train arrière et agita ses minuscules pattes, comme si elle savourait sa victoire en tant que dauphine. En voyant sa joie, Elizabeth sentit sa gorge se nouer et bientôt, il devint évident qu'elle allait briser la promesse qu'elle s'était faite de ne pas pleurer.

Elle se pencha, prit Bliss dans ses bras et se dirigea vers M. Darcy pour aller chercher sa rosette. Du coin de l'œil, elle voyait Sue Barrow sauter de joie tout en applaudissant furieusement, mais cette image tenait plus d'une vision ou d'un rêve. Elle était concentrée sur une chose, et une chose seulement : le regard magnétique de M. Darcy, qui l'attirait à lui. Ses yeux n'avaient plus rien d'orageux ; ils étaient d'une belle couleur chocolat et l'ensorcelaient au point que tout le reste, autour, avait disparu.

— Mademoiselle Scott, dit-il d'un air interrogateur quand elle arriva à sa hauteur. Ce sont des larmes de joie, cette fois, j'espère ?

— Oui. Absolument.

Elle hocha la tête et déglutit pour chasser la boule qui lui encombrait la gorge.

Soudain, elle avait très envie qu'il prononce de nouveau son nom, avec cet accent distingué qui lui était propre. *Mademoiselle Scott.* Comment avait-elle pu se lasser de l'entendre ? C'était de la poésie.

Il lui tendit une rosette de satin. La partie gauche était blanche et la droite rouge. En lettres d'or, il y était inscrit *Champion de réserve.*

Elle passa son pouce sur les trois mots. Des dresseurs plus aguerris auraient reçu cette décoration avec une once de déception. Champion de réserve n'était, après tout, qu'une façon un peu élégante de désigner le dauphin. Cette distinction ne valait à son titulaire aucun point dans le championnat.

Pourtant, c'était la plus haute récompense qu'ait jamais reçue Bliss. Elizabeth n'aurait pu être plus heureuse, même si c'était Donovan Darcy qui avait octroyé cette rosette à sa chienne. Ou peut-être était-ce justement parce que c'était *lui* qui la lui avait accordée.

— Merci, dit-elle dans un souffle, en tirant légèrement sur la rosette qu'il lui présentait.

Il s'y accrocha, refusant plaisamment de lâcher, puis il lui adressa un clin d'œil aux reflets dorés.

— Avec plaisir, mademoiselle Scott.

Elizabeth s'empara de sa rosette et sortit du ring d'un pas léger pour rejoindre Sue et Alan Barrow, ainsi que Jenna qui revenait tout juste du Starbucks, un énorme gobelet dans chaque main. Tous trois souriaient d'une oreille à l'autre. Quant à Elizabeth, elle ne pouvait se départir du sentiment très net que Donovan Darcy avait flirté avec elle. Qui l'aurait cru ?

Chapitre 3

Elizabeth observait Jenna, occupée à extraire un confetti de son verre de vin. Un confetti noir parfaitement assorti aux serpentins et aux ballons de baudruche d'un goût douteux attachés à la chaise d'Elizabeth — tout ce décorum était censé mettre le monde entier devant ce fait accompli : elle avait passé la barre des *trente ans.*

— Redis-moi, lui lança Jenna en fourrant le confetti dans sa serviette, que signifie « champion de réserve », déjà ?

Sue et Elizabeth échangèrent un regard exaspéré. N'avaient-elles pas déjà répondu plusieurs fois à cette question depuis leur arrivée dans ce restaurant proche de l'exposition, où ils devaient fêter en toute intimité l'anniversaire d'Elizabeth ? *En toute intimité* signifiait que seuls Elizabeth, Jenna et les Barrow étaient conviés à cette fête improvisée.

Alan intervint timidement :

— Premier dauphin.

Lui, au moins, il faisait attention. Elizabeth doutait qu'aucun membre de sa famille retienne jamais la signification du terme « champion de réserve », quel que soit le nombre de fois où elle le leur expliquerait.

— Comme dans Miss Amérique, convint Jenna. J'ai compris, maintenant.

Elle sirotait son vin — avalant certainement un confetti ou deux au passage. Lesdits confettis étaient découpés en forme de cercueil. Elle avait eu la main un peu lourde sur les décorations.

— Et donc, si on découvre que la gagnante a un passé de stripteaseuse ou qu'on trouve des photos d'elle nue sur internet, c'est Bliss qui prend sa place ?

Un large sourire fendit le visage d'Alan. Il pointa son index sur Jenna et déclara :

— Je vous aime bien, vous.

Elizabeth éclata de rire et avala à son tour une gorgée de son cocktail, qu'elle avait laissé Sue choisir pour elle — il s'agissait d'un mélange anglais appelé Pimm's[1] et, de façon surprenante, elle le trouvait délicieux.

— N'oublions pas Sue, dans cette histoire. Tu as été consacrée championne de la race, aujourd'hui, non ?

— Oui, enfin l'une de mes chiennes l'a été, pour être plus précise. Et par M. Darcy, rien de moins. C'est un honneur, je tiens à vous le dire. Chez nous, en Angleterre, sa renommée est extrêmement bien établie. Et tous mes autres terriers ont été récompensés dans leur catégorie. Je ne sais pas ce que j'aurais fait sans ton aide aujourd'hui, Elizabeth. Tu es une excellente dresseuse. Quel dommage que tu n'habites pas en Angleterre, je te mettrais au travail en un clin d'œil ! A moi seule, je peux difficilement présenter quatre chiens à la fois dans les expositions.

— Attendez une minute, fit Jenna en mimant le signe

1. Pimm's est une marque d'alcool populaire en Angleterre. Il se consomme généralement dilué dans de la limonade, avec des fruits.

« temps mort ». Le nom du juge est Darcy ? Et il vient d'Angleterre ? C'est une blague ?

— Non. Il est tout à fait réel, lui répondit Elizabeth.

Pour tout dire, il l'était même un peu trop…

— Aussi réel que vous et moi, confirma Sue. Les Anglais ne plaisantent jamais au sujet des hommes appelés Darcy.

Elle poussa son verre vide en direction de son mari.

— Alan, mon chéri, j'aimerais beaucoup un autre Pimm's.

— Tes désirs sont des ordres.

Consultant Elizabeth et Jenna du regard, il demanda :

— D'autres amateurs ?

A sa grande irritation, Elizabeth avait senti ses pensées lui échapper à la mention de Donovan Darcy, et elle dut faire un effort de concentration pour rester dans la conversation :

— Non, merci.

— Prends-en un autre, insista Sue. C'est ton anniversaire, non ?

Elle désigna du regard les gros ballons noirs et brillants accrochés à la chaise d'Elizabeth — comme si celle-ci pouvait oublier qu'elle venait d'avoir trente ans.

— Je vais aux toilettes, annonça Sue.

Une fois celle-ci hors de portée de voix, Alan adressa un clin d'œil à Elizabeth et Jenna avant de leur chuchoter :

— A nous voir, on ne dirait pas que je gère ma propre entreprise et que je suis à la tête d'une bonne cinquantaine de personnes, n'est-ce pas ? Cette femme me mène par le bout du nez ! Si elle me demande de sauter, je lui demande de quel étage.

Depuis l'endroit où elle se trouvait, à mi-chemin des toilettes pour femmes, Sue agita une main avec dédain en criant :

— Je ne sais pas ce qu'il vous raconte, mais c'est forcément faux. Ne faites pas attention à lui.

Elizabeth éclata de rire.

— Comment as-tu deviné ? demanda-t-elle à l'adresse de son amie anglaise.

Sue revint vers la table d'un pas rapide pour répondre :

— Voyons, Elizabeth ! Nous sommes mariés depuis plus de quarante ans. Je sais ce qu'il pense avant lui.

Les yeux de Jenna se perdirent dans le vague. Elle avait toujours été une incurable romantique.

— Quarante ans. Eh bien !

— Nous nous sommes connus à l'âge de douze ans, expliqua Alan avec un nouveau clin d'œil que, cette fois, il adressa à sa femme. Et je l'aime toujours autant.

Jenna leva son verre devant eux, comme pour porter un toast.

— Au plus adorable des couples de l'histoire.

Elizabeth ne pouvait que partager l'opinion de sa sœur. Pendant une fraction de seconde, elle se demanda si, après tout, elle ne se faisait pas une fausse idée du mariage. Peut-être existait-il des hommes dignes de confiance en ce monde, comme Jenna et sa mère le lui répétaient si souvent. Peut-être existait-il quelque part un homme qui la regarderait comme Alan regardait Sue, même après quarante années passées ensemble. Ils ne pouvaient quand même pas tous être comme Grant Markham, non ?

Pendant que Sue et Alan vaquaient à leurs activités respectives et que Jenna consultait ses messages sur son téléphone, Elizabeth sirota son Pimm's en s'autorisant à penser à Donovan Darcy. *Juste une petite minute*, décida-t-elle. Depuis qu'ils avaient quitté l'exposition canine, elle avait fait de son mieux pour se le sortir de l'esprit — mais cela, c'était *avant* les ballons noirs.

Et l'alcool.

Comme Grant Markham, il était certainement très riche. Et influent. Ces deux caractéristiques, à elles seules, auraient suffi à faire tomber n'importe quelle femme en pâmoison. Mais Elizabeth n'était *pas* n'importe quelle femme. Elle était bien placée pour savoir combien l'alliance de la fortune et de la puissance pouvait se révéler dangereuse. Et, pour couronner le tout, Donovan Darcy lui avait déjà prouvé que ses paroles n'étaient pas aussi avenantes que son visage.

Cet homme était un mystère, aussi séduisant qu'horripilant. Sue avait raison : Elizabeth avait eu envie de le gifler, de flanquer sa main en travers de ce beau visage. Puis il avait changé de ton et d'attitude envers elle, et attribué à Bliss le titre de championne de réserve tout en déployant autour d'elle son charme britannique. Etait-il seulement conscient du pouvoir de séduction qu'il dégageait quand il n'affichait pas cette mine renfrognée ?

Bien sûr qu'il le sait, songea-t-elle. *Il passe sans doute de l'un à l'autre à volonté. C'est probablement un truc qu'ils apprennent là-bas, en Angleterre, dans une sorte d'école de charme à la James Bond.*

Troublée — et même un peu excitée —, elle reporta son attention sur Jenna.

— Merci, grande sœur.

Celle-ci leva les yeux de son téléphone.

— Pour quoi ?

— Merci d'être venue ce week-end, dit Elizabeth en souriant. Et pour cette petite fête. Elle est parfaite.

A part ces décorations morbides, mais ne soyons pas trop regardants.

— Je ne suis pas sûre que tu sois de cet avis après…

Jenna s'interrompit brusquement, et ses yeux s'écarquillèrent tandis qu'elle regardait quelque chose au loin.

— C'est qui, *ça* ?

Elizabeth n'eut pas besoin de se retourner sur sa chaise pour comprendre que la personne que sa sœur venait d'apercevoir n'était autre que *Donovan Darcy.* En chair et en os. Elle se sentit rougir d'embarras, comme si elle avait réussi à le faire apparaître rien qu'en se laissant aller à une petite rêverie sans conséquence.

Elle jeta un discret coup d'œil derrière elle. Aucun doute, il était là, à l'accueil du restaurant. La mine furibonde, pour ne pas changer.

Elizabeth afficha une expression similaire, jusqu'à ce qu'il pose les yeux directement sur elle.

Et zut.

Elle était en train de le dévisager, et il l'avait prise en flagrant délit. Elle tenta de se convaincre du contraire — peut-être n'avait-il même pas remarqué sa présence. Mais ses illusions s'évanouirent en voyant un sourire apparaître lentement sur le visage de Donovan Darcy. A présent, c'était certain : il l'avait repérée. Et cela semblait lui plaire.

Elle détourna le regard et inspira à fond pour tenter de calmer les battements désordonnés de son cœur.

Si un homme avait jamais incarné le mot *danger*, c'était bien lui. Elizabeth dormirait mieux la nuit quand il aurait regagné l'Angleterre et qu'ils seraient séparés par un océan aussi vaste qu'insondable.

Jenna toussota.

— J'ai dit, qui c'est, *ça* ?

— Qui ? demanda Elizabeth avec une innocence feinte tout en essayant de gagner du temps pour reprendre contenance.

— Tu sais très bien qui.

Sans aucune discrétion, Jenna désigna M. Darcy du menton.

Génial. Maintenant, il sait que nous sommes en train de parler de lui. Elle aurait aimé rétrécir d'un coup pour pouvoir se glisser dans le minuscule cercueil de plastique qui trônait au sommet du gâteau d'anniversaire posé au milieu de la table.

— Oh ! lui.

Elizabeth doutait que sa nonchalance étudiée soit capable de leurrer quiconque, et surtout pas Jenna.

— C'est le juge de cet après-midi. Le fameux M. Darcy.

Le regard de Jenna se fit encore plus appréciateur, atteignant des sommets insoupçonnés.

— Cela explique qu'il ait l'air tout droit sorti d'un match de polo. On dirait qu'il vient de descendre de cheval.

— Tu ne l'as pas vu, tout à l'heure, au concours ?

Jenna secoua la tête.

— Non. Pas du tout. En fait, je regardais les chiens.

Ça, c'était une première.

— Eh bien, ne te laisse pas avoir par ce physique avantageux. C'est un abruti.

— On dirait le petit frère de Daniel Craig, en plus sexy. En plus, il a failli couronner Bliss Miss Amérique. Je ne vois pas comment ça peut être un abruti.

Par où commencer ?

— Tu n'imagines même pas.

— Laisse-moi deviner.

Jenna reposa son verre sur la table, un peu trop brusquement. Le vin faillit déborder et tacher la nappe blanche amidonnée.

— Il est riche, commença-t-elle.

— Bien sûr qu'il est riche, répondit Elizabeth en ramassant un confetti en forme de cercueil tombé sur sa serviette avant de le faire rouler entre ses doigts.

Jenna se pencha vers elle, le regard inquisiteur.

— Et ça fait forcément de lui un abruti ? demanda-t-elle.

— Disons que ça n'arrange pas son cas.

Elizabeth se tortilla sur sa chaise, mal à l'aise. Jenna semblait sur le point de lui faire un sermon. Où diable étaient Alan et le verre qu'il lui avait promis ? Elle aurait bien eu besoin d'une gorgée de Pimm's — ou de vin, ou de n'importe quelle autre boisson alcoolisée, en fait — *sur-le-champ.*

— Tous les hommes riches ne sont pas comme qui-tu-sais. Il en existe quelques-uns qui sont tout à fait convenables, sur cette terre.

Jenna croisa les bras et lui adressa un regard où la compassion le disputait à la condescendance.

— Nommes-en un seul, lui rétorqua Elizabeth.

Elle se carra sur sa chaise et attendit, certaine qu'elle venait de clouer le bec à sa sœur.

Elle se trompait.

— Je te citerai deux personnes, dit Jenna à mi-voix. Alan et Sue.

Elizabeth jeta un coup d'œil vers le bar où Alan Barrow était appuyé, en grande conversation avec le serveur, une expression affable sur le visage.

— Alan et Sue ?

— Il n'a pas pu t'échapper qu'ils sont riches. Ils partagent leur temps entre Londres et New York. Elle élève des champions et écume les concours canins partout dans le monde. Tu croyais qu'ils étaient sans le sou ?

Elizabeth se tassa sur sa chaise.

— Pour être honnête, je n'y avais pas réfléchi.

— Eh bien, tu devrais.

Jenna tendit le bras et lui étreignit la main.

— Et tu devrais peut-être y songer à deux fois avant de traiter ce magnifique juge d'abruti.

Elizabeth regarda à la dérobée dans la direction de l'intéressé. Il semblait être absorbé dans la lecture d'un menu, mais tout dans son attitude indiquait qu'il était parfaitement conscient que sa sœur et elle parlaient de lui. Le petit sourire qui lui flottait sur les lèvres, cette légère lueur de satisfaction dans le regard… sa façon décontractée de croiser les chevilles en s'appuyant contre l'encadrement de la porte d'entrée — tout cela dans une tentative délibérée, et réussie, de paraître à la fois séduisant et insouciant.

A moins qu'il ne soit tout simplement naturellement sexy.

C'était exaspérant.

Elizabeth se retourna vers Jenna, plus indignée que jamais :

— Jenna, tu ne trouves jamais de défauts à personne. Pourtant, je t'assure que ce M. Darcy a une très haute opinion de lui-même. Tu n'étais pas dans le ring, cet après-midi. Tu n'as pas vu comment il me traitait.

— Eh bien, je vais en avoir l'occasion, maintenant, dit Jenna en avalant une grande lampée de vin. Ne te retourne pas tout de suite, mais il vient vers nous.

Elizabeth se tendit.

— Non !

— Si, il arrive.

Entre ses dents, Jenna lança un compte à rebours :

— Quatre, trois, deux, un…

On aurait dit qu'elle annonçait le lancement d'une fusée de la Nasa.

A chaque seconde qu'elle décomptait, l'estomac d'Elizabeth chavirait un peu plus.

Houston, nous avons un problème…

— Mademoiselle Scott.

Elle ouvrit les yeux et le découvrit penché sur elle, un sourire poli aux lèvres. Poli mais, allez savoir comment, outrageusement séduisant.

Elle lui retourna son salut sur un ton égal :

— Bonsoir, monsieur Darcy.

— Puis-je me permettre de vous souhaiter un joyeux anniversaire ? demanda-t-il en désignant les ballons accrochés à la chaise d'Elizabeth — qu'elle avait préféré oublier — et le gâteau surmonté de son cercueil de plastique noir.

Maintenant qu'il était là, ces décorations semblaient à Elizabeth d'un goût encore plus douteux. Elle eut soudain comme une envie de mourir. Comme ce n'était guère possible, elle ouvrit la bouche pour affirmer que, oui, elle était l'heureuse élue, qu'elle venait de passer la barre des trente ans. Mais avant qu'elle ait pu prononcer un seul mot, une très jolie et très *jeune* femme rejoignit M. Darcy.

— Zara, dit-il en se tournant pour l'embrasser sur la joue.

Tandis qu'elle le regardait accueillir son amie, Elizabeth ne put s'empêcher de remarquer deux choses. D'abord, cette Zara était loin d'approcher de la trentaine, elle. Avec ses hanches minces et son teint lumineux, il semblait évident qu'elle n'en verrait la couleur que d'ici une bonne douzaine d'années. Ensuite, quand il la regardait, Donovan Darcy se départissait complètement de cette froideur qu'il affichait depuis l'instant où Elizabeth avait posé les yeux sur lui. De fait, il débordait tout à coup de chaleur et de charme.

Regardez-moi ça : M. Darcy est tout miel.

Elizabeth trouvait le spectacle insupportable. Pour une raison qu'elle doutait pouvoir jamais comprendre, elle avait l'impression qu'une boule de jalousie s'était logée dans son ventre. L'intensité de cette sensation ne fit qu'accroître son irritation ; en effet, toute cette scène était tellement ridicule — un pur cliché — qu'elle aurait dû pulvériser sur-le-champ le plus petit sentiment d'attirance qu'elle pouvait éprouver vis-à-vis de Donovan Darcy. Il était riche, beau à couper le souffle, arrogant et, apparemment, il avait un faible pour les très jeunes femmes.

Elizabeth adressa un regard furieux à Jenna. *Je te l'avais bien dit !* disaient ses yeux. Mais sa sœur ne sembla pas capter le message. Elle était trop occupée à examiner le sac à main de Zara. Un Vuitton, selon toute vraisemblance. Elizabeth doutait qu'il provienne d'un camion puant le poisson garé dans une ruelle de Chinatown, comme celui où Jenna avait acheté son propre Vuitton l'année dernière, lors d'une visite en ville.

Sa sœur était folle des sacs à main. *J'aurais dû lui donner le Prada qu'un de mes élèves m'a offert à Noël*, songea Elizabeth. Elle l'avait trouvé sur son bureau au retour des congés d'hiver, parmi d'autres cadeaux tout aussi clinquants. A la Barclay School, les parents ne dédaignaient pas s'attirer ainsi les faveurs des professeurs afin qu'ils octroient à leur enfant une attention particulière.

Ou autre chose.

— Je vous demande pardon, dit M. Darcy en détournant

son regard enamouré de Zara pour le reporter sur Elizabeth. Je vous présente…

Elizabeth le coupa :

— Zara. Oui, nous avons entendu.

— Elizabeth !

Jenna accompagna son exclamation outrée d'un violent coup de pied sous la table.

Réprimant une grimace de douleur, Elizabeth leva le menton avec autant de dignité que pouvait en rassembler une personne assise devant un gâteau couronné d'un cercueil.

— Et, oui, c'est mon anniversaire.

Elle se détourna, non seulement pour ne pas avoir à les regarder, lui et sa belle et jeune compagne, mais également pour masquer l'expression blessée qui s'affichait sans doute clairement sur son visage. Elle se sentait en effet atteinte dans sa fierté, bien qu'il n'y ait aucune explication raisonnable à cela. Elle, jalouse ? A cause de M. Darcy ?

Non seulement elle avait trente ans, mais manifestement, elle venait d'être frappée de démence précoce.

— Joyeux anniversaire, alors.

Aussi creuses qu'elles soient, les paroles de Donovan Darcy résonnèrent dans son dos. Son ton coupant était éloquent : il avait compris qu'il n'était pas le bienvenu à leur table.

— Je vais vous laisser fêter cela entre vous.

A cet instant, alors qu'Elizabeth pensait que le pire était derrière elle, un « joyeux anniversaire » strident retentit dans le restaurant. Elle aurait reconnu cette voix entre mille.

Non. Ce n'est pas possible. Dites-moi que ce n'est pas eux.

Elizabeth pria tout bas. Elle avait mal entendu, forcément — peut-être le Pimm's contenait-il un hallucinogène ?

Mais en entendant les nouveaux arrivants entonner un chant

à tue-tête, Elizabeth sursauta et se retourna. Pas d'erreur, hélas : juste au-dessus de l'épaule gauche de M. Darcy, elle voyait dépasser le sommet du chapeau outrageusement fleuri de sa mère — son préféré.

— Je suis désolée, murmura Jenna. J'ai essayé de te le dire…

Un sourire glacé étira les lèvres de M. Darcy. Il passa le bras autour de la taille de Zara, l'air de vouloir la balancer en travers de ses épaules, façon homme des cavernes, avant de se ruer vers la sortie la plus proche. Si Elizabeth n'avait pas été si mortifiée, elle aurait trouvé la situation assez amusante.

— Maman, dit-elle. Quelle surprise.

— Oh ! mais je ne suis pas toute seule ! Gracie, Laura et Heather sont là aussi. Et ton père, bien sûr.

Sa mère agita la main vers l'entrée où les sœurs cadettes d'Elizabeth étaient en train de se chamailler à propos d'elle ne savait quoi, tout en se frayant un chemin entre les tables pour les rejoindre. Derrière elles, penché sur son BlackBerry, son père fermait la marche. Il lui sourit, l'air presque gêné.

— Nous sommes tous venus te faire la surprise pour ton anniversaire. Alors, tu es surprise ?

— Très.

Elizabeth perçut dans sa propre voix les premières traces de panique. Si elle ne se débarrassait pas rapidement de Donovan Darcy, il allait être cerné par les membres de sa famille.

— Je vous avais pourtant dit que ça ne me dérangeait pas de fêter mon anniversaire au concours canin. Toute seule, je veux dire. Vous n'aviez pas besoin de faire le déplacement jusqu'ici.

— Toute seule…, répéta sa mère en secouant la tête d'un air navré. Quel dommage qu'aucune de vous cinq ne se soit déniché un gentil mari pour vous tenir compagnie en de telles circonstances.

Pitié, pas ça !

Elizabeth eut soudain envie de bondir par-dessus les verres de vin, le gâteau et les décorations ridicules, et de plaquer une main sur la bouche de sa mère. Si elle avait pensé un seul instant être capable de franchir d'un bond la table tendue d'une nappe blanche — pour mieux faire ressortir les confettis noirs, quelle bonne idée —, elle l'aurait fait sans hésiter. Mais elle n'avait jamais été une grande sportive. Et, maintenant qu'elle avait passé la trentaine, elle n'était pas certaine de pouvoir battre à la course la langue bien pendue de sa mère.

Comme pour lui donner raison, avant qu'Elizabeth ait pu tendre le moindre muscle, sa mère avait remis ça.

— C'est tellement dommage pour ton travail, aussi. Je veux dire, c'était l'occasion idéale pour que tu croises enfin de riches messieurs.

Elle secoua la tête, entraînant dans le mouvement les plumes de son chapeau.

— Ne t'inquiète de rien, trésor. Tu n'as qu'à rentrer à la maison et revenir travailler dans l'entreprise familiale. Scott Bridal a besoin d'un mannequin pour présenter les robes de mariage, et tes mensurations sont parfaites pour cela. Tu vois, tu coifferas le voile de mariée, d'une façon ou d'une autre.

La mère d'Elizabeth éclata de rire sans paraître remarquer les regards gênés échangés autour de la table. Elizabeth sentit qu'on lui prenait la main et qu'on l'étreignait. Jenna.

— Je suis désolée, lui dit celle-ci à voix basse. Quand je les ai invités, je pensais qu'on ne serait que toutes les deux.

Elizabeth sentit son envie de sauter par-dessus la table disparaître aussi vite qu'elle était venue. Il était trop tard, à présent. Le train de l'humiliation avait déjà quitté la gare, pour ainsi dire. Elle s'absorba dans la contemplation de ses genoux où reposait sa main, enserrée dans celle de Jenna, et tâcha d'oublier tout ce qui se passait autour d'elle. Elle remarqua toutefois que Donovan Darcy et sa délicieuse compagne prenaient discrètement la poudre d'escampette.

— Je t'aurais bien demandé qui était ton amie, mais au regard méchant qu'elle t'a lancé, j'ai cru comprendre que vous n'étiez pas particulièrement proches.

Zara regarda derrière Donovan, en direction de la table d'Elizabeth.

Une fois assis, il avait tourné le dos au dîner d'anniversaire d'Elizabeth Scott, qui semblait prendre des allures de catastrophe ferroviaire. L'idée de contempler ce spectacle une seconde de plus lui était insupportable. Pourtant — et c'était aussi étrange qu'affreux —, il se sentait inexplicablement attiré par la scène. Par bonheur — ou par malheur, en fonction du point de vue adopté —, Zara, qui avait le même penchant pour les commérages que n'importe quelle autre fille de dix-huit ans, insistait pour lui faire un rapport des événements seconde par seconde.

— Oh ! mon Dieu ! Tu devrais voir la mère, maintenant. Elle mange la bouche grande ouverte, je vois carrément ses molaires. Je crois qu'elle en a une en or.

Zara affichait une expression oscillant entre l'horreur et la fascination.

— Zara, arrête de regarder. C'est malpoli.

Donovan tapota de l'index la carte des boissons. *Pourvu*

que la serveuse remarque son geste et se dépêche de prendre sa commande… Bon sang, il avait besoin d'un verre.

Ou de trois.

— Je ne regarde pas.

A contrecœur, elle détourna les yeux de la table des Scott, bien distincte des autres grâce aux affreux ballons qui l'entouraient.

En repensant à ces baudruches qui flottaient autour du joli visage d'Elizabeth Scott, le doigt de Donovan se mit à pianoter frénétiquement sur la carte. Combien de temps encore allait-il être capable de rester assis ici sans le réconfort d'un martini ?

Ou d'un Pimm's. N'importe quoi ferait l'affaire, en fait. Si Donovan avait été du genre chevalier blanc — ce qui n'était clairement pas le cas —, il se serait dirigé tout droit sur Elizabeth Scott et l'aurait arrachée de sa chaise pour l'emporter loin, très loin d'ici. Où exactement, il l'ignorait. Dans un endroit calme. Intime. En tout cas, quelque part où il n'y aurait pas de ballons.

Cela dit, Elizabeth Scott ne verrait sans doute pas d'un bon œil qu'on vole à sa rescousse, surtout si c'était lui son sauveur.

— Pourquoi boudes-tu ?

Donovan fut obligé d'arracher ses pensées de Mlle Scott, *une fois de plus*, et de reporter son attention sur Zara.

— Je ne boude pas.

— Si, tu boudes.

Zara plissa le front et lui adressa sa plus belle grimace. Elle avait toujours pris beaucoup de plaisir à imiter ses mimiques.

— Je te connais comme si tu étais mon frère, tu sais.

— Je *suis* ton frère.

Donovan se détendait peu à peu, il le sentait.

— Et tu es le meilleur frère du monde, renchérit-elle en lui décochant son plus doux sourire.

— Arrête de me lécher les bottes, Zara. Tu as eu ce que tu voulais — nous sommes en Amérique, non ?

Si Donovan avait un point faible, c'était bien sa sœur. Non seulement il était responsable d'elle, mais depuis la mort de leurs parents, il constituait son unique famille. C'était certainement la seule personne capable de l'éloigner de Figgy alors qu'elle était sur le point de mettre au monde une portée de chiots. Zara manifestait un tel désir de visiter enfin la Grosse Pomme qu'il avait fini par accepter d'officier comme juge dans le concours de cet après-midi.

Même si la campagne du New Jersey n'était, en réalité, pas si proche que cela de la ville de New York…

Ils y remédieraient demain. D'ici deux jours, après avoir emmené Zara faire du tourisme et du shopping, il serait de retour à la maison. Figgy tiendrait certainement jusque-là. Sinon, eh bien… c'était à cela que servait le personnel du chenil.

Donovan espérait cependant qu'il n'en arriverait pas là. Figgy était sa préférée. Il voulait être auprès d'elle en personne quand elle mettrait bas sa première portée.

La serveuse arriva enfin et Donovan se détendit un peu plus en sachant que, d'ici quelques minutes, il pourrait savourer son cocktail. Tout était bon pour effacer l'image de la famille de Mlle Scott. Et plus particulièrement celle de sa mère. Encore à présent, son rire strident portait depuis l'autre bout de la salle. Si on lui avait donné un centime chaque fois qu'il l'avait entendue faire une réflexion sur les hommes riches, il aurait pu ajouter une nouvelle aile à sa maison de campagne.

Une fois de plus, le regard de Zara s'égara par-dessus son épaule.

— Alors, c'est quoi l'histoire, avec cette table, là-bas ?

— Je n'en ai aucune idée, répondit Donovan en déployant sa serviette sur ses genoux. Une fête d'anniversaire, si j'ai bien compris.

Réflexion faite, cela tenait davantage d'une séance d'humiliation publique. Il ne pouvait s'empêcher de penser qu'Elizabeth Scott méritait mieux que cela. *N'importe qui* méritait mieux…

— Non. Je veux dire, qu'y a-t-il entre toi et cette jolie fille ? Comment as-tu dit qu'elle s'appelait, déjà ?

— Elizabeth.

Il avait baissé la voix pour répondre. C'était inutile, cependant : la mère parlait si fort qu'on n'entendait qu'elle dans toute la salle.

— Elizabeth Scott, répéta-t-il.

— Ça veut dire que tu la trouves jolie, alors ?

Zara le gratifia d'un large sourire. Manifestement, elle était ravie que son frère soit tombé dans le piège qu'elle venait de lui tendre.

— Du calme, Zara. Il n'y a rien entre elle et moi.

Sans savoir pourquoi, ce constat le contrariait un tantinet.

— Pourquoi ? A cause de sa famille ? lui demanda Zara en secouant la tête. La pauvre. Ils ont l'air complètement barrés.

— Non, ce n'est pas ça…

Donovan accepta le verre que la serveuse venait de lui apporter et en avala une gorgée. Malheureusement, cela ne suffit pas à lui faire oublier le spectacle qui se déroulait à la table des Scott. Au contraire, son envie de se ruer vers elle pour voler à son secours s'était encore accru.

C'est peut-être le décalage horaire, se raisonna-t-il.

Donovan repoussa son verre. Finalement, boire pour refouler ses inhibitions n'était peut-être pas une très bonne idée.

Zara, avec la ténacité qu'il lui connaissait, ne semblait avoir aucune intention de changer de sujet.

— Dans ce cas, pourquoi n'as-tu pas tenté ta chance ?

— Parce que je suis ici pour juger des chiens dans un concours. Et pour t'emmener faire un peu de tourisme.

Donovan se massa les temples.

Et aussi parce que ma vue ne lui inspire que mépris.

Zara se pencha vers lui et, sur un ton conspirateur, lui murmura :

— Propose-lui d'aller boire un verre, par exemple. Je rentrerai à l'hôtel et je louerai un film. C'est maintenant ou jamais…

— Zara…, l'interrompit Donovan, prêt à mettre un point final à cette conversation.

Il était indéniable qu'Elizabeth Scott l'attirait, et ce sentiment était d'autant plus perturbant qu'il n'était manifestement pas réciproque. Il ne se sentait pas d'humeur à subir par-dessus le marché les harcèlements de sa petite sœur.

— Zara, répéta-t-il, ça suffit. Je trouve Mlle Scott quelconque. Ni plus, ni moins. Si tu crois pouvoir me convaincre du contraire, tu perds ton temps.

— Oh.

D'un coup, Zara s'était figée.

Donovan soupira. Certes, il avait été un peu sec, mais il n'avait pas eu l'intention de froisser sa sœur. Il s'apprêtait à lui faire des excuses… quand Mlle Scott passa près de lui.

Il sentit sa présence avant même de la voir. C'était la même sensation que celle qu'il avait éprouvée dans le ring — un étrange mélange, à mi-chemin entre le calme et la révélation. Elizabeth Scott lui évoquait cet instant paisible et définitif qui, au crépuscule, renferme la promesse d'un coucher de soleil flamboyant.

Il leva les yeux vers elle, souhaitant l'impossible — qu'elle n'ait pas surpris cette diatribe pleine de frustration qui n'était destinée qu'à Zara.

Un simple regard lui suffit.

Elizabeth Scott avait tout entendu.

Chapitre 4

Le lundi suivant, Elizabeth ouvrit les yeux dans son lit. L'espace d'un instant, elle fut prise de panique. Le cœur battant, elle jeta un coup d'œil affolé au réveil posé sur sa table de chevet, persuadée qu'elle ne l'avait pas entendu sonner et que les élèves de son premier cours du matin étaient assis à leur bureau en se demandant où pouvait bien être passé leur professeur.

Il ne lui fallut pas longtemps pour revenir à la réalité.

Redescends sur terre. Ce sont des adolescents. *Même si j'étais en retard, c'est la dernière question qu'ils se poseraient.*

Et non, elle n'était pas en retard.

Il était impossible d'être en retard quand personne ne vous attendait. Elizabeth ferma les yeux pour se représenter le professeur au teint frais qui devait la remplacer, assis en ce moment même à son bureau, puis les rouvrit aussitôt. Mieux valait affronter la réalité, aussi maussade soit-elle, que se ronger les sangs sur le passé.

Sur l'oreiller à côté d'elle, Bliss bâilla sans retenue avant de s'étirer de tout son long. De toute évidence, elle n'éprouvait aucune difficulté à s'adapter à leur nouveau programme. Ou à leur absence de programme, au choix.

Voir sa chienne se prélasser ainsi arracha tout de même un

sourire à Elizabeth. Du moins, jusqu'à ce qu'elle se remémore avec une douloureuse clarté les événements du week-end. Comment cette escapade au concours canin, une sortie dont elle s'était réjouie si longtemps à l'avance, avait-elle pu prendre un tour aussi catastrophique ?

Elle aurait aimé pouvoir en accuser sa mère. Avec son chapeau farfelu et sa façon de parler à tort et à travers, elle n'était pas innocente. Pas plus que les autres membres de la tribu Scott. A part Jenna, bien entendu. Mais pour une fois, Elizabeth ne pouvait tenir sa famille responsable à cent pour cent de son humiliation. Certes, quand ils étaient apparus en plein pendant le dîner, elle avait été gênée au-delà de toute expression. En seulement trois secondes, sa mère avait tout de même réussi à évoquer à la fois sa faillite professionnelle et sentimentale. C'était impressionnant, même pour une femme comme elle.

Pour être parfaitement honnête, la situation avait commencé à dégénérer un peu plus tôt dans la journée. Plus précisément, à la seconde où les yeux d'Elizabeth s'étaient posés sur Donovan Darcy. Bon, d'accord : peut-être cinq secondes *après* l'avoir vu pour la première fois. Pendant ce bref laps de temps, elle avait été trop occupée à le dévorer du regard pour prêter attention à la spirale infernale dans laquelle elle était sur le point d'être entraînée.

Monsieur Darcy.

La simple évocation de son nom déclencha en elle une avalanche d'émotions — humiliation en tête.

Quelconque.

Il l'avait qualifiée de *quelconque*. C'était presque pire que de se faire traiter de laideron. Comme personne ne l'avait jamais désignée sous ce terme de *quelconque* — ni traitée de laideron, à vrai dire — Elizabeth gardait quand même un doute à ce sujet.

Oublie-le. Quelqu'un qui qualifie une femme de « quelconque » ne peut être qu'un crétin imbu de sa personne, voilà tout. Toute cette histoire est grotesque. Il *est grotesque.*

Elizabeth sauta d'un bond hors du lit. Pas question qu'elle passe la journée à se morfondre au sujet de Donovan Darcy — même si l'idée d'imaginer mille façons de le torturer à mort avait ses attraits… Elle aurait tout le temps d'y songer plus tard. Il fallait qu'elle se rende à l'école pour y récupérer ses affaires personnelles. Et, si le destin lui souriait, elle pourrait profiter de son passage pour avoir une petite conversation avec le proviseur.

— Souhaite-moi bonne chance, Bliss, murmura-t-elle une fois douchée et habillée.

Bliss et elle ne retourneraient pas dans le New Jersey. Elizabeth ne le voulait à aucun prix. Elle ne le *pouvait* pas. L'idée de retourner travailler chez Scott Bridal lui était intolérable. Comment Jenna supportait-elle de le faire jour après jour ? Cela dit, Jenna était une sainte. Elizabeth n'avait jamais rencontré quelqu'un d'aussi patient que sa sœur aînée. C'était peut-être cela, le secret qui lui permettait de survivre dans le milieu hostile de l'entreprise familiale. Elizabeth, en revanche, n'était pas taillée pour ce milieu. Chaque fois qu'elle mettait les pieds dans le New Jersey, sa mère surgissait de nulle part, prête à poser sur sa tête un voile de mariée. Depuis qu'Elizabeth avait déménagé à Manhattan, elle et Bliss coulaient des jours heureux et paisibles. Il pouvait s'écouler des journées entières sans qu'elle entende prononcer le nom de Vera Wang[1]. C'était le paradis.

Sur le trajet qui la menait vers la Barclay School, elle se raccrocha à cette fragile certitude : tout allait s'arranger. Située dans les beaux quartiers de l'Upper West Side, cette école privée assurait depuis plus d'un siècle l'éducation des rejetons de l'élite new-yorkaise. La première fois qu'Elizabeth avait franchi les énormes portes sculptées menant dans l'immense foyer dont le sol de marbre arborait une réplique dorée du blason de l'école, elle avait eu l'impression de pouvoir conquérir le monde ou du moins, la partie du monde résidant près de Central Park West. A présent, en passant ces mêmes portes, son état d'esprit était tout autre.

Envolé, l'optimisme joyeux qu'elle avait fini par associer à l'école — *son* école, comme elle se plaisait à l'appeler. Elle avait beau savoir que ses élèves empochaient chaque semaine quatre fois plus d'argent de poche qu'elle ne gagnait en un mois grâce à son salaire de professeur, elle se sentait chez elle, ici.

Jusqu'au jour où elle avait osé attribuer une note éliminatoire au fils de Grant Markham.

Depuis lors, tout était parti en vrille. Elle avait déclenché un scandale, et avec lui, le sentiment inébranlable qu'elle, Elizabeth Scott, n'était pas à la hauteur.

Qu'elle était quantité négligeable.

Quelconque.

Ce mot résonnait dans son esprit.

Allez au diable, monsieur Darcy.

1. Vera Wang est une styliste américaine d'origine chinoise connue pour ses collections de robes de mariées.

— Elizabeth, lança Mme Whitestone, la secrétaire, en l'accueillant avec un sourire pincé.

— Bonjour, madame Whitestone. Je suis venue prendre mes affaires et discuter un peu avec le Dr Thurstone, si c'est possible.

Le *Dr Thurstone*. Moins d'une semaine plus tôt, Elizabeth appelait encore le proviseur par son prénom, Ed.

— Est-il dans son bureau ?

— Oui, allez-y. Je crois qu'il veut vous parler, lui aussi.

Un léger soulagement envahit Elizabeth. Si le proviseur voulait lui parler, c'était plutôt encourageant. Il y avait peut-être une toute petite chance que sa suspension ait été levée et qu'elle reprenne ses cours avant la fin de la journée.

La porte du bureau d'Ed s'ouvrit.

— Elizabeth, lança celui-ci d'une voix forte. Entrez, je vous en prie.

La lueur d'espoir qu'elle avait perçue quelques instants plus tôt s'évanouit quand il l'accompagna à l'intérieur du bureau avant de prendre place derrière sa table de travail. Il avait les joues rouges, et il émanait de son visage une gravité alarmante.

— Je suis content que vous soyez passée. Il faut que nous discutions de nouveaux éléments concernant votre suspension.

Les mains d'Elizabeth se mirent à trembler. Elle les serra l'une contre l'autre pour qu'Ed ne le remarque pas.

— Je vous demande pardon ?

— Je crains que cette… affaire ne soit devenue fort compliquée.

Rien de tel qu'un peu de corruption pour transformer une note éliminatoire en *affaire*. Encore que techniquement, il s'agisse plus exactement d'une *tentative* de corruption. Elle n'avait pas un seul instant envisagé d'accepter le chèque à cinq chiffres que Grant Markham lui avait mis sous le nez au cours de leur rencontre parent-professeur.

Correction : *les* chèques. Au pluriel.

Chaque fois, elle avait refusé. Et plus elle disait non, plus il insistait. Il avait rempli ces chèques les uns après les autres, comme si son refus était lié au montant du pot-de-vin qu'il lui proposait plutôt qu'au fait que cette offre était totalement déplacée.

— Combien ? avait-il fini par demander en se rapprochant d'elle jusqu'à ce qu'elle sente son souffle sur sa peau. Les femmes comme vous, celles qui viennent de nulle part, ont toujours un prix. Cessons de perdre notre temps et dites-moi combien vous voulez.

Ces paroles l'avaient profondément remuée — elles réveillaient ses incertitudes les plus profondes. Il était difficile de grandir dans le tulle et les dentelles de Scott Bridal sans se sentir parfois comme une Cendrillon déchue cernée de femmes hautaines à qui tout était permis. Leurs clientes étaient de celles qui pensent qu'un portefeuille bien rempli est la clé du pouvoir. A vrai dire, elles n'avaient pas si tort que cela.

Les femmes comme vous, celles qui viennent de nulle part…

Réduite à un silence stupéfait, elle n'avait pu que dévisager Grant Markham avec horreur tandis qu'il touchait avec désinvolture l'intérieur de son poignet. Du bout des doigts, il avait caressé sa peau, remontant le long de son bras, et son regard s'était posé sur sa poitrine. Il ne lui avait pas ouvertement fait des avances, mais ses intentions étaient on ne peut plus claires : il avait les moyens d'acheter son silence. Et de l'acheter, *elle*.

Avec le recul, elle n'aurait peut-être pas dû le gifler. Si

elle s'était contentée de le planter là et de s'en aller, peut-être ne serait-elle pas dans ce pétrin à l'heure qu'il était. Grant Markham ne serait peut-être pas allé en référer au proviseur. Sans doute n'aurait-il pas contesté la note de son fils et insisté pour qu'Elizabeth soit suspendue pendant une semaine pour raisons administratives, le temps qu'un inspecteur indépendant vérifie ses cahiers de notes.

Ou peut-être cela n'aurait-il fait aucune différence. Gifle ou non, il n'avait pas obtenu ce qu'il voulait.

Pas encore.

A présent, face au proviseur, Elizabeth ne se sentait plus sûre de rien.

— J'imagine que les choses ont effectivement pris une tournure déplaisante, dit-elle en acquiesçant. Mais comme je vous l'ai dit, Grant Markham n'en a fait qu'à sa tête. Son comportement était tout à fait déplacé. J'espère…

Le proviseur leva la main pour l'interrompre, de la même manière que M. Darcy dans le ring lors du concours canin, la veille. Dans ce contexte, ce geste était irritant. Par-dessus tout, il était intimidant.

Elizabeth ferma donc la bouche, obéissante.

— Il ne s'agit plus seulement de la note attribuée à Joe Markham. Cette affaire va plus loin. *Beaucoup* plus loin.

Joe était un sobriquet. Le nom complet de son élève était Grant Markham III. Pourquoi les riches s'acharnaient-ils à se transmettre le même prénom de génération en génération ?

M. Darcy était-il le dernier d'une longue lignée de Donovan ? se demanda-t-elle l'espace d'un instant. A peine cette question formulée, elle se pinça fermement la cuisse. Pour se punir. Franchement, à quoi cela rimait-il de penser à M. Darcy dans un moment pareil ? C'était absurde.

Elle s'éclaircit la voix pour demander :

— Vous n'avez pas besoin de vous expliquer davantage. Je sais que Joe est le capitaine de l'équipe de rugby. Sa note l'empêche de se présenter aux éliminatoires. Il y a pas mal de monde que ça dérange, je le comprends. Pour autant, Grant Markham ne doit pas s'attendre à ce que je remonte la note de son fils en échange d'un chèque.

Ed croisa les mains sur son bureau et secoua la tête.

— J'ai parlé à M. Markham. Il a connaissance de vos accusations, et il les conteste toutes. Avec véhémence, dois-je ajouter.

Evidemment.

— J'avoue que cela ne me surprend pas. Je ne pensais pas qu'il admettrait avoir tenté de me soudoyer.

Ni qu'il lui avait subtilement proposé d'avoir une aventure avec lui. Sur ce point, elle continuait d'espérer s'être fait des idées.

— En fait, il affirme que c'est vous qui avez mis le sujet de l'argent sur la table.

Il avait parlé bas. Si bas qu'Elizabeth faillit ne pas l'entendre.

— Moi ?

Cette annonce lui faisait l'effet d'une gifle en pleine face, aussi tangible que celle qu'elle avait flanquée à Grant Markham.

— Oui. M. Markham dit que vous avez essayé de lui extorquer de l'argent en échange d'une note permettant à son fils de participer aux éliminatoires.

Il planta son regard dans le sien. Son front était plissé de rides soucieuses, et son visage semblait s'empourprer de seconde en seconde.

— Il a aussi fait allusion à un sac à main de marque.

Le Prada. Soudain, Elizabeth se sentit proche du malaise.

— C'était un cadeau de Noël, expliqua-t-elle d'une voix blanche. Vous savez comment sont les parents, ici. Le responsable de la section sport a reçu des tickets pour tous les matchs de la saison des Yankees.

Elle détestait entendre sa voix trembler de cette façon. Elle aurait préféré dégager de l'assurance, ou même de l'indignation, face à pareille accusation.

Il n'en était rien. A ce moment précis, elle était simplement terrifiée.

— Elizabeth ?

Ed, ou plutôt le Dr Thurston — car elle était certaine que l'époque où elle appelait cet homme par son prénom était définitivement révolue —, laissa échapper un soupir et baissa les yeux sur ses mains croisées devant lui. Le sommet de son crâne était plus rouge que jamais. Tout en l'observant, Elizabeth pria pour que le cœur du proviseur ne flanche pas pendant qu'elle se trouvait dans son bureau. Si cela arrivait, sa renommée risquait d'atteindre de nouveaux sommets : en plus d'être le professeur qui avait tenté d'extorquer de l'argent à un parent d'élève, elle deviendrait aussi celle qui avait tué le chef d'établissement.

Il redressa la tête. Dieu merci, il était toujours en vie.

— Il y aura une enquête, bien entendu.

— Une enquête ?

Elle aurait dû se réjouir de la nouvelle, bien sûr : elle n'avait rien à se reprocher, une enquête ne pouvait donc que jouer en sa faveur. Pourtant, l'annonce la mit mal à l'aise.

— Cette enquête sera menée en interne, précisa le Dr Thurstone.

Il tira sur le col de sa chemise, ce qui eut pour effet de déplacer son nœud de cravate. A présent, il était tout de travers.

Elizabeth résista à l'envie de le redresser — après avoir passé une partie de sa jeunesse à travailler chez Scott Bridal, c'était devenu une manie, chez elle. Elle était capable de reconnaître à cent mètres un nœud Windsor impeccablement réalisé.

— En interne ? Qu'est-ce que ça veut dire, exactement ?

— Le conseil d'administration va examiner l'affaire.

Le conseil d'administration.

Elizabeth sentit le sol se dérober sous ses pieds. *La femme* de Grant Markham siégeait au conseil d'administration. Tout comme neuf autres personnes que les époux Markham devaient régulièrement recevoir à dîner, sur leur yacht, sans doute, ou en d'autres lieux tout aussi luxueux. Son sort était entre les mains de l'épouse de la victime présumée et de leurs amis de la haute société. Autant dire que c'était fichu pour elle.

Elizabeth s'assit avec calme, tâchant d'assimiler toutes ces informations.

— Que va-t-il se passer, maintenant ? Dois-je prendre un avocat ?

— Non. Un avocat ne vous serait d'aucune aide, de toute façon. Comme le spécifie votre contrat, nous pouvons mettre fin à votre engagement dans cet établissement à tout moment, quelle que soit la raison. Mais n'allons pas plus vite que la musique. Dans quelques semaines, tout ceci ne sera peut-être plus qu'un mauvais souvenir. Pour l'heure, votre suspension est maintenue jusqu'aux résultats de l'enquête. A ce moment, le conseil prendra une décision définitive.

Il laissa échapper un soupir plein de regret avant d'ajouter :

— Elizabeth, vous êtes un excellent professeur. Je ne dis pas que je ne vous crois pas. Je ne dis pas cela du tout, mais la stabilité financière de cet établissement repose sur la façon dont nous allons gérer cette affaire. La Barclay School est une institution privée, et son existence tout entière dépend du paiement des frais de scolarité.

Ainsi, cette histoire n'était qu'une question d'argent. Mais tout, dans la vie, ne se résumait-il pas à cela ?

— Combien de temps va durer cette enquête ?

— Quatre semaines, selon les clauses du règlement intérieur.

Quatre semaines. Soit trois de plus qu'elle n'avait les moyens de garder son appartement de Manhattan sans salaire régulier.

Peut-être était-ce une bonne chose qu'elle ait toujours les qualifications requises pour travailler chez Bridal Scott, après tout — car lundi prochain, elle allait sans doute devoir y pointer à la première heure. Elle sentait déjà le poids du voile de mariée sur sa tête.

Le Dr Thurston la pressa de profiter de son temps libre — de partir en vacances, de faire une petite pause. Elizabeth entendit à peine ce qu'il lui disait. Elle était trop bouleversée pour prêter attention à ses paroles faussement réconfortantes. Sans qu'elle s'en rende compte, il avait achevé son discours et, la prenant par le coude, lui avait fait retraverser son bureau et la grande entrée de marbre ornée de son blason doré pour la mener directement devant les grandes portes sculptées de l'école.

Avant de franchir ces portes pour ce qu'elle pensait être la dernière fois, elle lança un regard à son chef. A un moment donné, il avait redressé le nœud de sa cravate.

— Au revoir, docteur Thurstone, murmura-t-elle.

L'instant d'après, elle était dehors, sur le trottoir et cernée par les piétons pressés de Manhattan, comme si l'école venait de la recracher à l'instar d'un corps étranger.

Après le calme du bureau du proviseur, la rumeur des klaxons et de sirènes qui hurlaient au loin, qu'Elizabeth trouvait généralement réconfortante, lui mit les tympans et les nerfs à vif. Elle resta plantée là sans bouger, s'efforçant de se ressaisir tandis que les New-Yorkais, portant les vêtements noirs de rigueur dans ce quartier, la contournaient comme une statue. Etrange que personne ne s'arrête pour la dévisager, elle, le professeur qu'on venait d'accuser d'extorsion ! Une accusation aussi accablante devait forcément être visible sur ses traits, même pour des étrangers. Un peu comme un sceau infâmant sur l'épaule d'une prostituée, mais sous la forme d'un bon gros dollar.

Elizabeth prit la direction de son appartement. Elle dut faire un effort de concentration pour parvenir à mettre un pied devant l'autre. Elle se sentait faible, comme si elle était sur le point de s'évanouir — ou de disparaître. Elle se focalisa sur ses chaussures — des ballerines toutes simples — pour s'assurer qu'elles entraient bien en contact avec l'asphalte à chaque pas qu'elle faisait.

Elle manqua entrer en collision avec une paire de bottes noires à bouts carrés et vacilla dangereusement sur le bord du trottoir. A peine avait-elle repris son équilibre qu'elle se retrouva orteil contre orteil avec une paire de mocassins d'homme — noirs, bien entendu. Juste à côté étaient posées deux ballerines qui ressemblaient aux siennes. Sauf que celles-ci étaient matelassées et arboraient deux C entrelacés sur le dessus. Elizabeth avait vu des élèves de la Barclay School en porter de semblables. Des Chanel.

Elle s'arrêta, attendant que M. Mocassin et Mme Chanel s'écartent pour la laisser passer. Ils n'en firent rien.

— Excusez-moi, dit Elizabeth en levant les yeux.

Son cœur faillit cesser de battre quand elle s'aperçut qu'en définitive, cette journée qu'elle avait déjà cataloguée comme la pire de sa vie n'avait pas fini de lui réserver de mauvaises surprises.

Les mocassins n'appartenaient pas à un quelconque anonyme, mais à nul autre que M. Donovan Darcy.

Fronçant ses sourcils parfaits, il prononça son nom sur un ton étonné, l'air de lui poser une question :

— Mademoiselle Scott ?

Elizabeth eut un instant de panique, comme si elle ne connaissait pas la réponse. Elle tourna la tête pour regarder la femme qui se tenait près de lui, la propriétaire des ballerines Chanel, et reconnut sa compagne de la veille dans ce restaurant du New Jersey. Zara.

Seigneur, elle a l'air encore plus jeune que dans mon souvenir.

— Salut, dit Zara avec un petit signe de la main.

Elle paraissait à peine plus âgée que Joe Markham, l'élève qui lui avait attiré tous ces ennuis, songea Elizabeth, écœurée.

Cela ne fit rien pour atténuer son mécontentement. Pourquoi était-ce sur elle que le sort s'acharnait alors qu'un Donovan Darcy se pavanait avec une fille à peine sortie du lycée ?

— Monsieur Darcy, répondit-elle d'un ton sec.

Puis, se tournant vers Zara avec un sourire de façade :

— Zara.

— Que faites-vous ici ?

A la décharge de Donovan Darcy, il avait posé cette question sans la moindre grossièreté. Il semblait réellement désemparé, avec un charme un peu candide à la Hugh Grant.

Pourtant, Elizabeth ne s'y trompa pas. Elle se rappelait très clairement le scandale déclenché par l'acteur dans les années 1990… Rien de charmant là-dedans.

— J'habite ici.

— A New York ? Seule ?

Il contempla l'espace vide autour de ses ballerines sans marque, comme s'il s'attendait à y voir quelqu'un se matérialiser.

Et alors ? Pour qui se prenait-il ? Sa mère ?

— Oui, seule. Mais ça ne vous regarde pas.

— Je ne voulais pas être indiscret.

Il croisa les bras, et Elizabeth aperçut ses boutons de manchette. Ils étaient en argent, cette fois, comme ceux qu'on voyait toujours en vitrine chez Tiffany.

Comme lors de l'exposition canine, il était l'incarnation même de l'élégance masculine, depuis la pointe de ses mocassins vernis jusqu'à la coupe de son étroite cravate. Elle ne put s'empêcher de remarquer qu'il arborait le nœud Windsor le plus parfait qu'il lui ait été donné de voir. Comme par hasard.

Après avoir vu tant de futurs mariés à Scott Bridal qui ne reconnaissaient pas le haut du bas d'une ceinture de smoking, elle avait toujours trouvé particulièrement sexy les hommes qui savaient s'habiller.

Et zut.

— Mademoiselle Scott, je crois que vous vous méprenez. Je me demandais seulement où était votre charmante petite chienne, le cavalier. Bliss, c'est cela ?

Une sonnette d'alarme se déclencha dans la tête d'Elizabeth pour lui rappeler qu'elle se trouvait devant *M. Darcy*, un homme qu'elle détestait au plus haut point. Pourtant, elle se surprit à se radoucir à son égard. Juste un peu.

Combien de chiens un juge passait-il en revue dans un concours canin ? Des centaines, au moins. Peut-être même un millier.

Et Donovan Darcy s'était souvenu du nom de sa chienne.

Elle se détendit imperceptiblement et s'autorisa même à lui sourire.

— Je l'ai laissée à la maison. J'avais, euh… une course à faire.

Il lui retourna son sourire :

— J'espère qu'elle va bien.

— Très bien. Merci.

Elizabeth ne savait plus quoi dire. Son regard se posa à la dérobée sur Zara, qui restait là, à écouter tranquillement leur conversation. Si elle était ennuyée que son compagnon se soit arrêté en pleine rue pour discuter avec une autre femme, elle ne le montrait aucunement. D'un autre côté, pourquoi cela l'aurait-il dérangée ? Elle l'avait entendu qualifier Elizabeth de « quelconque ». Elle savait que celle-ci ne constituait pas une menace pour elle.

Mais à tout le moins, Elizabeth se serait attendue à ce que Zara se tienne prête à s'éloigner des piétons qui se bousculaient autour de leur petit ménage à trois, et dont ils bloquaient plus ou moins le passage. Etrangement, elle n'en semblait pas gênée le moins du monde.

Elizabeth reporta son attention sur M. Darcy. Ses yeux sombres étaient braqués sur elle, l'observant avec leur intensité caractéristique. Son premier réflexe fut de détourner le regard, mais la franchise inattendue qu'elle lut dans ces yeux ténébreux l'en empêcha.

Il la dévisagea en silence pendant un long moment avant de dire enfin :

— Je crains que vous ne vous soyez méprise sur certaines de mes paroles.

Il y avait dans ce regard quelque chose de profondément tendre, Elizabeth le sentait. Sans savoir pourquoi, elle comprit qu'il faisait référence à son commentaire de la veille — *quelconque.* S'il était possible de demander pardon d'un simple regard, alors M. Darcy était manifestement en train de tenter sa chance.

Elizabeth était… captivée. Elle avait soudain l'impression qu'ils étaient seuls au monde. Impossible, bien sûr : le trottoir était noir de piétons, sans compter Zara, dont la présence ne pouvait s'ignorer.

Sur ces entrefaites, le sac d'Elizabeth aboya, brisant la magie de l'instant.

Le front lisse de Zara se plissa d'étonnement :

— J'ai bien entendu un chien aboyer ?

M. Darcy inclina la tête et demanda d'un ton amusé :

— Vous êtes sûre d'avoir laissé Bliss à la maison ? On dirait qu'elle s'est offert une escapade dans votre sac à main.

— C'est la sonnerie de mon téléphone, expliqua Elizabeth en fouillant dans son sac à main. Il faut que je réponde, c'est peut-être urgent.

Pour être honnête, il était peu probable que cet appel revête une quelconque importance. Elle n'avait prétendu le contraire que pour tenter de s'extraire de cette scène embarrassante qui commençait à ressembler à un triangle amoureux.

Un triangle amoureux. Tu parles !

Elizabeth avait envie de se gifler.

A la place, elle décrocha.

— Allô ?

M. Darcy ne bougea pas, comme s'il avait pris racine sur le trottoir. Pourquoi ne s'en allait-il pas ? Et que faisait-il à Manhattan, de toute façon ? Quoique, réflexion faite, elle ait sa petite idée sur la question : la collection de sacs qui pendaient des bras minces de Zara était on ne peut plus révélatrice. Gucci. Chanel. Et, écœurante cerise sur le gâteau, Prada.

Elizabeth détourna les yeux de crainte de repérer un sac Tiffany dans le lot. Ç'aurait été le coup de grâce.

— Elizabeth, ma chérie, c'est toi ? Sue à l'appareil. Sue Barrow.

— Oh ! Sue. Je suis vraiment contente de t'entendre.

Tout en parlant, Elizabeth sentait les yeux de M. Darcy posés… sur sa bouche. C'était parce qu'elle parlait, sans nul doute. Il n'avait rien d'autre à regarder, après tout. Pourtant, la façon dont il fixait ses lèvres provoquait en elle un trouble qui, à sa grande honte, n'était pas complètement déplaisant.

— Sue, tu peux attendre une seconde ? Ne raccroche pas.

— D'accord.

Elle plaqua son téléphone contre sa poitrine. Manifestement, M. Darcy ne semblait pas pressé de partir, mais aussi agréable qu'il soit à regarder, elle n'avait aucune envie de prolonger ce bizarre entretien. Il était temps de lui donner congé.

— Eh bien, c'était un plaisir de vous voir, tous les deux, dit-elle en souriant. Mais il faut vraiment que je prenne cet appel. Profitez bien de votre séjour.

Le regard de M. Darcy étincela un bref instant. *Y lisait-elle de la frustration ?* C'était difficile à dire.

— Mademoiselle Scott.

Il s'inclina légèrement pour la saluer.

Une courbette. Il lui avait fait une courbette. Plus personne ne faisait cela ! Comment était-elle censée réagir ? En se prosternant devant lui ?

Elle opta pour un simple signe de la main.

— Au revoir.

Elle s'éloigna, se laissant avaler par la foule qui encombrait le trottoir. Accélérant le pas, elle porta le téléphone à son oreille.

— Sue, c'est moi. Désolée de t'avoir fait attendre.

— Ce n'est rien, je n'étais pas pressée. Nous sommes à l'aéroport, mais notre vol ne décolle pas tout de suite. Alan est avec moi.

Elizabeth perçut un sourire dans la voix de Sue quand elle évoqua son mari.

— Vous rentrez à Londres ?

— Oui. Alan a un conseil d'administration cette semaine. En fait, c'est pour cela que je t'appelle, Elizabeth. Alan et moi avons une proposition à te faire. Et j'espère qu'elle te plaira.

Elizabeth ralentit.

— Une proposition ?

— Hier soir, au restaurant, nous avons vaguement entendu ta mère évoquer le fait que tu n'avais pas de travail, en ce moment.

Vaguement entendu. Sue était polie. Comme d'habitude, sa mère avait parlé à tue-tête, et elle ne s'était pas contentée d'évoquer ce fait, elle en avait rebattu les oreilles de toute la tablée.

— Oui, c'est vrai.

Elle chercha désespérément une façon de leur expliquer comment elle en était arrivée là. Les Barrow semblaient pleins de gentillesse, mais de là à leur annoncer qu'elle venait d'être accusée d'extorsion… il y avait des limites à la compréhension.

— C'est temporaire.

— Dans ce cas, j'en viens au fait : nous avons un travail à te proposer. Tu m'as été d'une aide précieuse, hier, et j'aurais bien besoin d'un coup de main pour les concours, en Angleterre.

Ce n'est pas si facile de trouver une personne de confiance, là-bas, et j'ai vu que mes chiens réagissent très bien avec toi.

Elizabeth s'accrocha des deux mains à son portable. *Avait-elle bien entendu ?* Quelqu'un la bouscula par-derrière, manquant la faire s'affaler sur une bouche d'égout, mais elle y prêta à peine attention.

— Tu veux me donner du travail ?

— Oui, ma chérie.

Ces mots lui firent l'effet d'une brise printanière, assez forte pour envoyer promener le voile de mariée qui pendait comme une épée de Damoclès au-dessus de sa tête.

— A Londres.

Chapitre 5

Donovan était épuisé. Il n'avait pas fermé l'œil pendant le vol qui les ramenait à Heathrow. Et tout cela, c'était la faute d'Elizabeth Scott. Elle avait tourmenté ses pensées d'un bout à l'autre de l'Atlantique.

Donovan n'était pas du genre à courir après les femmes. C'était même le contraire, il avait plutôt tendance à les fuir. Prenez Helena Robson, à titre d'exemple : elle l'avait appelé au moins une fois par jour pendant son absence pour lui laisser des messages sirupeux sur son répondeur. Elle lui avait même envoyé quelques sms confinant aux sextos.

C'était pathétique.

Et voilà qu'il avait lui-même rejoint le cercle des amoureux transis. Cette pensée le mortifiait. En deux mots, il était une loque.

Pour ne rien arranger, les chiots étaient nés. Donovan l'avait compris à peine son majordome lui avait-il ouvert la porte. C'était inscrit noir sur blanc sur son visage anxieux.

— Monsieur, commença Lawrence.

— Ne me dites rien !

D'un signe de main, Donovan l'arrêta. Il ne pensait pas pouvoir supporter d'entendre cette annonce à haute voix.

— J'arrive trop tard, n'est-ce pas ? Figgy a eu ses chiots ?

— Je crains que oui, Monsieur, répondit Lawrence, l'air dépité. Mais tout s'est très bien passé. Figgy se porte à merveille, et les chiots également. Il y en a quatre en tout.

Quatre chiots. *Et il avait raté l'événement.*

— Des chiots ! s'écria Zara en lâchant son sac de voyage sur le pas de la porte. Il atterrit avec un bruit sourd — elle y avait fourré les trois paires de chaussures achetées à la boutique Chanel de l'aéroport.

— Allons les voir !

En un clin d'œil, elle avait contourné Lawrence. Au même instant, Finneus, le père de la portée de Figgy, se précipita sur Donovan en frétillant de la queue.

— Viens ici, bonhomme. Il est temps d'ouvrir le champagne.

Du bout du pied, il fit entrer Finneus et referma la porte derrière lui.

— Monsieur… j'ai autre chose à vous dire.

Lawrence lança un coup d'œil nerveux en direction du petit salon où Donovan avait installé le panier de Figgy avant de partir pour les Etats-Unis.

Donovan poussa un soupir las.

— Honnêtement, tant que la jeune mère et ses petits sont heureux et en bonne santé, le reste n'a pas d'importance. Tout le monde va bien ?

— Absolument, répondit le majordome avec un hochement de tête. Mais…

Donovan secoua la tête.

— Il n'y a pas de « mais » qui tienne. Je vais aller regarder par moi-même.

Il faisait de son mieux pour voir les choses du bon côté. De toute façon, il ne pouvait pas remonter le temps et assister à la naissance. Il voulait simplement jeter un coup d'œil à la portée et s'asseoir tranquillement auprès de Figgy quelques instants avant de s'occuper du monceau d'obligations qui l'attendaient. Ce que Lawrence voulait lui dire avait certainement trait à sa tante Constance, il en aurait mis la main au feu. Ou à la fondation familiale. Ou à n'importe laquelle des affaires en cours susceptible de lui déclencher un ulcère, mais qui pouvait attendre.

Il fit demi-tour et se dirigea vers le petit salon. Situé au rez-de-chaussée de la maison mitoyenne qu'il habitait à South Kensington, il se trouvait au bout du couloir, à droite de l'entrée. Donovan y passait le plus clair de son temps quand il était dans son domicile de Londres. Il y avait installé son bureau, et c'était là qu'il aimait prendre le thé. Il avait donc choisi cette pièce claire et calme pour y mettre le panier de Figgy.

Pourtant, au moment même où Donovan franchissait le seuil du salon, une surprise l'attendait — une *fort mauvaise* surprise — sous la forme d'une paire de fesses moulées dans un jean de marque. Là, lui tournant le dos au-dessus de la litière, se tenait Helena Robson.

Oh ! mon Dieu, pas maintenant.

Il aurait bien aimé être prévenu avant. C'est alors qu'il se rappela le regard soucieux qu'avait jeté Lawrence vers le petit salon. Pourquoi n'avait-il pas écouté son majordome ? Les majordomes étaient des êtres omniscients, tout le monde le savait. Donovan n'apprendrait-il donc jamais rien ?

Zara le considéra à la dérobée. Elle regarda Helena puis adressa à son frère un regard clairement excédé. Elle n'avait jamais beaucoup apprécié la sœur du meilleur ami de Donovan, Henry Robson.

Helena tourna la tête, les fesses toujours tendues comme une cible dans sa direction. D'une voix aiguë, elle roucoula :

— Bienvenue à la maison !

La subtilité n'avait jamais été le fort de cette femme…

— Super, nous avons de la compagnie, commenta Zara d'un ton égal.

Donovan détourna le regard. Il contempla son bureau, puis le sol. Tout, sauf le derrière d'Helena.

— Helena, bonjour.

Du coin de l'œil, il la vit se redresser.

— Tu n'as pas l'air très content de me voir. Je voulais te faire la surprise.

— Ça, pour une surprise…

Il la contourna sans hâte pour mieux voir les chiots.

— Ils sont mignons, non ? dit Zara à voix basse — *pour ne pas déranger la petite famille*, supposa Donovan. J'adore les bébés chiens.

Figgy laissa échapper un gémissement de plaisir. Sa queue se mit à marteler joyeusement la couverture qui garnissait le panier, mais elle resta allongée sur le flanc pour continuer à allaiter ses quatre chiots qui se tortillaient comme des asticots. Ils étaient magnifiques, aussi adorables que Donovan l'avait imaginé. Quatre petits cavaliers dodus, en pleine forme à ce qu'il semblait. Et Figgy semblait se révéler pleinement dans son rôle de mère.

Il en aurait pleuré de soulagement. Il l'aurait sans doute fait, d'ailleurs, si Helena n'avait pas été là, à essayer de se coller à lui.

Il recula d'un pas, s'éloignant du panier, pour venir s'appuyer contre son bureau.

L'expression d'Helena ne changea pas d'un iota. Elle lui adressa un sourire enjôleur :

— Alors, ce voyage aux Etats-Unis ? Zara a-t-elle trouvé la Grosse Pomme à son goût ?

Celle-ci fusilla Helena du regard. Elle avait toujours détesté cette habitude qu'avait la sœur d'Henry de parler d'elle comme si elle n'était pas là.

Cette manie déplaisait tout autant à Donovan. Il était sûr ou presque qu'Helena l'avait fait exprès, pour vexer Zara et l'amener à quitter la pièce, les laissant seuls tous les deux. Pourtant, la vision des jeunes chiots l'emporta sur la condescendance que manifestait Helena à son égard : Zara ne fit pas mine de bouger.

Dieu merci.

Un tête-à-tête avec Helena était bien la dernière chose dont rêvait Donovan.

— Nous avons passé un excellent séjour, lui répondit-il avec un sourire crispé.

Puis il bâilla, prêt à prétexter son épuisement pour se débarrasser d'elle. Mais avant qu'il ait pu évoquer le décalage horaire, Zara s'immisça entre eux.

Un chiot serré contre la poitrine, elle arborait un sourire aussi narquois que le chat du Cheshire. Elle avait clairement une idée en tête. Il préférait ne pas savoir laquelle, d'ailleurs.

— Donovan t'a dit qu'il a fait une rencontre là-bas ? demanda-t-elle en souriant encore plus largement.

Il vit le sang se retirer du visage d'Helena.

— Comment ça ? Non, il ne m'a rien dit.

Puis, levant un sourcil parfaitement épilé, elle demanda :

— C'est vrai, Donovan, tu as rencontré quelqu'un ?

Zara répondit à la place de son frère :

— Bien sûr que c'est vrai. Une femme qui s'appelle Elizabeth Scott. Une Américaine. Ils n'avaient d'yeux que l'un pour l'autre.

— *Zara*, dit Donovan en lui adressant un regard menaçant.

Il n'avait pas l'intention de la laisser se servir d'Elizabeth pour rendre Helena jalouse. Non seulement elle arrangeait considérablement les faits — ses yeux avaient certes été très attirés par Elizabeth, mais le regard de celle-ci, en revanche, semblait avoir eu fort affaire ailleurs —, mais surtout, il ne voulait pas voir le nom d'Elizabeth utilisé à tort et à travers. Il préférait conserver d'elle un souvenir intact et faire de leur rencontre un peu comme un lieu privilégié, rempli de mille petites images pleines de tendresse, un lieu où il retournerait de temps à autre. Tout seul.

— Je suis stupéfaite. Une Américaine. Comme c'est pittoresque.

Elle tenta un sourire qui tenait plus de la grimace. Donovan décela dans ses yeux une lueur de panique grandissante.

— Bon, il est tard. Il faut vraiment que j'y aille.

Elle passa devant lui d'une démarche ondulante, laissant dans son sillage une bouffée de parfum qui manqua l'asphyxier. Arrivée sur le pas de la porte, elle marqua une pause avant d'ajouter, sans réelle conviction :

— Ils sont jolis, ces chiots.

— Merci, répondit-il.

Mais elle était déjà partie.

Il se tourna vers Zara.

— C'était plutôt malvenu.

— Tu devrais plutôt me remercier. Elle est tout le temps après toi.

Zara se déchaussa et entra dans le vaste panier pour replacer le petit chien qu'elle tenait contre le ventre de Figgy.

— En tout cas, elle le méritait.

— Elle, peut-être, mais Mlle Scott ne mérite certainement pas d'être dans le collimateur d'Helena Robson.

Sa migraine s'était accrue d'un seul coup. A présent, il avait l'impression qu'on jouait du marteau-piqueur dans sa tête.

— D'abord, elle est loin d'être aussi folle de moi que tu l'as suggéré.

— Oh ! détends-toi, grogna Zara. Qu'est-ce que ça change ? Ce n'est pas comme si Helena risquait de la rencontrer. Toi-même, tu ne la reverras sans doute jamais.

C'était la vérité, mais ces mots lui firent tout de même l'effet d'une flèche en plein cœur. Il se sentit vaciller.

Puis il se ressaisit. Quelle importance, s'il ne devait jamais revoir Mlle Scott ? L'Angleterre regorgeait de jolies femmes, et aucune d'entre elles, jusque-là, n'avait eu la mauvaise habitude de le considérer avec le mépris évident qu'il avait lu dans les yeux d'Elisabeth Scott. Pourtant, il dut prendre sur lui pour répondre avec calme :

— C'est vrai.

Zara éclata de rire.

— Et c'est une bonne chose. Tu imagines, si elle était là ? Helena la dévorerait toute crue.

Donovan frissonna.

Toute crue, en effet.

En découvrant Londres pour la première fois, Elizabeth eut la sensation de voir New York à travers des lunettes roses. Les gens étaient beaucoup plus élégants. Pas une seule paire de tennis en vue, et elle ne pouvait pas tourner la tête sans apercevoir une écharpe Burberry. En outre, tout semblait plus propre, comme si la ville venait d'être récurée de fond en comble. Cela dit, cette première impression de Londres n'était sans doute guère objective : elle observait tout derrière les vitres teintées d'une Jaguar noire.

Les Barrow avaient envoyé leur voiture de luxe avec chauffeur la chercher à l'aéroport. Un geste prévenant, certes, mais qui mettait Elizabeth mal à l'aise. Assise sur le siège arrière de cuir souple, Bliss pelotonnée sur les genoux, elle ne pouvait s'empêcher de se demander dans quelle histoire elle venait de s'embarquer. Jenna avait souligné que les Barrow étaient riches, et Elizabeth n'avait rien trouvé à opposer à cela. C'était désormais incontestable : ils avaient embauché une baby-sitter… pour leurs chiens.

Seigneur, avait-elle perdu la tête ? Elle venait de traverser l'océan pour s'occuper de chiens !

Calme-toi. C'est provisoire. Quatre semaines. Pendant la durée de l'enquête.

Même si la situation ne s'arrangeait pas avec la Barclay School, elle ne pouvait pas pour autant s'établir définitivement à Londres, n'est-ce pas ?

N'est-ce pas ?

En apprenant la nouvelle, sa mère avait réagi avec la véhémence attendue.

— Elizabeth, tu plaisantes, j'espère ? Tu es enseignante, pas baby-sitter, bon sang ! Ces gens ont besoin d'une nounou, rien d'autre. Et même pas pour des enfants, encore. Pour des *chiens*. Qu'est-ce qu'ils croient ? Et toi, qu'est-ce que tu t'imagines ? Tu as un excellent travail qui t'attend chez Scott Bridal.

Elizabeth aurait pu rétorquer qu'un emploi dans la boutique de mariage n'avait pas grand-chose à voir non plus avec un poste d'enseignante, mais elle s'était retenue. Inutile de jeter de l'huile sur le feu. Sa décision était prise, de toute façon.

— Je ne leur servirai pas de nounou, maman. J'accompagnerai les chiens des Barrow aux concours d'automne. Je les ai aidés dans le New Jersey, et je me suis très bien débrouillée. Mieux que je ne l'ai jamais fait avec ma propre chienne, d'ailleurs. C'est une occasion unique de découvrir l'Angleterre tous frais payés. Avec cette parenthèse dans mon travail à l'école, c'est le moment ou jamais d'en profiter.

Le mot *parenthèse* lui était venu tout seul, c'en était presque effrayant. Elizabeth n'avait pas l'intention d'exposer à sa famille les accusations dont elle était l'objet — même si elles avaient été fabriquées de toutes pièces par Grant Markham. A l'exception de Jenna, elle n'en avait touché mot à personne. Pour l'heure, des termes comme *parenthèse* ou *congé administratif* sonnaient beaucoup mieux qu'*extorsion* ou *enquête*. Certes, sa mère l'avait harcelée pour qu'elle lui en dise davantage, mais Elizabeth avait réussi à satisfaire la curiosité maternelle en évoquant la crise économique et l'explosion du chômage.

Jenna, elle au moins, l'avait soutenue.

— Bien sûr que tu vas accepter, avait-elle dit. C'est la proposition idéale, pour toi.

Elizabeth aurait aimé que sa sœur l'accompagne. Elle détestait l'idée de l'abandonner chez Scott Bridal.

— Tu m'as promis de venir me voir. Ça tient toujours ?

— Bien sûr. Dès que tu te seras installée, je prendrai le premier avion pour Londres. Ne me dis pas que tu as peur de te sentir seule ? Bliss vient avec toi, et les Barrow ont l'air de gens adorables.

Puis, une lueur de malice dans les yeux, elle avait ajouté :

— Dis, je viens de penser à une chose : tu connais quelqu'un d'autre, là-bas. En dehors des Barrow, je veux dire.

— Je ne vois pas de quoi tu parles, lui avait répondu Elizabeth.

Mais elle avait eu la désagréable impression qu'en fait, elle savait *exactement* à qui Jenna faisait référence.

— Ce juge beau comme un dieu, au concours canin. C'était quoi, son nom, déjà ? Daniel ?

— *Darcy*, avait corrigé Elizabeth, détestant la façon dont son cœur avait bondi en prononçant ce nom.

— Tu es sûre que ce n'était pas Daniel ? avait demandé sa sœur d'un air pensif.

— Ta fixation sur Daniel Craig devient vraiment inquiétante. Oui, j'en suis sûre. C'est bien Darcy. Donovan Darcy.

— Eh bien, voilà. Donovan Darcy. Quelqu'un pour te tenir compagnie dans cette bonne vieille Angleterre.

— Arrête, c'est ridicule, avait protesté Elizabeth en sentant le rouge lui monter aux joues.

— Pourquoi serait-ce ridicule ? Personnellement, je trouve ça génial. Cet homme est sublime. Et son accent, tu te souviens de son accent ? A tomber.

Oui, Elizabeth se souvenait de son accent. Un peu trop bien, d'ailleurs.

— Tu as oublié cette femme avec qui il était ? avait-elle rétorqué. Celle qui paraissait avoir la moitié de mon âge ?

Zara, avec son front lisse de bébé et ses chaussures de marque.

— De toute façon, avait-elle poursuivi, je ne risque pas

de le croiser là-bas. Il n'habite même pas à Londres. Il vit à la campagne, dans une espèce de gigantesque propriété. En tout cas, c'est ce que Sue m'a raconté. Cet endroit a même un nom, tu imagines ?

— Une maison avec un nom ? Ce Donovan Darcy me plaît de plus en plus, l'avait taquinée Jenna.

Elizabeth avait ri avec elle, mais elle lui avait caché sa rencontre impromptue avec l'intéressé dans les rues de Manhattan. Elle s'était dit que Jenna en aurait remis une couche, mais pour être honnête, ce n'était peut-être pas seulement à cause de cela qu'elle ne lui avait rien dit.

Assise à l'arrière de la Jaguar, elle eut soudain mauvaise conscience. Il était rare qu'elle fasse des cachotteries à sa sœur.

Arrête, tu réfléchis trop. Ce n'est pas un secret. Ce n'est rien du tout. Juste une coïncidence. Cette rencontre ne voulait rien dire.

Non, elle ne voulait rien dire.

Rien du tout.

Elle garda le regard rivé sur le paysage qui défilait derrière les vitres. Dans combien de temps arriverait-elle à la résidence des Barrow à South Kensington ? Il ne lui avait pas échappé que les quartiers qu'ils traversaient devenaient de plus en plus cossus à mesure que la voiture s'éloignait d'Heathrow.

Lors de cette exposition canine dans le New Jersey, Sue et Alan lui étaient apparus comme des personnes aussi pragmatiques qu'authentiques. Rien à voir avec ce collet monté de Donovan Darcy, avec ses courbettes et ses boutons de manchette. Certes, il était séduisant — au point que les jambes d'Elizabeth avaient tendance à se dérober sous elle quand elle le regardait — mais il était surtout très intimidant.

— Nous sommes arrivés, annonça le chauffeur en engageant la voiture dans une agréable rue nommée Summer Place.

Elizabeth éprouva un bref moment de soulagement en voyant la rangée d'élégantes maisons blanches bordées de clôtures basses en fer forgé et de topiaires soigneusement taillées. L'ensemble parvenait à paraître à la fois prospère et accueillant. Au bout de la rue, elle aperçut une charmante église de pierre dont le clocher s'élevait haut dans le ciel ; à l'autre extrémité, elle repéra une pâtisserie aux vitrines garnies de rideaux de dentelles.

Elizabeth serra Bliss contre elle.

— Je crois que nous allons nous plaire, par ici. J'en suis même certaine.

Le chauffeur se gara le long du trottoir — celui de gauche, nota Elizabeth — avant de venir lui ouvrir la portière.

— Elizabeth, te voilà enfin, ma chérie ! s'exclama une voix féminine.

Sue venait d'apparaître sur le porche, les bras ouverts en grand. Qui avait dit que les Britanniques étaient froids et distants ?

Un large sourire aux lèvres, Elizabeth franchit les trois petites marches menant au porche, Bliss devant elle. Alors que les bras de Sue se refermaient sur elle, l'émotion la submergea soudain. Maintenant qu'elle était sur le sol britannique, serrée dans une étreinte maternelle, elle comprenait tout à coup la portée de ce que les Barrow avaient fait pour elle. A leurs yeux, ce n'était peut-être qu'un travail, mais Elizabeth avait l'impression qu'ils lui avaient lancé une bouée de sauvetage alors qu'elle était en train de sombrer.

— Viens, rentre. Alan est au travail, bien entendu. Je vais

vous montrer votre chambre, à Bliss et à toi, et ensuite, tu feras de nouveau connaissance avec les filles.

Les yeux de Sue pétillaient quand elle évoquait ses « filles », le groupe de border terriers dont Elizabeth aurait la responsabilité.

— Ça m'a l'air parfait, répondit celle-ci.

Elle s'apprêtait à faire demi-tour pour aller chercher ses bagages dans le coffre de la voiture quand elle s'aperçut que le chauffeur les avait déjà transportés dans la maison. Il les avait posés au pied d'un escalier très étroit, juste à côté de la porte d'entrée.

Sue lui glissa quelques billets colorés dans la main, et il prit congé. La Jaguar repartit presque sans bruit.

— Merci de m'avoir envoyé ta voiture, au fait. Tu me gâtes, il ne fallait pas — j'aurais pu prendre un taxi.

Elizabeth se pencha pour prendre Bliss dans ses bras, puis elle emboîta le pas à Sue. L'entrée de la maison était tapissée de papier peint à larges rayures noires et blanches. Un porte-parapluies rempli de parapluies rouge cerise trônait près d'un grand miroir brillant tout en hauteur. En y apercevant son reflet, Bliss poussa un grognement.

Elizabeth perçut au premier coup d'œil que cette maison était parfaitement à l'image des Barrow — elle était aussi élégante et accueillante que ses propriétaires. Elle eut un peu honte d'avoir craint de se sentir mal à l'aise chez eux.

— Laisse les bagages ici, on s'en occupera plus tard. J'ai hâte que tu voies ta chambre. Nous venons de la rénover. L'inconvénient, c'est qu'elle est au deuxième étage.

Sue commença à monter les marches de l'étroit escalier.

Elizabeth la suivit. Bliss posa sa petite tête sur l'épaule de sa maîtresse sans quitter son reflet des yeux.

— Nous avons l'habitude des escaliers, toutes les deux. A New York, mon appartement est au quatrième.

Il *était* au quatrième. Elle avait du mal à se mettre en tête qu'elle n'était plus new-yorkaise. Toutes ses affaires étaient maintenant stockées dans un garde-meubles du Queens. Même avec un travail temporaire, elle n'avait plus les moyens de payer le loyer de son appartement de Manhattan alors qu'elle ne l'occupait pas.

Pour le moment, autant se dire qu'elle était londonienne. Cela sonnait plutôt bien.

L'ascension vers le deuxième étage lui parut plus longue que prévue, mais ce n'était rien en comparaison de ce qu'elle avait l'habitude de faire à New York. Ce que les Américains appelaient « le premier étage » correspondait en Europe au rez-de-chaussée, lui expliqua Sue. Sa chambre était donc située au dernier étage de la maison, au sommet de *trois* volées de marches.

Sue en tête, elles franchirent une porte blanche à doubles battants en haut de l'escalier.

— Qu'en penses-tu ? demanda-t-elle en désignant la chambre d'un geste théâtral. J'espère que tu aimes le bleu.

Elizabeth en resta bouche bée. C'était la plus jolie chambre à coucher qu'elle ait jamais vue. Les murs étaient tendus de toile bleu pâle où étaient représentées des femmes en robes de bal coiffées d'imposantes perruques poudrées. De petits chiens dansaient autour d'elles. L'édredon et les gros coussins qui recouvraient le lit à baldaquin étaient confectionnés dans un tissu assorti.

Du bout des doigts, Elizabeth effleura le bois blanc et lisse d'une des colonnes du lit.

— Oh ! Sue... ça ne peut pas être votre chambre d'amis. C'est bien trop beau.

— Bien sûr que c'est la chambre d'amis. Je n'arriverais jamais à convaincre Alan de dormir dans une pièce aussi coquette. Trop de froufrous à son goût, comme il dit, conclut-elle avec un haussement d'épaules.

Elizabeth secoua la tête. Elle avait encore du mal à y croire.

— Cette chambre est digne d'une princesse, pas d'une nounou pour chiens.

— Allons, ne fais pas de manières ! A quoi ça sert d'avoir une chambre pareille si personne n'en profite ?

Avec un grand sourire, elle ajouta :

— Alors, elle te plaît ?

— Tu plaisantes ? Je l'adore.

Elizabeth serra Bliss contre elle avant de la libérer pour qu'elle explore son nouveau territoire. Au grand plaisir de Sue, la chienne trottina tout droit vers un petit panier garni d'un coussin également assorti à l'édredon.

— Rectification : *nous* l'adorons.

Elle tapota affectueusement la tête de Bliss avant de remarquer la grande fenêtre à l'autre extrémité de la pièce, sous laquelle était positionné un long banc lui aussi agrémenté de coussins de toile et de velours frappé du même bleu que le reste. Le tout avait des allures de refuge douillet, et elle se sentit aussitôt attirée par cet endroit, et captivée par la vue charmante qu'il offrait sur le voisinage.

— C'est fantastique. D'ici, j'ai une vue imprenable sur tout le quartier.

— Oui, c'est le lieu idéal pour espionner les voisins.

Sue frappa dans ses mains.

— Succès sur toute la ligne, si j'ai bien compris ! Je veux

que tu te sentes chez toi, ici. Il y a une petite cuisine au bout du couloir, juste à côté des cabinets.

— Les cabinets ?

Elizabeth se détourna de la fenêtre pour questionner Sue du regard. Sur son visage, elle décela une expression amusée.

— Les toilettes, ma chérie, expliqua-t-elle en riant. Ne t'inquiète pas, nous allons faire de toi une véritable Anglaise en un rien de temps.

Elizabeth savait qu'elle était un peu trop permissive avec Bliss, mais elle ne s'en rendit pleinement compte qu'en retrouvant les border terriers de Sue, les chiens les mieux dressés qu'elle ait jamais vus. C'était remarquable. Ils se déplaçaient à l'unisson, dans un ensemble parfait. Si Elizabeth leur ordonnait de s'asseoir, ils posaient tous leur derrière par terre exactement au même moment. Au mot *couché*, ils s'exécutaient de la même façon.

Après seulement une heure en leur compagnie, elle eut le sentiment qu'elle avait affaire non à un groupe de chiens, mais à une véritable unité militaire. Quatre petits soldats au poil raide et ébouriffé.

A 9 heures, elle sentit les effets du décalage horaire s'abattre d'un coup sur elle. Elle avait le plus grand mal à garder les yeux ouverts. Sa chemise de nuit enfilée, elle alla prendre place sur le banc situé sous la fenêtre — son refuge. Tout en contemplant les rues de Londres plongées dans l'obscurité, Elizabeth fit le point sur sa première journée chez les Barrow, se demandant toujours pourquoi ils l'avaient embauchée. A part pour les aider lors des concours, bien entendu.

Ces chiens — Violet, Hyacinth, Daisy et Rose — auraient pu gérer à eux seuls l'intendance de toute la maison. Ils n'avaient aucunement besoin d'une nounou. Encore que, livrés à eux-mêmes, ils semblaient assez intelligents pour s'attirer de sérieux ennuis. La pièce qui leur était réservée — leur chambre — était équipée d'une TV. Quand il n'y avait personne à la maison, Sue la laissait allumée pour leur tenir compagnie. Elizabeth n'aurait pas été étonnée que les border terriers soient tout à fait capables de mettre la chaîne du télé-achat puis d'appuyer avec leurs petites pattes sur les touches du téléphone pour acheter les derniers gadgets à la mode. De son point de vue, c'était tout à fait dans leurs cordes. Elle n'avait pas affaire à des chiens normaux.

Bliss se mit à exécuter une petite danse sur ses pattes arrière en lançant des regards suppliants vers la fenêtre. Elizabeth la prit dans ses bras — non que sa chienne ne soit pas capable de sauter par elle-même sur le banc. Autant le reconnaître, Bliss était trop gâtée.

— Oui, tu es pourrie gâtée, murmura Elizabeth en cédant aux supplications de sa chienne.

Elle caressa les oreilles marron de Bliss ; elles étaient douces comme de la soie.

— Mais je t'aime comme tu es.

Bliss émit un petit reniflement satisfait et se fraya un chemin entre la jambe d'Elizabeth et une rangée de coussins de velours. Une lumière jaune et tamisée, provenant de la rangée de réverbères plantés sur le trottoir en contre-bas, filtrait par la fenêtre. Elizabeth sourit en distinguant une cabine de téléphone rouge vif, juste à côté de la pâtisserie au coin de la rue.

Londres avait un charme fou.

Elizabeth n'était en Angleterre que depuis une petite quinzaine d'heures, et elle était déjà conquise. La rue était calme, à cette heure. Les vitrines de la pâtisserie étaient éteintes.

Seules certaines fenêtres étaient encore éclairées. Même l'église au bout de la rue avait cessé de sonner les heures. South Kensington s'apprêtait à dormir.

Pourtant, alors qu'Elizabeth soulevait les huit kilos d'une Bliss profondément endormie pour aller se mettre au lit, quelque chose attira son regard dans la rue, et elle interrompit son geste.

Un autre cavalier !

Avec précaution, elle reposa Bliss sur les coussins et se pencha vers la vitre pour mieux voir.

Malgré la hauteur, elle aurait reconnu entre mille la petite queue touffue qui s'agitait en contrebas. C'était indiscutablement un cavalier. Mieux encore, le chien qui sautillait devant le seuil de la maison d'en face était, comme Bliss, un cavalier King Charles. Elle plissa les yeux pour essayer de voir son maître.

C'était un homme. De cette hauteur, et dans la pénombre, elle ne pouvait guère en dire plus. Il était vêtu d'un jean et d'un pull, mais sa démarche avait quelque chose d'un peu guindé.

L'homme et le chien avançaient en sinuant dans la rue. Une fois arrivés à l'église, ils revinrent sur leurs pas en direction de la maison qu'ils venaient de quitter. L'homme garda le regard baissé sur son chien jusqu'au milieu de la rue. Arrivé là, il leva soudain la tête vers la fenêtre d'Elizabeth.

Il faisait trop sombre pour qu'elle puisse distinguer son expression, ou même les traits de son visage. Pourtant, elle se sentit rougir brusquement tandis qu'elle le regardait l'observer. Il demeura ainsi un long moment sur le trottoir, la lueur de la lune caressant ses larges épaules. Plus longtemps qu'il ne semblait convenable à Elizabeth. D'un autre côté, n'était-elle pas elle-même en train d'espionner ses voisins par la fenêtre ?

Elizabeth savait qu'elle devait s'éloigner de la vitre et se mettre au lit, mais quelque chose semblait l'en empêcher. Pour une raison inexplicable, la scène, dehors, l'attirait. C'était à cause du chien, évidemment — du moins, elle tâcha de s'en convaincre. C'était un cavalier, elle avait toutes les raisons d'être curieuse, non ? Pourtant, à la manière dont son cœur s'était emballé, elle sentait qu'il n'y avait pas que cela.

De sa main libre, l'homme lui adressa un petit signe. C'était un geste discret, mais il déclencha chez Elizabeth une sorte de séisme. Elle répondit à l'homme de la même façon.

Il inclina la tête en arrière, comme pour mieux la voir. Soudain, elle eut peur qu'il ne distingue son visage. Pourrait-il la reconnaître ?

Sans doute pas.

Qu'est-ce que cela pouvait faire, après tout ? En dehors des Barrow, elle ne connaissait pas âme qui vive, par ici. Elle était anonyme. Invisible.

Elle tenta de se ressaisir, mais une étrange sensation lui remonta du ventre pour venir s'installer dans sa poitrine. Assise là, dans cette communion silencieuse avec un étranger posté dans une rue de Londres, elle ne se sentait aucunement invisible. En réalité, c'était même le contraire. Elle se sentait exposée et vivante.

Elle ressentit une pointe de déception quand l'homme baissa de nouveau la tête vers son chien. Ils se dirigèrent vers leur maison. Elizabeth les suivit du regard jusqu'à ce que l'homme ouvre la porte et qu'ils disparaissent à l'intérieur.

— Viens, mon cœur, murmura-t-elle à Bliss. C'est l'heure d'aller au lit.

Elle se glissa sous les couvertures de l'imposant lit à baldaquin, sa chienne pelotonnée contre elle. Aujourd'hui, elle avait traversé l'Atlantique, et elle était épuisée comme jamais. Pourtant, il lui fallut un bon moment avant de parvenir à s'endormir. Son corps tout entier était parcouru de fourmillements. Enfin, ses paupières récalcitrantes se fermèrent. Et pour la première fois depuis une semaine, aucun cauchemar à propos de Grant Markham ne vint perturber son sommeil.

Chapitre 6

Le nez au-dessus de sa tasse de thé, Donovan Darcy réprima un soupir. Toute la théine du monde pourrait-elle suffire à lui donner l'énergie nécessaire pour affronter la journée qui l'attendait ?

— Lawrence, aujourd'hui, je n'irai pas au bureau, marmonna-t-il.

— Très bien, Monsieur.

Lawrence resta planté là et le considéra quelques instants bouche bée avant de se décider à disparaître dans le couloir.

Donovan ne passait jamais un jour sans aller au bureau. Ledit « bureau » ne correspondait d'ailleurs pas à un endroit spécifique, c'était plus un lieu métaphorique qu'autre chose. A Chadwicke, il gérait ses affaires dans la bibliothèque, entouré de livres qui hantaient les étagères depuis des générations mais qu'il n'ouvrait presque jamais. Parfois, tout en écoutant sa tante Constance ressasser les détails les plus infimes de la fondation familiale, il contemplait la reliure des premières éditions de Dickens en se disant qu'il aurait bien aimé faire la sourde oreille à ses discours et feuilleter les livres à la place.

A Londres, il travaillait dans son petit salon. Mais la seule chose qui l'intéressait en ce moment, dans la pièce au décor vert pâle, était le contenu du panier de Figgy, avec ses minuscules et frétillants rejetons.

Il avait donc décidé de laisser tomber le travail et de passer la journée à s'occuper de ses chiens. De toute façon, aujourd'hui, il ne serait d'aucune utilité à la Fondation Darcy. Après une nuit sans sommeil, il se sentait capable de dilapider la moitié de la fortune familiale sans s'en apercevoir.

Le pire, c'est qu'il s'en fichait complètement. Comment aurait-il pu trouver le sommeil après la vision qu'il avait eue la veille ?

Il avait emmené Finneus faire une dernière promenade dans la rue quand il avait levé les yeux et l'avait vue, *elle*.

Bien sûr, ce n'était pas Elizabeth Scott. Il n'avait pas encore perdu l'esprit au point de croire qu'il l'avait vraiment vue. Il s'était fait des idées. Ou bien la lumière lui avait joué des tours. Quoi qu'il en soit, c'était sans réelle importance. Il l'avait revue, ne serait-ce qu'en imagination. Et elle était aussi adorable que dans son souvenir.

Il avait hésité à partir à Chadwicke, le temps de se ressaisir. Cette situation ne pouvait pas durer. Son propre comportement commençait à l'inquiéter passablement.

Pourquoi *elle*, entre toutes ? Pourquoi Elizabeth Scott occupait-elle ainsi la moindre de ses pensées ? Certes, c'était une femme naturellement envoûtante, mais sa franchise un peu agressive n'avait rien de très attirant. Au cas bien improbable où il la recroiserait, elle se servirait certainement de sa bouche sensuelle pour l'insulter au lieu de l'utiliser pour ce que lui avait en tête.

A cette pensée, une brusque excitation le gagna, ce qui ne fit qu'ajouter à sa confusion. Il avait besoin de repos, voilà tout. Un peu de relaxation, un peu de temps avec ses chiens, une bonne nuit de sommeil. Alors, il serait un homme neuf.

Donovan hocha la tête dans le vide, acquiesçant à ce programme : il allait faire l'école buissonnière, et il entendait bien tirer le meilleur parti de cette journée d'oisiveté.

Il acheva son thé, puis s'extirpa de son fauteuil de cuir et s'approcha du panier de Figgy. Quand il s'assit en tailleur par terre, la chienne grimpa sur ses genoux, abandonnant derrière elle ses petits qui, désorientés, se mirent à la chercher du mieux qu'ils pouvaient, la truffe frémissante. Ils étaient mal assurés sur leurs pattes et, les yeux encore fermés, se bousculaient les uns les autres en miaulant comme des chatons.

— Tes petits te cherchent, murmura Donovan à l'oreille de Figgy.

Ses yeux s'arrondirent, ce qui était un exploit dans la mesure où les cavaliers étaient *déjà* dotés de grands yeux ronds. Son front velu se plissa tandis qu'elle tournait la tête, soucieuse, en direction de ses quatre chiots.

— Va t'occuper d'eux. Je reste ici toute la journée.

Il la prit dans ses bras et la reposa sur la litière fraîche et propre au milieu du panier.

Elle garda les yeux fixés sur lui tandis que les chiots se précipitaient maladroitement sur elle. Tous, sauf un, une petite femelle. Le nez collé au bord du panier, celle-ci se mit à gémir de mécontentement.

— Ne t'inquiète pas, je vais te donner un coup de main, trésor.

Avec mille précautions, Donovan cueillit la petite chienne entre ses mains et la retourna pour la regarder bien en face. Sa truffe lisse était aussi rose que du chewing-gum. Il faudrait une semaine pour qu'elle acquière sa teinte noire définitive.

Elle avait une flamme blanche de proportions parfaites au milieu de sa truffe cernée de roux. Pour couronner le tout, son minuscule front blanc présentait la tache rousse si convoitée, propre à la race blenheim. Alors qu'il passait doucement son pouce dessus, Donovan remarqua quelque chose d'inhabituel.

Il tourna le chiot vers la lumière et l'examina de plus près, pour en avoir le cœur net.

— Mais regardez-moi ça !

Entre son œil droit et sa truffe, il les distinguait clairement, à présent. Un fin semis de taches couleur pêche. Il les caressa du bout du doigt, comme pour s'assurer qu'elles n'allaient pas disparaître. Bien entendu, il n'en fut rien.

— Regardez-moi ça, répéta-t-il avec un rire émerveillé. Un chien avec des taches de rousseur !

C'était extrêmement rare, tant dans les lignées qu'il élevait que chez un chiot de cet âge. Le fait qu'il distingue ces taches alors que la chienne avait à peine quelques jours laissait présager qu'elles allaient devenir de plus en plus visibles.

Quelle ironie.

Seulement quelques semaines plus tôt, il se serait arrangé pour trouver à la petite chienne une maison d'accueil sitôt sevrée. Les cavaliers des chenils de Chadwicke étaient fort demandés, autant comme animaux de compagnie que comme chiens de concours. Donovan avait pour eux une liste d'attente longue comme le bras.

A présent, les choses avaient changé. Il n'aurait pas pu dire pourquoi, mais c'est ce chiot qu'il garderait, même si les autres étaient l'image de la perfection. Ces taches à peine visibles lui évoquaient Mlle Scott et la petite chienne qu'elle aimait tant. Pour des raisons défiant toute logique, Donovan avait envie de s'accrocher à ce souvenir. A quoi avait-il comparé son teint, déjà ?

A une pâtisserie saupoudrée de sucre et d'épices.

A un dessert.

Il approcha le chiot de son visage et le frotta contre sa joue.

— Je crois que je vais t'appeler Pudding.

Pudding se tortilla contre son visage. Sa fourrure était aussi douce qu'un duvet de plumes. Donovan la reposa contre sa mère et aussitôt, l'expression soucieuse de Figgy disparut.

Sans quitter les chiens des yeux, Donovan prit une profonde inspiration. Il se sentait déjà mieux. S'éloignant du panier, il partit à la recherche de Finneus. Une petite promenade s'imposait.

Après avoir enfilé son harnais à ce dernier et informé Lawrence qu'il devait annoncer à quiconque l'appellerait — particulièrement sa tante Constance et, dans le pire des cas, Helena Robson — qu'il était absent pour la journée, Donovan sortit de la maison. Arrivé dans la rue, il jeta un coup d'œil en direction de la fenêtre où, la veille, il aurait juré avoir vu Mlle Scott. Les rideaux ouverts ne laissaient deviner qu'une pièce vide. Là-haut, aucune jeune femme envoûtante ne l'observait comme une princesse depuis sa tour.

Il secoua la tête. C'était idiot d'avoir seulement pris la peine de vérifier.

Finneus tira sur sa laisse, le ramenant à la réalité. Donovan lui en fut reconnaissant. Il laissa son chien l'entraîner et le suivit en direction de la pâtisserie située au coin de la rue. Apparemment, c'était là que Finneus avait décidé de se rendre.

A peine avaient-ils fait quelques pas que celui-ci se mit à tirer de plus belle. La laisse se tendit, et Donovan fut obligé de raffermir sa prise sur la poignée.

— Doucement, mon garçon !

Levant les yeux, il aperçut alors un groupe de chiens qui venaient à leur rencontre. Finneus se démenait pour les rejoindre, comme s'il venait d'apercevoir des amis de longue date. L'un des chiens était un cavalier, les quatre autres des border terriers.

Des yeux, Donovan suivit le fouillis de laisses menant à la femme qui se trouvait à l'autre bout — et son cœur s'arrêta.

Elizabeth Scott.

Finalement, il n'était pas fou. Elle était bien là. A Londres. Dans sa propre rue.

Il commanda à Finneus de s'arrêter et attendit que la jeune femme croise son regard. Elle ne leva même pas les yeux vers lui — très concentrée sur son quintet de chiens, elle tentait de démêler l'enchevêtrement de laisses tout en avançant.

A l'instant où elle aperçut Finneus, le visage d'Elizabeth s'illumina. Ses joues rosies par l'effort se colorèrent de plaisir quand elle découvrit la présence d'un autre cavalier à quelques mètres d'elle. Elle hâta le pas pour se diriger droit sur Donovan — ce qui n'était pas pour lui déplaire.

Un sourire ironique lui étira les lèvres quand elle s'agenouilla à ses pieds. Il ne pouvait s'en empêcher : Elizabeth Scott, à genoux devant lui…

Finneus posa ses pattes sur les épaules de la jeune femme et entreprit de lui lécher la joue. Une expression de joie se peignit sur les traits délicats d'Elizabeth. Donovan appréhendait l'instant où elle le reconnaîtrait car alors, cette expression enchantée laisserait certainement place à de la révulsion.

Il s'éclaircit la gorge pour signaler sa présence. La confrontation était inévitable, alors autant y aller tout de suite.

— Mademoiselle Scott, quel plaisir.

En une fraction de seconde, elle fut sur ses pieds. Sa bouche s'arrondit de surprise, attirant le regard de Donovan sur ses lèvres roses et dessinées à la perfection.

Ils restèrent un moment plantés là, à se dévisager en silence comme ils l'avaient fait la veille, lui dans la rue, elle depuis sa fenêtre. Ainsi, cette scène n'était pas le fruit de ses fantasmes, elle avait bien eu lieu. En se la remémorant, Donovan sourit. Quant à Elizabeth, elle rougit de plus belle. Il attendit que ses lèvres exquises esquissent une grimace de dégoût.

Ce qui ne fut pas le cas.

A la place, Elizabeth Scott plissa les yeux, comme si elle le voyait pour la première fois.

Puis elle prononça un seul mot :

— Vous ?

— Oui, moi, répondit-il simplement avec un sourire chaleureux.

Elizabeth sut aussitôt que c'était lui qu'elle avait observé par sa fenêtre la veille. C'était le même chien au bout de la même laisse, les mêmes épaules larges, le même homme.

Et, pour ce qui la concernait, la même tension dans le ventre.

La façon dont il la regardait, avec dans les yeux une lueur qu'elle ne pouvait qualifier que de cynique, l'informa que lui aussi avait fait le rapprochement.

— Joli chien, dit-elle en désignant l'adorable petit cavalier à ses pieds. Il est à vous ?

— Merci. Et oui, il est à moi. Il s'appelle Finneus.

Il fit un pas de côté pour laisser passer un groupe de femmes chargées de plats couverts de torchons qui semblaient se diriger vers la petite église de pierre au bout de la rue, puis il entraîna Elizabeth et sa meute de chiens près de la clôture de fer forgé de la maison la plus proche.

A présent qu'ils s'étaient écartés du passage, Elizabeth laissa un peu de mou aux laisses de ses protégés. Bliss entreprit aussitôt de renifler Finneus du museau à la queue tandis que les border terriers se disposaient d'eux-mêmes en un rang impeccable. Rose et Hyacinth étaient assis aux deux extrémités, à la façon de serre-livres, encadrant Violet et Daisy qui avaient adopté la position du sphinx, leurs pattes avant hirsutes allongées bien droit devant elles.

M. Darcy leva les sourcils d'un air admiratif :

— Impressionnant. Ces borders appartiennent aux Barrow, je suppose ?

— Oui.

Elizabeth observa les terriers avec suspicion, comme s'ils étaient à l'origine de cette rencontre surréaliste.

— Comment le savez-vous ? demanda-t-elle.

— Les Barrow sont mes voisins.

Il se pencha pour caresser Bliss qui, instantanément, roula sur le dos, comme pour en redemander. Elizabeth décocha un regard noir à la traîtresse.

— Je sais que vous n'avez pas une très haute opinion de moi, mais je vous assure que je ne suis pas aussi méchant que vous semblez le croire. En tout cas, je connais le nom de mes voisins.

— Vos voisins ? Mais c'est impossible, vous n'habitez pas ici.

Confuse, Elizabeth jeta un regard fugitif à l'élégante porte noire derrière lui. Il était vrai qu'elle l'avait vu sortir de cette maison la veille au soir, emmener son chien en promenade et y retourner. Et voilà qu'il se tenait de nouveau devant la même porte, comme si, en effet, les lieux lui appartenaient.

Mais c'était impossible, n'est-ce pas ?

Soudain, elle se mit à douter.

Elle balaya les alentours du regard, comme si une explication allait surgir de nulle part. Une pimpante voiture de sport était garée sur le trottoir, juste en face de la maison censée appartenir à Donovan Darcy. Une Aston Martin gris acier. Exactement le genre de véhicule qu'un homme tel que lui — c'est-à-dire, plein aux as — était susceptible de conduire.

— Au risque de vous contredire, c'est tout à fait possible. Mon chien, ma porte, ma maison.

Debout devant elle, Donovan Darcy la dominait de toute sa taille.

Elle avait oublié combien il était grand. Si elle s'était rapprochée d'un pas ou deux, elle aurait pu caler sa tête juste sous son menton.

Pourquoi je pense à des choses pareilles, moi ?

Juste au cas où elle céderait à une impulsion stupide, elle recula d'un pas, et ses mollets butèrent contre la clôture de fer ouvragé.

— Mais je croyais que vous viviez dans une immense maison à la campagne.

Une maison avec un nom, faillit-elle ajouter.

Heureusement, sa rencontre impromptue avec M. Darcy ne l'avait pas perturbée au point de perdre complètement son sang-froid.

Quoique.

— Chadwicke, confirma-t-il en acquiesçant.

Les quatre terriers couchés devant eux reproduisirent son hochement de tête de concert tandis que les deux cavaliers, qui n'avaient d'yeux que l'un pour l'autre, s'effondraient ensemble à ses pieds.

— Vous en avez entendu parler ? demanda-t-il avec curiosité.

Formidable : maintenant, il pensait sans doute qu'elle s'était renseignée sur lui. Qu'elle avait pensé à lui. Ce qui n'était pas le cas.

Pas du tout, même.

— Sue en a parlé en passant.

— Et pourtant, elle n'a pas évoqué ma maison de Londres, qui se trouve pourtant juste en face de la sienne.

La petite lueur ironique qu'elle avait décelée plus tôt reparut dans son regard avec une intensité renouvelée.

— Etrange, vous ne trouvez pas ?

C'est alors que toutes les pièces du puzzle se mirent en place : Sue, qui se pâmait presque en apprenant que M. Darcy faisait partie du jury dans le New Jersey ; cette offre d'emploi qui semblait surgie de nulle part. La jolie chambre bleue en haut de l'escalier, beaucoup trop luxueuse pour une simple employée — une nounou pour chiens.

Mon Dieu. Sue ne m'a pas fait venir des Etats-Unis simplement pour que je m'occupe de ses chiens. Elle joue les entremetteuses.

Tout cela était embarrassant au plus haut point. L'Angleterre se trouvait à des milliers de kilomètres de chez elle. Apparemment, on la jugeait incapable de se dégotter un mari par elle-même.

De toute façon, elle ne voulait pas de mari. Les hommes ne vous causaient que des problèmes. Surtout les hommes riches. Ils étaient insupportables d'arrogance et croyaient qu'ils pouvaient tout se permettre sans avoir à assumer les conséquences de leurs actes.

M. Darcy la considérait d'un drôle d'air. Elizabeth pria

de toutes ses forces pour qu'il n'ait pas deviné, lui aussi, les intentions de Sue. La situation était déjà assez humiliante en soi, il n'avait pas besoin d'en connaître les détails.

Le léger clin d'œil qu'il lui adressa alors anéantit tous ses espoirs en ce sens.

Et lui fit bondir le cœur. *Bon sang !*

Se ressaisissant, Elizabeth bomba la poitrine, s'efforçant de refouler l'étrange excitation qui l'avait traversée. Elle eut le plus grand mal à y parvenir.

— Je travaille pour les Barrow, mais seulement pour un mois. Je suis une sorte de baby-sitter pour leurs chiens, si vous voulez.

— Vraiment ? s'étonna-t-il en contemplant les border terriers d'un air admiratif. J'ai l'impression que vous n'avez pas perdu de temps avec vos protégés. Ils sont impressionnants.

— Je n'y suis pour rien, en fait. Ces chiens sont des créatures surnaturelles, ce n'est pas moi qui les ai dressés. Vous n'avez qu'à voir comment se conduit Bliss…

Elle se mit à rire en voyant sa chienne bousculer Finneus par jeu. Les deux chiens s'affalèrent en roulant sur les pieds de M. Darcy.

— Elle est parfaite, commenta-t-il.

Il se pencha, prit Bliss dans ses bras et, dardant son regard sur Elizabeth au-dessus de la petite tête poilue, il ajouta :

— Il faut dire que j'ai toujours aimé les tempéraments fougueux.

Son ton de voix était on ne peut plus clair : ce n'était pas *du chien* qu'il parlait.

Elizabeth avala sa salive avec difficulté. Soudain, elle eut envie de fuir avant de faire quelque chose qu'elle regretterait.

Flirter avec lui, par exemple. Ou, pire encore, l'embrasser. Sur la bouche.

C'était sans doute le décalage horaire. Ou le dépaysement. Le fait de l'avoir entrevu à la lueur de la lune devait l'avoir transformée d'une manière ou d'une autre, parce qu'à présent, M. Darcy ne lui semblait plus simplement séduisant — il était devenu terriblement désirable.

S'agrippant aux laisses des chiens, elle détourna le regard, le temps de recouvrer son sang-froid. Son attention fut attirée par la cabine téléphonique rouge un peu plus loin, ce qui lui rappela que l'entrée du parc se trouvait juste à côté. C'est là qu'elle avait eu l'intention de se rendre quand elle avait quitté la maison.

— Il faut que j'y aille. Les Barrow ne me paient pas pour bavarder. Je vais promener les chiens à Hyde Park.

Donovan Darcy ne faisait pas mine de lâcher Bliss, contrecarrant les plans de fuite d'Elizabeth.

— Pourquoi ne vous accompagnerions-nous pas, Finneus et moi ? Avec toute cette ménagerie, vous aurez peut-être besoin d'un coup de main.

— Non.

Elle secoua la tête avec une telle véhémence qu'elle faillit se déboîter le cou.

— Ce n'est vraiment pas nécessaire. Je suis payée pour promener ces chiens. C'est mon travail.

— Dans ce cas, je vais prendre Finneus et Bliss.

Il laissa la chienne sauter de ses bras et fit mine de s'emparer de sa laisse.

— Je ne pense pas que les Barrow trouvent à y redire ?

Il l'avait bien eue. Les Barrow — Sue, en particulier — ne verraient aucune objection à cela, au contraire. Donovan

Darcy pouvait bien transporter les cinq chiens sur son dos, elle serait aux anges. Pourtant, Elizabeth ne pouvait se résoudre à lâcher la laisse de Bliss.

— Je suis certaine que non. Mais…

Elle n'acheva pas sa phrase, espérant qu'il n'insisterait pas.

— Mais ?

Il la considéra d'un air perplexe, comme s'il n'avait pas la moindre idée de ce qu'elle s'apprêtait à dire.

Elizabeth n'était pas dupe. Elle poussa un soupir, exaspérée à l'idée d'être forcée de prononcer ces mots :

— Que va dire Zara ?

— Zara ?

Il jeta un coup d'œil furtif derrière lui, en direction de sa maison, comme si l'intéressée se trouvait juste derrière la porte.

Alors comme ça, elle habite ici, elle aussi. Génial.

— Oui, Zara, confirma Elizabeth d'un ton agacé. Allez, les filles, on y va. Violet, Hyacinth, Rose…

Elle s'arrêta en s'apercevant qu'elle avait appelé Hyacinth Violet et Daisy Rose. A moins que ce ne soit elle, Violet ? Elle les confondait toutes.

Aucune importance. Tandis que les chiennes se levaient — à l'unisson, bien entendu —, elle rassembla leurs laisses et entreprit de détourner l'attention de Bliss du cavalier de Donovan Darcy. Il ne lui était pas venu à l'esprit qu'avec cinq chiens, elle allait avoir du mal à battre en retraite sur-le-champ.

— Zara, répéta M. Darcy d'une voix soudain plus froide. Vous voulez dire ma sœur ?

Sa *sœur* ?

Sa *sœur* !

Elizabeth s'arrêta net, juste au moment où les quatre terriers décidaient, dans un même élan, de se mettre à courir. Leurs laisse se tendirent brusquement, la soulevant du sol ou presque et l'envoyant valser dans l'une des deux topiaires touffues qui flanquaient l'entrée de la maison de M. Darcy. D'un geste vif et précis, il la rattrapa fermement par les épaules.

— Merci, dit Elizabeth en s'accordant un soupir de soulagement.

Mais l'expression qu'elle lut alors sur le visage de Donovan Darcy la tétanisa de nouveau : il semblait furieux, et son regard était devenu glacé.

— Zara est ma sœur, en effet. Pourriez-vous m'expliquer en quoi cela la dérangerait que nous allions au parc ensemble ?

Elizabeth ouvrit la bouche, mais aucun mot n'en sortit. Elle était plantée là, comme un oisillon attendant la becquée, quand un coursier à vélo les dépassa à toute allure sur le trottoir. Les cavaliers se mirent à aboyer derrière lui en tirant sur leur laisse. Quant aux terriers, bien entendu, ils demeurèrent imperturbables.

— Vous pensiez que nous étions amants ?

Il avait prononcé le mot *amants* d'un ton dégoûté, comme si cette idée le rendait physiquement malade.

Elizabeth n'avait jamais été aussi mortifiée. Elle avait tellement honte qu'elle ne songea pas un instant que ce malentendu, aussi humiliant soit-il, impliquait que Donovan Darcy était peut-être célibataire. D'accord, peut-être y avait-elle pensé une seconde. Ou deux. Mais certainement pas plus de trois.

— Non, bien sûr que non, protesta-t-elle en secouant la tête.

Si elle la secouait assez fort, peut-être pourrait-elle oublier la façon affreuse dont elle les avait traités, lui et Zara, lors de son dîner d'anniversaire. Elle s'était comportée comme une harpie.

— *Si*, vous le pensiez, insista-t-il en l'observant avec circonspection.

Sous cet examen approfondi, elle craqua :

— Oui, c'est vrai. Je suis navrée.

Pendant une bonne minute, il la dévisagea sans rien dire. Enfin, les coins de sa bouche se relevèrent dans un sourire narquois.

— Vous croyiez que nous étions amants, répéta-t-il.

Cette fois, il l'avait dit sans colère. A vrai dire, il semblait même amusé.

Elizabeth regarda autour d'elle, espérant qu'on ne les avait pas entendus — surtout les dames qui se rendaient à l'église. A son grand soulagement, la seule personne dans les parages était un jeune homme en sweat-shirt à capuche qui marchait sur le trottoir d'en face, des écouteurs enfoncés dans les oreilles.

Une lueur railleuse dans les yeux, Donovan déclara :

— Pour votre gouverne, j'ai un majordome. Vous le verrez peut-être entrer et sortir de chez moi. Il n'est pas mon amant, lui non plus.

Un majordome. Fantastique. Il y avait donc encore des gens qui se payaient des majordomes ? Elizabeth pensait qu'ils n'existaient plus que dans les vieux films en noir et blanc.

— Pourquoi vous moquez-vous de moi ? J'ai admis mon erreur, et je me suis excusée. Reconnaissez qu'il est plutôt inhabituel qu'une jeune femme vive avec son frère.

Elle s'éclaircit la gorge. L'amusement qu'il manifestait maintenant face à sa méprise ne contribuait guère à atténuer son embarras. Au contraire, il décuplait sa honte.

— Et puis, tout le monde n'est pas parfait.

— Vous ne sous-entendez quand même pas que je me

trouve parfait ? lui rétorqua-t-il en riant. Parce que je vous assure que ce n'est pas le cas. J'ai bon nombre de défauts.

Elizabeth songea à Chadwicke, à la voiture de sport garée devant la maison cossue de Donovan Darcy à Londres et enfin — dernier élément, mais non des moindres, et de loin —, son physique d'athlète que même la maille épaisse de son chandail tricoté ne parvenait pas à dissimuler.

— Citez-en un seul, le défia-t-elle.

Elle s'attendait à ce qu'il proteste ou, à tout le moins, qu'il prenne quelques minutes pour réfléchir à une réponse. Elle fut donc surprise de l'entendre répondre du tac au tac :

— Il m'arrive d'être de mauvaise humeur, et je suis assez prompt à juger les gens. Quand je retire mon estime à quelqu'un, c'est de façon définitive.

Il croisa les bras, plein d'aplomb, et conclut :

— Tout le monde a ses défauts.

— Je vois. Vous êtes donc en train de me dire que le vôtre est une tendance à mépriser vos semblables ?

Elle ne pouvait s'empêcher de se demander si elle faisait partie des « semblables » en question. Pour être honnête, ils n'étaient pas vraiment partis sur de bonnes bases, tous les deux.

— Tout comme votre défaut est de prendre un malin plaisir à dénaturer leurs pensées ? lui répliqua-t-il.

Touché.

Le rouge lui monta aux joues.

— Je suis désolée, monsieur Darcy. Une fois de plus. Pourrions-nous oublier tout cela, s'il vous plaît ?

Il s'assit sur l'une des marches menant au porche et laissa Finneus et Bliss grimper sur ses genoux. A cet instant, les cloches de l'église se mirent à carillonner, puis une sorte de calme brutal s'abattit sur le voisinage. Au-dessus de leur tête, les oiseaux pépiaient paisiblement. Elizabeth percevait même le léger halètement des chiens. M. Darcy, quant à lui, se taisait.

Les yeux de Violet, Hyacinth, Daisy et Rose passaient de l'un à l'autre. Pour finir, elles pointèrent leur regard soucieux sur M. Darcy.

C'était insoutenable. *La faisait-il mariner exprès ?*

Sans doute. Mais, compte tenu des circonstances, elle pouvait difficilement le lui reprocher.

Enfin, il lâcha :

— D'accord, mais à une condition.

Une condition ? Formidable.

— Quel genre de condition ?

— Ne m'appelez plus « monsieur Darcy », lui répondit-il d'une voix posée. Je m'appelle Donovan.

— Donovan, répéta Elizabeth avec une sorte de délectation. Je crois que cela me convient, tant que vous-même m'appelez Elizabeth au lieu de « mademoiselle Scott ».

— Marché conclu, Elizabeth.

Il hocha la tête et un sourire sensuel naquit sur ses lèvres.

— Ensuite, j'aimerais que vous veniez voir ma nouvelle portée de chiots demain après-midi.

— Une portée de chiots ? Des cavaliers ?

— Exactement.

— Attendez un peu… Vous avez dit « à une condition ». Cela en fait deux.

— Alors considérez cela comme une simple invitation.

Il leva la tête pour la regarder bien en face. Une tempête semblait s'être déclenchée dans ses yeux sombres.

Une brise légère balaya le trottoir, et les chiens se mirent à humer l'air, comme pour chercher la source de ce courant d'air soudain. Le vent ébouriffa les cheveux de Donovan, lui donnant une allure négligée qui lui ressemblait si peu que, l'espace d'un instant, Elizabeth dut réprimer l'envie d'arranger ses mèches du bout des doigts.

Un frisson la secoua. De toute évidence, elle s'était aventurée en terrain miné.

Si elle avait eu un minimum de jugeote, elle aurait pris ses jambes à son cou. Elle n'allait quand même pas accepter une invitation de la part de Donovan Darcy ? C'était de la folie : à en juger par sa mine défaite, il aurait préféré aller à l'échafaud plutôt que de passer une minute de plus en sa compagnie.

Sa curiosité l'emporta. A moins que ce ne soit les cils d'un noir de jais qui cernaient le regard noir de Donovan Darcy. Les hommes n'étaient pas censés être dotés de cils aussi longs. Ni d'yeux aussi beaux, d'ailleurs.

— Une invitation ? répéta-t-elle d'un ton rêveur.

Elle feignit de réfléchir, comme si elle n'avait pas déjà pris sa décision. Quand l'expression de Donovan lui indiqua qu'il n'en pouvait plus d'attendre, elle lui dit, avec un sourire innocent :

— Dans ce cas, j'accepte.

Chapitre 7

— La fourrure d'un border terrier doit être croustillante.

Par-dessus ses lunettes, Sue contemplait Hyacinth qui se tenait calmement sur la table de toilettage.

— Croustillante…, répéta Elizabeth.

Elle dut faire un effort pour garder à l'esprit qu'elles étaient en train de parler de chiens, et non de céréales.

Crousty Miel.

Avec douceur, Sue empoigna la fourrure de la chienne et la tira légèrement.

— Tu vois ?

Crousty Choco.

Elizabeth passa la main sur les poils du chien.

— Oui.

Crousty Noix.

Arrête !

Pendant que Sue lui montrait comment épiler à la main les poils de son terrier, Elizabeth essaya de se concentrer. Il y avait deux jours qu'elle avait rencontré M. Darcy — non, *Donovan* — dans la rue, et depuis, elle avait tendance à rêvasser plus souvent qu'à son tour. Au moins, en ce moment, au lieu de penser à lui, elle se faisait des plans sur les céréales. C'était forcément un progrès.

— On retire toujours les poils dans le sens de la pousse, expliqua Sue.

— J'ai compris.

Elizabeth hocha la tête et tira sur une touffe de poils dépassant de l'arrière-train de Hyacinth.

— C'est un peu comme si on épilait un sourcil géant.

Un instant, Sue parut prise de court. Puis elle éclata de rire.

— Oui, ma chérie. Je suppose qu'on peut dire ça.

— Dois-je m'occuper d'un chien en particulier ?

— Oui, de Rose. J'espère vraiment lui faire remporter le championnat, cette saison. C'est aussi pour cela que je voulais tellement que tu viennes. Pendant le concours, tu devras concentrer tous tes efforts sur elle. Et sur Bliss, bien sûr, ajouta-t-elle avec un sourire. J'imagine que tu vas la présenter aux championnats, elle aussi.

Elizabeth secoua la tête.

— Je ne sais pas. Il faut des années pour gagner un championnat. Rose a déjà accumulé des points pour ça. Bliss n'en a aucun.

— N'empêche, dit Sue en levant la main. Nous allons y remédier. N'hésite pas à voir grand, ma chérie.

— En parlant d'ambition, mon plus grand rêve serait de remporter un premier prix en concours. C'est idiot, je sais. Des tas de propriétaires passent leur vie dans les concours sans jamais en obtenir un seul. Mais c'est cette première place que je convoite, encore plus qu'un titre championnat.

Emporter ce prix d'excellence lui semblait inconcevable. Bliss n'avait même pas encore décroché le titre de championne de la race. Mais Sue lui avait dit de voir grand, n'est-ce pas ?

— Cela n'a rien d'idiot, ma chérie. C'est ambitieux, certes, mais pas idiot.

Avec un hochement de tête résolu, elle conclut :

— C'est décidé, alors. Pendant ton séjour ici, Rose sera couronnée championne et Bliss remportera le titre de meilleur chien d'un concours.

La sonnette de la porte retentit, comme pour ponctuer son affirmation, et Sue la laissa pour aller ouvrir.

Elizabeth se pencha sur Hyacinth et lui murmura à l'oreille :

— Tu vois, les gens normaux n'ont pas de majordome. Les gens normaux ouvrent eux-mêmes leur porte.

L'oreille de Hyacinth tressaillit.

— Oui, je savais que tu serais d'accord avec moi.

Elle visa une autre masse de poils morts près de la queue du chien et tira.

Sue avait inscrit ses quatre terriers, ainsi que Bliss, à un concours qui avait lieu le lendemain. Elizabeth considérait donc que d'ici là, elle avait quatre sourcils géants à épiler. Sans compter qu'il lui fallait aussi prendre le temps de faire en sorte que la fourrure de Bliss soit aussi douce, soyeuse et blanche que de la neige.

La somme de travail qui l'attendait ne l'effrayait pas le moins du monde. Au contraire, elle s'en réjouissait. Au moins, pendant ce temps, elle ne penserait pas à Donovan Darcy…

Hier, au moment d'aller voir ses chiots, elle avait failli se dégonfler. Puis elle avait décidé que l'éviter serait lui attacher trop d'importance. En se traitant d'idiote, elle avait traversé la rue et frappé à sa porte immaculée.

Lawrence, le majordome, lui avait ouvert en l'informant que « M. Darcy était sorti, mais qu'il lui avait demandé de lui montrer la portée de Figgy ». Elizabeth avait donc passé une heure à cajoler les adorables petits chiens en compagnie du majordome de Donovan.

Et dire qu'elle avait failli croire que cette invitation était l'équivalent d'un rendez-vous !

C'était ridicule.

Elle avait essayé de ne pas se demander où Donovan était allé, ou pourquoi il n'était pas chez lui alors qu'il l'avait invitée à passer voir les chiots. Elle n'aurait même pas dû se poser la question. Les faits et gestes de Donovan Darcy ne la regardaient pas. C'était un homme aussi coincé qu'imbu de lui-même.

Sans compter qu'il l'avait prévenue que, quand il retirait son estime à quelqu'un, c'était *définitif*. Et elle ne lui avait pas donné une très bonne impression d'elle-même, la première fois…

Ni la deuxième, d'ailleurs.

Pourtant, cet homme avait quelque chose…

Elle poussa un soupir exaspéré. *Pathétique. Franchement, Elizabeth, ressaisis-toi.*

Elle respira un grand coup.

— Concentre-toi. Sourcils. Epilation. Arrête de rêvasser et surtout, ne pense *pas* à Donovan Darcy.

De nouveau, elle reporta son attention sur Hyacinth.

— Allez, il faut que tu sois bien croustillante.

— Croustillante ? Tu parles d'une chienne ou d'un bol de céréales ?

Elizabeth reconnut aussitôt cette voix. Rien d'étonnant, elle l'avait entendue toute sa vie. C'était avec la propriétaire de cette voix qu'elle avait chuchoté pendant des nuits entières, allongée sur son lit, à l'époque où ses plus grandes inquiétudes se résumaient à des crayons de couleur cassés ou à des jouets égarés. C'était cette même voix qui lui avait hurlé des encouragements la première fois qu'elle avait appris à faire du vélo. Ce qu'elle ne comprenait pas, en revanche, c'est ce que cette voix faisait à *Londres.*

— Jenna ?

Elizabeth se retourna, s'attendant presque à découvrir qu'elle avait des hallucinations. A la place, elle trouva sa sœur plantée sur le seuil, souriant d'une oreille à l'autre.

— Surprise ! s'exclama-t-elle.

— Je n'y crois pas !

Les larmes montèrent aux yeux d'Elizabeth. Bon sang, elle avait les nerfs encore plus à vif qu'elle ne l'aurait cru.

— Jenna, tu es là, en Angleterre !

— J'espère que ce sont des larmes de joie ?

Sue apparut derrière Jenna. Sans attendre la réponse d'Elizabeth, elle déclara d'un air satisfait :

— Fantastique. Je savais que tu serais enchantée. Je vais vous faire du thé, les filles, ça m'occupera. Continue, Elizabeth, et rappelle-toi : des sourcils bien croustillants !

Elle s'éloigna vers la cuisine, et Jenna, avec un mouvement de tête dans sa direction, demanda :

— Mais de quoi parle-t-elle ?

— Laisse tomber.

Elizabeth prit sa sœur dans ses bras et la serra un long moment contre elle.

— Jenna, qu'est-ce que tu fais ici ? Je suis tellement contente de te voir !

Jenna haussa les épaules.

— Je t'avais dit qu'à la première occasion, je sauterais dans un avion pour te rejoindre. Le salon du mariage de Londres commence demain. Je me suis dit que je ne trouverais pas de meilleur prétexte, alors me voilà.

— Et Sue savait que tu venais ?

Elle retourna à la table de toilettage, craignant que Hyacinth ne profite de leur conversation pour prendre la poudre d'escampette. Aucun risque, bien entendu : Elizabeth avait oublié qu'elle avait affaire à l'un des terriers surentraînés de Sue, et non à sa facétieuse Bliss. La chienne n'avait donc pas bougé d'un poil.

— Oui. J'ai appelé hier, mais tu étais sortie. Sue a décroché ton portable. Nous avons décidé de te faire la surprise. J'ai dit à Sue que Scott Bridal me paierait l'hôtel, mais elle n'a rien voulu entendre : je serai donc hébergée ici, avec toi.

Elle se laissa tomber sur le canapé de cuir rouge, face à la table de toilettage, et laissa son regard courir sur les paniers alignés contre le mur. Trois d'entre eux étaient occupés par Violet, Rose et Daisy qui y étaient allongées, les pattes bien tendues devant elles.

— C'est une sorte de chambre pour chiens ? Non, fais comme si je n'avais rien dit. Ces chiens vivent certainement mieux que moi, et je préfère ne pas le savoir. Au fait, où étais-tu, hier ? Sue m'a laissé entendre que tu avais un rendez-vous. Il va falloir que tu me racontes tout ce que j'ai raté !

— Ce n'était pas un rendez-vous !

Hyacinth sursauta légèrement. Elizabeth pencha la tête. Elle y était peut-être allée un peu fort sur l'épilation.

Oups.

Jenna lui décocha un regard inquisiteur :

— Tu es bien catégorique. C'est quoi, le problème ?

Les yeux d'Elizabeth dérivèrent un instant vers la fenêtre à guillotine qui faisait face à la demeure de Donovan. Les lumières du rez-de-chaussée brillaient d'une lueur orangée et tremblotante derrière le rideau de pluie qui s'était abattu cet après-midi.

— Tu te souviens de Donovan Darcy ? finit-elle par dire.

— Bien sûr. Ne me dis pas que tu étais avec lui ?

Puis, ouvrant des yeux effarés, elle ajouta :

— C'était lui, n'est-ce pas ?

Elizabeth se lança alors dans un bref compte rendu de leur rencontre impromptue dans la rue. Elle lui raconta comment elle avait appris que Zara était en réalité sa sœur, et elle conclut par sa visite de la veille. Elle avait vu ses chiots, et son *majordome*.

— Attends, je ne suis pas sûre d'avoir suivi. Tu dis qu'il habite juste de l'autre côté de la rue ?

Jenna se mit à enrouler une mèche blonde autour de son index.

— Oui, répondit Elizabeth en désignant la fenêtre. Juste là.

— Et maintenant, vous sortez ensemble ? demanda-t-elle avec un soupir rêveur. Je savais qu'il t'arriverait des choses fantastiques, pendant ton séjour à Londres. C'était obligé.

— Nous ne sortons pas ensemble, protesta Elizabeth en dépit de la curieuse sensation que cette idée faisait naître dans son ventre.

— Ce n'est qu'une question de temps, crois-moi. Quel est le problème ? demanda Jenna avec une grimace. Tu penses toujours que c'est un crétin ? Non, oublie ma question. Même dans ce cas, ça reste un crétin encore plus sexy que Daniel Craig. Alors je te le répète : c'est quoi, le problème ?

— Le problème, c'est que Donovan Darcy vit dans un monde à l'opposé du mien. Dois-je te rappeler qu'hier, j'ai passé l'après-midi avec son majordome ?

Au contraire de ce qu'elle avait craint, Lawrence s'était montré très sympathique avec elle lorsqu'elle était venue voir les chiots, mais c'était tout de même un *majordome*, bon sang !

— Donovan m'a invitée à venir voir ses chiens, et j'ai passé l'après-midi avec son majordome, voilà, résuma-t-elle. En ce qui me concerne, Donovan Darcy est donc toujours un crétin. Sauf qu'à présent, je sais que c'est un crétin tellement riche qu'il a plus de choses en commun avec Grant Markham qu'avec moi.

— Lizzy, souffla Jenna avec une lueur de tendresse dans le regard. Ce n'est pas parce que Donovan est riche qu'il ressemble en quoi que ce soit à Grant Markham. Cet homme t'a déjà fait assez de mal comme ça. Ne le laisse pas te voler Donovan Darcy par-dessus le marché.

Etait-ce ce qu'elle était en train de faire — laisser Markham continuer à semer le chaos dans sa vie ?

Non, bien sûr que non. Elle ne rêvait que de cela, se débarrasser du souvenir des doigts de Markham sur sa peau, de l'odeur de son haleine quand il s'était penché sur elle, de la façon dont il avait fait courir le bout de ses doigts sur son bras en affirmant que les femmes comme elle n'étaient que des objets à acheter ou à vendre.

Elle frissonna. Certains souvenirs avaient la vie dure. Et les séquelles qu'ils laissaient — des blessures invisibles qui ne marquaient que l'âme — semblaient irréversibles.

— Il ne me vole rien du tout. Et il n'y a rien entre moi et Donovan Darcy. Il s'est juste montré gentil, c'est tout.

Gentil ? Avait-elle vraiment prononcé ce mot ? Cela n'avait aucun sens : son instinct lui disait que la *gentillesse* n'entrait pas dans le répertoire de Donovan.

— Si tu le dis.

Une petite lueur espiègle dansait dans les yeux de Jenna. De toute évidence, elle n'était nullement convaincue par les protestations de sa sœur.

L'ennui, c'est qu'Elizabeth n'était pas certaine de l'être davantage.

Donovan était assis devant son ordinateur ; sur l'écran, les lettres noires dansaient devant ses yeux. Il battit des paupières pour tenter de concentrer son attention sur les affaires en cours. Il avait le sentiment diffus de se trouver sous l'effet d'une sorte de charme.

Envoûté.

Par Elizabeth Scott, par-dessus tout.

Ils n'avaient aucun point commun. Elle passait son temps à l'insulter, et bien des choses en elle lui déplaisaient : entre autres, elle était têtue, d'un caractère difficile, et avait tendance à tirer des conclusions erronées.

Il la trouvait également belle à couper le souffle, pleine d'humour et absolument ensorcelante.

C'était pour le moins ennuyeux.

Il avait pensé régler ce problème en se contentant d'éviter la jeune femme, allant jusqu'à quitter sa maison tout l'après-midi, la veille, alors qu'il savait très bien qu'elle était censée passer voir la portée de Figgy. Sur son invitation, qui plus est. Il s'était pour ainsi dire enfui, laissant Lawrence s'occuper d'elle.

Sa stratégie d'évitement était un échec.

Au contraire de ce qui se passait avec Helena Robson, loin des yeux ne signifiait pas forcément loin du cœur avec Elizabeth. A la surprise et au grand agacement de Donovan, elle continuait d'occuper une bonne partie de ses pensées, de jour comme de nuit. A dire vrai, Elizabeth lui avait même inspiré quelques rêves… plutôt érotiques.

— Monsieur Darcy.

Lawrence venait de faire irruption dans la pièce.

— Lawrence.

Donovan leva la tête en se demandant ce qu'Elizabeth avait pensé de ce qu'il suspectait être sa première rencontre avec un majordome.

Et voilà qu'il pensait de nouveau à elle ! Il fronça les sourcils. *Que m'importe son opinion ? Cette femme n'a aucune importance.*

— Oui, Lawrence, qu'y a-t-il ?

— Vous avez un appel. C'est votre tante Constance, répondit le majordome.

— Merci.

Donovan prit le téléphone et se prépara à injecter dans sa voix une note d'enthousiasme. Si Helena Robson était une plaie, sa tante n'était pas non plus un cadeau.

— Tante Constance, bonjour !

— Tu es rentré, lança la voix cassante à l'autre bout du fil. J'aurais aimé apprendre la nouvelle personnellement plutôt que par les journaux.

Donovan fronça les sourcils :

— Les journaux ?

— Mon cher neveu, il semble que le *Daily Mail* s'intéresse de très près à tes activités, ces derniers temps. Voilà ce qu'il en coûte d'être le célibataire le plus convoité de Londres, je suppose.

C'est le pompon.

Donovan avait assez de soucis comme cela. Il n'avait pas besoin qu'un journal à scandale suive ses moindres faits et gestes par-dessus le marché.

Il soupira.

— Pour une fois, tu peux croire ce que disent les journaux. Je suis revenu, en effet. J'ai pris ma journée, hier.

— Je vois.

Elle marqua une pause, ravalant un commentaire sur cette journée de congé qui lui ressemblait si peu. Donovan était certain qu'elle avait son opinion sur le sujet, mais en tant que partenaire de la Fondation Darcy — Dieu merci, elle n'était pas son patron —, sa tante n'était pas habilitée à se plaindre de lui.

— Zara et moi avons passé un excellent séjour aux Etats-Unis. Et Figgy a eu ses petits pendant notre absence.

— J'en suis ravie. De la graine de champion, à ton avis ?

— Il y en a un qui me semble très prometteur.

Baissant la tête, il sourit à Pudding. Les taches sur son museau s'étaient déjà légèrement assombries.

— Je suis désolé, mais je ne vais pas pouvoir te parler très longtemps : Henry Robson ne va pas tarder à arriver pour me faire signer des papiers.

— Dans ce cas, j'en viens au fait. Je t'appelle au sujet de la réception à Chadwicke.

Donovan jeta un coup d'œil sur son agenda. La Nuit des feux de joie approchait, et avec elle le week-end organisé chaque année autour de cet événement à Chadwicke. Cela lui était complètement sorti de l'esprit. Il faut dire qu'il avait été très occupé par ailleurs. Pour une fois, l'idée de passer un week-end dans sa maison de campagne l'ennuyait. Il fut pris de l'envie soudaine — et tout à fait inconvenante — d'inviter Elizabeth à Chadwicke.

Mais c'était une idée farfelue, il le sut aussitôt.

Pourtant, il s'autorisa un bref instant à fantasmer sur cette possibilité. Il imaginait ses épais cheveux soulevés par le vent de la campagne, son teint de porcelaine rosi par le soleil automnal… Il se voyait lui voler un baiser dans la chambre où il avait grandi.

Son cœur se mit à battre follement.

— La réception, répéta-t-il. Oui, je t'écoute ?

— J'ai invité ton amie Helena Robson, répondit sa tante sur un ton péremptoire qui lui souleva l'estomac.

Il serra les dents pour retenir un cri de frustration.

— Pourquoi ?

— Elle est venue prendre le thé, hier.

Evidemment. C'était tout à fait son genre. Il aurait dû se douter qu'après le commentaire de Zara concernant la « rencontre » qu'il avait faite en Angleterre, Helena recourrait à des mesures désespérées. Toutefois, il ne l'aurait pas imaginée tomber aussi bas.

— C'est une jeune femme délicieuse. Et elle vient d'un excellent milieu. Son frère et toi êtes amis, après tout.

Il s'enfonça dans son fauteuil.

— J'aurais aimé que tu m'en parles d'abord, tante Constance. Je ne peux pas annuler cette invitation sans vexer Henry, mais je dois t'avouer qu'Helena est la dernière femme avec qui j'ai envie de passer le week-end.

— Je ne vois pas où est le problème. Son frère sera là, n'est-ce pas ?

— Oui, mais cela n'a rien à voir, insista Donovan. Henry ne s'est pas mis en tête de m'épouser à tout prix, lui.

Elle éclata de rire, un peu trop fort au goût de Donovan.

— Donovan, enfin, tu pourrais trouver pire qu'Helena Robson.

Pas bien pire, non.

De colère, il agrippa le bord de son bureau. Ses phalanges blanchirent.

— Un tel mariage n'aura jamais lieu, je peux te l'assurer.

— Il y a une chose que j'ai apprise avec l'âge, Donovan.

Elle s'éclaircit la voix pour prolonger le suspense, comme si elle s'apprêtait à livrer à son neveu le secret de la sagesse éternelle. Enfin, elle reprit :

— Il ne faut jamais dire *jamais*.

Donovan se massa les tempes pour chasser la migraine qui s'y était installée à l'instant où sa tante lui avait appris qu'Helena serait à Chadwicke, puis il mit fin à la conversation aussi vite que possible.

Il avait toujours la tête entre les mains quand Lawrence apparut de nouveau sur le seuil :

— Henry Robson est arrivé, Monsieur.

Donovan se leva pour passer devant son bureau.

— Faites-le entrer. Et merci, Lawrence.

— Je vous en prie, Monsieur.

Donovan s'assit sur le bord de son bureau, chevilles croisées, et attendit qu'Henry entre dans la pièce. De là où il se trouvait, il s'aperçut que la fenêtre située en face de son bureau offrait une vue imprenable sur la maison des Barrow de l'autre côté de la rue. Il traversa la pièce et écarta le bord du rideau du bout des doigts.

Rien.

Pas de border terriers, pas de Bliss. Et surtout, pas d'Elizabeth.

Une pointe de déception le traversa. On aurait dit une brûlure d'estomac.

— Donovan, vieux frère, comment ça va ? s'écria Henry d'une voix de stentor en entrant dans la pièce. Qu'est-ce que tu fais, tu espionnes tes voisins ?

Donovan fit un grand pas de côté pour s'écarter de la fenêtre.

— Bien sûr que non.

C'est pourtant exactement ça. Cette révélation l'horrifia. Heureusement, Henry ignorait ce qu'il était réellement en train de faire et surtout, à l'affût de qui il était.

— Qu'y a-t-il de tellement intéressant, par ici ?

Henry se dirigea droit vers la fenêtre et ouvrit les rideaux en grand.

Donovan réprima un tressaillement.

Son ami haussa les épaules avec une indifférence feinte, avant de prendre place sur l'un des fauteuils placés devant le bureau de Donovan.

— Je ne vois rien d'inhabituel dans la rue, commenta-t-il. Londres, la grisaille… Ta réception à Chadwicke a lieu dans combien de temps ? J'ai hâte de quitter la ville.

— Dans trois semaines.

Vingt et un petits jours avant de partir à la campagne.

De nouveau, l'idée d'inviter Elizabeth envahit ses pensées. Il la chassa aussitôt, mais elle revenait obstinément. Des visions de la jeune femme sur son domaine de Chadwicke dansaient dans son imagination. Quand il essaya de s'en emparer, elles partirent en fumée, aussi insaisissables que Mlle Scott elle-même.

Laisse tomber. Autant s'en tenir à sa stratégie d'évitement.

Il ordonna à son esprit d'évacuer sur-le-champ toute pensée se rapportant à Elizabeth Scott puis reporta son attention sur Henry :

— Tu n'es pas censé être au tribunal, ce matin ?

Henry éclata de rire.

— Bien essayé. Tu sais que je ne vais jamais au tribunal.

C'était une plaisanterie de longue date entre eux. Depuis

le temps qu'Henry Robson était un avocat en vue à Londres, Donovan pouvait compter le nombre de fois où il était allé au tribunal sur les doigts d'une main. Il attribuait ce fait à la bonhomie naturelle de son ami. Avec sa tignasse blonde de petit garçon et son sourire décontracté, Henry parvenait souvent à charmer la partie adverse, obtenant ce qu'il voulait pour son client sans avoir à franchir les portes du moindre tribunal. S'il n'avait pas connu Henry depuis sa plus tendre enfance, Donovan en aurait sans doute été stupéfait. Pour un homme né avec une cuiller d'argent dans la bouche, Henry Robson était remarquablement terre à terre. Derrière son allure insouciante, il était aussi d'une intelligence insoupçonnée, et très pointu pour tout ce qui était des questions de droit. Cette combinaison imparable lui avait valu de grands succès en tant qu'avocat. Il gérait tous les dossiers juridiques de la Fondation Darcy depuis des années, ainsi que les affaires personnelles de Donovan.

— Donovan ?

Henry posa la tête contre le dossier de cuir couleur champagne de son fauteuil et adressa à son ami un regard entendu.

— Tu me caches quelque chose.

— Euh…

Donovan se creusa la cervelle pour essayer de trouver une explication recevable. Il n'avait pas particulièrement prévu de passer Elizabeth sous silence. En revanche, il s'était tellement focalisé sur le fait de ne *pas* penser à elle qu'il avait oublié presque tout le reste. Entre la jeune femme et les chiots de Figgy, il s'était laissé déborder.

— Voilà des semaines que je ne t'ai pas vu, toi, mon meilleur ami. Et maintenant, je découvre que tu as un secret.

Henry secoua la tête et se leva. Il fronça les sourcils pendant une, peut-être deux secondes — une éternité pour quelqu'un d'aussi enjoué que lui.

Puis un large sourire fendit son visage, et il attrapa Donovan par l'épaule :

— Mais tu as eu des chiots ! Je ne savais pas.

— Des chiots…

Donovan le suivit jusqu'au panier où Figgy surveillait leur approche avec circonspection.

— Oui, ils sont nés pendant que j'étais en Amérique avec Zara.

Henry s'inclina au-dessus du panier pour regarder de plus près. Figgy l'accueillit en remuant la queue et les chiots se mirent à tituber sur les couvertures, étirant le cou en direction du nouveau venu. Ils auraient les yeux ouverts d'un jour à l'autre, et Donovan entendait bien être la première personne qu'ils verraient.

— Elles sont adorables, ces bestioles. Et on dirait qu'elles feront de bons candidats aux concours.

Il promena un regard inquisiteur sur les quatre chiots pour les jauger. Depuis quelque temps, il apprenait les ficelles du métier de juge canin. Les chiots étaient très jeunes, mais certaines caractéristiques de base pouvaient déjà être évaluées, comme la régularité de la ligne du garrot. Bien qu'Henry ne soit pas encore confirmé dans ses fonctions, avec l'aide de Donovan, il faisait de gros progrès.

— Merci.

Donovan prit l'un des chiots du quatuor — un mâle au dos d'un roux presque uni annonciateur d'une robe magnifique — et le tendit à Henry.

— Moi aussi, je les trouve vraiment mignons.

Henry accepta le chiot et le laissa se blottir contre sa

chemise de polo. Donovan saisit alors Pudding dans le creux de ses mains. Les taches étaient toujours là — pourquoi en aurait-il été autrement ? Pourtant, chaque fois qu'il regardait la petite chienne, Donovan s'attendait presque à ce qu'elles aient disparu. C'était la première fois qu'il se trouvait en possession d'un cavalier doté de taches de rousseur. Cette coïncidence lui rendait les petites marques rousses encore plus attachantes.

— Tu as déjà des acheteurs pour eux ?

Henry s'était rassis dans le fauteuil, le chiot roulé en boule sur ses genoux.

— J'en ai quelques-uns.

Il possédait en fait une liste très complète qui avait nécessité l'établissement d'une feuille de calcul afin d'enregistrer les coordonnées des innombrables acheteurs intéressés par les cavaliers de Chadwicke.

— J'ai toujours une liste d'attente, expliqua-t-il. Mais je vais en garder un pour moi.

— Tu sais, je suis sûr qu'Helena donnerait n'importe quoi pour un de ces chiots. C'est bientôt son anniversaire. Je devrais peut-être en réserver un pour elle. Tu ferais de la place sur ta liste pour un vieil ami ?

Henry considéra Donovan d'un air ouvert et confiant. Au fil des années, Donovan avait vu cette expression des centaines de fois, et il aimait celui qui l'affichait comme un frère.

Si le chiot avait été pour Henry, il le lui aurait donné sans conditions — au diable la liste d'attente, les contrats et le moindre paiement : il aurait volontiers *offert* un chiot à son ami. D'autant plus qu'Henry s'impliquait de plus en plus dans les expositions et concours canins. Il avait déjà acquis les qualifications nécessaires pour juger toutes les races de chiens miniatures, ainsi que certains terriers. Donovan l'épaulait dès que son emploi du temps le lui permettait, lui apprenant tout ce qu'il savait sur les spécificités physiques les plus subtiles de chaque race. Le lendemain, ils devaient juger ensemble dans un concours à Mayfair.

Néanmoins, il demeurait impensable qu'Helena puisse avoir l'un de ces chiots. Cela créerait entre eux un lien artificiel pour les dix ou quinze prochaines années, et il n'avait vraiment pas besoin de cela.

En outre, Helena n'ignorait aucunement l'existence de ces chiots, qu'elle avait vus une semaine plus tôt. Le fait qu'elle n'en ait rien dit à son frère était révélateur du niveau d'intérêt qu'elle portait aux chiens de Donovan.

Non, ce n'étaient pas après ses chiens qu'Helena en avait.

Donovan soupira, reposa Pudding dans son panier et revint s'asseoir derrière son bureau.

— Je ne suis pas sûr que ce soit une bonne idée.

— Vraiment ? s'étonna Henry.

Le chiot sur ses genoux commença à ramper, et Henry se mit à rire.

— Moi, je pense que si. Elle serait folle de ces petites choses, et elle adorerait avoir un chien à elle. Tu sais qu'elle a proposé d'accompagner l'un des chiens de ta tante pour le concours d'Ashwyn ?

— *Quoi ?*

Donovan considéra Henry, bouche bée. Presque aussitôt, la fenêtre derrière son ami attira son regard comme un aimant.

— Non, je l'ignorais…, commença-t-il.

Derrière la tête d'Henry, la porte des Barrow s'était ouverte en grand sur Elizabeth. Elle était vêtue d'un T-shirt blanc et d'un jean délavé déchiré aux genoux. Elle sortit sur le trottoir, accompagnée de Bliss et des quatre border terriers de Sue Barrow. Ses cheveux volaient autour de son visage dans une tempête de boucles éparses. Même à cette distance, Donovan admira sa silhouette échevelée. C'est ainsi qu'il se l'était imaginée au saut du lit.

De *son* lit, peut-être ?

Donovan serra les poings. Si ces rideaux restaient ouverts, il ne connaîtrait plus jamais la paix.

— Donovan ?

Henry le scruta du regard, un sourire narquois aux lèvres. En général, c'était plutôt lui qui avait tendance à rêvasser. Manifestement, cet échange de rôles l'amusait.

— Tu disais ?

Donovan répondit par une onomatopée avant de se carrer dans son fauteuil. Il s'efforça de se concentrer sur son ami.

— Au sujet d'Helena, expliqua Henry avec un petit rire. Tu allais me dire quelque chose sur le fait qu'elle accompagne le chien de ta tante au concours d'Ashwyn.

— Le chien de ma tante ne peut pas participer à ce concours. Je fais partie du jury, et je ne peux pas juger le chien d'un membre de la famille, surtout s'il vient d'une de mes lignées. Tu sais que cela constituerait une violation des règles éthiques.

— Pourtant, elle va le faire, dit-il avec un haussement d'épaules. Le chien est déjà inscrit. J'ai essayé de lui en parler, mais elle ne veut rien entendre. Tu sais comment elle est. Allez, détends-toi, c'est juste un concours canin, ce sera amusant, non ?

Helena Robson dans son ring, amusant ?

Tu parles.

Henry reprit :

— Non, mais sérieusement : elle s'intéresse vraiment aux concours. Elle ne parle plus que de ça. D'ailleurs, elle viendra à celui de demain. Si je lui offre l'un de tes chiots, je serai élu grand frère de l'année. Réfléchis-y, mon vieux. S'il te plaît.

Donovan n'y tenait plus. Il devait reprendre les rênes avant que les choses n'aillent trop loin.

— Henry, je ne suis pas amoureux de ta sœur.

Pendant un instant, Henry se contenta de le regarder en silence, l'air déconcerté. Puis il partit dans un grand rire jovial qui lui ressemblait plus.

— Je croyais que nous parlions de chiots, dit-il.

— C'était le cas. Mais je crains que les chiens ne soient pour Helena qu'un moyen de se rapprocher de moi. Tu sais qu'elle a des vues sur moi.

Il soutint le regard d'Henry. Celui-ci avait forcément remarqué l'attitude de sa sœur à son égard. Ses moues coquettes, ses sous-entendus… Helena avait beau être sa sœur, Henry n'était pas aveugle.

— Ce sentiment n'est pas partagé, reprit-il. Je voulais que tu le saches.

— D'accord. C'est noté.

Il agita vaguement la main, comme si un petit mouvement du poignet pouvait suffire à clore le sujet.

— Tu dis qu'elle en pince pour toi ? On ne choisit pas ces choses-là, tu sais, les sentiments… l'amour. C'est lui qui te choisit.

C'est lui qui te choisit.

Foutaises.

En ce qui concernait Henry ou Helena, c'était peut-être le cas, mais il n'y avait qu'une personne qui pouvait prendre en main le destin de Donovan Darcy, et cette personne était Donovan lui-même.

— C'était juste pour que les choses soient claires.

Donovan reposa le chiot de Figgy dans son panier et regarda les petites bêtes se tortiller vers leur mère, en quête de son lait. Cette paisible vision suffit presque à calmer sa frustration.

Du moins, jusqu'à ce que son regard soit de nouveau attiré vers la fenêtre.

Un doute s'abattit sur lui, aussi concret que l'Aston Martin garée devant la maison.

On ne choisit pas ces choses-là, les sentiments… l'amour. C'est lui qui te choisit.

Chapitre 8

Le concours canin de Mayfair, le premier d'Elizabeth en Angleterre, avait lieu dans la salle de bal d'un hôtel de luxe. Dès l'instant où elle en franchit la porte — gardée par un concierge en uniforme —, Elizabeth comprit qu'il ne s'agissait pas d'un établissement bas de gamme.

— Ça alors, murmura Jenna en admirant les énormes lustres à pendeloques de cristal suspendus au plafond. Voilà, ça, ça me plaît. Pourquoi les concours ne se passent-ils pas dans des endroits pareils, chez nous ?

— Cela arrive.

Elizabeth prit Bliss dans ses bras et posa un petit baiser sur sa tête.

— Sauf que je n'ai pas les moyens de payer les droits d'entrée de ce genre de concours.

— Quel dommage, dit Jenna avec une moue de regret. Je t'accompagnerais plus souvent, sinon.

— C'est un bel endroit, c'est vrai, commenta Sue qui venait de les rejoindre avec deux de ses border terriers. Mais vous n'avez encore rien vu, attendez le concours de la semaine prochaine, c'est encore un niveau au-dessus.

Jenna se retourna à demi pour lui adresser un sourire tout

en ouvrant la marche dans le grand hall de marbre, suivant les panneaux qui indiquaient la direction de la salle de bal.

— Tu peux compter sur moi, dit-elle.

— Je n'en crois pas mes yeux, murmura Elizabeth, le souffle coupé.

La salle de bal était aussi vaste que le hall d'accueil, sinon plus. Des moquettes écarlates s'étendaient à perte de vue. A sa grande surprise, elles n'étaient pas recouvertes de plastique, ce qui était pour le moins inhabituel dans une exposition canine.

Les chiens britanniques sont peut-être mieux élevés que leurs congénères américains.

A peine avait-elle formulé cette pensée qu'elle vit à quelques pas de là un pointer lever la patte et lâcher un flot d'urine sur le pied d'une table drapée de soie.

Peut-être pas, finalement.

Le dresseur du pointer secoua la tête avec agacement, et un assistant ganté se précipita pour nettoyer les dégâts. Le chien bâilla, comme si toute cette scène l'ennuyait au plus haut point.

— C'est un majordome pour chien ? demanda Jenna à mi-voix.

Du menton, elle désigna l'homme aux gants. A quatre pattes sur la moquette, il continuait de nettoyer, le nez dangereusement proche de l'arrière-train du pointer.

Elizabeth étouffa un hoquet amusé.

— Certainement pas. Ça n'existe pas, même en Angleterre.

— Venant d'une nounou pour chiens…

Jenna souligna sa remarque d'un coup de coude.

Très juste.

— Venez, les filles. Nous allons installer les chiens dans

l'espace de toilettage, et ensuite, nous irons voir le commissaire du concours.

Sue dépassa le pointer, son dresseur et son majordome, et les guida vers le fond de la salle de bal.

Comme dans n'importe quelle exposition canine, l'espace de toilettage était envahi de tables, de chaises et de sèche-cheveux assez puissants pour défriser un caniche royal. Une bonne demi-heure plus tard, Elizabeth avait organisé un coin tranquille pour leurs chiens au milieu du chaos. La quantité de matériel nécessaire pour présenter quatre chiens était impressionnante. Même avec l'aide de Jenna, elle avait dû faire trois voyages jusqu'à la voiture de Sue pour y récupérer tout leur équipement. Rien à voir avec l'époque où elle n'avait que Bliss à préparer. Pourtant, Elizabeth se sentait comme un poisson dans l'eau. Elle aimait cette ambiance électrique, la présence de tous ces chiens. Le fait qu'en outre elle soit en Angleterre ne rendait cette expérience que plus agréable.

Soudain, Jenna se pencha pour lui murmurer à l'oreille :

— Regarde, voilà ton amoureux.

Aussitôt, Elizabeth se tendit, les nerfs à fleur de peau. Elle avait tout de suite compris à *qui* Jenna faisait allusion, et cela ne fit que l'irriter davantage.

Elle risqua un regard furtif en direction du ring. Pas de doute, Donovan Darcy se tenait là, près des cordes séparant le ring du reste de la salle — des cordes de velours rouge ornées de somptueux glands dorés. Ici, pas question de treillis d'un blanc passé.

Posté sous le kaléidoscope de lumières jaillissant du grand lustre accroché au plafond de la salle dc bal, il semblait être le centre d'une galaxie d'étoiles scintillantes. Vêtu d'un costume sur mesure, il dégageait une allure presque noble. Elizabeth n'avait jamais vu un homme porter le smoking avec autant de prestance, et elle en avait pourtant vu défiler un certain nombre. L'impression d'ensemble était plutôt… fascinante. Bien trop fascinante, à vrai dire.

Elizabeth détourna les yeux pour croiser le regard de Sue.

— Que se passe-t-il ? Ne me dis pas que c'est lui, notre juge !

— Non, répondit Sue. C'est M. Robson, là-bas. Il n'est pas encore titularisé, ce qui explique sans doute la présence de M. Darcy.

— Pas titularisé ? Qu'est-ce que ça veut dire ? demanda Jenna, les yeux encore rivés sur Donovan Darcy.

Elizabeth aurait aimé qu'elle regarde ailleurs. *N'importe où, mais pas là.*

— Cela signifie que son statut est conditionnel — il est encore en apprentissage, en quelque sorte, répondit-elle à sa sœur. Tu veux bien arrêter de le dévisager avant qu'il te voie ?

— Trop tard. Il vient juste de regarder par ici.

Jenna se mordit la lèvre et haussa les épaules d'un air contrit. Pas assez contrit au goût d'Elizabeth, cependant.

Elle s'était encore fait surprendre à dévorer Donovan Darcy du regard… Pourtant, elle se fichait de cet homme comme d'une guigne — alors pourquoi louchait-elle sans cesse sur lui ? Elle lâcha un long soupir exaspéré. *Loucher* était peut-être un terme un peu fort.

Elle risqua un coup d'œil furtif dans sa direction. Le coin de sa bouche séduisante se releva dans un sourire fatal, et il planta son regard droit dans le sien.

Seigneur, *ces yeux*. Aussi ténébreux que dangereux, sans nul doute.

Une brusque chaleur lui envahit le ventre, et elle détourna

vivement le regard. Finalement, *loucher* n'était peut-être pas un terme exagéré. Et puis quoi ? Après tout, cet homme avait de quoi faire loucher n'importe quelle femme.

Jenna afficha un sourire narquois.

— Tu as vu ce regard qu'il t'a adressé ? Il en pince pour toi, Lizzy.

Pour toute réponse, Elizabeth leva les yeux au ciel. Pourtant, elle ne pouvait s'empêcher de se demander pourquoi, tout à coup, son cœur s'était mis à battre la chamade. Et pourquoi avait-elle si chaud ? Cette salle de bal était une véritable étuve.

— Tu te fais des idées, finit-elle par répondre à Jenna. Il ne peut pas s'empêcher de regarder les femmes. C'est dans ses gènes, c'est tout.

Jenna et Sue échangèrent un regard amusé.

— Tu es en Angleterre, ma chérie, le monde est tout petit, ici, dit Sue. M. Darcy est anglais et, que ça te plaise ou non, tu vas être obligée de le croiser. Souvent. Vous êtes amateurs de chiens, tous les deux. J'imagine que c'est votre destin.

Condamnée à frayer avec Donovan Darcy et ses semblables ? A cette idée, l'estomac d'Elizabeth se noua.

— Mon destin ? répéta-t-elle avec un rire contraint qui sonnait faux. J'en doute.

Donovan contemplait Elizabeth Scott, se délectant de cette vision. Il s'était demandé si elle serait là aujourd'hui. Il l'avait espéré et redouté tout à la fois. Pourtant, alors qu'il se tenait là, sous les lumières scintillantes de la salle de bal, les yeux obstinément rivés sur la courbe de ses hanches, toute son appréhension s'évanouit d'un coup.

Elle lui jeta un regard à la dérobée.

Il sourit.

Elle détourna les yeux avec une grimace.

Une brusque chaleur l'envahit. Incapable de détacher ses yeux de la jeune femme, il continua à la regarder. De toute évidence, elle était tendue. Savait-elle seulement combien il la trouvait ravissante ? Il en doutait.

— Donovan.

Il remarqua à peine qu'on le tirait doucement par la manche de sa veste de smoking.

— *Donovan.*

Il toussota, tourna la tête et découvrit Zara qui l'observait d'un air interrogateur.

— Désolé, marmonna-t-il.

Il ajusta sa cravate qui n'en avait pas besoin, juste pour s'occuper les mains. Elles tremblaient.

— C'est bien qui je pense, là-bas ? demanda Zara avec un petit signe dans la direction d'Elizabeth.

Donovan se tourna discrètement vers l'aire de toilettage.

— Je ne sais pas très bien à qui tu fais référence.

— A Elizabeth Scott. L'Américaine, déclara Zara en croisant les bras. Je sais que tu la vois. Tu étais juste en train de la regarder.

Donovan prit sa sœur par le coude et l'entraîna dans la direction opposée, évitant de peu une collision avec un limier aux babines dégoulinantes de bave.

— Où m'emmènes-tu ? demanda Zara.

Elle le suivait sans réticence apparente, sauf qu'elle affichait maintenant une moue d'adolescente boudeuse, remarqua Donovan, une moue qu'il avait appris à reconnaître ces dernières années.

Il s'arrêta près de l'entrée de la salle de repos des juges. Là, pensa-t-il, ils seraient hors de vue d'Elizabeth.

Alors, seulement, il lâcha le coude de Zara.

Elle poussa ce soupir dramatique que des générations d'adolescentes avaient porté à la perfection au cours des siècles.

— C'est quoi, ton problème ? Pourquoi fuis-tu Mlle Scott ?

Il avait du mal à croire qu'Elizabeth ait pris sa petite sœur pour son amante. Ce n'était encore qu'une enfant ! Elizabeth Scott avait-elle donc une si piètre opinion de lui ? Pour quel genre d'homme le prenait-elle ?

A sa décharge, elle avait paru sincèrement bouleversée par ce malentendu. A croire qu'elle était jalouse…

— Je ne fuis absolument pas Elizabeth.

Rien qu'à prononcer son nom, il se sentait électrisé. C'était ridicule, il le savait. Et il ne l'aurait admis devant personne, pas pour tout l'or du monde. Pourtant, il ne pouvait s'en empêcher. Zara leva des sourcils étonnés en l'entendant appeler Elizabeth Scott par son prénom. Il croisa les bras, adoptant une attitude aussi paternelle que possible.

— *Mlle* Scott, corrigea-t-il — mais un peu tard.

Zara émit un petit rire.

— Je te taquine, dit-elle, arrête de bouder.

— Bouder ? Je ne boude pas.

— Si, tu boudes. Tu es champion du monde de boudisme.

— Ce mot n'existe même pas.

Donovan consulta sa montre Cartier. Il devait rejoindre Henry dans moins de quinze minutes.

— Je peux te laisser toute seule pendant que j'assiste Henry ce matin ? Tu ne vas pas faire de bêtises ?

— Tu n'as toujours pas répondu à ma question. C'était bien Elizabeth Scott, n'est-ce pas ?

Elle sourit. Manifestement, la situation l'amusait.

Donovan renonça à lutter. Il était clair qu'elle n'allait pas le lâcher. Quand Zara se mettait quelque chose en tête, elle était aussi opiniâtre qu'un chien avec un os.

— Oui, c'était elle, avoua-t-il.

— Elle est vraiment là ? A Londres ?

Le visage de Zara avait légèrement pâli.

Il l'observa avec attention. Pourquoi ce revirement dans son attitude ?

— A South Kensington, oui. Je ne sais pas pourquoi, mais je pensais que cette nouvelle t'aurait ravie.

— Moi aussi. Enfin, je veux dire oui, je suis contente. Mais…

— Mais ?

— Et Helena ?

Elle jeta un coup d'œil derrière elle, comme si Helena Robson risquait de se matérialiser entre eux à la simple évocation de son nom.

Cela dit, Helena était sans doute en train de rôder quelque part dans la foule. C'était tout à fait son genre. L'idée lui déplaisait, mais il s'en sortirait. Il administrait l'une des plus grosses fortunes du Royaume-Uni, il devait bien pouvoir gérer une femme jalouse, non ?

— Ne t'en fais pas pour Helena. De toute façon, tu te fais une montagne de tout ça. Mlle Scott et moi nous connaissons à peine. Il n'y a rien entre nous.

— Tu en es sûr ? demanda Zara sur un ton ouvertement sceptique.

Comment répondre à cette question ? Il lui arrivait de se plaindre à sa sœur d'Helena Robson, mais en général, il ne discutait pas avec elle des femmes qui traversaient sa vie. Zara n'avait pas eu le luxe de grandir dans une famille normale — être élevée par son grand frère célibataire était loin d'être un schéma d'éducation idéal. Ce n'est pas en lui parlant de ses conquêtes ou de ses amours qu'il allait contribuer à créer un environnement stable pour l'adolescente qu'elle était.

Cela dit, Elizabeth Scott n'entrait pas dans la catégorie de ses conquêtes. Ni de ses amours, d'ailleurs.

— Tout à fait sûr. Mlle Scott et moi sommes de simples connaissances. Ce n'est pas comme si nous allions nous marier, ajouta-t-il avec un petit rire.

Cette idée était absurde, vraiment. Grotesque, même.

— Maintenant, va te trouver une chaise et sois sage.

Elle lui adressa un dernier regard lourd de sens, et peut-être aurait-il dû s'en inquiéter.

— A plus tard, Zara.

Du menton, il lui indiqua une rangée de chaises alignées à côté du ring.

— A plus tard, dit-elle à contrecœur.

Après le départ de sa sœur, Donovan s'arrêta à la table des organisateurs du salon pour prendre le ruban rouge qui l'identifiait en tant que juge. Il l'accrocha au revers de sa veste et se dirigea vers le ring.

Techniquement, Henry était le juge responsable ce matin. Donovan n'était là qu'en observateur et pour orienter son ami dans la bonne direction en cas de problème. Rien que dans le groupe des terriers — le premier à concourir —, il y avait près de trente races. Chacune d'entre elles devait être jugée selon des critères qui lui étaient spécifiques. Cela faisait une somme d'informations considérable à retenir pour un juge débutant. D'ici un an ou deux, Henry serait un professionnel. Entre-temps, Donovan lui servirait volontiers de référent.

— Pas trop tôt.

Henry regarda Donovan entrer dans le ring en souriant.

— Je commençais à me demander où tu étais passé.

— Tu croyais vraiment que je serais en retard ?

— Non, rétorqua Henry en riant. C'est juste que je ne suis pas habitué à arriver avant toi.

Il n'avait pas tort. Depuis le tout début de leur amitié — l'essentiel de leur vie —, Donovan avait toujours été le plus ponctuel et le plus pragmatique des deux. Et voilà qu'il entrait dans le ring avec seulement quelques secondes d'avance sur l'horaire, alors qu'Henry était prêt et l'attendait depuis un bon moment. Sans compter l'autre jour, où Henry l'avait surpris à rêvasser. Décidément, sa vie, jusque-là si bien organisée, prenait un tour pour le moins désordonné, songea Donovan. A quoi devait-il attribuer ce changement ?

La réponse sautait aux yeux, mais Donovan refusait obstinément de croire que ces bouleversements aient quoi que ce soit à voir avec Elizabeth Scott. Pourtant, il eut d'énormes difficultés à se concentrer sur le ring tandis qu'Henry passait en revue les terriers de toutes races.

Son regard ne cessait d'errer sur les chiens et les dresseurs qui attendaient de chaque côté du ring, en quête d'un indice de la présence d'Elizabeth, ou même des border terriers dont elle s'occupait. C'était ennuyeux. Il était tellement distrait qu'il laissa même Henry attribuer une rosette à un chien qui, il en était certain, avait récemment reçu des soins illégaux dans un salon de toilettage. La dernière fois qu'il avait vu ce scottish, il était en effet d'un gris sale. A présent, la fourrure de l'animal était aussi noire que les plumes d'un corbeau. La robe d'un chien ne changeait pas de couleur du jour au lendemain…

Quand Elizabeth entra enfin dans le ring, l'un des border terriers de Sue Barrow au bout d'une laisse de présentation, Donovan balançait entre le soulagement et l'agacement. Il opta pour ce dernier, non sans éprouver une pointe d'excitation qui ne fit qu'ajouter audit agacement.

Elle entra la dernière dans le ring, juste derrière Sue Barrow et trois autres dresseurs de border terriers. Tous les cinq se mirent à genoux pour assurer la mise en place de leur chien respectif. Donovan en éprouva une satisfaction méritée : ce n'était pas désagréable de voir Elizabeth à genoux devant lui, vu qu'elle l'avait lui-même métaphoriquement mis dans cette position plus d'une fois depuis leur première rencontre. Il n'était pas habitué à être pris de court, et encore moins par des émotions, des sentiments, des désirs. Cela le perturbait et lui déplaisait au plus haut point.

Les mains dans le dos, Henry passait en revue les terriers alignés dans le ring. Donovan l'observa de loin, jusqu'à ce qu'il s'approche d'Elizabeth. Alors, il s'éloigna de la table de toilettage contre laquelle il était appuyé et rejoignit son ami.

Son arrivée ne sembla produire aucun effet visible sur Elizabeth. Ses grands yeux marron restaient fixés sur son terrier. Quant à Henry, il questionna Donovan du regard, se demandant probablement pourquoi celui-ci avait soudain décidé de se joindre à lui.

Donovan demeura impassible, bien qu'il n'ait pas la moindre idée de ce qu'il avait eu l'intention de faire. Sans doute se rapprocher d'Elizabeth. Si cela la faisait sortir de ses gonds, tant pis — ou tant mieux.

L'air perplexe, Henry reporta son attention sur les dresseurs.

— Très bien. Pouvez-vous faire un tour de ring ensemble, s'il vous plaît ? Ensuite, je veux le premier chien sur la table.

Donovan accompagna Henry près de la table et laissa son ami examiner les chiens l'un après l'autre. Il se contenta de lancer une ou deux banalités sur la qualité de la robe ou de l'ossature des animaux, uniquement pour justifier sa présence au côté d'Henry.

Puis ce fut le tour d'Elizabeth.

— Dresseur numéro cinq, bonjour, dit Henry avec un sourire poli, de la même façon qu'il avait salué les précédents concurrents.

— Bonjour, répondit Elizabeth.

Elle avait regardé Henry, et Henry seulement, en lui retournant son sourire.

Donovan crut déceler un léger tremblement dans sa voix. Il était presque imperceptible, à vrai dire. Pourtant, il comprit qu'elle était nerveuse. Etait-ce à cause du concours, ou de sa présence en face d'elle ? Comme elle persistait à éviter son regard, il pencha pour la seconde solution.

Cette idée déclencha chez lui un réel plaisir. Et l'envie d'embêter un peu Mlle Scott.

— Monsieur Robson, je pense que le dresseur a un nom, et que ce n'est pas numéro cinq.

A ces mots, elle leva les yeux vers lui. Enfin.

Elle lui adressa un regard glacé qui aurait dû noyer sur-le-champ le désir ardent qui lui brûlait le bas-ventre. Il eut l'effet contraire.

— Bien…, dit Henry sur un ton hésitant tout en les regardant alternativement. Vous pouvez m'en dire plus ?

— Henry, je vous présente Mlle Elizabeth Scott, dit-il en désignant l'intéressée d'un geste de la main. Mademoiselle Scott, voici M. Henry Robson.

— Ravi de faire votre connaissance, mademoiselle Scott, répondit Henry en s'inclinant légèrement devant elle.

Elle piqua un fard.

— Oui, moi aussi, monsieur Robson.

— Parfait. Puis-je examiner votre chien, à présent ?

Son regard perplexe passa d'Elizabeth à Donovan.

Celui-ci se contenta de toussoter.

— Peut-être souhaitez-vous évaluer ce chien, monsieur Darcy ? demanda Henry, clairement amusé cette fois.

— Cela ira, merci. A vous l'honneur, monsieur Robson, répondit Donovan en croisant les bras. Je suis certain que vous connaissez parfaitement les standards de race du border terrier.

— Certes.

Henry passa la main le long de la colonne vertébrale du chien. Donovan était sûr à soixante-quinze pour cent qu'il s'agissait de Rose.

— Son dos doit être souple et délié, dit Donovan en regardant Elizabeth bien en face.

Elle rougit de plus belle.

Henry s'éclaircit la voix.

— Oui, c'est cela.

Pour la première fois de la matinée, Donovan sentit qu'il s'amusait.

— Son corps doit pouvoir tenir entre les mains d'un homme.

Henry émit de nouveau une toux discrète, et Elizabeth se figea. Donovan attendit qu'elle réagisse, mais elle garda son calme. Comment faisait-elle ? Lui-même n'était pas loin de perdre tout sang-froid.

Son corps doit pouvoir tenir entre les mains d'un homme.

Il avala sa salive, ouvrit et ferma les mains, lentement, avant de les croiser dans son dos.

Henry continua d'examiner Rose, passant au garrot, au dos et aux hanches avant de se poster en face d'elle pour juger son expression.

Donovan ne put s'empêcher d'intervenir de nouveau.

— Ses yeux doivent être vifs et intelligents.

Les yeux sombres d'Elizabeth se rivèrent sur lui.

— Monsieur Darcy, je ne sais pas ce que vous faites, mais…

— Je vous demande pardon, mademoiselle Scott, répondit Donovan avec une innocence feinte. Je ne fais que citer les standards de race des border terriers. Cela vous pose-t-il un problème ?

Les standards de race étaient pleins de connotations douteuses, constata-t-il avec étonnement. Qui diable les avait écrits ? Manifestement, un homme torturé par de coupables pensées envers une femme inaccessible… ou indifférente à sa présence.

Pour ce qu'il en savait.

— Vous n'avez pas répondu à ma question, mademoiselle Scott, dit-il avec un petit clin d'œil.

Elle plissa les yeux, lui décochant un regard meurtrier.

— Non, monsieur Darcy, votre déclamation des standards de race ne me pose aucun problème. Poursuivez, je vous prie, je crois que vous étiez sur le point d'évoquer l'arrière-train, ne me faites pas attendre.

Henry fut pris d'un nouvel accès de toux qu'il tenta vainement d'étouffer derrière sa main.

— L'arrière-train ? Bien sûr.

Donovan donna un instant à Henry pour se ressaisir, puis il se tourna vers lui et questionna :

— Pouvez-vous me rappeler quels sont les termes exacts relatifs à l'arrière-train, M. Robson ? Je crois que j'ai un trou de mémoire.

Henry se pinça la base du nez et marmonna :

— Je crois que les standards disent : « L'animal doit être doté de longues cuisses fuselées et d'un arrière-train musclé et racé. »

— Voilà, c'est ça, approuva Donovan avec un sourire satisfait.

Sans la remarque acerbe de Mlle Scott, il n'aurait sans doute pas mentionné cet élément particulier. C'était sa faute.

— Racé, répéta-t-il.

Elizabeth répondit par un rire — un rire incrédule et nerveux, mais un rire quand même.

— Racé ? Vraiment ?

— Vraiment, confirma Donovan en se mordant les lèvres pour ne pas sourire.

A ce point de leur échange, il dut faire un effort surhumain pour garder son sérieux.

— Et n'oublions pas le tempérament… volontaire, fougueux, et cependant doux et affectueux envers son maître. Toujours partant.

Elizabeth leva les yeux au ciel.

— Dans vos rêves !

— Arrêtez-moi si je me trompe, mais j'ai la vague impression que nous ne sommes plus vraiment en train parler de chiens, intervint alors Henry.

Donovan allait devoir lui fournir quelques explications, tout à l'heure…

— Et dans la mesure où il s'agit bel et bien d'un concours

canin, pourriez-vous faire faire un aller-retour à votre chien, mademoiselle Scott ?

— Avec plaisir, monsieur Robson.

Elle adressa son plus beau sourire à Henry en faisant descendre Rose de la table.

L'humeur au beau fixe, Donovan se contenta d'admirer la jeune femme et la chienne tandis qu'Henry achevait de juger l'animal. Il le consacra champion de la race, ce qui était de bonne guerre au vu de ce que Donovan avait fait subir à Elizabeth. Sue Barrow, quant à elle, obtint pour sa chienne le titre de championne de réserve. Les autres dresseurs quittèrent le ring bredouilles et perplexes devant la scène à laquelle ils venaient d'assister.

Tout le reste de la journée, Henry fit son travail sans demander un seul conseil à Donovan.

Chapitre 9

Elizabeth n'était pas sûre d'avoir compris la moitié de ce qui s'était passé dans le ring, mais une chose était certaine : les concours canins étaient beaucoup mieux dotés en Angleterre qu'aux Etats-Unis. Son titre de champion de la race fut récompensé non seulement par une rosette de la taille d'une assiette, mais aussi par une magnifique écharpe de satin. Henry Robson l'en ceignit avec solennité, comme si elle était la gagnante d'un concours de beauté. Elizabeth se sentait ridiculement fière, même si, d'un point de vue technique, c'était grâce aux qualités de la chienne de Sue qu'elle l'avait emporté. Quoi qu'il en soit, cette première prestation en Angleterre se révélait plutôt spectaculaire. Elizabeth avait un doute. Le titre de meilleur chien était-il accompagné d'un diadème en prime ?

Certes, à cause de ce gamin de Donovan Darcy, le concours en lui-même était un peu passé au second plan.

Au début, Elizabeth était persuadée qu'il était en train de flirter ouvertement avec elle. Elle avait même commencé à se demander si Jenna n'avait pas raison, après tout — Donovan en pinçait-il réellement pour elle, comme l'affirmait sa sœur ? Ensuite, il y avait eu cette discussion surréaliste autour des arrière-trains et des tempéraments fougueux, et elle avait compris son manège. Il essayait juste de l'embarrasser — elle l'avait accusé de coucher avec sa propre sœur et à présent, il se vengeait. Elle en était certaine. Ou presque.

— Félicitations, s'écria Jenna en la serrant contre elle avant de s'écarter pour admirer son écharpe. Dis donc, quelle allure ! On dirait une reine de beauté.

Du bout des doigts, Jenna effleura la pièce de satin drapée autour de la poitrine d'Elizabeth. Elle soupira. Quand elles étaient petites, elles ne manquaient jamais les élections de Miss Amérique. Année après année, elles se postaient devant la télévision, arborant des écharpes de miss en papier toilette tandis que leur mère critiquait les robes de soirée des candidates. Elizabeth se demanda si, comme elle, sa sœur se remémorait ces moments.

— Oui, félicitations, ma chérie ! s'exclama Sue en lissant à son tour l'écharpe d'Elizabeth, comme pour en retirer des poils de chien invisibles.

— Merci, mais je te rappelle que c'est *ton* chien qui a gagné.

Elizabeth baissa les yeux sur Rose, qui choisit ce moment précis pour ouvrir la gueule dans un large bâillement. De toute évidence, elle se fichait pas mal de son nouveau titre, rosette et écharpe comprises.

— C'est vrai. Et je l'ai inscrite au concours de groupe, tout à l'heure.

Sue épingla la rosette d'Elizabeth à son écharpe.

— Mais tu peux garder tout ça, si tu veux.

— C'est vrai ? Ça me ferait tellement plaisir !

Bliss n'avait encore rien gagné d'aussi tape-à-l'œil. Jusque-là, sa plus belle prise consistait en un lot de Tupperwares remportés à l'occasion d'un petit concours dans le Bronx. C'était pratique, certes, mais pas très glamour.

— Aucun problème, alors. Tu les as bien mérités — c'est toi qui as toiletté Rose pour le concours, et tu l'as accompagnée à la perfection. Grâce à toi, elle vient de se rapprocher du titre de championne.

Sue contempla Rose avec adoration avant de reporter son attention sur Elizabeth.

— Cela dit, vous m'avez fait peur, tout à l'heure. Je n'ai pas compris pourquoi M. Robson mettait aussi longtemps à évaluer Rose, quand elle était sur la table. J'ai cru qu'il était arrivé quelque chose d'affreux, qu'il lui avait trouvé un défaut disqualifiant.

— Oh ! ça, répondit Elizabeth en se sentant rougir.

Elle haussa les épaules, entraînant son écharpe dans le mouvement.

— Ce n'était rien.

Jenna leva un sourcil sceptique. Elizabeth se prépara au déluge de questions qui ne pouvait manquer de suivre.

Par bonheur, Henry Robson les rejoignit avant que Jenna ait le temps de déclencher son attaque.

— Excusez-moi.

Son regard s'arrêta sur Jenna, et il battit des paupières avant de se tourner vers Elizabeth.

— Mademoiselle Scott ?

— Oui ?

— Félicitations pour votre titre, dit-il avec un sourire en désignant sa rosette.

— Merci à vous. C'est vous qui nous l'avez attribué, après tout.

Pas question qu'elle prononce un mot au sujet de Donovan. Elle voulait oublier jusqu'à sa seule présence dans le ring.

— Je voulais m'excuser pour mon collègue, M. Darcy.

Il réprima un frisson. *Quelle partie de la conversation au juste venait de lui traverser l'esprit ?* Le chapitre sur les arrière-trains, elle l'aurait parié.

— En général, il n'est pas très bavard.

Sue et Jenna froncèrent les sourcils de concert. Elizabeth remarqua que sa sœur ne quittait pas Henry du regard.

— Vous n'avez pas besoin de vous excuser. J'ai l'impression que monsieur Darcy a du mal à tenir sa langue, en ma présence. Je crois que je commence à m'y habituer.

Henry afficha une expression amusée.

— Vraiment ? Ce n'est pas dans le tempérament de Donovan.

Elizabeth étouffa un petit rire incrédule. Parlaient-ils du même M. Darcy ?

— Je pense qu'il se moquait simplement de moi à propos d'un petit… malentendu que nous avons eu récemment. Comme il l'a souligné, il ne faisait que réciter les standards de race. Ce n'était rien. Rien du tout.

Pourquoi répétait-elle sans cesse ces mots ? Plus elle affirmait que ce n'était *rien*, plus elle avait l'impression qu'il y avait bel et bien *quelque chose*. Et pourquoi ces phrases tirées des standards lui avaient-elles paru aussi pleines d'allusions venant de la bouche de Donovan ? Si quelqu'un d'autre les avait prononcées, en aurait-elle perçu les connotations sensuelles ?

Elizabeth se mordit la lèvre. Mieux valait ne pas s'attarder sur cette question.

— Lizzy, intervint Jenna avec un toussotement rien moins que discret.

Le regard d'Elizabeth passa d'Henry à Jenna, avant de se reposer sur Henry. Tous deux se dévisageaient avec une sorte de curiosité brûlante.

— Pardon, dit-elle enfin. Monsieur Robson, je crois que vous connaissez déjà Sue Barrow. Et voici ma sœur, Jenna.

Helena salua Sue d'une poignée de main polie avant de se tourner vers Jenna.

— Je suis enchanté de faire votre connaissance à toutes les deux.

La main enfermée dans celle d'Henry, Jenna baissa la tête avec une timidité inhabituelle qui surprit Elizabeth.

— Ravie de vous connaître, moi aussi.

Elle avait pratiquement des étoiles dans les yeux, comme si on venait de lui présenter Daniel Craig en personne.

— Tout le plaisir est pour moi, répondit Henry avec un sourire chaleureux.

Il était séduisant, avec ses allures de petit garçon décoiffé, c'était certain. Malgré cela, côté sex-appeal, il n'arrivait pas à la cheville de Donovan Darcy. Et puis, il était dénué de cette virilité confiante qui émanait de Donovan et rendait Elizabeth plus consciente encore de sa féminité quand elle se trouvait devant lui.

Elle battit des paupières, déconcertée par ses propres réflexions.

Depuis quand Donovan était-il devenu le mètre étalon de la séduction masculine ?

— Je vous verrai peut-être plus tard dans mon ring, Jenna ? demanda alors Henry.

Il ne l'avait pas lâchée. Ces deux-là semblaient bien partis pour emporter le concours de la plus longue poignée de main du monde.

— Je ne pense pas, non. Je suis juste venue soutenir ma sœur et Sue.

Jenna souriait avec amabilité. A la voir, on aurait dit qu'elle ne vivait que pour cela — assister aux concours canins. Elizabeth avait rarement vu quelque chose d'aussi curieux.

Elle considéra Henry avec méfiance. *Qui êtes-vous, et qu'avez-vous fait à ma sœur ?*

— Quel dommage, dit celui-ci en secouant la tête. Il faudra que nous trouvions une autre occasion de nous voir, alors.

— C'est une très bonne idée.

Henry inclina la tête vers elle.

— Demain matin, peut-être ?

Elizabeth en resta bouche bée. Il y avait à peine vingt-quatre heures que Jenna avait posé le pied sur le sol britannique, et celle-ci était déjà en train d'organiser un rendez-vous avec un aristocrate londonien ! Cette situation ne semblait pas la perturber le moins du monde, en plus — à croire qu'elle passait son temps à sillonner la planète en flirtant avec de beaux inconnus.

Comment était-ce possible ?

Elizabeth commençait à se demander si elles étaient vraiment sœurs, quand une grande femme blonde se fraya un chemin à côté d'Henry.

— Henry, te voilà. Je te cherchais partout. Tu n'as pas vu Donovan ? Je m'ennuie à mourir.

Aussitôt, la lueur rêveuse dans les yeux de Jenna s'éteignit, et son regard se durcit — et encore plus quand l'inconnue se pendit au bras d'Henry. La femme semblait vaguement familière à Elizabeth. Cela dit, dans la mesure où elle était aussi maigre qu'un lévrier, habillée sur son trente et un et un peu trop hâlée pour la saison, elle ressemblait à la plupart des femmes qu'elle avait l'habitude de croiser à Manhattan, dans l'Upper West Side.

A contrecœur, Henry détacha son regard de Jenna.

— Helena, je te présente Sue Barrow, Elizabeth Scott et sa sœur, Jenna. Mesdames, voici Helena Robson, ma sœur.

Le soulagement qui se peignit sur les traits de Jenna était presque comique. Elizabeth étouffa un rire. Elle n'était pas la seule à confondre sœur et amante, apparemment. Cette idée lui fit du bien. Soudain, elle se sentait moins bête.

— Enchantée, dit Elizabeth en tirant doucement sur la laisse de Rose.

Sa truffe frémissante pointée sur Helena, le terrier cherchait à la flairer. Quelque chose disait à Elizabeth que la sœur d'Henry n'était pas du genre à se laisser baver dessus par un chien.

— Elizabeth Scott ?

Pendant une fraction de seconde, Helena plissa les yeux. Puis, tout aussi vite, elle les rouvrit en grand. Ses cils outrageusement recourbés étaient longs et fournis — beaucoup trop pour être vrais. Pour Elizabeth, ils lui faisaient surtout penser aux mannequins que les futures mariées de Scott Bridal cherchaient à imiter, et dont elles emportaient les photos partout.

« Des cils de pacotille », comme les appelait sa mère.

Elizabeth ne comprenait même pas qu'on puisse porter de faux cils et des talons aiguilles dans un concours canin. C'était un vrai mystère.

— Ravie de vous rencontrer, Helena. Vous présentez des chiens ?

C'était une question purement rhétorique. Comment cette femme aurait-elle pu faire le tour du ring en courant avec ces chaussures ?

— Oh ! non.

Helena lança un regard possessif en direction du ring où Donovan était en grande discussion avec d'autres juges.

— Je suis une amie — une amie *intime*, disons-le — de ce juge, là-bas. Donovan Darcy.

— *Helena*, murmura Henry d'un air réprobateur.

Elizabeth serra plus fort la laisse de Rose. Quelque chose, dans le ton de voix d'Helena Robson, lui déplaisait au plus haut point. Elle se força à sourire.

— Oh ! je vois.

Helena tendit une main parfaitement manucurée vers la rosette d'Elizabeth.

— Championne de la race. Félicitations.

Elizabeth aurait voulu reculer pour s'éloigner de cette main tendue, mais elle avait peur d'écraser la patte d'un border terrier.

— Merci.

— J'ai l'impression qu'il vous apprécie beaucoup, déclara Helena avec un nouveau coup d'œil en direction de Donovan qui, à présent, les regardait depuis le ring.

Même à cette distance, Elizabeth remarqua que son regard s'était assombri.

Que se passait-il ?

— Vous vous trompez, répondit-elle à Helena. Ce sont les chiens qu'il apprécie.

— Si vous le dites.

Les lèvres d'Helena se retroussèrent. Mais derrière ses cils extravagants, son regard, lui, ne souriait pas.

— C'était un plaisir, Elizabeth.

— Tout à fait, Helena, répondit Elizabeth en priant de toutes ses forces pour parvenir à chasser le mot *intime* de sa tête.

Même si elle se fichait comme d'une guigne que Donovan ait des amies, intimes ou non.

Ce n'était pas ses affaires, non ?

— Passez une bonne journée, mesdames, lança Henry sur ces entrefaites

Puis, s'adressant à Elizabeth :

— Je suppose que je vous verrai dans le ring pour la catégorie groupe ?

— Oh ! non. C'est Sue qui s'en occupera.

Dieu merci.

— Très bien.

Henry hocha la tête, regarda longuement Jenna, puis repartit vers le ring, sa sœur sur les talons.

Quand ils se furent éloignés, Sue demanda, sourcils froncés :

— Suis-je la seule à trouver que cette conversation était bizarre ?

— Pas du tout, répondit Elizabeth. Henry a l'air gentil, mais sa sœur m'a tout l'air d'être un cas…

— Tu veux parler de l'amie *intime* de M. Darcy ? demanda Jenna en levant les yeux au ciel. Elle est jalouse. J'en ai vu des milliers comme elles — c'est une demoiselle d'honneur frustrée.

Les demoiselles d'honneur frustrées. C'était ainsi qu'elles appelaient, chez Scott Bridal, les langues de vipère qui accompagnaient leur amie à la boutique dans le seul but de critiquer chacun de leurs choix. Elizabeth n'était pas sûre que l'expression convienne parfaitement à Helena Robson, mais ce n'en était pas moins amusant.

— Une demoiselle d'honneur frustrée, répéta-t-elle avec un sourire.

— Le concours va reprendre. Tu devrais peut-être aller

brosser Bliss, Elizabeth ? suggéra Sue tandis qu'elles retournaient vers l'aire de toilettage.

— Oui. Avec un peu de chance, ce ne sera pas Henry Robson qui jugera les cavaliers cet après-midi.

Il lui avait octroyé une belle victoire, mais Elizabeth craignait de ne pas supporter un autre passage avec lui si Donovan Darcy était présent à son côté dans le ring.

— Non, ce ne sera pas lui, ma chérie.

— Ce n'est pas non plus Donovan, n'est-ce pas ?

Ce serait encore pire.

Sue prit place sur l'une des chaises autour de leurs tables. Aussitôt, Violet bondit sur ses genoux.

— Non, ma chérie. Il s'agit de Mme Smith-Crowley. Elle est dans le circuit depuis tellement longtemps — au moins soixante ans — qu'elle fait partie des meubles. Elle est aveugle d'un œil, borgne de l'autre, et à moitié sénile, je le crains.

Jenna inclina la tête d'un air curieux.

— Comment diable peut-elle juger un chien si elle n'y voit rien ?

Peu importait à Elizabeth que Mme Smith-Crowley soit incapable de faire la différence entre un chien et un chat… tant qu'elle-même n'avait plus affaire à Donovan Darcy.

Sue fit rentrer Rose dans sa caisse, et Elizabeth la suivit du regard.

— Cette Mme Smith-Crowley, elle est titularisée, au moins ? Il n'y aura pas de référent dans le ring ?

— Aucun risque, ma chérie, répondit Sue en riant. Tu n'étais pas née qu'elle jugeait déjà en concours.

— Parfait. Elle m'a l'air absolument charmante, répondit Elizabeth.

Et elle le pensait du fond du cœur.

*
* *

— Jenna, je t'en prie, jure-moi que nous ne resterons pas longtemps.

Elizabeth glissa un billet dans la machine et retira deux tickets de métro roses du réceptacle de métal.

— Tu sais que je déteste ce genre d'endroit, ajouta-t-elle avec nervosité.

— Ne t'inquiète pas, Elizabeth ! Attends au moins d'y être. On restera une heure, deux maximum. J'ai rendez-vous avec Henry, après. En plus, je suis restée toute la journée avec toi pour le concours, tu peux bien m'accompagner deux heures au salon du mariage, non ?

Jenna suivit Elizabeth dans la rame arrêtée sur le quai, se frayant un passage dans la cohorte des Londoniens qui rentraient du travail.

Elizabeth les enviait. Elle avait passé la journée à ranger tout un attirail de matériel de concours et à couper les griffes des terriers. Elle aurait adoré pouvoir s'offrir le luxe simple de se vautrer devant une mauvaise émission de téléréalité avec un pot de crème glacée sur les genoux. Même une mauvaise émission de téléréalité *anglaise*. Ici, on vouait un tel culte à Gordon Ramsay qu'elle avait parfois l'impression qu'il était sur toutes les chaînes de la BBC. Quoi qu'il en soit, cette perspective lui semblait autrement plus alléchante que le salon du mariage, même en compagnie de Jenna.

Mais celle-ci, fidèle à elle-même, était parvenue à la convaincre de l'accompagner. Rien que de penser à toutes ces robes de mariées, Elizabeth avait envie de vomir. En signe de protestation, elle s'était habillée en noir de la tête aux pieds.

Dans les haut-parleurs, une voix polie recommanda aux

passagers de faire attention à la marche, et les portes de la rame se refermèrent. Jenna regarda sa sœur d'un œil critique.

— On dirait que tu vas à un enterrement.

Elizabeth émit un petit rire sarcastique :

— Je préférerais presque aller à un enterrement qu'à un mariage.

— Ce n'est pas un mariage, juste un salon, lui rétorqua Jenna en tapotant le siège à côté d'elle. On va s'amuser. Il y aura du champagne gratuit et de belles robes. Pourquoi t'en faire toute une montagne ?

A cause du côté romantique, déjà.

Ce n'était pas facile de grandir dans le monde du mariage, au milieu de toutes ces futures mariées hystériques, sans en retirer un certain cynisme. Comment Jenna faisait-elle pour rester aussi romantique, après tout cela ?

Et puis, il y avait eu cette sale affaire avec Markham — pour Elizabeth, ç'avait été le coup de grâce.

Après cela, côté romantisme, elle était au plus bas. Ses différentes confrontations avec Donovan Darcy n'avaient fait qu'accroître son désarroi, et passer la soirée au milieu de kilomètres de tulle était la dernière chose qu'elle avait envie de faire.

Trop tard, songea-t-elle alors qu'elles entraient dans la galerie huppée de Chelsea où se tenait le salon du mariage. C'était un peu comme se faire gifler par Cupidon en personne. A peine avaient-elles franchi le seuil qu'un serveur les assaillit, leur tendant du champagne rosé dans des coupes au pied décoré de gypsophile. Elizabeth faillit renverser la sienne quand un mannequin vêtu d'une robe de mariée presque aussi large que longue la bouscula par-derrière.

Elle en avala une gorgée pour éviter que le champagne ne déborde. Il était sucré. Affreusement sucré.

— Viens, l'exhorta Jenna en la tirant par le bras, le podium est au fond, et je tiens à voir les défilés.

Elizabeth prit une grande inspiration et se laissa entraîner dans la foule mouvante des futures mariées, non sans un regard d'envie sur la fontaine de chocolat au milieu de la salle. Ce n'était pas tout à fait le pot de Ben & Jerry dont elle rêvait, mais elle s'en serait contentée.

— J'ai réservé des places au premier rang.

Jenna les guida en direction de deux chaises pliantes blanches ornées de guirlandes de roses et revêtues d'un panneau au nom de Scott Bridal.

Elizabeth se laissa tomber sur la sienne, priant désespérément pour que le conflit l'opposant à la Barclay School se résolve à son avantage. Si elle perdait son poste pour de bon, voilà exactement la vie qui l'attendait une fois revenue dans le giron de l'entreprise familiale. Sauf qu'en plus de toute cette gypsophile, elle allait devoir supporter sa mère.

Si elle se retrouvait exclue du milieu privilégié de la Barclay School, il lui faudrait de nouveau fourrer des mondaines pleines aux as dans des robes à vingt mille dollars. Cette idée la rendait malade.

Elle prit une grande gorgée de champagne sucré.

A côté d'elle, Jenna observait avec attention le premier mannequin évoluant sur le podium, qui présentait une robe ivoire moulante superposée de tulle à pois.

— Oh ! regarde celle-ci ! Elle est magnifique.

Elizabeth opina d'un air absent. Elle aperçut deux chaises vides de l'autre côté de l'allée centrale. Si elle s'y allongeait en position fœtale, cela se remarquerait-il ?

Sûrement, songea-t-elle.

Dommage.

Au moment où elle allait reporter son attention sur le podium, une femme s'approcha du premier rang. Une femme qui lui faisait irrésistiblement penser à un lévrier. Pas d'erreur, c'était *elle*.

— Oh ! non, souffla Elizabeth en prenant Jenna par le bras. Regarde qui vient par ici. Helena Robson.

Tournant vivement la tête, Jenna se démonta le cou pour regarder dans la direction indiquée par sa sœur.

— Tu plaisantes… Henry est avec elle ?

— Ça m'étonnerait, marmonna Elizabeth. C'est un salon du mariage, au cas où tu l'aurais oublié.

Elle espérait de toutes ses forces qu'Helena allait passer devant elle sans les voir et s'asseoir ailleurs. *N'importe où* ailleurs.

Bien entendu, il n'en fut rien. Elle prit place sur la chaise juste à côté de celle d'Elizabeth, assez près pour la toucher. Assez près en tout cas pour que son parfum fleuri la fasse suffoquer.

Balenciaga Paris, crut deviner Elizabeth. *Le parfum préféré des futures mariées.*

Elizabeth toussa, le regard rivé sur le podium où une robe de satin rouge pompier suscitait de petits cris de scandale étouffés parmi les spectatrices.

Ce n'était pourtant pas si choquant que ça. Dans certains pays, le rouge était la couleur traditionnelle du mariage. Dans les autres, elles permettaient aux mariées les plus audacieuses de faire une entrée remarquée à l'église. Soudain, Elizabeth eut plus envie que jamais d'aller goûter le chocolat de la fontaine.

— Qu'en penses-tu, Elizabeth ? demanda Jenna. Il nous

faut un nouveau modèle en rouge, à Scott Bridal. Il y a des années que nous présentons les mêmes.

Elizabeth haussa les épaules.

— Elle n'est pas mal. Enfin, si on aime le rouge.

Personnellement, il ferait beau voir qu'on la conduise à l'autel dans ce genre d'accoutrement ! D'un autre côté, elle n'avait pas l'intention de se marier. Jamais.

— Elizabeth ? Elizabeth Scott ?

Helena se pencha vers elle les yeux écarquillés, comme si elle venait de la reconnaître.

— C'est bien vous ! Je ne m'attendais pas à vous retrouver dans un endroit pareil.

Ah bon ? pensa Elizabeth avec une certaine hargne. *Et pourquoi ça ? Je pourrais très bien avoir un fiancé… si je voulais. Sauf que je ne veux* pas.

— Bonjour, Helena, dit-elle en s'efforçant d'accorder à cette femme ridicule le bénéfice du doute. Ma famille tient une boutique de mariage aux Etats-Unis.

— Je vois.

Les lèvres exagérément gonflées d'Helena esquissèrent un sourire satisfait.

— Cela explique tout, ajouta-t-elle.

Et là, Elizabeth le vit — ce regard que toutes les futures mariées hystériques lui avaient adressé pendant des années. L'expression condescendante réservée aux sous-fifres. La voir sur le visage de l'amie *intime* de Donovan était encore plus vexant.

— Alors comme ça, vous êtes venue faire un petit séjour chez nous ? demanda Helena, qui ne semblait pas pressée de revenir au défilé.

Elizabeth aurait préféré qu'elle s'intéresse au podium

— c'était le moment où jamais pour qu'un modèle spécial fasse son apparition. Une robe phosphorescente, peut-être ? N'importe quoi, pourvu qu'Helena cesse de lui parler.

— Oui, répondit Elizabeth, résolue à rester calme. Je vis à New York.

— New York. C'est merveilleux. Très bel endroit pour faire du shopping.

Helena se mit à triturer le bracelet qui ceignait un poignet aussi mince que celui d'un enfant. Elizabeth soupçonnait fortement qu'Helena ne faisait pas son shopping chez H&M — ni dans les autres boutiques qu'elle-même avait l'habitude de fréquenter.

— Et vous êtes ici en vacances ?

— D'une certaine façon. Je suis enseignante, j'ai pris un congé sabbatique.

Elle se serait giflée ! Pourquoi avoir mentionné son travail ? Où avait-elle donc la tête ? Elle n'avait pas besoin que le scandale dont elle était l'objet parvienne jusqu'en Angleterre. Moins elle en dirait sur son travail aux Etats-Unis, mieux ce serait.

— Vous êtes enseignante ? répéta Helena en levant un sourcil parfaitement épilé. Voilà qui est très noble de votre part.

— N'exagérons rien, répondit Elizabeth en haussant les épaules de façon aussi détachée que possible. C'est un travail, c'est tout.

— Et combien de temps dure votre congé sabbatique ?

Le menton d'Elizabeth trembla, et toute trace du sourire qu'elle avait réussi à plaquer sur ses lèvres disparut. Elle devait mettre fin à cette conversation ou du moins, changer de sujet.

— Quelques semaines.

De toute façon, cela ne regardait pas Helena Robson.

Enfin, Jenna daigna intervenir pour voler au secours de sa sœur.

— Et qu'est-ce qui vous amène sur ce salon, Helena ? Vous avez des projets de mariage ?

— Mais oui, absolument, roucoula Helena en plantant un regard assassin dans les yeux d'Elizabeth.

Celle-ci se tortilla sur sa chaise. Quelle mouche piquait donc Helena ? Pourquoi tant d'hostilité à son égard ?

L'atmosphère était devenue si épaisse qu'on aurait pu la couper au couteau. Ou avec les plis ultra-aiguisés de la robe ultramoderne qui venait d'apparaître sur le podium.

Il fallait qu'elle sorte d'ici. Tout de suite.

— Bien, il faut qu'on y aille, n'est-ce pas, Jenna ? J'ai vu toute une série de robes pour demoiselles d'honneur qui correspondent exactement à ce que nous cherchons.

Elle se leva et lança :

— Amusez-vous bien.

— Qu'est-ce qui t'a pris ? chuchota Jenna tandis qu'Elizabeth piquait un sprint en direction de l'exposition en question — et tant mieux si, sur le trajet, elles passaient à côté de la fontaine à chocolat.

— Désolée. Mais cette femme me fiche les jetons, je ne sais pas pourquoi.

— Peut-être, mais son frère est drôlement mignon. Il a l'air gentil, en plus. Tu ne trouves pas ? Il me plaît, en tout cas.

Jenna n'avait pas besoin d'être cernée de tulle, de dentelle et de roses pour avoir l'air romantique quand elle parlait d'Henry.

Elizabeth eut un signe évasif.

— Tu as connu pire, c'est sûr.

— Lizzy ! s'exclama Jenna, faussement scandalisée, en la frappant avec son minuscule sac à main.

— Ah, voilà les robes des demoiselles d'honneur.

Un modèle scintillant attira aussitôt son regard — une Marchesa de couleur dorée tombant jusqu'au sol. Belle à couper le souffle.

— Ça, ça me parle déjà plus ! s'exclama-t-elle.

— Tu connais le dicton : demoiselle d'honneur un jour…

— Demoiselle d'honneur toujours, compléta Elizabeth en effleurant l'étoffe lisse de la superbe robe.

Elle avait l'impression que de l'or liquide lui coulait entre les doigts.

— Et ça me va très bien comme ça, conclut-elle.

— Je t'avais bien dit qu'on s'amuserait, déclara Jenna alors qu'elles passaient devant la pâtisserie au coin de la rue pour regagner la maison des Barrow. Et tu t'es même acheté une nouvelle robe. Je passerai la chercher demain, quand ils auront fait les retouches.

— On ne peut pas dire que je me sois vraiment amusée, protesta Elizabeth.

Il lui avait fallu pas moins de trois verres de champagne pour se remettre un tant soit peu de cette rencontre inopportune avec Helena Robson.

— Je ne sais pas ce qui m'a pris, ajouta-t-elle en secouant la tête. Une robe de bal Marchesa… Si ça se trouve, je ne la mettrai jamais de ma vie.

— C'est le Moët & Chandon qui t'est monté à la tête. Et j'ai peut-être une mauvaise influence sur toi. Cela dit, on ne sait jamais. Peut-être auras-tu l'occasion de porter cette magnifique robe quelque part avec ton charmant Anglais.

Elizabeth émit un petit reniflement de dédain.

— Ce n'est pas *mon* Anglais, et il n'a absolument rien de charmant.

— Aïe !

Une voix familière et très mâle retentit non loin d'elles.

— J'ai certainement entendu pire à mon sujet, mais quand même…

Jenna s'arrêta net pour scruter la rue plongée dans l'obscurité. Donovan Darcy émergea de l'ombre, Finneus sur ses talons.

A sa vue, Elizabeth sentit son estomac lui bondir dans la gorge. D'un seul coup, le sang lui monta aux joues. Heureusement qu'il faisait nuit, elle devait être cramoisie.

— Donovan Darcy.

Pour une raison qu'elle ignorait, elle avait le plus grand mal à empêcher sa voix de trembler.

— C'est un peu présomptueux de votre part, non ? Nous sommes à Londres, nous pourrions être en train de parler de n'importe lequel de ses habitants.

Le regard de Donovan s'enflamma.

— Disons alors que j'ai perçu une certaine irritation dans votre ton de voix, et que j'en ai tiré les conclusions les plus évidentes.

A cet instant, Jenna toussota d'un air embarrassé.

— Il faut que je me change pour le dîner, j'ai rendez-vous. Je vais rentrer et vous laisser bavarder.

Joignant le geste à la parole, elle s'éloigna. Bientôt, on entendit la porte des Barrow se refermer doucement derrière elle.

Tête penchée sur le côté, Donovan contempla Elizabeth pendant un long moment sans rien dire. Sa respiration s'accéléra et elle se morigéna intérieurement. C'était ridicule, vraiment ! Ce n'était pas comme si elle éprouvait quoi que ce soit pour Donovan Darcy. Il lui avait fait peur, c'était tout. A rôder comme cela dans le noir…

Il se rapprocha d'elle.

— C'était votre sœur, n'est-ce pas ? Celle que j'ai rencontrée l'autre fois ?

L'infime frémissement de ses sourcils était on ne peut plus éloquent — *l'autre fois*, c'est-à-dire : *avant que vous n'appreniez que je ne couchais pas avec une adolescente.*

— Oui, répondit-elle en hochant la tête. Jenna. Elle est arrivée il y a quelques jours. C'était une belle surprise.

— J'imagine que vous allez être très occupées à visiter la ville, toutes les deux ?

Oui, terriblement occupées. J'aurai à peine le temps de respirer, et encore moins de penser à vous, à votre accent ridiculement charmant ou à vos nœuds de cravate si parfaits.

Elle déglutit avec peine.

— Pas vraiment. Elle est ici pour affaires.

— Dans ce cas, peut-être nous permettrez-vous, à Finneus et moi-même, de vous accompagner promener vos protégées demain ?

Il fronça les sourcils, comme si les mots qui venaient de sortir de sa bouche lui avaient échappé par mégarde.

Elizabeth fut elle aussi prise de court, ce qui expliqua sans nul doute qu'elle lui réponde :

— J'en serais ravie.

— Fort bien.

L'expression soucieuse de Donovan disparut alors pour laisser place à un sourire satisfait, et il ajouta :

— A demain après-midi, alors.

— Oui, à demain.

Elizabeth recula vers la porte. Il fallait absolument qu'elle rentre avant que les choses n'aillent plus loin. Les rayons de lune qui dansaient sur les traits harmonieux de Donovan avaient sur elle un effet envoûtant, ils la rendaient vulnérable.

— Bonne nuit, Elizabeth, dit-il.

Prononcé par ses lèvres, son prénom avait des consonances trop sensuelles.

— Bonne nuit.

Chapitre 10

— Au fait, Lizzy, j'avais complètement oublié !

Jenna posa une grosse enveloppe de papier kraft sur la table du petit déjeuner.

— Je t'ai apporté quelque chose de la maison.

— Ah bon ?

Elizabeth, qui était en train d'étaler une épaisse couche de confiture d'orange sur son toast, leva la tête, étonnée.

— Ne t'emballe pas, c'est juste ton courrier.

Jenna avala une gorgée de thé. De l'English Breakfast. A en croire son expression nostalgique, cela ne valait pas une bonne tasse de café.

— De bonnes nouvelles, j'espère ? demanda Sue en levant la tête derrière son journal.

Elle lisait le *Daily Mail*, un quotidien un peu plus corsé que les journaux classiques, comme l'avait découvert Elizabeth l'autre jour en y parcourant un article dans lequel Justin Timberlake était qualifié de « vipère lascive ».

— Voyons.

Elizabeth ouvrit l'enveloppe à l'aide d'un couteau à beurre.

L'habituelle collection de factures en dégringola au milieu d'une avalanche de catalogues. *Atout chien*, *Animaux de compagnie*, *Tout pour le chien*...

Rien de neuf sous le soleil.

C'est alors qu'elle remarqua quelque chose qui lui fit bondir le cœur — une épaisse enveloppe couleur crème arborant un blason familier.

Les mains tremblantes, elle la sortit de la pile de facture. C'était bien cela : l'adresse de l'expéditeur était celle de la Barclay School.

Tétanisée, Elizabeth la fixa sans rien dire.

Il était impossible que l'enquête soit déjà achevée, non ?

Elle la lâcha d'un coup, comme si elle s'était brûlée. Depuis qu'elle était en Angleterre, elle pensait beaucoup moins au désastre qu'était devenue sa vie à Manhattan. Et c'était aussi bien comme ça. A présent que celui-ci se rappelait à elle de manière concrète, elle se sentait au bord de la nausée. Le blocage qu'elle avait ressenti au niveau de la poitrine lors de cette rencontre fatidique avec le Dr Thurston, et qui avait presque disparu quand elle avait traversé l'Atlantique, faisait son retour en fanfare.

— Quelque chose ne va pas, petite sœur ? demanda Jenna d'une voix inquiète.

Elizabeth se massa le sternum pour tenter de chasser son malaise. Elle n'avait pas quitté l'enveloppe des yeux.

— Elizabeth ?

Sue la regardait d'un air soucieux par-dessus son journal.

— Tout va bien, ma chérie ? On dirait que tu viens de voir un fantôme.

L'image de Grant Markham, un rictus méprisant aux lèvres, s'imposa soudain à Elizabeth.

Pas un fantôme, non. L'incarnation du mal, plutôt.

— Je suis sûre que ce n'est rien.

Le cœur battant, elle ramassa l'enveloppe.

— C'est une lettre qui vient de mon travail.

— Oh ! non, je ne l'avais pas vue ! s'exclama Jenna qui avait blêmi. Quelle idiote je fais, j'aurais pu t'avertir !

— De ton travail ? demanda Sue en fronçant les sourcils. Tu parles de l'école où tu enseignes ? Je croyais qu'ils t'avaient donné congé ? Ne me dis pas qu'ils veulent déjà te réembaucher, tu viens à peine d'arriver !

Les paroles de Sue donnèrent à Elizabeth le courage de déchirer l'enveloppe. Au moins, elle avait un travail. Et un endroit où vivre, bien plus confortable que n'importe lequel des appartements qu'elle aurait pu se permettre de louer à New York. Certes, elle ne resterait pas toute sa vie à Londres. Elle n'était même pas citoyenne britannique. On finirait bien par la mettre dehors un jour ou l'autre, non ? Si ce n'était pas Sue ou Alan, les services de l'immigration s'en chargeraient…

— Je suis certaine qu'il n'est pas question de cela, répondit-elle à Sue tout en dépliant le contenu de l'enveloppe — une unique feuille de papier arborant en en-tête le blason de l'école.

Elle prit une grande inspiration et se força à lire la lettre depuis le début, une phrase après l'autre.

Chère mademoiselle Scott,
Le conseil d'administration vient d'achever son enquête concernant les accusations dont vous faites l'objet en tant qu'enseignante à la Barclay School.
Au vu des conclusions de cette enquête, nous estimons que, dans l'intérêt de toutes les parties concernées, vous devez être révoquée de vos fonctions de façon permanente. Cette décision prend effet immédiatement. Vous n'êtes pas sans savoir que, la Barclay School étant un

établissement d'enseignement privé, il peut être mis fin à votre contrat à tout moment, quelle qu'en soit la raison. En gage de bonne volonté, vous recevrez prochainement, sous pli séparé, des indemnités de licenciement correspondant à quatre semaines de salaire.
Bien à vous,
Le conseil d'administration de la Barclay School

Chacun des dix membres du conseil avait apposé sa signature au bas de la lettre. Celle de Mme Markham, pleine de fioritures, figurait en premier. Simple coïncidence ? Elizabeth en doutait.

— Lizzy, qu'est-ce que c'est ? demanda Jenna en tendant le bras pour étreindre la main libre de sa sœur.

Elizabeth était trop occupée à relire la lettre pour s'apercevoir du geste de sa sœur. Elle la relut une fois, deux fois, trois fois, en se répétant que ce n'était pas la fin du monde. Au moins, ils ne l'avaient pas spécifiquement accusée d'extorsion.

Piètre consolation.

Après toutes ces années passées à travailler chez Scott Bridal, à satisfaire les moindres caprices de la haute société, elle avait eu l'impression d'avoir trouvé sa place, à la Barclay School. Elle s'était dit qu'on l'avait enfin acceptée. Certes, elle ne jouait pas dans la même catégorie que les parents de ses élèves, mais elle aimait les adolescents auxquels elle enseignait. Et elle pensait que tout le monde le savait et respectait son dévouement envers l'école.

Elle s'était trompée sur toute la ligne.

Les mains tremblantes de colère, elle chiffonna la lettre, en fit une boule serrée. Grant Markham avait gagné, comme elle l'avait craint. Et maintenant, à cause de lui, elle avait perdu son emploi de professeur.

— J'imagine que ce ne sont pas de bonnes nouvelles ? demanda Sue en considérant les deux jeunes femmes par-dessus ses lunettes.

Elizabeth secoua la tête, les yeux embués de larmes. Elle toussa pour chasser la boule qui lui obstruait la gorge. Pas question qu'elle se répande auprès de Sue, aussi tentante que la chose lui paraisse. Au cours de ces dix derniers jours, elles étaient devenues très proches l'une de l'autre, mais Sue n'en restait pas moins sa patronne.

— Ma… suspension temporaire s'est transformée en licenciement.

Sue replia son journal et le posa sur la table.

— Ne t'en fais pas pour cela, ma chérie. Tu es en Grande-Bretagne, à présent. Tu as un travail et un toit, ici même. Nous avons des tas de concours à préparer. Rose n'est pas encore championne, et Bliss n'a pas encore remporté de premier prix.

Sue lui adressa un clin d'œil complice.

Bien sûr que Bliss n'avait pas remporté de premier prix. Elle n'avait même pas réussi à se placer dans les quatre meilleurs représentants de sa race lors du concours de Mayfair, alors que la juge était à moitié aveugle.

La gentillesse de Sue ne fit qu'accroître le malaise d'Elizabeth — elle aurait aimé pouvoir lui dire toute la vérité. Elle ravala de nouvelles larmes et repoussa sa chaise pour sortir de table.

— J'ai besoin de digérer un peu la nouvelle. Cela vous ennuie si je monte dans ma chambre cinq minutes ?

— Lizzy, laisse-moi t'accompagner. Je ne suis pas obligée d'aller au salon du mariage tout de suite…

Jenna s'était levée pour la suivre, mais Elizabeth secoua la tête pour l'en empêcher.

— Non, vraiment. Vas-y, ne t'en fais pas pour moi. Tout va bien.

Pourtant, alors qu'elle montait les marches pour se rendre dans sa chambre, la réalité s'imposa à elle.

Non, tout n'allait pas bien. Et elle ne voyait pas comment les choses pourraient jamais s'arranger.

L'Angleterre lui était montée à la tête. Ce qu'elle vivait ici n'était qu'une simple parenthèse, et il était temps qu'elle en prenne conscience. La lettre reçue ce matin l'avait ramenée à la réalité : elle n'était qu'une enseignante américaine déchue, et le gratin de New York ne la respectait pas plus qu'à l'époque où elle s'agenouillait devant les jeunes femmes de bonne famille pour reprendre les ourlets de leur robe de mariée.

Avec ses palais et ses aristocrates, l'Angleterre n'était rien d'autre qu'un conte de fées. Et quand ce conte toucherait à sa fin, Elizabeth n'aurait nulle part où aller.

Planté sous l'auvent de la pâtisserie, Donovan balayait la rue du regard ; il commençait à être inquiet. Finneus, qui s'ennuyait ferme, avait entortillé sa laisse autour des jambes de son maître.

Elizabeth était en retard.

Il y avait une demi-heure qu'il était arrivé sur les lieux de leur rendez-vous. Au bout de vingt minutes, il avait même calé Finneus sous son bras pour s'aventurer à l'intérieur de la boutique, cherchant à repérer la jeune femme au milieu des touristes venus satisfaire leur gourmandise lors d'un goûter improvisé. Elle n'y était pas — de toute façon, il voyait mal comment elle serait entrée ici avec tous ses protégés à quatre pattes. Les border terriers avaient beau être fort bien élevés, il doutait qu'Elizabeth aurait pris le risque de les amener dans cette pâtisserie où flottait en permanence un parfum de beurre et de crème. La truffe de Finneus en frémissait, et son regard traînait sur une assiette de cristal pleine de gâteaux à la réglisse et au cassis. Donovan battit en retraite avant que l'un d'entre eux ne manque à l'appel.

De deux choses l'une, songea-t-il alors : soit il était arrivé quelque chose à Elizabeth, soit elle lui avait posé un lapin.

Sur le moment, Donovan se demanda laquelle de ces deux perspectives le dérangeait le plus. On ne lui avait encore *jamais* posé de lapin. Pas une seule fois dans toute sa vie. Cette idée était d'ailleurs grotesque. Quelle femme saine d'esprit poserait un lapin à *Donovan Darcy* ?

Préoccupé, il se demanda si c'étaient le genre de questions que se posaient les hommes *normaux*.

Finalement, le fait qu'il puisse être arrivé quelque chose à Elizabeth était plus alarmant. Bien sûr. Il aurait fallu être un monstre pour préférer l'imaginer malade ou blessée plutôt que rebutée à l'idée de passer du temps avec lui. Et il n'était pas un monstre.

Cela dit, s'il y avait une seule personne au monde qui avait tendance à le considérer comme tel, c'était bien Elizabeth. La fière Elizabeth, qui n'hésitait pas à le remettre à sa place à la moindre provocation.

La fière Elizabeth, avec ses lèvres sensuelles qui appelaient le baiser, et son regard dangereusement séduisant…

Donovan fronça les sourcils et regarda autour de lui, comme si les passants avaient accès à ses pensées. La nonchalance des piétons qui marchaient devant lui, le regard baissé, en direction de la station de métro de South Kensington, ne fit qu'exacerber son sentiment de frustration.

— Ça ne se passera pas comme ça, lança-t-il dans le vide.

Il se pencha pour cueillir Finneus sur le trottoir, le fourra de nouveau sous son bras et se dirigea d'un pas décidé vers la maison des Barrow.

Quelque chose clochait. Il le sentait. Et s'il se trompait, eh bien… ce serait la première fois qu'une femme lui ferait faux bond. Il y avait une première fois à tout, songea-t-il en dépit de la douleur lancinante que cette idée déclenchait entre ses tempes.

Il frappa à la porte. Elle s'ouvrit aussitôt, laissant apparaître la maîtresse de maison. Etonnée, Sue battit des paupières, sourcils arqués.

— Monsieur Darcy. Quel plaisir. Je vous en prie, entrez.

Les chiens — les quatre terriers et Bliss — trottinaient autour des jambes de Sue, mais il n'y avait pas trace de son Elizabeth.

Son Elizabeth ?

Il savait qu'il n'avait aucun droit de la prétendre sienne et, pour être honnête, il n'était même pas certain de vouloir s'attribuer ce privilège. La jeune femme pouvait se montrer exaspérante, et les circonstances présentes en étaient bien la preuve.

Pourtant, il l'avait pensé. De façon presque inconsciente, mais il l'avait pensé — *son* Elizabeth.

— En fait, je cherche Elizabeth. Est-elle ici ?

— Venez, venez.

Sue Barrow s'effaça devant lui, et il pénétra dans une entrée semblable à la sienne. Le sourire de sa voisine semblait un peu forcé, remarqua Donovan.

— Elizabeth est là-haut, dans sa chambre. Elle a reçu aujourd'hui des nouvelles qui l'ont perturbée. Vous pourrez peut-être lui remonter le moral.

Donovan hésita, tiraillé entre l'envie de monter les marches quatre à quatre et celle de traverser la rue en courant pour se réfugier dans son bureau, en terrain connu.

— Je ne voudrais pas vous déranger.

— Mais vous ne nous dérangez pas.

Sue se pencha vers lui et ajouta, sur un ton de voix qui se voulait un chuchotement mais demeurait parfaitement audible :

— Comme je le disais, peut-être pourrez-vous lui remonter un peu le moral.

En était-il capable, vraiment ? Sa présence ne risquait-elle pas au contraire d'empirer la situation ? Tout était possible, supposa-t-il.

— En tout cas, je vais essayer, finit-il par répondre.

Le visage de Sue s'illumina d'un coup, comme si l'un de ses terriers venait d'emporter le premier prix à Crufts[1].

Finneus commença à se tortiller entre les bras de Donovan. Il avait repéré les autres chiens, et il manifestait clairement l'envie de rejoindre ses congénères.

— Posez donc ce garnement par terre, proposa Sue avec un geste en direction de Finneus. Laissez-le ici, avec nous. La pluie s'est arrêtée, et nous avons décidé de passer l'après-midi dehors.

A peine avait-elle prononcé ces mots que les border terriers se tournèrent tous vers l'arrière de la maison. *Ils ressemblent à un vrai régiment en marche*, songea Donovan tandis qu'ils

1. Crufts est la plus grande exposition canine du monde. Elle se déroule à Birmingham, en Angleterre.

se dirigeaient vers ce qui devait être le jardin. Se penchant, il posa Finneus par terre. Celui-ci lécha la truffe de Bliss, et les deux cavaliers rejoignirent les borders.

— Allons-y.

Sue se tourna pour suivre les six queues frétillantes. Avant de s'éloigner, elle jeta un regard derrière elle et désigna la cage d'escalier.

— Elizabeth est juste là, tout en haut.

— Très bien, dit Donovan en souriant. Et merci.

— Avec plaisir, monsieur Darcy, répondit-elle avec un dernier petit signe de la main.

Donovan n'avait pas besoin que Sue lui explique où se trouvait la chambre d'Elizabeth. A sa grande honte, il l'avait observée assez souvent à la fenêtre pour localiser la pièce de façon très précise. Il fut très vite en haut de l'escalier, et ce n'est qu'en frappant à sa porte qu'il s'aperçut qu'il n'avait même pas pris le temps de déboutonner son manteau.

Il entendit un bruissement en provenance de la chambre et soudain, elle fut là… vêtue de ce jean déchiré qui lui donnait des palpitations.

— Donovan ?

Elle semblait désorientée de le trouver là, devant sa porte. Puis elle étouffa un cri et tourna vivement la tête pour consulter le réveil posé sur la table de chevet.

— Notre promenade ! Oh ! mon Dieu, j'ai complètement oublié. Je suis désolée.

Ses yeux étaient brillants de larmes, et le bout de son nez était rose comme une fleur en bouton, mais elle était aussi adorable que de coutume. Ses ongles de pied, roses eux aussi, pointaient sous les bords élimés de son jean. En voyant ses pieds nus et son sourire triste, Donovan dut réprimer l'envie soudaine de la soulever dans ses bras et de s'asseoir au bord du lit avec elle sur les genoux.

A la place, il se mit à déboutonner son manteau pour se changer les idées.

— Ce n'est rien. Je m'inquiétais pour vous, c'est tout. J'espère que vous n'êtes pas fâchée que je sois venu prendre de vos nouvelles.

— Bien sûr que non.

Elle renifla et se tapota le nez avec un mouchoir en papier roulé en boule.

Donovan sortit de la poche de son manteau un mouchoir de tissu soigneusement plié et le lui tendit.

— Tenez.

— Merci, dit-elle en tendant une main hésitante.

Elle avait tout l'air d'être sur le point de le mettre à la porte. Mais il n'avait pas l'intention de s'en aller, pas tout de suite.

— Puis-je entrer ?

De nouveau, elle hésita, jetant un regard furtif à la pièce derrière elle. Ses yeux se posèrent un instant sur le lit. Juste assez longtemps pour que Donovan le remarque.

— Euh, bien sûr.

Elle s'effaça pour le laisser entrer tout en chiffonnant le mouchoir entre ses mains.

Il aimait bien l'idée qu'elle le garde. Qu'elle possède quelque chose qui lui appartenait — même un objet aussi prosaïque qu'un mouchoir brodé à ses initiales. Il lui sourit.

Elle lui retourna son sourire, mais il remarqua que son menton tremblait.

— Je suis désolée pour notre rendez-vous, Donovan. Vous avez attendu longtemps ?

Derrière elle, le grand lit à baldaquin couvert d'un luxueux édredon semblait lui adresser un message tentateur. Il avait du mal à ne pas le regarder, à ne pas imaginer Elizabeth étendue entre ces draps bleus. Nue.

Il toussota.

— Non, pas très longtemps. Une demi-heure, je crois.

— Une demi-heure, c'est long, soupira-t-elle tandis que ses yeux s'embuaient de nouveau. Je suis navrée, vraiment. J'ai reçu une lettre ce matin…

Sa voix se cassa, et elle désigna d'un geste la corbeille à papier près du chevet où, manifestement, la lettre en question était venue atterrir. Son contenu avait peut-être été mis aux ordures, mais de toute évidence, il continuait de faire du mal à sa destinataire.

— Une lettre ? demanda-t-il.

Dans son for intérieur, il se demandait si elle provenait d'un homme. C'était la première fois qu'il songeait qu'elle avait peut-être un fiancé, aux Etats-Unis.

Il vit défiler dans son esprit une série de jeunes célibataires — des intellectuels bohèmes mal rasés, qui déambulaient avec des piles de livres coincés sous le bras ; des bons samaritains au regard solennel portant des sacoches de cuir en bandoulière ; des athlètes minces et musclés qui préféraient le vélo au métro…

Ses poings se serrèrent sans qu'il en ait conscience.

— Oui, une lettre de mon employeur aux Etats-Unis.

Elle baissa les yeux par terre. Donovan suivit son regard et fut momentanément distrait par ses ongles de pied rose.

— J'ai été licenciée.

— Licenciée ? répéta Donovan.

Il fit de son mieux pour masquer l'inexplicable soulagement que lui procuraient ces paroles — elle n'avait pas d'amoureux, et pas non plus de travail qui l'attendaient chez elle. D'un autre côté, cela ne voulait pas dire grand-chose, songea-t-il. Il s'était juste habitué à sa présence dans le quartier.

— C'est affreux.

Elle croisa alors son regard.

— Pourquoi souriez-vous ?

— Je ne souris pas, protesta-t-il en essayant de juguler le large sourire qui lui montait aux lèvres.

— Si, vous souriez !

— Non, protesta-t-il en tâchant vainement d'afficher une expression soucieuse. Non, je ne souris pas.

— Tout le monde n'est pas né avec une cuiller d'argent dans la bouche, vous savez, lui rétorqua-t-elle avec irritation.

Il l'avait offensée — pour changer…

Cela dit, il la préférait indignée qu'en larmes. Son sourire s'élargit encore.

— Je n'ai pas dit cela.

— Certain d'entre nous sont obligés de gagner leur vie, reprit-elle. Mais ce sont sans doute des choses qui vous dépassent, n'est-ce pas ?

Elle lui balança son mouchoir au visage.

Pas sûr qu'elle le garde, finalement.

Il l'attrapa au vol.

— Vous pensez que je ne travaille pas ?

Elle lui adressa une grimace désabusée. Une grimace qu'il aurait dû trouver vexante mais que, sans savoir pourquoi, il jugea presque adorable.

— C'était quand, la dernière fois que vous avez eu un vrai boulot ? lui demanda-t-elle.

— *J'ai* un travail. Un vrai, je peux vous l'assurer.

Il se mit à plier avec soin le mouchoir humide de larmes qu'elle lui avait lancé.

— Vraiment ? Et qu'est-ce que vous faites, exactement ?

— Je gère la fondation de la famille Darcy, répondit-il en glissant le mouchoir dans sa poche — projectile confisqué.

— Et en quoi cela consiste-t-il, exactement ? Parce que de mon point de vue, ça ressemble à un prétexte pour vous asseoir derrière un bureau et compter votre argent toute la journée.

Elle renifla.

Ce petit reniflement vulnérable fut tout ce qui retint Donovan de retourner Elizabeth sur ses genoux pour lui donner la fessée comme à une enfant capricieuse.

— Ce n'est pas aussi simple que ça en a l'air. Je crois que j'ai perdu le compte passés les deux ou trois millions. En rentrant à la maison, il va falloir que je reprenne de zéro, lui répondit-il sèchement.

Elle le considéra bouche bée. Pour une fois, il lui avait coupé le sifflet.

C'était une ouverture, et Donovan entendait bien s'y engouffrer.

— Je crois que c'est le moment, dit-il.

— Le moment de quoi ? demanda-t-elle en consultant de nouveau son réveil. Vous allez peut-être me trouver bizarre, mais je n'ai pas très envie d'aller me promener avec vous, maintenant. En outre, il va falloir que j'aille donner un coup de main à Sue. Cela fait un moment qu'elle s'occupe des chiens.

— Sue s'en sort très bien. Elle vient de kidnapper Finneus et elle a disparu avec lui.

Croisant les bras sur son torse, il s'efforça d'afficher une mine sérieuse avant d'ajouter :

— Je crois que c'est le moment que je vous montre.

— Que vous me montriez quoi, exactement ? demanda-t-elle en lui adressant un coup d'œil méfiant.

— L'un de mes endroits préférés à Londres.

Elle baissa les yeux, passant en revue son T-shirt, son jean déchiré et ses pieds nus. Ses orteils s'agitèrent sur la moquette bleue.

— Maintenant ? Regardez-moi, je ne ressemble à rien. J'ai passé la matinée à toiletter les chiens.

— Vous êtes parfaite.

Donovan franchit les quelques pas qui la séparaient d'elle sans tenir compte de la lueur d'alarme qui traversait le regard d'Elizabeth.

Elle l'observa avec circonspection détacher l'écharpe Burberry qui pendait autour de son cou. Puis il tendit délicatement la main vers les cheveux d'Elizabeth. Les yeux écarquillés, elle retint son souffle tandis que Donovan rassemblait sa chevelure châtaine dans une main et enroulait l'écharpe autour de son cou fragile.

— Voilà. Avec un manteau, vous serez fin prête, dit-il d'une voix un peu rauque.

Elle coucha sa joue sur l'écharpe.

— Mmh, elle est douce. C'est agréable.

Oui, très agréable.

— Vous venez avec moi, alors ?

Il tira sur le bout de l'écharpe, luttant pour ne pas l'attirer directement dans ses bras. Pareille manœuvre aurait sans doute été très mal accueillie.

— Regardez-vous, Donovan, vous êtes en costume. Je ne peux pas simplement enfiler un manteau et des bottes et vous accompagner je ne sais où !

Il tira sur son nœud de cravate pour la dénouer et laissa filer la bande de soie de son cou. Puis il ouvrit les deux boutons du haut de sa chemise et jeta la cravate par-dessus l'épaule d'Elizabeth. Elle atterrit sur le lit.

— Et comme ça, c'est mieux ?

— Vous allez continuer à vous déshabiller jusqu'à ce que j'accepte ? demanda-t-elle en agitant la main vers la cravate qui pendait, aguicheuse, au coin du grand lit à baldaquin. C'est ça, votre stratégie ?

Si c'en avait été une, Donovan l'aurait trouvée excellente.

— Ne me mettez pas des idées en tête.

Elle lui adressa un regard pénétrant. Il y avait encore des traces de chagrin sur ses traits, mais il n'y avait plus trace de larmes ni de colère dans ses yeux. A présent, ils étaient lumineux. Un homme aurait pu se perdre dans des yeux pareils. En l'occurrence, c'était peut-être déjà fait.

Elizabeth déglutit. Donovan voyait le mouvement subtil du larynx dans sa gorge. Quelque chose lui dit qu'à ce moment précis, ce n'était pas à son licenciement qu'elle pensait.

— Je serai prête dans cinq minutes, annonça-t-elle enfin.

Chapitre 11

Elizabeth s'installa sur le siège de cuir souple de l'Aston Martin tandis que Donovan, après avoir refermé sa portière côté passager, faisait rapidement le tour de la voiture pour venir s'asseoir derrière le volant. Comme il était étrange de le voir là, assis à sa *droite*. Depuis qu'elle était en Angleterre, songea Elizabeth, elle avait toujours pris place à l'arrière des voitures — quelques taxis, et la Jaguar des Barrow, bien sûr. C'était la première fois qu'elle s'asseyait à l'avant d'un véhicule anglais. S'y habituerait-elle un jour ? Elle se le demandait…

Puis Donovan tourna la clé de contact, et elle oublia tout de ces considérations sur les différences entre USA et Angleterre. Le moteur rugit, et elle eut soudain l'impression d'être dans un film de James Bond. Jenna allait être morte de jalousie.

— Vous êtes bien installée ? lui demanda Donovan en souriant tandis qu'il bifurquait pour se diriger vers High Street.

— Parfaitement bien.

A contrecœur, elle dût le reconnaître en elle-même : être riche présentait certains avantages inoffensifs.

— Où allons-nous ?

Donovan secoua la tête, et il esquissa un sourire malicieux.

— Je crains de ne pas pouvoir vous le dire.

— Mais encore ?

— C'est une surprise, dit-il alors qu'ils dépassaient la station de South Kensington. Ne vous inquiétez pas, ce n'est pas loin.

Les battements du cœur d'Elizabeth s'accélérèrent. Elle attribua ce fait à la manière un peu vive dont Donovan conduisait, bien sûr. Elle venait d'être licenciée. Elle était au chômage. Il n'y avait pas de place dans sa vie pour la moindre ébauche d'idylle. Du moins, c'est ce dont elle tâchait de se convaincre.

— En fait, nous sommes presque arrivés.

Donovan tourna à droite pour déboucher sur Brompton Road. Un alignement de vitrines rutilantes flanquait la rue de chaque côté. Sur les corniches blanches au-dessus des boutiques, elle distinguait, sobrement inscrites en majuscules, des marques comme Emporio Armani, Mulberry ou L.K. Bennett. Plus ils remontaient la rue, plus ces marques sautaient aux yeux. Le tout lui rappelait vaguement la Cinquième Avenue à New York, mais avec une élégance toute britannique.

Pourvu que Donovan ne l'amène pas faire du shopping pour lui remonter le moral ! S'il pensait qu'en la couvrant de cadeaux, il parviendrait à lui faire oublier qu'elle avait perdu son travail, il se trompait sur toute la ligne. Pire, cela signifierait qu'il ne la comprenait pas du tout.

Mais pourquoi comprendrait-il quelqu'un comme elle ? Ils appartenaient à des mondes diamétralement opposés.

Elle ferma fort les yeux. L'argent de Donovan était la dernière chose à laquelle elle souhaitait penser en ce moment. Depuis qu'elle avait ouvert cette lettre, ce matin, elle avait passé assez de temps à penser aux aristocrates, à leur fortune indécente et au pouvoir qui en découlait. A présent, assise dans cette voiture de sport étonnamment confortable, Elizabeth avait envie d'oublier tout cela.

Elle rouvrit les yeux, observant Donovan à la dérobée, et soudain, elle prit conscience qu'elle avait envie que l'homme assis à côté d'elle la connaisse, qu'il la voie telle qu'elle était, dans toute sa splendeur bancale. Et elle avait envie qu'il aime ce qu'il voyait. Malheureusement, les devantures qui défilaient de chaque côté de la voiture ressemblaient exactement au genre d'endroits que tous les Grant Markham du monde aimaient fréquenter. Et cela la rendait malade.

La boule qui n'avait pas quitté la gorge d'Elizabeth depuis qu'elle avait reçu cette lettre grossit encore, au point qu'elle avait du mal à avaler sa salive. *Je n'ai rien à faire ici.*

La voiture ralentit alors qu'ils traversaient Hans Road pour s'approcher d'un énorme bâtiment qui tenait davantage d'un château que d'un magasin. Vu d'ici, il occupait un pâté de maisons tout entier.

— Nous sommes arrivés, dit Donovan avec un petit clin d'œil en sortant de la voiture.

Sans couper le moteur, il donna quelques instructions à un employé ganté avant de faire le tour de l'Aston pour venir ouvrir à Elizabeth. Celle-ci resta figée sur son siège en découvrant le nom imprimé en lettres blanches sur les auvents de toile verte qui ponctuaient toute la longueur de l'édifice.

Harrods.

— Elizabeth ?

Donovan s'accroupit pour se mettre à sa hauteur.

— Puis-je vous aider à sortir ?

Elle tenta de bouger, mais elle fut incapable de faire un geste.

— C'est Harrods, votre endroit préféré de Londres ?

— D'une certaine façon.

Il était parfaitement calme et ne montrait aucun signe d'impatience, comme s'il trouvait parfaitement normal d'arracher une femme de sa voiture sous les yeux du voiturier d'Harrods. Puis, comme s'il comprenait la nature de ses appréhensions, il ajouta :

— Nous ne sommes pas ici pour faire des courses, si c'est ce que vous craignez.

— Vraiment ?

Pourquoi les gens venaient-ils chez Harrods si ce n'était pas pour faire des courses ? se demanda Elizabeth. Après tout, c'était un magasin.

— Non, confirma Donovan.

De sérieux, son regard s'était fait tendre. Elizabeth eut le sentiment qu'il lisait en elle comme dans un livre ouvert.

— Faites-moi confiance.

Encore réticente, elle se leva pourtant de son siège. Une partie d'elle aurait voulu qu'il la ramène chez les Barrow. *Une grande partie*. Elle ignorait ce qui la terrifiait le plus — la perspective que Donovan l'emmène faire du shopping dans le grand magasin le plus chic de Londres, ou ce regard pénétrant posé sur elle.

L'auvent vert au-dessus de leur tête claqua dans le vent. Elizabeth frissonna. Le ciel s'était assombri, et une brume légère flottait dans l'air automnal.

Elle leva la tête au moment même où la façade du bâtiment s'allumait dans un grand scintillement de néons.

— Les illuminations de Noël, déjà ? demanda-t-elle naïvement.

Donovan leva les yeux.

— C'est comme cela chaque soir, la détrompa-t-il. Spectaculaire, non ?

Il baissa la tête pour la regarder. Les lumières se reflétaient dans ses yeux, les faisant étinceler.

A moins qu'ils n'étincellent d'eux-mêmes.

— En Grande-Bretagne, on appelle cela « une féerie de lumières ».

Une féerie. L'expression lui plaisait, elle avait l'impression que quelque chose de magique allait arriver. Peut-être que cette visite d'Harrods ne serait pas si terrible, après tout.

— Et si nous entrions ? demanda Donovan en montrant la porte. Personne ne va vous mordre, c'est promis.

— Dans ce cas…

Elle le laissa lui tenir la porte, et ils entrèrent.

Comme l'extérieur, l'intérieur du grand magasin évoquait un château. D'énormes lustres pendaient du plafond, projetant des rais de lumière sur les moulures les plus ouvragées qu'Elizabeth ait jamais vues. Le sol était carrelé de marbre, comme dans l'entrée de la maison des Barrow, avec, çà et là, des incrustations d'ébène en forme de diamant.

Tout était démesurément grand, comme si l'édifice, plutôt qu'un magasin, abritait une ville entière. Elizabeth ne savait plus où donner de la tête.

Par bonheur, Donovan semblait savoir exactement où il voulait aller.

— Par ici.

Plaçant la main au-dessus de ses reins, il la guida vers un panneau indiquant la direction de l'ascenseur.

La cabine de l'ascenseur était décorée de miroirs et de panneaux dorés et également pourvu d'un lustre. Les portes se refermèrent sur eux et, aussitôt, l'atmosphère sembla devenir plus intime

Elizabeth dévisagea Donovan pendant ce qui lui sembla être un long moment, chargé d'électricité. Le percevait-il, lui aussi ? Sentait-il cette fébrilité qui l'envahissait en le sentant si proche ?

Les yeux de Donovan se posèrent un instant sur sa bouche. Il toussota, comme embarrassé, puis appuya sur un bouton où figurait un gros 4 doré.

Elizabeth sourit intérieurement. Ainsi, lui aussi le sentait. Tant mieux. Voilà qui équilibrait un peu les choses. De toute évidence, ils avaient un problème, tous les deux. Pourquoi auraient-ils ressenti la moindre étincelle d'attirance l'un envers l'autre alors que la plupart de temps, ils avaient du mal à se supporter ?

Il ne s'agissait pas d'attirance, réfléchit-elle, mais de nervosité, purement et simplement. Oui, il la rendait nerveuse, avec son mauvais caractère et ses allures de beau ténébreux maussade.

L'ennui, c'est qu'à cet instant précis, il n'avait pas l'air si maussade que ça… Les miroirs reflétaient son visage fabuleusement beau dans toutes les directions. Elizabeth en avait presque le vertige.

— Qu'y a-t-il au quatrième étage ? parvint-elle à demander d'une voix étranglée.

— Vous le saurez bien assez vite.

Il lui décocha ce sourire en coin qui avait tendance à la faire chanceler. Avec les miroirs, il était multiplié par *cinq* — c'était un vrai miracle qu'elle soit encore debout.

Où l'emmenait-il ? Elle n'en avait pas la moindre idée, mais il fallait admettre que la petite sortie surprise concoctée par Donovan lui changeait agréablement les idées : il y avait au moins deux ou trois minutes qu'elle n'avait pas pensé à cette lettre infamante. C'était une victoire significative.

Les portes de l'ascenseur s'écartèrent et Donovan les maintint ouvertes d'une main.

— Après vous.

La première chose qu'Elizabeth remarqua en sortant fut le calme relatif qui régnait à cet étage. Au contraire du rez-de-chaussée, il n'était pas envahi de clients et de touristes. Ensuite, ce fut l'odeur qui retint son attention. Il flottait dans l'air un parfum apaisant qu'elle ne parvenait pas à identifier.

Elle inspira avec délice.

— Mmh, comme ça sent bon, ici ! C'est quoi, ce parfum, de la lavande ?

— C'est le parfum du luxe, répondit Donovan avec un petit clin d'œil. Avec, peut-être, une vague odeur de chien mouillé.

— De chien mouillé ?

D'un geste théâtral, il désigna quelque chose sur la droite.

— Nous y sommes.

Elizabeth contourna les murs blancs et lisses encadrant l'alcôve de l'ascenseur et découvrit une vaste entrée carrelée flanquée de grosses statues de dalmatiens. Les chiens tachetés, assis sur un socle, portaient une couronne dorée et brandissaient un drapeau aux armes d'Harrods sur lequel figurait, en lettres manuscrites noires, la mention *Pet Kingdom*.

— Le Royaume des Animaux ? Mon Dieu !

Elizabeth ne pouvait détacher les yeux des drapeaux. Que pouvait-on bien trouver dans un royaume consacré aux animaux de compagnie ? La tête lui tournait presque tant elle était excitée ; elle avait l'impression d'avoir cinq ans et de s'apprêter à voir le Père Noël pour la première fois, c'en était presque embarrassant.

Donovan sourit ; de toute évidence, sa réaction l'enchantait.

— Je vous avais dit de me faire confiance.

— C'est vrai.

Elle étira le cou pour jeter un coup d'œil derrière les dalmatiens qui montaient la garde et remarqua un lit à baldaquin miniature, étrangement semblable à celui dans lequel elle dormait chez les Barrow, posé sur une estrade au centre de la pièce. La couverture rose était imprimée de minuscules empreintes de patte, et le tout était surmonté d'une moustiquaire de tulle.

— C'est un lit pour chien ? Je n'y crois pas !

Donovan éclata de rire.

— Suivez-moi. Le clou du spectacle se trouve là-bas, derrière les espaces de vente.

Ils se frayèrent un chemin entre une myriade de meubles, de vêtements et d'accessoires pour chiens. Jamais Elizabeth n'aurait imaginé que de tels objets puissent exister. Il y avait même un rayon consacré aux colliers, dont certains, à en juger par les vigiles armés qui montaient la garde, devaient être incrustés d'authentiques diamants.

— Voilà, nous y sommes.

Donovan l'entraîna en direction d'un mur intégralement vitré offrant une vue sur un monde nouveau.

— C'est le spa, lui expliqua Donovan.

Elle n'avait jamais rien vu de pareil, même dans l'Upper East Side, l'un des quartiers les plus luxueux de New York, où les spas et les garderies pour chiens se comptaient par dizaines. L'espace derrière les vitres était divisé en plusieurs sections. A gauche se trouvait le gymnase, où un setter irlandais aux pattes interminables courait sur un tapis, ses longs poils d'un roux éclatant volant dans l'air soufflé par un ventilateur. Juste à côté, il y avait les bains. A la vue de canards en plastique flottant dans une baignoire, Elizabeth fut prise d'un fou rire. Sur la droite, des chiens allongés sur des tables de toilettage recevaient des massages thérapeutiques.

— Qu'est-ce qu'ils lui font ? demanda alors Elizabeth entre deux éclats de rire en désignant un corgi dont la tête semblait couverte d'une substance crémeuse.

Le chien était très occupé à lécher le mystérieux onguent.

Sur un ton égal, Donovan répondit :

— Le corgi ? On lui fait un masque.

Elizabeth se demanda fugitivement si ce corgi appartenait à la reine d'Angleterre qui, d'après ce qu'elle savait, en possédait toute une flopée à Buckingham Palace.

— Un masque ? A un chien ?

A chaque seconde qui passait, la langue de l'animal semblait s'allonger tant il faisait d'efforts pour atteindre son nez. Quelle que soit cette substance, elle devait être délicieuse.

Donovan acquiesça.

— Un masque à la myrtille. C'est une spécialité, ici. Lawrence a amené Figgy en faire un, il y a quelque temps, et elle a senti le muffin aux myrtilles pendant près d'une semaine.

— *Lawrence* a amené Figgy ?

Elle lui découcha une bourrade moqueuse avant d'ajouter :

— Vous vous fichez de moi.

— C'est ma version, et je m'y tiendrai, dit-il d'une voix un peu rauque. En outre, il n'y a pas de mal à se faire dorloter un peu de temps à autre, non ?

Son regard brun perçant se posa sur elle, et Elizabeth ressentit le besoin de le toucher de nouveau.

Qu'avait-elle donc ? L'homme qui se tenait devant elle était

Donovan Darcy, celui-là même qui lui avait ri au nez quand elle lui avait annoncé son licenciement.

— J'imagine que non, répondit-elle, la gorge soudain très sèche.

En une seconde à peine, ils étaient passés du rire à un silence éloquent.

— Merci, Donovan.

— De quoi ?

Il se rapprocha d'elle, juste un pas.

Elle sentait la chaleur qui émanait de lui et réchauffait sa peau.

Elle avait l'impression étrange de recevoir les premiers rayons de soleil après une longue saison de pluie.

— De m'avoir amenée ici et d'avoir su…

— D'avoir su quoi ?

Il était tout près, à présent. Si près qu'elle distinguait de petites taches dorées dans ses prunelles, et une minuscule cicatrice juste au-dessus de cette bouche que, soudain, elle avait envie d'embrasser.

Dans son esprit, une voix se mit à crier : « *Arrête ! Fais demi-tour et fuis !* »

Trop tard, lui répondit-elle.

— D'avoir su exactement de quoi j'avais besoin.

Puis, alors qu'elle contemplait les animaux soignés dans le spa, elle prit conscience qu'en effet, il lui avait offert ce qu'elle souhaitait. Contre toute attente, Donovan Darcy la *voyait*. Il la comprenait. Et en ce jour où elle avait perdu tout ce qui lui restait de dignité, il avait su exactement quoi faire pour lui redonner le sourire.

Elle soutint son regard et décela dans ses yeux un désir si palpable qu'elle avait l'impression de pouvoir le toucher. Le même désir qui faisait battre son propre cœur et courir son sang dans ses veines à chaque respiration.

Dans sa tête, la voix qui l'avertissait d'une catastrophe imminente se fit plus ténue, jusqu'à être réduite à un chuchotement presque imperceptible.

Elle tendit le bras, prit la main de Donovan. Quand elle entrelaça ses doigts avec les siens, il laissa échapper un soupir.

Pendant un long moment, ils demeurèrent ainsi, main dans la main, jusqu'à ce que Donovan murmure, en remettant en place une mèche de cheveux qui avait glissé sur le front d'Elizabeth :

— C'était un plaisir.

Donovan ne s'attendait pas à se retrouver main dans la main avec Elizabeth Scott — surtout devant le spa pour animaux d'Harrods. S'il l'avait amenée ici, c'était uniquement pour lui faire oublier ses soucis. A aucun moment, il n'avait envisagé qu'elle fasse un geste vers lui.

Cela dit, il ne s'en plaignait pas. Il était surpris, voilà tout. Et c'était certainement plus agréable que de se disputer avec elle.

Sa peau, contre la sienne, était aussi douce qu'un pétale de rose et cependant brûlante — tout à fait dans l'esprit du caractère d'Elizabeth. Quant à ses courbes, si proches qu'il aurait pu tendre la main pour les caresser… elles semblaient tout simplement délectables. De là où il était, il percevait le parfum d'agrumes que dégageaient ses cheveux. Fermant les yeux, il en inspira une bouffée. Elle sentait l'orange et le citron frais, songea-t-il. Une odeur sucrée, mais avec une pointe d'acidité.

Là encore, c'était tout à fait elle.

Quand il ouvrit les yeux, le tapis de course était désert. Un employé du spa était en train de tirer des stores sur le mur de verre.

Zut.

— Je crois que c'est en train de fermer, dit-il dans un souffle.

— On dirait, oui.

Elle leva les yeux et le considéra d'un air pensif.

Il hésitait à bouger tant il était certain qu'ils se trouvaient sur une terre consacrée et secrète, un sanctuaire où, pour une fois, Elizabeth et lui ne risquaient pas de s'engager dans une nouvelle joute verbale.

C'est alors qu'une pensée le frappa : pourquoi partir ? Le spa allait peut-être fermer, mais ils étaient chez Harrods.

Il se pencha pour lui murmurer à l'oreille :

— Il y a un bar à champagne, en bas.

— Ça ne m'étonne pas, dit-elle d'un air entendu.

Elle lâcha sa main pour désigner un lit pour chien conçu pour ressembler à une boîte bleue géante de chez Tiffany.

— En fait, je parierai même qu'il y a au moins *deux* bars à champagne en bas.

Donovan haussa les épaules.

— Il me semble en effet qu'il y en a trois en tout.

La main d'Elizabeth lui manquait.

Bon sang, quelle mouche le piquait ? Il n'y avait pas deux secondes qu'elle l'avait lâché, et sa main le démangeait déjà. C'était grotesque.

— Trois ? demanda-t-elle en riant.

Donovan fronça les sourcils. Elle s'était écartée, et il ne sentait plus le parfum de ses cheveux. C'était… très agaçant.

— Oui, trois.

Il plaqua sa main au creux des reins d'Elizabeth et, avant qu'elle puisse protester, la guida en direction de l'ascenseur.

— Allons-y, alors.

La descente en ascenseur fut une vraie torture. Comme plus tôt, l'air dans l'étroite cabine était chargé d'électricité. Pourtant, cette fois, Donovan se demanda pourquoi il ne la prenait pas dans ses bras pour l'embrasser, tout simplement. C'était loin d'être la première fois qu'il envisageait cette perspective. A présent, les circonstances étaient telles que ce geste n'aurait pas été tout à fait déplacé. S'il l'embrassait maintenant, pourrait-on l'accuser de profiter de la situation ? Quelques heures plus tôt, Elizabeth était en effet si déprimée qu'elle s'était séquestrée dans sa chambre chez les Barrow. Chaque fois qu'il s'était imaginé goûter aux lèvres d'Elizabeth Scott — une myriade de fois, et cela n'allait pas en s'arrangeant —, elle avait toujours eu les idées claires, elle était tout à fait consciente de ce qu'elle faisait. Dans ses rêves éveillés, elle était tout à fait consentante.

Dans ses fantasmes les plus fous, elle avait même participé activement.

Il réfléchissait trop, voilà tout, et ce n'était pourtant pas son genre. Il était Donovan Darcy, pour l'amour du ciel ! S'il voulait embrasser une femme, il n'avait qu'à la prendre dans ses bras et se servir, point.

Seigneur, il fallait qu'il cesse d'y penser… Serrant les dents, il laissa échapper un grognement exaspéré.

— Quelque chose ne va pas ? demanda Elizabeth, brisant le silence qui s'était alourdi à mesure qu'ils descendaient vers le rez-de-chaussée.

Les portes de l'ascenseur s'ouvrirent.

Une occasion ratée.

Donovan dut prendre sur lui pour ne pas crier de frustration.

— Tout va parfaitement bien.

— Vous semblez en colère.

Elle secoua la tête, projetant sur ses épaules une cascade de cheveux qui, il le savait désormais, sentaient l'orange et le citron.

— Je dois dire que vous me déconcertez au plus haut point, commenta-t-elle.

— Vous me trouvez déconcertant ? Pourquoi donc ? demanda-t-il tandis qu'ils approchaient du bar.

— Parce que vous pouvez être tout à fait charmant, et l'instant d'après, vous mettre à bouder, expliqua-t-elle en levant les yeux au ciel avant de se détourner pour adresser un sourire à l'hôtesse.

Le bar à champagne était exploité par la marque Veuve Clicquot. Le comptoir était blanc et d'allure moderne, et souligné d'orange et de blanc. Il devançait une vitrine en miroir où étaient exposées diverses bouteilles de champagne. Mais Donovan avait en tête quelque chose de plus intime qu'une paire de tabourets, certes design, mais aussi très raides, et visibles de tous les clients louvoyant dans les parages.

Il tendit à l'hôtesse un billet de vingt livres, et elle les escorta jusqu'à une banquette dans une alcôve située au fond de la salle et à demi dissimulée par une cloison en panneaux de verre orange et gris.

— Merci, lui dit-il quand elle eut déposé deux cartes sur la table basse placée devant le sofa.

— *Je vous en prie, monsieur.*[1]

1. En français dans le texte.

Elle leur adressa à tous deux un petit signe de tête affable avant de reprendre son poste devant le bar.

Tandis qu'elle s'éloignait, Elizabeth la suivit du regard avant de se tourner vers Donovan.

— Elle est française ?

— En effet.

Passant un bras autour de la taille d'Elizabeth, il l'entraîna vers le sofa. Il fut surpris par le désir que ce simple contact faisait naître en lui. Il en voulait davantage. La hanche qu'il sentait sous sa paume n'était pas loin de le rendre fou.

— Elle vient de nous dire : « Je vous en prie. »

Elizabeth s'installa sur le sofa couleur mandarine et ramena ses jambes sur le côté, offrant à Donovan une vue imprenable sur sa peau à travers les déchirures de son jean.

— Vous parlez français ?

— Un peu.

Il haussa les épaules et prit place auprès d'elle. De nouveau, il eut envie d'asseoir Elizabeth sur ses genoux. A la place, il s'empara des cartes et lui en tendit une.

— Est-ce l'une des choses que vous trouvez charmantes chez moi ?

Sans même la regarder, elle reposa sa carte en la faisant claquer sur la table laquée devant eux.

— Quand ai-je dit que je vous trouvais charmant ?

— Tout à l'heure, répondit-il avec un sourire satisfait. Vous avez dit que je pouvais être tout à fait charmant et, l'instant d'après, me mettre à bouder.

— Et tout ce que vous avez retenu de cette phrase, c'est que je vous trouvais charmant ? s'étonna-t-elle en croisant les bras. Incroyable.

— Et vous, vous êtes vraiment la femme qui vient de me remercier de l'avoir emmenée ici ?

Donovan ouvrit la carte et se mit à l'étudier dans une tentative désespérée pour oublier que sa libido était en train de prendre le dessus sur sa raison.

C'était la première fois qu'il était confronté à ce problème. Donovan était avant tout un être civilisé. Il n'avait jamais éprouvé de difficulté à se maîtriser — que ce soit d'un point de vue physique ou émotionnel. Jusque récemment.

— Oui, répondit Elizabeth, mais pour une raison que j'ignore, mes sentiments à votre égard ont tendance à passer d'un extrême à l'autre sans crier gare.

— Je vois.

Il lui adressa un regard froid puis, faisant signe au serveur, il lui demanda de leur apporter des fraises et de la crème fouettée, ainsi qu'une bouteille de Veuve Clicquot rosé.

Une fois le serveur parti, Donovan reporta son attention sur Elizabeth.

— Vous pourriez peut-être m'en dire plus ?

— Vous voulez un exemple ? lui demanda-t-elle avec un sourire qui ne présageait rien de bon.

— Je vous en prie, éclairez-moi.

— Cette petite sortie improvisée est fort plaisante, mais je n'ai pas oublié pour autant que vous m'avez ri au nez quand je vous ai dit que j'avais été licenciée.

Le sourire d'Elizabeth s'atténua soudain, et il décela une lueur chagrine dans ses beaux yeux bruns.

A cet instant, Donovan fut submergé de honte, un peu comme s'il venait de frapper un chaton.

— N'y faites pas attention, répondit-il. Dans la mesure

où je ne travaille pas moi-même, je ne connais rien à tout cela, n'est-ce pas ?

Sur ces entrefaites, le serveur revint, fit sauter le bouchon d'une bouteille et versa dans la flûte de Donovan un doigt de champagne afin qu'il le goûte. Elizabeth ne le quittait pas du regard, et il avait du mal à se concentrer sur les finesses du breuvage. A ce moment précis, il aurait tout aussi bien pu boire l'eau des gamelles de Finneus ou Figgy, il n'aurait pas fait la différence.

— Parfait, dit-il en reposant son verre.

Le serveur hocha la tête, remplit leur flûte et disposa la bouteille dans un seau à glace encastré dans la table. Après son départ, Donovan tendit l'un des verres effilés à Elizabeth.

Les yeux de celle-ci s'attardèrent sur la mince ligne de bulles roses remontant dans le verre. Elle but une gorgée, ferma les yeux et se lécha les lèvres.

— Délicieux.

Donovan en fut si perturbé qu'il faillit vider son verre d'un coup.

— Alors, avez-vous déjà été licencié ? demanda-t-elle. J'imagine que non.

— En effet, cela ne m'est jamais arrivé, admit-il. Mais cela reste du domaine du possible.

— Pourquoi dites-vous cela ?

Elle esquissa une légère moue. Donovan ne parvenait pas à détacher son regard de ses lèvres.

Il dut faire un effort pour la regarder dans les yeux.

— Mon patron est un âne. Complètement irrécupérable.

Plissant les yeux d'un air soupçonneux, elle demanda :

— Vous avez évoqué la fondation de la famille Darcy. Ce n'est pas vous, le patron ?

— Justement, rétorqua Donovan.

Il piocha une fraise bien rouge dans le plat et la plongea dans la crème.

— Voilà, vous recommencez, commenta Elizabeth en faisant rouler le pied de sa flûte entre ses doigts.

— Je vous demande pardon ?

— Vous recommencez… à être presque charmant.

Arquant les sourcils, elle lui décocha un regard espiègle.

Il préleva un peu de crème dans le pot et l'étala sur le bout du nez d'Elizabeth.

— Presque ? Quel dommage.

Le beau visage d'Elizabeth afficha soudain une expression grave. Tendant le bras, elle lui toucha la joue. Le bout de ses doigts effleura la base de sa lèvre inférieure.

— J'ai vraiment dit *presque* ?

Donovan déglutit avec difficulté.

Si ce n'était pas une invitation à l'embrasser, et à l'embrasser fougueusement, alors il n'y comprenait plus rien. Pourtant, maintenant qu'il savait qu'elle en avait envie, il allait se faire un plaisir de la laisser mariner un peu.

— Laissez-moi vous débarrasser de ça.

Il retira la crème de son nez et lui présenta son index.

Les yeux rivés aux siens, elle lui lécha le doigt. A la vue de ces lèvres et de cette langue, Donovan oublia instantanément qu'il voulait la faire attendre. En un instant, il lui ôta la flûte de la main puis, se penchant, il posa sa bouche sur la sienne.

Le champagne avait rendu ses lèvres froides et sucrées à la fois. Elles avaient un goût de fraise. Il émit un grognement de contentement en sentant le corps d'Elizabeth frissonner de plaisir et sa bouche sourire légèrement sous la sienne.

Elle lui passa les bras autour du cou, s'ancrant à lui, et il la serra avec force contre son torse. Elle lui rendit alors son baiser avec une fougue à la hauteur de son caractère tempétueux, mais qui le prit tout de même de court. Avant d'être emporté corps et âme dans un tourbillon de plaisir, Donovan eut une dernière pensée — *enfin !*

Les lèvres d'Elizabeth étaient généreuses et, quand elles exhalèrent un infime soupir, Donovan fut assailli d'une vague de désir brûlant, sans précédent. Ce tout petit soupir le transporta comme jamais auparavant.

Il ne savait plus où il était.

Il avait perdu tous ses repères.

Toutes ses attaches.

Chapitre 12

Le lendemain matin, au réveil, Elizabeth ne pouvait plus respirer.

Ni avaler.

Pour ce qui était de la respiration, c'était sans doute la faute de la boule de poils assise sur sa poitrine.

Quant au coton qui semblait lui tapisser la gorge, Bliss n'y était absolument pour rien. Elizabeth ne devait s'en prendre qu'à elle-même — elle souffrait simplement d'une affreuse gueule de bois.

Pourtant, elle se demandait si elle devait attribuer son état à la copieuse dose de champagne qu'elle avait ingurgitée la veille, ou à cette expérience enivrante qu'elle avait vécue en embrassant Donovan Darcy.

Au temps pour le fameux flegme britannique. Leur premier baiser avait été tout sauf chaste. Le deuxième n'avait eu rien de timide non plus. Quant à ceux qui avaient suivi…

Le sourire aux lèvres, elle descendit l'escalier pour se rendre dans la cuisine. Même la pluie fine qui s'abattait dehors sans discontinuer, et qui promettait, en ce jour de concours, son lot de pattes boueuses et de manteaux humides, ne parvenait pas à effacer sa bonne humeur.

Tous les chiens étaient toilettés et fin prêts pour l'exposition de ce dimanche. Les derniers jours s'étaient déroulés dans un tourbillon de préparatifs qui n'avaient laissé que peu de répit à Elizabeth, et elle fut presque choquée par le calme qui l'accueillit en arrivant au rez-de-chaussée de la maison. Sue et Jenna, encore en pyjama, déjeunaient tranquillement dans la salle à manger.

Jenna était en train de grignoter un toast, aussi à l'aise que si elle avait passé toute sa vie avec les Barrow.

— Bonjour !

— Bonjour, ma chérie, lança Sue derrière son journal.

— Bonjour, leur répondit-elle en s'asseyant en face d'elles.

Elle inclina la tête pour déchiffrer les gros titres sur le journal de Sue. Il y avait eu une émeute dans un endroit appelé Ealing. Les pompiers de Londres menaçaient de se mettre en grève dans une semaine — pendant la Nuit des feux de joie, une date particulièrement bien choisie. Et comme il s'agissait du *Daily Mail*, le psoriasis de Kim Kardashian faisait aussi la une.

Elizabeth prit une tranche de pain chaud et en détacha un coin du bout des dents, surprise de constater qu'on parlait des Kardashian de ce côté-ci de l'Atlantique — elle ne savait même plus pourquoi ils étaient célèbres en Amérique.

Sue replia son journal et dévisagea Elizabeth par-dessus ses lunettes.

— Tu sembles en forme, ce matin. J'imagine que tu as passé une excellente soirée hier, avec M. Darcy ?

Hier.

La mémoire d'Elizabeth fut aussitôt envahie de toute une panoplie de sensations délicieuses. La main de Donovan sur son visage. La vague de plaisir qui l'avait secouée quand leurs lèvres s'étaient rencontrées pour la première fois. La chaleur de son souffle au creux de sa nuque.

Un frisson lui parcourut l'échine.

Alors, seulement, elle prit conscience que quelque chose clochait :

— Attends… Comment sais-tu avec qui j'étais hier soir ?

— Je te promets que je ne fouinais pas. Mais j'aurais eu du mal à ne pas remarquer un bel homme comme Donovan Darcy, surtout transportant une femme sans connaissance dans l'escalier de ma maison…

Sue étala de la confiture sur son toast. Ses yeux pétillaient. Nul doute que la situation l'amusait beaucoup.

— Ça n'arrive pas tous les jours, par ici, conclut-elle.

Sans connaissance ?

Certes, Donovan embrassait très bien, mais pas au point de la faire défaillir, autant qu'elle s'en souvienne.

Intérieurement, elle passa en revue les différentes étapes de la soirée — l'apparition de Donovan à sa porte, le trajet en voiture jusqu'à Harrods, le spa pour animaux, le bar à champagne et les merveilles qu'elle y avait goûtées, puis le retour à la maison dans l'Aston Martin. Elle se souvenait sans peine que son corps rayonnait de plaisir, agréablement détendu grâce au champagne, mais aussi épuisé par les hauts et les bas qu'il avait dû subir au cours des douze heures précédentes. Elle se souvenait d'avoir bâillé. Donovan lui avait caressé les cheveux avant de sortir la voiture du parking d'Harrods. Le ronronnement du moteur et la tiédeur des sièges de cuir chauffés avaient suffi à la rendre somnolente. Elle avait fermé les yeux…

Elizabeth poussa un grognement.

— Je me suis endormie pendant le trajet, c'est ça ?

— Ça m'en a tout l'air, répondit Sue en versant du thé à Jenna et Elizabeth. A moins que M. Darcy ne t'ait droguée. C'est bizarre, je n'ai pas pensé à le lui demander, hier.

— Donovan ne m'a pas droguée.

Il m'a juste embrassée à m'en faire perdre la tête, ça compte ?

— Je sais, ma chérie, je te taquinais. Il est absolument charmant. Nous avons passé une excellente soirée. Alan et moi l'apprécions beaucoup. Quel dommage que tu n'aies pas été là, Jenna, tu te serais beaucoup amusée.

— Oui, approuva Jenna qui était sortie la veille avec Henry Robson. Quel dommage, en effet.

Elizabeth vida sa tasse de thé d'un coup. Il allait lui falloir une bonne dose de théine avant de comprendre.

— Si je résume, intervint-elle, Donovan m'a ramenée à la maison, il m'a portée dans ma chambre, et ensuite ? Vous avez organisé une petite fête entre vous, c'est ça ?

Sue secoua la tête.

— Pas une fête, ma chérie. Il est resté pendant un peu plus d'une heure, et nous avons regardé *Danse avec les stars* tous les trois.

Elizabeth tenta de se représenter Donovan assis dans le salon, en train de regarder une émission de téléréalité en compagnie des Barrow tout en se soumettant à un interrogatoire serré de la part des deux entremetteurs. Au lieu de la mortifier, cette image la fit sourire. A bien y réfléchir, elle était même touchante.

— Je suis contente que vous ayez passé un bon moment, soupira Elizabeth. Dommage que je me sois endormie.

— C'est tout à fait compréhensible, intervint Jenna. Tu

étais sans doute épuisée. Après tout, vous vous êtes donnés sans compter, tous les deux, chez Harrods…

Elle ajouta un sucre dans son thé et observa sa sœur avec un sourire narquois.

Une seconde.

Si Elizabeth se sentait assez ouverte d'esprit pour imaginer Donovan en train de regarder la télévision avec les Barrow, elle n'envisageait pas un instant, en revanche, qu'il soit du genre à crier sur les toits qu'il l'avait embrassée.

Elle fixa Jenna avec circonspection :

— Et comment es-tu au courant de ça, exactement ?

— J'attendais justement que tu me poses la question, répondit-elle avant de tendre le bras : Sue, peux-tu me prêter ton journal, s'il te plaît ?

Celle-ci s'exécuta.

— Nous l'avons lu, écrit noir sur blanc, expliqua Jenna. Tout Londres est au courant, j'imagine.

D'un geste théâtral, elle ouvrit le *Daily Mail* et l'étala au milieu de la table.

— Regarde, c'est juste là.

— Mais de quoi parles-tu ? demanda Elizabeth, incrédule.

C'est alors qu'elle remarqua, en plein de milieu de la page, la photo d'une femme qui lui ressemblait à s'y méprendre.

— Oh ! mon Dieu !

— Tu veux dire, « Oh ! mon Donovan » ? ricana Jenna.

— Laisse-moi regarder ça de plus près, lui rétorqua Elizabeth en lui arrachant le journal des mains.

C'était bien une photo d'elle échangeant un baiser avec Donovan Darcy. Mais ce n'était pas le pire. Non seulement quelqu'un les avait photographiés alors qu'ils étaient en train de s'embrasser à pleine bouche, mais il les avait surpris au moment où, dans le feu de l'action, elle avait enserré Donovan entre ses jambes. Pour tout dire, elle était pratiquement assise sur ses genoux.

Nous sommes réellement allés aussi loin ? En public ?

Oui, dut-elle admettre en fixant la photographie, une douleur lancinante entre les tempes. Elle n'en croyait pas ses yeux. Seigneur, c'était humiliant — on aurait dit que Donovan était en train de la dévorer.

— Je ne comprends pas. Pourquoi sommes-nous dans les journaux ?

Sue émit un toussotement embarrassé. Elle semblait presque aussi gênée qu'Elizabeth.

— Ce sont les pages people, ma chérie. M. Darcy est très connu, ici. Tout ce qu'il fait se retrouve dans les journaux.

J'ai ma photo dans un journal à scandale. Comment en suis-je arrivée là ?

Elizabeth se sentit soudain pleine de compassion pour la pauvre Kim Kardashian.

— Tu n'as pas encore lu la légende au-dessus de la photo, n'est-ce pas ? demanda Jenna.

— Il y a une légende ?

— Je crains que oui, dit Sue.

En se mordillant la lèvre, elle regarda alternativement Elizabeth et Jenna.

Une légende. Bien. De toute façon, elle ne pouvait pas être pire que la photo. Aucune chance.

Elizabeth lut à haute voix la phrase imprimée en petits caractères : « Donovan Darcy a passé la soirée d'hier au bar Veuve Clicquot chez Harrods en compagnie d'une conquête anonyme, semant le doute sur les rumeurs concernant ses fiançailles présumées avec Helena Robson. Voir photo ci-dessous. »

— Ses fiançailles ? murmura Elizabeth, les mains crispées sur les pages du journal. *Ses fiançailles ?*

— *Prétendues*, la coupa Jenna en agitant l'index. Ses *prétendues* fiançailles.

— *Présumées*, corrigea Elizabeth. C'est beaucoup plus tangible que *prétendues*.

— Peu importe. Tu sais bien qu'il ne faut pas croire tout ce qu'on lit dans les journaux. Henry ne m'a absolument rien dit au sujet de sa sœur et de Donovan.

Sue acquiesça vigoureusement :

— Franchement, il n'a jamais été question de fiançailles ou de mariage concernant M. Darcy, et c'est pourtant le genre de sujet qui ferait les gros titres, par ici. Ne fais pas attention, Elizabeth.

Les yeux de l'intéressée se posèrent alors sur la photo au-dessous de celle où elle figurait avec Donovan. C'était un cliché d'Helena pris pendant le défilé dans le salon du mariage. Elizabeth distinguait même le bout de ses fausses Jimmy Choo qui dépassaient dans le cadre de la photo. Quand celle-ci avait été prise, elle était assise juste à côté d'Helena.

Elle examina la jeune femme sur l'image. Les cheveux blonds, les bras épais comme des allumettes, et ces cils de trois kilomètres… Ses Jimmy Choo à elle étaient peut-être vraies, mais quant au reste, Elizabeth sentait qu'il y avait pas mal de contrefaçon.

— Mon Dieu, je n'arrive pas à y croire ! s'exclama-t-elle en secouant la tête. Ils disent qu'Helena était au salon du mariage afin d'acheter une robe pour son mariage présumé avec Donovan au printemps prochain.

— Mariage *présumé*, appuya Jenna en prenant le journal des mains d'Elizabeth. Je voudrais garder cet article, si tu n'y vois pas d'inconvénient. A moins que tu ne veuilles le mettre dans un album, bien sûr.

— Non, fais-toi plaisir.

Elizabeth croqua dans son toast. Elle avait l'impression de mâcher un morceau de papier de verre. Donovan ne pouvait pas être fiancé. Et surtout pas à cette femme fielleuse, non ?

Sauf qu'Helena Robson était bien le genre de femme à fréquenter des gens comme Donovan Darcy. Elle était du même milieu et pleine d'une assurance écrasante. Nul besoin de parlementer avec elle pendant dix minutes pour la convaincre de sortir d'une voiture devant chez Harrods. Les magasins de luxe étaient probablement son habitat naturel.

Elizabeth avala son morceau de toast avec peine, puis demanda à Jenna.

— Et d'abord, pourquoi veux-tu garder ces photos ?

Sa sœur replia le journal avec soin, et Helena Robson se retrouva coupée en deux.

— Je ne sais pas trop. Quelque chose me dit que nous reverrons Helena.

D'un geste mal assuré, Elizabeth reposa le reste de son toast sur son assiette.

Quelque chose me dit que nous reverrons Helena…

C'était justement ce qu'elle appréhendait.

Contrairement aux concours auxquels Elizabeth avait participé en Amérique, et à celui du dimanche précédent à l'hôtel Mayfair, la plupart des expositions canines en Angleterre avaient lieu en extérieur, dans des parcs ou dans les jardins de manoirs ou même de châteaux. Comme Sue le lui expliqua au cours du trajet, l'exposition d'aujourd'hui se tenait sur les terres d'une somptueuse maison de campagne.

Assise à l'arrière du break de Sue — son corbillard, comme elle l'appelait —, Jenna fronça le nez.

— Je croyais que nous allions dans un château.

Elizabeth échangea un sourire complice avec Sue.

— C'était juste pour te convaincre de nous accompagner, dit-elle, taquine.

La tête de Jenna apparut entre leurs deux appuie-têtes.

— *Quoi ?*

— Ne t'inquiète pas, ma chérie, répondit Sue. Tu ne seras pas déçue.

A ce moment, une demeure majestueuse apparut au loin. Elle était magnifique et semblait tout droit sortie d'un film historique. Sa façade de brique rouge était couverte de vigne vierge. Elizabeth dénombra au moins quatre cheminées, et des dizaines de fenêtres aux huisseries blanches. Tout autour fleurissaient des myriades de roses aux couleurs éclatantes.

Jenna poussa un cri admiratif.

— C'est encore mieux qu'un château !

— Cet endroit est stupéfiant, reconnut Elizabeth.

Elle caressa la vitre de la voiture du bout des doigts. Elle avait l'impression de se trouver devant un mirage.

— A qui est cette maison ?

— Elle appartient aux Ashwyn. Elle est dans la famille depuis des générations, répondit Sue d'un air distrait en avançant en direction du parking.

« Ashwyn House » lut Elizabeth alors qu'elles passaient devant la plaque dorée marquant l'entrée du domaine. *Ils ont donné un nom à leur maison, eux aussi. Celle que Donovan possède ressemble-t-elle à celle-ci ?*

Elle grimaça, s'efforçant de ne pas imaginer Donovan et Helena Robson poursuivant une série d'enfants à travers ce jardin merveilleux. Le couple parfait. La maison parfaite. La famille parfaite.

Elles arrivèrent en vue d'une rangée de longues tentes rectangulaires, abritant sans nul doute le concours. Elizabeth fut soulagée de pouvoir se concentrer sur autre chose que la page people du *Daily Mail*. Plus elle y pensait, plus elle était perturbée. Donovan était-il oui ou non fiancé ? Et même s'il ne l'était pas, quelle était la nature exacte de ses relations avec Helena ? Comptaient-ils se marier ? Helena était-elle sa petite amie ? Ou seulement l'une de ses « conquêtes », ainsi que le journal avait appelé Elizabeth ?

C'était très humiliant. Pour un peu, elle en aurait oublié combien elle avait apprécié la gentillesse de Donovan la veille — il était venu la voir pour lui remonter le moral — et comment, au moment où leurs lèvres s'étaient rencontrées, elle avait eu le sentiment de satisfaire un désir qui la dévorait depuis la nuit des temps.

Tandis qu'elle traversait le gazon parfaitement entretenu pour se rendre vers les tentes, Elizabeth se sentait nauséeuse. Au moins, la bruine matinale avait cessé. Tout en entraînant les chiens sur l'herbe humide couleur d'émeraude, Sue lui désignait les beautés du parc les unes après les autres sous les exclamations admiratives de Jenna. Elizabeth voyait à peine ce qui l'entourait. Aussi, lorsque Sue s'arrêta brusquement devant elle, Elizabeth lui rentra dedans.

— Oh ! mon Dieu, murmura Sue en pâlissant d'un coup.

Elle porta la main à sa poitrine.

— Seigneur…

Elizabeth ignorait ce qui avait retenu son attention, mais sa réaction ne présageait rien de bon.

Elle suivit le regard de Sue qui était venu se poser sur l'espace, à côté du ring, où d'autres dresseurs de cavaliers King Charles s'affairaient à toiletter leurs chiens. D'abord, Elizabeth ne comprit pas ce qui avait désarçonné Sue. C'est alors qu'un petit rire aigu attira son regard en direction d'une silhouette longiligne un peu trop familière.

— Là, c'est la goutte d'eau, marmonna-t-elle en luttant pour ne pas céder à un nouveau haut-le-cœur. C'est bien elle, non ?

— Oui. Helena Robson, confirma Sue d'un ton lugubre. Et on dirait que vous allez être concurrentes. C'est un cavalier qu'elle tient en laisse.

— Tu te moques de moi. Elle a un cavalier ?

— Ça y ressemble, en tout cas, dit Jenna avant d'ajouter, plus bas : mais ne t'inquiète pas. Bliss est mille fois plus mignonne.

Ces paroles de réconfort ne contribuèrent malheureusement pas à apaiser la panique qui s'était emparée d'Elizabeth. Au contraire, elles eurent l'effet inverse : si Jenna était prête à se lancer dans la politique canine, c'est que la situation devait être plus grave qu'elle ne le pensait.

— Je ne pense pas qu'il soit à elle. Jusqu'à aujourd'hui, je ne l'ai jamais vue se rendre à un concours avec un chien, commenta Sue avec une grimace. En outre, c'est un chien adulte, pas un chiot. Elle doit le présenter pour quelqu'un d'autre.

— S'il te plaît, ne me dis pas que ce chien est à Donovan.

C'était le scénario le plus embarrassant qui pouvait se présenter.

— Non, ce n’est pas possible, répondit Sue.

Elle marqua une pause, puis ajouta :

— Vu que c’est lui qui va nous juger, aujourd’hui, ce serait contre le règlement.

Tout compte fait, c’était celui-là, le pire des scénarios.

— Ce n’est pas possible…

Elizabeth refusait de croire qu’elle était sur le point d’entrer dans le ring supervisé par Donovan, et qu’elle allait se trouver en concurrence avec la fiancée de celui-ci, présumée ou pas. A partir de maintenant, elle remplirait elle-même les documents d’inscription aux concours ou du moins, elle le ferait en compagnie de Sue. Découvrir au dernier moment l’identité du juge revenait à marcher dans un champ de mines.

— Si, c’est bien lui. Je suis désolée.

Sue enroula la laisse de Violet autour de ses phalanges jusqu’à les faire blanchir.

— Je ne te l’ai pas dit plus tôt parce que je voulais te faire la surprise.

— Tu es surprise, non ? demanda Jenna d’un ton pince-sans-rire.

— C’est un euphémisme, répondit Elizabeth en essayant de faire mentalement le point sur la situation.

— Oh ! regarde ! Henry est venu aussi ! s’exclama Jenna.

Machinalement — ou peut-être pas —, elle lissa ses longs cheveux blonds.

— Je pense que nous devrions aller leur parler.

— Seigneur, murmura Sue. Je ne suis pas sûre que ce soit une bonne idée.

Elle affichait la même expression chagrine que Bliss les jours de bain.

— Nous n’avons pas le temps, déclara Elizabeth.

Elle glissa la carte portant son numéro de participante sous le bracelet de caoutchouc placé autour de son bras.

— Nous devons entrer dans le ring dans moins d'une minute, ajouta-t-elle.

— C'est terrible, dit Jenna d'un air navré, sans quitter Henry Robson des yeux pour autant.

Elizabeth reporta son attention sur le ring où, effectivement, Donovan venait d'entrer. Il se tourna légèrement, et Elizabeth entraperçut sa cravate. Une cravate de soie rouge avec un nœud Windsor. Une image défila au ralenti dans sa tête — celle où Donovan, hier, dénouait lentement sa cravate et la faisait glisser le long de son cou avant de la jeter sur son lit.

Une bouffée de désir lui envahit subitement le bas-ventre. Le lieu était mal choisi pour éprouver pareille sensation, mais Elizabeth se sentait impuissante à la refouler.

Jusqu'à ce que Donovan vienne se poster à l'entrée du ring où Helena Robson attendait déjà, parée pour le combat. Sans bouger, Elizabeth regarda Helena poser une main parfaitement manucurée sur le revers de la veste de Donovan. L'ardeur qu'elle avait éprouvée quelques secondes plus tôt diminua jusqu'à disparaître complètement. Elle fut remplacée par un pincement aigu qui, à bien y réfléchir, ressemblait étrangement à de la jalousie, et qui fit à Elizabeth l'effet d'une gifle.

Une conquête anonyme.

Seigneur, que c'était humiliant.

La honte lui fit monter le rouge aux joues. Une grande chaleur l'envahit et bientôt, la sueur se mit à perler sur son front.

Elle détestait se sentir comme ça.

D'ailleurs, pas question qu'elle se sente comme ça. Elle s'y refusait.

Tournant le dos au ring, elle redressa les épaules et entreprit de canaliser toute cette honte, cette jalousie et cet embarras afin de les transformer en un sentiment plus sain — une bonne vieille colère.

Chapitre 13

Pour un peu, Donovan aurait manqué la photo dans le journal. Et cette affirmation odieuse selon laquelle il serait fiancé à Helena Robson.

Il n'avait pas pour habitude de lire les pages people du *Daily Mail*. De son point de vue, il frayait assez avec ces gens dans la vraie vie, et n'avait donc aucune envie de perdre son temps à lire des ragots à leur sujet dans les journaux à scandale.

C'est Zara qui avait attiré son attention sur ces deux éléments. Elle avait fait irruption dans son bureau en brandissant le journal ouvert devant elle, agitée d'un fou rire irrépressible.

— Helena va *mourir* en voyant ça, Donovan ! s'était-elle exclamée avec ravissement. Elle va littéralement mourir ! Je te jure, c'est le plus beau jour de ma vie !

Donovan avait à peine entendu ce qu'elle disait. Il était hypnotisé par cette image d'Elizabeth et lui imbriqués l'un dans l'autre. Elle était pratiquement assise sur ses genoux, et il semblait prêt à la consommer sur place, au beau milieu d'Harrods. Il distinguait sa main droite enfouie dans l'épaisse chevelure châtaine d'Elizabeth ; quant à la gauche — où diable était sa main gauche ?

Alors, il avait souri : il se rappelait précisément où se

trouvait cette main… et il était heureux qu'elle n'apparaisse pas sur la photographie.

Donovan avait dû faire un effort pour détacher les yeux de la photo. Il avait dû prendre sur lui pour refréner l'excitation qui s'était emparée de lui à la vue de cette image, alors qu'il se trouvait à deux pas de sa petite sœur.

Le souvenir de cette soirée en compagnie d'Elizabeth avait occupé toutes ses pensées, et il n'avait prêté aucune attention aux ridicules allégations d'Helena lors du salon du mariage.

A en juger par l'expression d'Elizabeth quand elle entra dans le ring ce matin-là, elle les avait prises très au sérieux, elle.

Elle passa près de lui dans un bruissement d'étoffe, lui décochant au passage un regard glacial, puis elle vint s'aligner directement derrière Helena.

Donovan ne put s'empêcher de sourire en la voyant. Elle était vêtue d'une robe rouge un peu espiègle dont le décolleté carré manquait selon lui de profondeur. Il garda les yeux rivés sur elle jusqu'à ce que les six candidats se soient mis en place à l'entrée du ring. Ce n'est qu'alors qu'il les posa sur Helena, la première à passer.

Les bras croisés, il s'adressa à elle sur un ton aussi formel que possible :

— Mademoiselle Robson, faites faire à votre groupe le tour du ring, je vous prie.

Le visage de celle-ci s'illumina comme s'il venait de lui proposer le mariage — chose qu'elle avait apparemment cru établie depuis un certain temps. A croire qu'elle souffrait d'hallucinations.

Sourcils froncés, Donovan observa les cavaliers trottiner en cercle. Le chien qu'Helena tenait en laisse avait la queue entre les pattes. Pauvre bête. Donovan compatissait.

— Premier chien sur la table, s'il vous plaît.

Helena guida son timide protégé près de la table située au milieu du ring, puis elle se pencha pour ramasser l'animal. Ce faisant, elle se donna beaucoup de mal pour se pencher assez bas afin d'offrir à Donovan une vue imprenable sur une paire de seins qui, il l'aurait juré, étaient aussi artificiels que sa personne tout entière.

Réprimant une grimace de mépris, il reporta son attention sur Elizabeth. Elle l'observait. Heureux de l'avoir prise sur le fait, il lui adressa un clin d'œil discret. Elle y répondit en levant les yeux au ciel avant de baisser le regard sur Bliss.

Un toussotement le rappela à l'ordre.

— Je suis prête, dit Helena.

Ça, c'est sûr.

— Dois-je vous rappeler que je suis dans mon ring, mademoiselle Robson ?

Il commença à faire courir ses mains sur le corps du chien posé sur la table, évitant avec soin de croiser le regard d'Helena.

— Bien sûr, chéri… Je veux dire, monsieur Darcy.

Nul besoin de la regarder pour savoir qu'elle était en train de battre des cils. Il sentait le déplacement d'air d'ici.

Il passa rapidement le chien en revue, sans s'attarder sur les détails de son anatomie. Cela n'avait aucune importance, de toute façon : ce cavalier aurait pu être le plus parfait représentant de sa race, il ne lui aurait pas accordé pour autant la moindre rosette, et encore moins des points pour le championnat. Ce chien appartenait à sa tante et provenait de ses propres chenils. L'éthique lui interdisait de récompenser ce chien de quelque façon que ce soit.

Helena les avait accompagnés suffisamment souvent aux concours canins, Henry et lui, pour connaître ce point spécifique du règlement, mais de toute évidence, elle avait décidé de passer outre. Et maintenant, elle allait en faire les frais de la pire façon.

Il s'écarta de la table.

— Faites faire un aller-retour à ce chien, je vous prie.

Helena s'exécuta. L'animal avait enfin redressé la queue, et il avançait avec une certaine fluidité. Tout compte fait, c'était un très bel animal.

Et pour cause, pensa Donovan. *C'est quand même moi qui l'ai élevé.*

Il envoya Helena faire un dernier tour de ring avant de revenir près de la table.

Bliss était déjà en position, bien alignée, dans la posture de concours appropriée. Donovan examina son échine de profil — belle et régulière — puis de face.

Il tendit les mains et les donna à flairer à Bliss avant de lui attraper délicatement le museau. Elle avait vraiment une jolie tête. Quant à ses taches de rousseur, il les appréciait de plus en plus, allez savoir pourquoi.

— Elizabeth, vous êtes très en beauté, aujourd'hui, dit-il à voix basse tandis qu'il examinait le repli de peau sous les yeux de Bliss.

Il ne put résister à l'envie d'ajouter :

— Belle comme une image, comme on dit.

Son teint laiteux vira à l'écarlate. Elle était presque aussi rouge que la robe qui mettait ses formes en valeur.

— Monsieur Darcy, dit-elle d'une voix cassante.

Il déplaça ses mains sur le garrot de Bliss et déplaça très légèrement sa patte avant gauche.

— Alors comme ça, vous avez oublié mon prénom ? Je

suppose que vous voulez que je vous appelle mademoiselle Scott ?

La mine furieuse, elle rétorqua :

— Cela sonne quand même mieux que « conquête anonyme », vous ne croyez pas ?

Donovan se déplaça vers le train arrière de Bliss pour examiner l'équilibre de ses hanches et l'alignement de ses articulations. Il baissa encore la voix pour répondre :

— Je ne pense pas vous avoir jamais appelée de cette façon. Je connais très bien votre nom. Lors de notre première rencontre, vous vous êtes assurée que ce soit le cas, il me semble.

— Donovan, je vous en prie, dit-elle avec une moue chagrine.

Pendant un instant, il oublia où il était et ce qu'il faisait. Il ne voyait plus que ses yeux d'un brun profond et la courbe de ses lèvres qui semblaient aussi douce que des pétales de rose.

— Ah, vous avez retrouvé mon prénom, je suis donc pardonné ! Même si, je vous l'avoue, j'ignore de quoi vous m'accusiez.

Il dut se refréner pour ne pas se pencher au-dessus de la table de toilettage et l'embrasser sur-le-champ, dans l'odeur des chiens et de la laque à cheveux — techniquement interdite lors des concours, mais dont on usait pourtant en abondance.

— Je pensais que vous pourriez me donner une explication quant à ce que j'ai lu ce matin dans le journal. Je suis sûre que vous savez de quoi je parle.

— Oh ! oui, je l'ai vu. J'ai trouvé cette photo très émouvante. Elle m'a rappelé de très agréables souvenirs, pas vous ?

Il s'absorba dans la contemplation de sa bouche. Avant de se rappeler que c'est *son chien* qu'il était censé regarder.

Une ébauche de sourire apparut sur les lèvres d'Elizabeth. Si Donovan n'avait pas été aussi attentif, ce demi-sourire lui aurait échappé.

— Ce n'est pas la question. Comme vous ne semblez pas disposé à me fournir la moindre explication, je vais être directe : êtes-vous fiancé, et allez-vous vous marier ?

— Ai-je agi comme si j'étais fiancé, hier soir ?

D'une main, il caressa la robe de Bliss tandis que l'autre venait se poser sur le bord de la table. Elle se déplaça vers Elizabeth, comme mue par une volonté propre.

— J'aurais préféré que vous répondiez simplement par oui ou par non.

Il avait observé Bliss sous toutes les coutures. La chienne n'avait que quatre pattes et une queue, son examen ne pouvait durer éternellement.

— Quelque chose me dit que dans cette conversation, rien n'est simple.

— *Donovan*, murmura-t-elle avec une pointe d'exaspération.

Il déplaça très légèrement sa main pour venir effleurer le bout des doigts d'Elizabeth.

— Mademoiselle Scott, vous portez une très jolie nuance de vert.

Elle considéra leurs mains qui se touchaient à peine, puis elle soutint de nouveau son regard.

— Ma robe n'est pas verte, mais rouge.

— Je ne parlais pas de votre robe, rétorqua-t-il avec une œillade insolente. Vous êtes verte de la tête aux pieds. Mademoiselle Scott, je crois que vous êtes jalouse.

Son commentaire la laissa sans voix.

— Faites faire un aller-retour à votre chienne, je vous prie. Je crois que nous avons fait le tour.

Il recula lentement pour s'écarter de la table, craignant, s'il lui tournait le dos, qu'elle n'en profite pour le poignarder par-derrière.

Prenant Bliss dans ses bras, elle la déposa avec délicatesse sur l'herbe pour la conduire au coin du ring, puis la ramener près de la table. En revenant, sans accorder un seul regard à Donovan, elle positionna Bliss pour l'inspection finale. Il voyait sa poitrine se soulever et s'abaisser, pleine de colère rentrée, mais elle gardait les yeux obstinément rivés sur sa chienne.

Oui, elle était jalouse. Cela ne faisait aucun doute. Donovan savait reconnaître une femme jalouse quand il en voyait une, et en ce moment, Elizabeth Scott était l'incarnation même de l'espèce.

Il s'efforça de ravaler un sourire satisfait, mais au fond, il était ravi de la tournure que prenaient les événements. Pour la première fois depuis qu'il avait posé les yeux sur Elizabeth, il était en position de force.

Enfin.

Tout était rentré dans l'ordre.

— Merci, mademoiselle Scott, dit-il avec une reconnaissance non feinte.

Jalouse ?

C'était grotesque — et pourtant tellement vrai.

Elizabeth ne voulait qu'une chose : sortir de ce ring aussi vite que possible. Malheureusement, Donovan avait encore quatre cavaliers à examiner, et il avait passé tellement de temps à observer Bliss qu'il pouvait difficilement expédier les autres candidats.

Elle donna une friandise à Bliss en essayant de ne pas regarder Donovan.

En général, c'était le moment où, dans le ring, les dresseurs et leurs chiens pouvaient se détendre un peu.

Tu parles !

Comme si c'était possible, avec Helena Robson qui l'ignorait avec soin à moins d'un mètre de là.

Peu importe : Elizabeth n'allait pas rester plantée là comme une prétendante évincée, et encore moins maintenant que Donovan semblait si convaincue qu'elle était jalouse. Elle allait lui montrer qu'elle se fichait complètement qu'il soit fiancé ou non. Jalouse ou non, il n'avait pas besoin de savoir à quel point il avait raison.

Elizabeth se rapprocha d'Helena.

— Bonjour.

Helena la dévisagea comme si une seconde tête lui avait poussé. Elle leva un sourcil soigneusement épilé, et son regard balaya Elizabeth de la tête aux pieds. Puis, avec un petit reniflement de mépris, elle lui tourna le dos.

— Je voulais que vous sachiez : il n'y a rien entre Donovan et moi, chuchota Elizabeth. Nous sommes…

Comment était-elle censée finir cette phrase ? Elle pouvait difficilement dire qu'ils étaient juste amis.

— … nous n'avons pas de rapports intimes, si c'est ce que vous craigniez.

C'est ça, voile-toi la face.

N'était-ce pas exactement le genre de choses que diraient deux personnes qui, de fait, couchaient ensemble ?

Sauf que Donovan et elle ne couchaient *pas* ensemble.

Pas encore.

Cette pensée s'enracina dans son esprit, tentatrice.

Si Helena avait entendu son pitoyable discours, seul le raidissement soudain de son dos l'indiqua. Puis elle tourna brusquement la tête, manquant envoyer ses cheveux blonds décolorés dans le visage d'Elizabeth.

— Je voudrais que tous les dresseurs fassent le tour, s'il vous plaît, appela alors Donovan.

Dieu merci. C'est presque fini.

Dans sa hâte à mener Bliss autour du ring, puis vers la sortie, Elizabeth faillit percuter Helena. Pendant que Donovan évaluait du regard l'ensemble des concurrents, elle s'efforça de garder à l'esprit qu'il était là pour juger les chiens, et non leur dresseur. Néanmoins, elle était rouge de honte. Se retrouver dans le ring de Donovan à proximité d'Helena était aussi dégradant que si elles avaient toutes deux été en train de lutter nues dans un bac plein de boue pour attirer son attention.

— Voici notre gagnante, déclara alors Donovan en désignant l'un des dresseurs derrière Elizabeth.

Quelqu'un avec qui il ne couchait pas, et avec qui il n'avait pas l'intention de coucher, de se fiancer, ou de se marier.

Du moins, elle le supposait.

— Veuillez tous rester en place pour le classement final.

Elizabeth se plaça derrière Helena, le long du treillis blanc délimitant le ring. Elle se morigéna intérieurement : pourquoi espérait-elle encore que Bliss obtiendrait un meilleur classement que le chien d'Helena ? C'était stupide de sa part.

Allez-y, apportez les seaux de boue.

— Mademoiselle Robson, dit Donovan en s'approchant d'Helena.

Le cœur d'Elizabeth tomba en chute libre.

— Votre chien est disqualifié. C'est moi qui l'ai élevé, je ne suis donc pas en mesure de le juger. Je suspens toutes les récompenses que vous pourriez obtenir cet après-midi. Vous pouvez sortir du ring.

Elizabeth avait déjà entendu parler de récompenses suspendues, mais elle n'avait jamais été témoin d'une telle procédure auparavant. Le hoquet de surprise provenant de la foule rassemblée autour du ring lui indiqua qu'elle n'était pas la seule.

Ce fut cependant Helena Robson qui s'exclama le plus fort.

Elizabeth était trop abasourdie pour dire ou faire quoi que ce soit. Elle se contenta donc de rester là, immobile, observant la scène, quand soudain, Donovan fut près d'elle.

— Mademoiselle Scott, dit-il en souriant. Vous serez ma championne de réserve, aujourd'hui.

Championne de réserve.

Bliss était de nouveau dauphine, comme lors de l'exposition du New Jersey. Sauf que cette fois, elle était en Angleterre, sur la terre natale de sa race.

Une boule se forma dans la gorge d'Elizabeth. Elle déglutit pour la chasser tandis que Donovan la ceignait de l'écharpe qu'elle venait de remporter. Puis il lui tendit une rosette de satin rouge et blanc.

Pendant un merveilleux instant, Elizabeth eut l'impression d'être une reine de beauté. Sauf que c'était encore mieux, parce que c'était sa chienne, la reine de beauté.

Sa boule de poil chérie.

Ce n'est qu'une fois sortie du ring qu'elle prit conscience des regards et des commentaires étouffés autour d'elle. Elle n'en aurait pas saisi la teneur si elle n'avait perçu les mots *Daily Mail* au milieu des murmures.

— Félicitations, ma chérie, dit Sue avant de la serrer dans

ses bras. Championne de réserve… Tu devrais être fière de ta petite Bliss.

— Je suis très fière…

Elizabeth jeta un coup d'œil derrière Sue pour essayer d'apercevoir Jenna. Sa sœur était à quelques mètres de là, en pleine discussion avec Henry Robson. Elle semblait littéralement boire ses paroles.

En revanche, il n'y avait plus trace d'Helena. C'était un soulagement. Pourtant, comme les autres dresseurs continuaient de la dévisager bouche bée tout en considérant d'un œil critique son écharpe de championne de réserve, elle commença à se sentir de plus en plus « conquête », et de moins en moins « anonyme ».

Il devenait évident que son identité n'était plus un secret. Du moins, dans le monde des concours canins.

— Ça va, ma chérie ? lui demanda Sue en passant le revers de la main sur le front d'Elizabeth. Tu es bien rouge, tout à coup.

— Je crois que…

Que croyait-elle, au juste ?

Je crois que les gens me regardent. Je crois que tout le monde, sous cette tente, lit le Daily Mail.

— Je crois que j'ai besoin de prendre l'air, finit-elle par dire.

Elle prit une grande bouffée d'oxygène. Pourquoi avait-elle tant de mal à respirer ?

— Il y a trop de monde, ici, acquiesça Sue. Nous avons tout le temps avant le passage des border terriers. Et si tu me confiais Bliss pendant que tu sors une minute pour respirer un peu ?

Elle prit la laisse de celle-ci des mains d'Elizabeth et ajouta :

— La journée a déjà été bien chargée en événements, n'est-ce pas ?

C'était peu dire.

— Merci.

Elizabeth envoya à Bliss un baiser de félicitations, puis elle se fraya un chemin à travers la foule.

Elle avait le souffle court, à présent, et elle commençait à avoir mal au ventre. Elle se glissa alors dans une petite tente blanche réservée à l'accueil, et remercia en silence le ciel en constatant qu'elle était déserte.

Elle s'affaissa contre la paroi de la tente, ferma les yeux et se mit à compter à rebours.

Dix, neuf, huit…

— Tu es complètement parano, murmura-t-elle pour elle-même.

Sept, six, cinq…

— Personne n'a vu cette photo dans le journal, personne ne t'a reconnue, bien sûr que non.

Quatre, trois, deux…

— Et personne ne se dit que c'est pour ça que Donovan t'a sacrée championne de réserve.

— Oh ! je suis presque sûr que c'est ce qu'ils pensent tous, murmura alors une voix à quelques centimètres de son oreille.

Elle ouvrit les yeux d'un coup.

— Donovan.

Et voilà que, d'un seul coup, tout était à refaire : son cœur s'était de nouveau emballé, sa respiration était courte, et elle se sentait plus rouge que jamais.

— Que faites-vous là ?

— Je vous ai suivie.

Tendant le bras, il replaça une mèche de cheveux derrière l'oreille d'Elizabeth.

— Je vous ai vue courir jusqu'ici. Vous aviez l'air bouleversée. Je me suis dit que j'allais faire une petite pause.

Elle considéra sa belle écharpe d'un œil pensif.

— Alors c'est vrai ? Vous avez attribué à Bliss le titre de championne de réserve parce que nous… parce que vous…

— Parce que j'ai envie de ça ?

Il baissa les yeux, et ses mains vinrent cueillir sa taille avant de descendre envelopper ses fesses.

Le cœur d'Elizabeth bondit quand il attira ses hanches contre les siennes. Ils étaient maintenant serrés l'un contre l'autre. Le corps de Donovan était chaud. Chaud, tendu, et terriblement attirant. Un petit soupir lui échappa.

Donovan sourit.

— Ce petit bruit que vous faites, souffla-t-il. C'est tellement sexy.

S'efforçant de maîtriser le tremblement de sa voix, Elizabeth demanda :

— Vous n'avez pas répondu à ma question : est-ce vrai, oui ou non ?

— Bien sûr que non. Au contraire, je me suis donné un mal de chien pour ne vous montrer aucun favoritisme, répondit-il en inclinant la tête. Mais comme vous le savez, les gens sont prêts à croire n'importe quoi.

Elizabeth sentait le cœur de Donovan battre contre le sien au même rythme effréné.

— Comme le fait que vous soyez fiancé à Helena ?

Il appuya son front contre le sien, avec douceur. Leurs lèvres étaient toutes proches, elle sentait leur souffle s'entremêler. Seigneur, s'il ne l'embrassait pas sur-le-champ, il aurait bientôt un cas de combustion spontanée sur la conscience.

— C'est absurde, n'est-ce pas ? Surtout quand on sait qu'il y a à peine une semaine, je couchais avec ma sœur.

Il la regarda, dans l'expectative, s'attendant sans doute à ce qu'elle éclate de rire. Ou qu'elle se fâche parce qu'il venait, *une fois de plus*, d'évoquer l'affaire Zara.

Elle ne fit rien de tout cela.

A la place, elle fit courir ses mains sur son torse ; puis elles remontèrent caresser ses épaules fabuleusement larges avant de s'immobiliser derrière sa nuque.

— Vous voulez bien vous taire et m'embrasser, maintenant ?

— Avec grand plaisir, mademoiselle Scott.

Chapitre 14

Jusqu'à ce jour, Elizabeth n'avait jamais mis les pieds dans une tente d'accueil. Elle n'aurait pas cru trouver ce genre de lieu aussi…

… accueillant.

Donovan l'embrassa avec une telle fougue qu'elle oublia bientôt ce qu'elle était en train de dire. Elle se perdit dans le plaisir qu'elle avait à le sentir contre elle, fort, viril, volontaire… et le goût de sa bouche, si délectable ! Ses baisers étaient précis, plein d'assurance, et un frisson parcourut Elizabeth quand, empoignant ses hanches avec fermeté, il la poussa sans brusquerie contre la paroi de la tente, qui s'avéra beaucoup plus solide qu'elle ne l'avait cru.

Jamais, en entrant ici, elle n'aurait imaginé que les choses tourneraient ainsi.

Elizabeth glissa ses mains le long du dos de Donovan, sous sa veste, sans pouvoir retenir un nouveau soupir de satisfaction tandis qu'elle parcourait la musculature qui tendait sa chemise.

Donovan eut un petit rire étouffé, puis il posa ses lèvres à la lisière de son décolleté pour semer de légers baisers à la naissance de ses seins.

— J'en déduis que vous n'êtes pas sur le point de vous marier.

Elizabeth avait dû rassembler toute sa concentration pour prononcer ces mots. La langue de Donovan, qui dansait sur sa peau, était en train de la transformer rapidement en une créature gémissante dénuée de toute volonté.

Il leva la tête. Le désir assombrissait ses yeux jusqu'à les rendre noirs.

— Helena est folle. Ai-je l'air de m'intéresser à elle ?

— A vrai dire, non, répondit-elle dans un souffle.

La bouche bien dessinée de Donovan se rapprocha de la sienne. Levant la tête, elle mordilla sa lèvre inférieure, et il poussa un grognement de plaisir.

— Je n'arrive pas à croire que nous sommes en train de nous embrasser dans la tente d'accueil, murmura-t-elle tandis qu'il faisait courir ses lèvres le long de sa nuque.

Elizabeth était certaine qu'il sentait les pulsations dans son cou. Peut-être même les voyait-il. Son sang battait dans ses oreilles, de plus en plus vite, frénétiquement, jusqu'à abolir le son de leur respiration.

— C'est pourtant vrai.

Il s'écarta un peu, juste assez pour qu'elle voie son visage. Ses lèvres — seigneur, ces lèvres ! — esquissèrent un sourire plein de malice, et un sentiment nouveau fleurit dans tout son être. Quelque chose qui dépassait la simple attirance. Et qui déclencha en elle une peur incontrôlable.

Elle s'efforça de respirer lentement pour se calmer.

Cet homme était *Donovan Darcy*. Certes, il était beau à couper le souffle. D'une beauté parfaite, à vrai dire. Et oui, il pouvait se montrer galant… quand il ne mitraillait pas les gens du regard.

Cependant, il était bien le dernier homme pour lequel Elizabeth avait envie d'éprouver des sentiments. Par conséquent, elle allait s'interdire d'en avoir. C'était aussi simple que cela.

Et la dernière chose dont Donovan semblait avoir besoin, c'était qu'une femme — une de plus — se jette à ses pieds.

— Quand je pense que j'ai eu tellement de mal à convaincre Helena que nous n'avions pas de rapports intimes. Quelle perte de temps.

Le pouce de Donovan, qui caressait sa lèvre avec lenteur et sensualité, s'immobilisa brusquement.

Il lui décocha un regard circonspect.

— Que de temps perdu, en effet. Cela dit, je me demande pourquoi elle pourrait se faire ce genre d'idée. Nous ? Avoir des rapports intimes ?

Elizabeth battit des paupières.

— Je sais. C'est fou, non ? Presque risible.

Mais ils ne riaient ni l'un ni l'autre.

Donovan lâcha Elizabeth, se redressa et rajusta sa cravate. Ses yeux prirent une teinte sombre presque sinistre — le désir semblait avoir laissé place à de la colère.

Pourtant, sous son regard attentif, Elizabeth sentait sa peau incandescente. Elle était en train de jouer avec le feu, et elle le savait. Donovan Darcy n'était pas le genre d'homme à prendre à la légère. Mais ils ne faisaient que s'amuser, non ? Il ne pensait pas qu'ils pouvaient s'engager dans une relation sérieuse, n'est-ce pas ?

— Ça ne marcherait jamais. Nous finirions par nous entre-tuer, dit-elle enfin.

Elle avait du mal à reprendre sa respiration. Pourquoi

avait-elle toujours le souffle court en sa présence ? C'était agaçant, à la fin.

— Vous avez raison. Je ne vous cache pas qu'en règle générale, je vous trouve insupportable.

Il releva vivement le menton — mais ses yeux s'étaient brièvement posés sur son décolleté, nota Elizabeth. A sa grande horreur, elle ne put réprimer un frisson. Ses seins se tendaient d'eux-mêmes, c'était insupportable.

— Et vous savez très bien que je vous méprise, riposta-t-elle.

— J'en suis très conscient, en effet.

De nouveau, il se rapprocha d'elle.

Empoignant les manches légères de sa robe, il les tira de côté pour dévoiler son épaule, et posa sur sa peau nue un long baiser brûlant qui lui coupa le souffle. Ses lèvres remontèrent sur sa nuque qu'il mordilla doucement. Elizabeth sentait à peine le poids de son corps contre le sien. Ferme et tendu de partout.

Elle songea à le repousser — ou presque : elle avait du mal à formuler une pensée un tant soit peu cohérente. Elle parvint tout juste à murmurer :

— Pour tout le monde, à Londres, je suis la fille qui s'est assise sur les genoux de Donovan Darcy. Je vous déteste, vraiment.

Elle n'était pas complètement certaine que ce soit vrai. Certes, c'était un aristocrate arrogant et hautain, mais de façon un peu perverse, elle commençait à l'apprécier. Pourtant, elle se demandait aussi ce qu'il avait en tête, pourquoi il jouait ainsi avec elle. Etait-ce pour lui une manière de s'encanailler ? Tirait-il un plaisir particulier à s'amuser avec des femmes au-dessous de sa condition ? Cette idée l'emplissait d'un sentiment de honte mêlé de colère. Mais ce qui la mettait en rage, par-dessus tout, c'était l'effet qu'il lui faisait. Un seul de ses regards suffisait à faire battre son cœur. Et un seul de ses baisers lui donnait envie de le supplier de continuer. A genoux. Cette fois, en outre, elle ne pourrait même pas se dire que c'était à cause du champagne.

— Je sais, murmura Donovan en posant une main sur son sein. Je vous dégoûte, n'est-ce pas ? Il n'y a qu'à voir comme vous tremblez dès que je vous touche.

Cet homme était exaspérant.

C'est du moins ce qu'Elizabeth tenta de se dire pendant que les mains de ce dernier venaient se poser sur son dos pour le serrer plus fort contre elle.

— Vous n'êtes pas aussi fort que vous le pensez, parvint-elle à articuler.

— Cela reste à prouver, vous ne croyez pas ?

Il se pencha, comme pour l'embrasser.

Elizabeth était prête. Jamais elle n'avait été aussi prête. Elle se passa la langue sur les lèvres puis les entrouvrit pour accueillir sa bouche. Mais à l'instant où leurs lèvres allaient se rencontrer, Donovan s'immobilisa. Les nerfs à fleur de peau, elle leva les yeux, suppliante. Le désir en elle était trop fort pour qu'elle lui rappelle une fois de plus combien elle le haïssait.

Donovan soutint son regard, et aussitôt, elle se sentit aussi exposée que s'ils s'étaient retrouvés nus dans des draps froissés.

— Venez avec moi le week-end prochain.

Elizabeth battit des paupières, confuse. Elle avait déjà du mal à se concentrer, avec le corps de Donovan qui pesait contre le sien, et ce brusque changement de sujet ne fit que la déconcerter davantage.

— Venir avec vous ?

— Oui, confirma Donovan comme si l'affaire était réglée. A Chadwicke. Pour la Nuit des feux de joie. Il va y avoir des feux d'artifice dans tout Londres, et ça perturbe les chiens. Chaque année, je me retire dans mon domaine et j'organise une partie de campagne. Venez avec moi.

Elizabeth avait du mal à suivre. Elle ne savait même pas ce qu'était « la Nuit des feux de joie », en dehors du fait que c'était lié à quelqu'un qui s'appelait Guy Fawkes ; toutefois, c'était là le cadet de ses soucis.

— Vous voulez que je vous accompagne à… Chadwicke ? parvint-elle à articuler.

Il plaisantait, ou quoi ?

C'est pourtant avec le plus grand sérieux qu'il posa enfin ses lèvres sur les siennes, lui accordant ce baiser auquel, quelques secondes plus tôt, elle aspirait tellement.

Elizabeth ferma les yeux, et pendant le trop bref moment que dura ce baiser étourdissant, elle faillit oublier son offre insensée.

— Alors ? demanda-t-il en posant son front contre le sien.

Il semblait parfaitement détendu. Comme d'habitude.

Elle aurait bien aimé que pendant un instant, il paraisse aussi abasourdi qu'elle l'était elle-même. Mais apparemment, c'était trop demander.

— Alors quoi ?

Elle haussa les épaules avec une nonchalance feinte.

La manche de sa robe glissa un peu plus loin, dévoilant la lisière du bonnet de son soutien-gorge. Donovan considéra un instant sa peau blanche sous la dentelle, et sa mâchoire se crispa.

D'un geste tendre, il rajusta sa robe.

— Vous savez très bien quoi.

— Donovan, je ne peux pas aller à Chadwicke. Vous savez que je ne peux pas.

Il s'écarta d'elle, le regard sombre.

— Je n'en sais rien du tout.

Avait-il perdu l'esprit ?

— Vous ne voulez quand même pas de moi au milieu de vos amis et de votre famille ?

Elle n'y serait pas plus à son aise qu'elle ne l'avait été à la Barclay School. Elle avait cessé de se faire des illusions à ce sujet. Elle était horrifiée rien qu'à l'idée de l'accompagner dans son domaine ultrachic et de devoir faire la conversation à ses riches amis ainsi qu'à sa famille d'aristocrates.

— Si, je le veux. Sinon, je ne vous aurais pas invitée.

— Je ne suis pas sûre d'avoir envie de me retrouver une nouvelle fois en photo dans le *Daily Mail*, lui rétorqua-t-elle en levant un menton têtu.

Elle la voyait déjà, cette photo, où elle poserait au milieu de tous ces aristos. Que dirait la légende, cette fois ?

« Cherchez l'intruse… »

— Il n'y aura pas de photographes à Chadwicke, lui répliqua Donovan, une nuance de défi dans la voix. Il s'agit de mes terres, n'y entre pas qui veut.

Elle écarta les bras, exaspérée.

— Vous me trouvez insupportable, et je vous déteste. Que ferions-nous ensemble pendant tout un week-end ?

Il lui adressa un sourire éloquent.

— Je suis sûre que nous trouverions de quoi nous occuper.

Ainsi, il n'était question que de sexe ? Bien entendu. Elle aurait dû s'en douter.

Elizabeth bouillait d'indignation, sans savoir exactement

pourquoi. Elle posa la paume de ses mains sur son torse musclé et poussa. Fort.

Il tituba en arrière mais retrouva presque aussitôt son équilibre. Evidemment. De toute évidence, Donovan Darcy ne perdait jamais le contrôle bien longtemps.

— J'attends toujours ma réponse.

Elizabeth se glissa entre lui et la paroi de la tente. Elle avait besoin d'espace. Et de tant d'autres choses.

— Non.

Il la considéra d'un air glacial.

— Non ?

— Vous l'avez, votre réponse : c'est non.

Elle lissa le devant de sa robe qui était toute froissée. Génial. Elle avait bien besoin de cela — mener le défilé de la honte pendant un concours canin.

Donovan plissa les yeux. Ses narines palpitaient — de très belles narines, nota-t-elle en passant.

Pendant un instant, Elizabeth songea avec satisfaction qu'il avait l'air d'un taureau furieux. Son triomphe fut de courte durée : Donovan s'était déjà ressaisi.

— Si c'est votre travail qui vous chagrine, vous pouvez amener les border terriers avec vous. Et Bliss, bien entendu. Tenez, vous pouvez même amener les Barrow. Et Jenna.

Il marmonna encore quelque chose dans sa barbe. Quelque chose qui ressemblait à s'y méprendre à « tant que vous êtes là, vous ».

Elle avait certainement mal entendu. Elle avait des hallucinations. Donovan ne dirait jamais quelque chose d'aussi… d'aussi gentil, elle en était sûre.

Ou presque.

— Non, répéta-t-elle avant de changer d'avis.

Cette fois, elle avait presque crié.

Rappelle-toi ce qui est arrivé… juste au moment où tu pensais avoir été acceptée, tout s'est écroulé d'un seul coup. Ne commets pas de nouveau cette erreur.

Tournant les talons, elle sortit d'un pas décidé de la tente.

Elle lui avait dit non.

Donovan n'en revenait pas. Il avait invité Elizabeth à Chadwicke, et elle avait refusé.

Il oscillait entre l'admiration et la fureur.

Finalement, il opta pour la fureur. Ce n'était pas tant une décision réfléchie qu'une réaction viscérale. Il sortit en trombe de la tente, chacun de ses pas trahissant sa frustration et son mécontentement.

— Monsieur Darcy, l'interpella le commissaire du ring alors qu'il approchait. Etes-vous prêt pour le…

— Appelez les border terriers dans le ring, aboya Donovan sans le laisser finir. Maintenant ! Nous sommes déjà en retard.

Tandis que le commissaire, aussi nerveux qu'un chihuahua, se mettait à trottiner dans tous les sens pour rassembler les dresseurs, Donovan alla se positionner au centre du ring.

Elizabeth se tenait près de l'entrée, prête à pénétrer dans le ring. Contrairement aux autres dresseurs, elle semblait imperturbable. Confiante et pleine d'assurance, comme si elle n'avait pas été sur le point, dans la tente de l'accueil, de se livrer à Dieu sait quelles acrobaties en sa compagnie.

Donovan laissa échapper un soupir rageur. Il savait très bien de quel genre d'acrobaties il s'agissait. Rien que d'y penser, son cœur s'emballait encore. Et pourtant, elle avait refusé de l'accompagner à Chadwicke pour sa réception. Comme si elle trouvait acceptable de coucher avec lui, mais qu'elle répugnait à être vue en sa compagnie.

Seigneur, voilà que je gémis comme une vieille femme. Elizabeth a une très mauvaise influence sur moi.

Donovan était hors de lui.

Bras croisés, il observa les trois border terriers et leurs dresseurs qui étaient à présent alignés dans le ring.

— J'aimerais voir tout le groupe faire le tour du ring, s'il vous plaît, lança-t-il d'un ton sec.

Les dresseurs tressaillirent — Elizabeth exceptée. Peut-être avait-il été un peu abrupt. Tant pis. La frustration, qu'elle soit sexuelle ou non, avait tendance à le rendre irritable. Il n'était qu'un homme, après tout.

Il regarda les chiens trotter autour du ring. Il avait du mal à fixer son regard sur les terriers plutôt que sur les jambes fuselées d'Elizabeth, mais il y parvint tant bien que mal.

La première à passer était Sue Barrow avec, si Donovan se souvenait bien, Violet au bout de sa laisse. Comme il s'approchait, Sue lui décocha un sourire nerveux, et une pointe de culpabilité le traversa. Quelque part, il savait qu'il n'avait pas le droit de passer sa frustration sur quelqu'un d'aussi gentil que Sue Barrow. La veille encore, il avait dégusté son thé et ses biscuits en regardant avec elle cette émission de danse aussi agréable que stupide.

Se forçant à sourire, il la salua d'un signe de tête poli en arrivant près de la table où elle avait parfaitement positionné Violet. Les border terriers étaient une race intelligente, ils apprenaient vite et aimaient faire plaisir à leur maître. Pour autant, Donovan était impressionné par les quatre chiens de Sue. De toute évidence, elle avait consacré beaucoup de temps à leur dressage. Violet ne bougea pas d'un millimètre pendant que Donovan l'examinait. Ses pattes étaient bien droites, son dos équilibré, ses yeux regardaient droit devant elle. Une vraie professionnelle.

Son examen terminé, Donovan donna une petite tape sur l'arrière-train de Violet.

— Brave bête.

Reportant son attention sur Sue Barrow, il lui adressa un clin d'œil et demanda :

— Un aller-retour, s'il vous plaît.

— A vos ordres… Je veux dire, oui, monsieur Darcy, répondit Sue en rougissant comme une écolière.

Elle prit Violet dans ses bras pour la poser par terre. Donovan profita de ce temps mort pour lever les yeux vers Elizabeth. Elle lui retourna un regard glacial.

Sourcils froncés, il croisa les bras et se retourna pour observer l'aller-retour de Violet. La chienne avança en direction du coin, puis elle fit demi-tour en allongeant les pattes avec élégance. De temps à autre, elle jetait un coup d'œil à Sue. Ou plus précisément, au gros morceau de foie cuit que Sue gardait pour elle en récompense. Donovan réprima un frisson de dégoût. Il avait toujours détesté le foie, bien qu'il en trouve partout où il allait. Etant à la fois britannique et juge de concours canins, il était condamné à évoluer dans les mêmes cercles que cet abat. C'était un peu sa profession de foie.

Sue et sa chienne s'arrêtèrent à un mètre devant Donovan, et Violet adopta une pose majestueuse.

— Très joli, apprécia Donovan. Un tour complet, je vous prie, ensuite je verrai mon prochain candidat sur la table.

Le deuxième border terrier n'avait aucune chance de se classer. Il ne possédait ni la grâce, ni la présence d'aucun des chiens de Sue. Et Donovan aurait parié la moitié de sa fortune que quelqu'un avait colorié la truffe du chien au feutre. Elle était plus noire que nature. Et la pauvre bête semblait planer complètement. Les émanations du marqueur, sans nul doute.

Donovan jeta un rapide coup d'œil au malheureux animal, avant d'ordonner à sa dresseuse d'un ton rogue :

— Un aller-retour.

Elle prit le chien sur la table, manquant l'étouffer entre ses seins généreux dans le mouvement, puis elle le laissa tomber plus qu'elle ne le posa. Le border terrier se figea pendant une seconde, les yeux rivés sur l'entrée du ring. Donovan s'attendait presque à ce que le chien se rue vers la sortie. Mais la dresseuse, sans se préoccuper de ce qui se passait au bout de la laisse, trottait déjà vers le coin, entraînant derrière elle son chien à demi étranglé.

Dégoûté, Donovan secoua la tête. Il se demandait s'il n'allait pas devoir, une fois de plus, suspendre les récompenses de cette participante pour la punir de son incompétence.

Mais son chien ne possédait pas de défaut disqualifiant — à l'exception de l'être humain qui courait à côté de lui.

D'accord. Je les classerai derniers.

Donovan eut un soupir résigné.

Sans prêter attention à la mauvaise position finale adoptée par le chien au terme de son aller-retour, il avança à grands pas vers la table où Elizabeth l'attendait avec l'un des terriers de Sue Barrow.

Rose.

A moins que ce ne soit Daisy.

Non, c'était Rose. Il en était sûr.

— Belle journée, mademoiselle Scott, dit-il, laconique, en examinant les dents de Rose.

— Monsieur Darcy, répondit-elle sur un ton venimeux.

— Dentition redoutable, commenta-t-il avec ironie.

Il libéra la gueule de Rose pour examiner l'alignement de ses épaules.

— Vous êtes fâché, je le sais. Mais ce n'est pas une raison pour vous défouler sur le commissaire et les autres dresseurs.

Elizabeth avait parlé d'une voix à peine audible, mais ses paroles firent mouche. Même si Donovan pensait n'avoir rien à se reprocher : la femme au marqueur noir ne méritait qu'une courtoisie strictement professionnelle et quant à Sue, il s'était montré gentil avec elle, non ?

— J'ai été poli, surtout avec Sue.

— Oui, j'ai remarqué le clin d'œil. Quel don Juan, lui rétorqua-t-elle en levant les yeux au ciel.

— Jalouse ? Encore ? demanda-t-il en s'écartant de la table.

Elizabeth éclata de rire. Un rire bien franc, là, au beau milieu du ring.

Donovan serra les mâchoires tandis qu'elle passait devant lui d'un pas léger pour se diriger au coin du ring avant même qu'il l'invite à effectuer son aller-retour. Le chien se débrouillait bien — du moins le supposa-t-il.

En vérité, il avait oublié de le regarder.

— Rassemblez tous les chiens, s'il vous plaît, appela-t-il en se demandant comment il allait classer ces terriers. Un tour complet.

Le chien au nez repeint arriverait dernier, il le savait déjà. En revanche, pour les deux chiennes de Sue Barrow, la première place allait se jouer à pile ou face. Toutes deux la méritaient, et quel que soit son choix, il ne commettrait pas d'erreur de jugement. Finalement, il décida d'attribuer la victoire à Sue — c'était elle la propriétaire, après tout. Et il se dit qu'Elizabeth méritait une petite leçon d'humilité.

Pourtant, à l'instant d'attribuer les récompenses, le doigt de Donovan se pointa sur la jeune femme, comme si elle était un aimant l'attirant tout droit à elle, encore et encore.

— Voici notre gagnante, déclara-t-il.

A ces mots, Elizabeth se mit à rayonner, et il se sentit fondre.

Il distribua ses rosettes et ses écharpes en sens inverse, cette fois — d'abord la troisième place, puis la deuxième — Sue Barrow le remercia gracieusement quand il lui remit sa récompense.

Puis vint le tour d'Elizabeth.

Donovan lui tendit la rosette de soie et la ceignit de son écharpe de championne, prenant le temps de humer le délicat parfum citronné de son shampooing.

— Félicitations, mademoiselle Scott.

— Merci, monsieur Darcy.

Elle s'inclina un peu — juste assez pour qu'il entrevoie la naissance de ses seins. Il doutait que ce soit intentionnel de la part d'Elizabeth, mais il n'en profita pas moins.

— Avec plaisir.

Levant un sourcil amusé, il garda les doigts serrés sur la rosette tandis qu'elle tirait dessus pour la prendre. Comme il l'avait fait lors de ce premier concours dans le New Jersey, il y avait maintenant des semaines de cela.

— Ça ne change rien, vous savez, murmura-t-elle en aparté sans se départir de son sourire radieux. Je n'irai pas à Chadwicke avec vous le week-end prochain.

— Seriez-vous en train de mettre en doute mon intégrité en tant que juge, mademoiselle Scott ?

Plantant son regard dans le sien, il lâcha enfin la rosette. Dans le mouvement, ses doigts effleurèrent la main d'Elizabeth.

— Je suis choqué, ajouta-t-il avec une expression impénétrable. Horrifié, même.

Sous la caresse de ses doigts, le bras d'Elizabeth se couvrit de chair de poule, révélant son trouble.

Elle retira sa main d'un mouvement brusque et piqua un fard du plus bel effet.

— Je suis sérieuse, Donovan. Ma réponse reste non.

— J'ai bien entendu, répondit celui-ci avec un sourire.

Sa mine satisfaite la prit de court. Elle le fixa avec circonspection, cherchant une explication dans son regard.

Enfin, Donovan sentit son irritation fondre comme neige au soleil. Son sourire s'élargit, mais il n'essaya pas d'expliquer à Elizabeth les raisons de sa bonne humeur retrouvée. Il préférait la faire mariner.

Elle viendrait à Chadwicke.

Et il savait exactement comment s'y prendre.

J'ai plus d'un tour dans mon sac, mademoiselle Scott.

Chapitre 15

Le lendemain matin, quand Henry prit place sur le siège passager de l'Aston Martin de Donovan, il affichait le sourire d'un homme cachant un secret.

— Salut, dit-il en s'installant sur le siège baquet.

— Bonjour.

La mine soucieuse, Donovan engagea sa voiture dans la circulation londonienne.

Henry et lui avaient rendez-vous avec Collin Montgomery, qui était sans doute l'être humain le plus ennuyeux en Angleterre, sinon dans le monde. En général, Donovan s'arrangeait pour l'éviter, de peur de devoir subir pendant des heures les interminables monologues de M. Montgomery, qui pouvait disserter pendant des heures sur le sperme canin congelé ou la meilleure façon de purger les glandes anales de son chien — sujet qui faisait blêmir Donovan chaque fois que Montgomery l'abordait : il était en effet convaincu que la seule manière d'accomplir pareille corvée était d'en charger une tierce personne.

Ces excentricités mises à part, Collin Montgomery était en Angleterre le plus éminent éleveur de pékinois — la race de chiens miniature la plus prisée au monde. A première vue, les pékinois étaient tout en poils. Dans les concours, il n'était pas rare que les novices les confondent avec un balai à franges. Pourtant, sous leur fourrure envahissante, les pékinois de bonne race étaient dotés d'un large poitrail, d'une solide ossature et d'une cage thoracique très souple. Pour discerner de telles qualités sous une fourrure aussi abondante, il fallait des mains très expérimentées. Et s'il voulait passer professionnel, Henry allait devoir mettre les siennes sur le plus grand nombre possible de pékinois. D'où cette visite matinale du côté sombre de la force, comme disait Donovan.

— Qu'est-ce qui te met de si mauvaise humeur, par cette belle matinée ? lui demanda Henry de façon si enjouée que cela en devenait agaçant.

— Tu le sauras bien assez tôt.

Donovan accéléra, laissant derrière lui le luxueux appartement d'Henry à Knightsbridge pour se diriger vers Belgravia.

— Ce Montgomery est un sacré numéro, maugréa-t-il.

— Je suis sûr que tu exagères, répondit Henry en riant.

— Tu auras certainement changé d'avis d'ici une heure, mais au moins, tu auras appris une chose ou deux sur les pékinois.

— Merci pour ton aide. Tu sais qu'elle m'est précieuse, surtout pour les pékinois — j'ai toujours du mal à distinguer la tête de la queue. Mais je suis sûr que Montgomery est moins terrible que tu le laisses entendre. Il t'arrive de juger les gens un peu hâtivement, tu le dis toi-même.

Donovan ne sut que répondre. Aussi se contenta-t-il de sourire.

— Ah, enfin un sourire ! s'exclama Henry. Et dire que je te croyais en colère, à cause de cette histoire dans le journal.

Le sourire de Donovan s'évanouit aussitôt.

— De quelle histoire parles-tu ?

Henry se mordit la lèvre.

— Henry ? insista Donovan.

— C'est le *Daily Mail*, soupira-t-il. Une fois de plus. Ne me dis pas que tu n'es pas au courant ?

— Je n'ai pas pour habitude de lire ces bêtises, tu le sais bien. C'est uniquement à cause de Zara que j'ai vu cette photo du bar à champagne chez Harrods.

Il aurait d'ailleurs préféré qu'elle n'ait pas une telle prédilection pour les ragots. Ce n'était peut-être qu'une passade que traversaient toutes les adolescentes. Mais réflexion faite, si c'était le cas, le *Daily Mail* aurait déjà fait faillite.

— Tu devrais quand même jeter un coup d'œil à l'édition de ce matin, c'est tout.

Henry avait le regard rivé sur le paysage qui défilait derrière la vitre, mais la lueur de satisfaction qui brillait dans son regard n'échappa pas à Donovan.

— Il me semble que tu es encore plus gai que d'habitude, ce matin, remarqua-t-il. Je peux savoir pourquoi ?

— C'est Jenna, avoua-t-il avec des accents énamourés. Jenna Scott.

C'était loin d'être la première fois que Donovan voyait son ami dans cet état. Quand Henry tombait amoureux, il ne plaisantait pas. Dans ce cas particulier, Donovan trouvait que l'enthousiasme d'Henry tombait à pic. Il avait bien l'intention d'en tirer profit.

— Elle te plaît toujours, alors.

— Oh ! oui. Nous nous sommes vus tous les soirs, cette semaine. C'est la plus belle femme que j'aie jamais rencontrée.

Donovan s'éclaircit la voix. Il était temps de placer ses pions.

— J'imagine que tu aimerais l'inviter à Chadwicke ? demanda-t-il avec désinvolture.

— Ce serait formidable, approuva Henry en souriant d'une oreille à l'autre. Parole d'honneur, je crois que je suis amoureux !

Parole d'honneur, vraiment ? Donovan réprima un rire moqueur.

— Sérieusement, Donovan. Je pense que c'est la femme de ma vie.

— Très bien. Alors, invite-la à Chadwicke. Peut-être ce week-end se clôturera-t-il sur une demande en mariage ?

Cette idée lui arracha un sourire narquois.

— Ne ris pas, le tança Henry alors que Donovan s'arrêtait devant la maison de Collin Montgomery. On ne peut jamais prévoir ce genre de choses.

Donovan arrêta le moteur.

— Rends-moi un service, vieux frère.

— Tout ce que tu voudras, répondit Henry en débouclant sa ceinture de sécurité.

— Arrange-toi pour que Jenna amène Elizabeth à Chadwicke.

Henry fronça les sourcils, perplexe.

— Je pensais qu'au stade où vous en étiez, tu l'aurais invitée personnellement.

Invitée ? Certes.

Juste après, elle l'avait descendu en flammes…

La tournure qu'avaient pris les événements le laissait déconfit. Il ne s'en était toujours pas remis.

Cerise sur le gâteau, Henry vivait avec la sœur d'Elizabeth une histoire d'amour passionnée.

— Je préférerais que cela vienne de Jenna. Et je n'ai pas trop envie de t'expliquer pourquoi.

— D'accord.

Henry secoua la tête, manifestement interloqué. Cela dit, dans ce domaine au moins, il en fallait peu pour le désarçonner.

— Il n'empêche que, d'après ce que j'ai vu aujourd'hui dans le *Daily Mail*, tu ne devrais pas avoir trop de mal à la convaincre par toi-même, finit-il par marmonner en sortant de la voiture.

— Je te demande pardon ? lui lança Donovan par-dessus le toit de l'Aston Martin.

Henry ne répondit pas tout de suite. Il boutonna soigneusement son manteau puis, secouant la tête :

— Oh ! non, je ne te dirai rien. Ce genre de bêtises ne t'intéresse pas, tu te rappelles ?

Donovan s'apprêtait à taper du poing pour exiger une explication quand Collin Montgomery apparut en se dandinant sur le trottoir, une meute de pékinois ébouriffés sur les talons.

— Messieurs, vous êtes là ! Merveilleux.

Henry décocha un regard en coin à Donovan. Celui-ci étouffa un petit rire.

— Monsieur Montgomery, bonjour... Permettez-moi de vous présenter mon vieil ami, Henry Robson. Comme je vous l'ai précisé au téléphone la semaine dernière, Henry est en cours de titularisation et il aimerait se familiariser avec l'anatomie des pékinois.

— Fabuleux ! s'exclama Montgomery.

Il battit des mains, faisant étinceler dans la lumière du soleil matinal une série d'énormes bagues, toutes ornées de gros diamants — ou, du mois, de pierres qui en avaient l'apparence.

— Suivez-moi, jeunes gens. Je vais vous ouvrir les portes du palais pékinois.

— Le palais pékinois ? murmura Henry tandis qu'ils emboîtaient le pas à leur hôte en direction d'une maison victorienne peinte en rouge pompier. D'où sort ce type ? Tu me fais une blague, c'est ça ?

— Pas du tout. C'est un original, mais il est le meilleur dans sa branche.

Après les avoir introduits dans sa maison, Montgomery referma la porte derrière eux. Donovan contempla le vaste vestibule, stupéfait.

Partout où il posait les yeux, son regard tombait sur une figurine ou une sculpture rendant hommage à la race fétiche de Montgomery, parmi lesquelles de petites têtes de pékinois en marbre, cristal ou verre taillé. Il lui revint alors qu'on lui avait dit que Montgomery possédait même une paire de pantoufle à l'effigie de pékinois. Il pria pour que cette rumeur soit fausse — ou que, si elle était vraie, il lui soit épargné de le constater en personne.

— Et comment allez-vous, monsieur Darcy ? demanda leur hôte d'une voix aiguë. Et votre charmante tante Constance ? Quelle femme délicieuse !

Probablement poursuivit-il sur ce ton pendant encore quelques minutes. Mais Donovan n'écoutait plus : sur la table ronde ouvragée au centre de la vaste entrée, parmi les figurines canines, et à moitié enfoui sous le dernier numéro du magazine *Concours canins*, il venait de remarquer l'édition du jour du *Daily Mail*. Les yeux rivés sur le journal, Donovan acquiesça d'un air distrait aux discours de Montgomery. Il était bien décidé à ne pas vérifier le contenu du journal. Il se fichait pas mal de ce qu'on disait de lui dans les pages people, même si ces ragots suscitaient apparemment l'hilarité d'Henry.

Pourtant, maintenant qu'il se trouvait à quelques centimètres du journal, sa détermination vacillait. Peut-être s'agissait-il d'une nouvelle photo indécente d'Elizabeth Scott et de lui-même. Il pouvait peut-être y jeter un coup d'œil, décida-t-il, ne fût-ce que pour le plaisir de se remémorer quelques délicieux instants.

Il détourna les yeux du journal et reporta son attention sur ses deux compagnons.

Apparemment, il n'avait pas manqué grand-chose. Montgomery était encore en train de pérorer.

— … ma femme va être terriblement déçue d'avoir manqué votre visite. Elle serait tellement enchantée de vous rencontrer ! Monsieur Darcy et son charmant ami, ici, dans notre humble demeure !

Donovan aperçut un miroir au cadre doré qui n'aurait pas déparé dans la chambre à coucher de Cléopâtre. Cette demeure n'avait rien d'humble. Pourtant, ce qui le frappa le plus fut d'apprendre que Montgomery était *marié*.

Henry fronçait les sourcils et battait des paupières. Après un instant, Donovan comprit qu'il essayait d'attirer son attention.

— Je vous demande pardon ? demanda-t-il.

Après avoir échangé un long regard avec Henry, Montgomery répondit :

— Ma femme — Charlotte — est prise, ce matin. Je suis certain qu'elle aurait adoré faire votre connaissance.

Donovan laissa échapper un toussotement étranglé. Il s'était toujours imaginé que Montgomery était homosexuel. Il songea que, depuis le temps, il aurait dû savoir qu'il ne fallait pas se fier aux apparences, aussi exubérantes soient-elles.

Mais Montgomery, *marié* ?

Pauvre femme !

Un silence embarrassant s'était installé.

— Nous sommes désolés de l'avoir manquée, nous aussi, intervint Henry avec sa diplomatie coutumière. Peut-être pourrions-nous passer à ma leçon de pékinois ?

— Certes, certes. Suivez-moi, messieurs.

D'un geste souple de la main, Montgomery leur indiqua une porte au bout du vestibule.

Après avoir laissé les trois boules de poils appartenant à Montgomery se faufiler devant lui, Henry emboîta le pas à leur hôte.

— J'ai quelques affaires à régler, commencez sans moi, leur lança Donovan. J'arrive tout de suite.

Henry lui adressa un regard désespéré avant de disparaître dans le couloir de marbre rose.

Donovan secoua la tête. Du marbre rose. Des figurines de pékinois. Et ces fameuses pantoufles.

Je ne connais pas Charlotte Montgomery, mais elle doit avoir les idées larges.

Une fois seul dans le vestibule, Donovan souleva le magazine canin pour s'emparer du *Daily Mail.* Il le feuilleta rapidement, à la recherche de la page people. Il trouva enfin ce qu'il cherchait… et ses yeux s'écarquillèrent devant la taille du titre qui barrait la page.

« Concours canin… ou concours câlin ? Donovan Darcy et sa mystérieuse compagne se livrent à des activités extra-canines lors de l'exposition d'Ashwyn ce week-end. »

Concours câlin ? Sérieusement ?

Donovan secoua la tête. Ce n'était pas un si mauvais titre, admit-il avec réticence. Puis il laissa son regard traîner sur la photo accompagnant l'article. Une fois de plus, l'un des photographes de cette feuille de chou les avait surpris, Elizabeth et lui, dans une posture compromettante. Cette fois, c'était dans la tente d'accueil de l'exposition canine.

L'image en noir et blanc était un peu granuleuse — elle avait certainement été prise au téléobjectif — mais son auteur avait choisi son moment pour appuyer sur le déclencheur : Donovan, tête baissée, était en train d'embrasser Elizabeth dans le cou. Celle-ci affichait une expression extatique — elle avait les yeux clos, et sa bouche généreuse était entrouverte.

Donovan fixa le visage un peu flou d'Elizabeth, subjugué, soudain saisi d'un désir purement animal.

Il referma d'un coup le journal et le remit en place sous le magazine. Que lui prenait-il ? Une simple photo de lui et Elizabeth était capable de déclencher en lui des sensations que, jusque-là, il n'avait jamais eu la moindre difficulté à tenir en bride. C'était pour le moins ennuyeux. Troublant, même. A vrai dire, il était proprement dérouté.

Pourtant, il ne pouvait s'empêcher d'afficher un léger sourire. Un sourire qui n'avait rien à voir avec Montgomery et ses pantoufles pékinoises.

Deux laisses enroulées autour de chaque main, Elizabeth entraîna les border terriers — et Bliss, bien sûr — vers le coin de la rue. Elle avait besoin de marcher, surtout aujourd'hui. De sortir pour prendre l'air et faire un peu d'exercice. Pour être honnête, elle aurait bien étranglé quelqu'un, mais à défaut d'avoir Donovan Darcy sous la main, elle allait devoir se contenter d'une bonne marche.

Concours câlin.

Elle ne parvenait pas à chasser ces mots ridicules de son esprit. Il y avait quelque chose de pourri dans la presse britannique. Elizabeth n'avait jamais rien vu d'aussi puéril. C'était immature. Et humiliant.

Elle n'était à Londres que depuis quelques semaines, et sa photo était déjà apparue dans le journal non pas une fois, mais deux. Cela la dépassait. Sans compter qu'il ne s'agissait pas de photos ordinaires, mais d'images d'ordre privé. Intime, même.

Toute cette affaire la mettait hors d'elle. Le Tout-Londres la considérait sans doute comme une traînée… et tout ça parce qu'elle avait embrassé Donovan une fois — ou deux.

C'était entièrement la faute de cet homme. Certes, une part d'elle pressentait qu'elle était peut-être injuste en rejetant toute la responsabilité sur lui. Mais s'il n'avait pas été Donovan Darcy, le millionnaire célibataire le plus couru de Londres, rien de tout cela ne se serait produit.

Elizabeth laissa échapper un soupir frustré en rejetant une mèche échappée de sa queue-de-cheval. *Si je le tenais, je lui dirais clairement ma façon de penser.*

En vérité, elle appliquerait certainement une bonne dose de censure aux pensées en question. Par exemple, il n'avait pas besoin de savoir qu'en découvrant — à deux reprises ! — son image dans les journaux à scandale, elle s'était mise à craindre qu'un jour, en ouvrant le *Daily Mail*, elle verrait le scandale Markham révélé à la face du monde. Que se passerait-il si l'on apprenait qu'elle avait été suspectée d'extorsion et renvoyée de son travail aux Etats-Unis ? Cette idée la plongeait dans des abîmes d'angoisse.

Combien de temps faudrait-il à la presse à scandale pour

découvrir l'identité de la « mystérieuse compagne » de Donovan ?

Cette perspective lui tordait l'estomac, et en passant devant la pâtisserie au coin de la rue, elle fut obligée de s'asseoir un instant à l'une des jolies petites tables disposées sur le trottoir. Les chiens se mirent à tourner en rond autour de sa chaise, entortillant ses jambes dans un fouillis de laisses.

Elizabeth lançait des regards méfiants autour d'elle, à l'affût de photographes tapis derrière les haies ou déguisés en serveurs. Cela dit, elle n'avait rien décelé d'inhabituel chez Harrods ou lors du concours câlin.

Concours *canin* !

Elle prit une profonde inspiration pour calmer sa paranoïa. Personne ne s'intéressait à une femme promenant ses chiens. Aucune horde de photographes ne la poursuivait. Elle n'était pas une princesse. Ni une star de cinéma. S'ils devaient traquer quelqu'un, ce serait Donovan, pas elle.

Elizabeth cessa de chercher les paparazzis imaginaires du regard et se pencha pour démêler les quelques mètres de cuir enroulés autour de ses jambes. C'est alors qu'elle sentit des doigts remonter le long de sa cuisse.

— On dirait que vous avez besoin d'un coup de main.

Le cœur d'Elizabeth bondit dans sa poitrine. C'était la voix de Donovan. Elle sentit avec horreur un frisson d'excitation secouer son corps au contact des doigts de ce dernier sur sa peau.

Elle chassa sa main d'un geste impatient :

— Ça ne m'aide pas du tout. Au cas où vous ne l'auriez pas remarqué, ce sont mes chevilles qui sont prisonnières, pas mes cuisses.

Donovan haussa les épaules. Son regard caressa nonchalamment ses pieds avant de remonter le long de ses jambes, jusqu'à l'ourlet de sa robe.

— Quel dommage.

Sans attendre qu'il offre de nouveau de l'aider, Elizabeth enjamba l'amas de laisses puis se leva pour le regarder bien en face :

— Que faites-vous ici ?

— Finneus et moi sommes en promenade.

Il baissa les yeux sur son chien que cette rencontre impromptue avec ses congénères faisait frétiller de plaisir.

— En costume ? ironisa Elizabeth.

Elle considéra sa silhouette impeccable tandis qu'il lissait sa cravate de soie.

Une cravate de soie… comme s'il était sorti en vue d'une audience avec la reine plutôt que pour une simple promenade.

— Cette tenue est en effet un peu austère, mais croyez-le ou non, je travaillais. A mon bureau, précisa-t-il avec un clin d'œil espiègle.

Les yeux levés au ciel, elle s'efforça en vain de ne pas regarder son nœud de cravate. Il était parfait, bien entendu. Cette fois, c'était un demi-Windsor — un nœud prisé des hommes de caractère, à en croire sa mère et les stylistes de Scott Bridal.

Là, elle était dans le pétrin. S'il avait arboré un petit nœud ou un nœud simple, elle se serait sentie moins désemparée. Mais un demi-Windsor ?

Donovan la questionna :

— Vous observez ma cravate comme si vous aviez l'intention de me pendre avec.

Les joues d'Elizabeth s'empourprèrent.

— A vrai dire, vous êtes très élégant.

A ces mots, le regard de Donovan se teinta d'un plaisir mêlé de suspicion.

— Tiens, un compliment. Où est passée l'ombrageuse mademoiselle Scott ?

— Présente, dit-elle en levant la main. Ne vous inquiétez pas. Je suis sûre que je ne vais pas tarder à vous insulter de nouveau. Enfin, si j'en crois nos relations passées.

— Je suis impatient de voir ça, lui rétorqua-t-il avec un autre clin d'œil.

Les fourmis enragées qui avaient parcouru son corps un peu plus tôt se mirent de nouveau à danser sous sa peau, la laissant frissonnante.

Je suis dans un sacré pétrin, aucun doute là-dessus.

Un couple d'adolescents enlacés passa devant eux à pas lents. Leur façon de se dévisager, avec une adoration naïve, fit détourner le regard à Elizabeth. Elle avait oublié ce que cela faisait d'être aussi innocent, aussi confiant.

Elle s'écarta avec prudence de Donovan.

Il considéra d'un air sombre l'espace vide entre eux.

— Je pensais que nous pourrions faire un bout de chemin ensemble. Il y a un endroit que j'aimerais vous montrer.

— Je ne suis pas sûre que ce soit très sage.

La mâchoire de Donovan se crispa, et il la considéra en plissant les yeux :

— Vous aviez raison. Nous parlons depuis à peine deux minutes, et je me sens déjà insulté.

— Je suppose que vous n'avez pas lu les journaux, aujourd'hui, lui répliqua Elizabeth d'un ton sifflant.

— Si, je les ai lus, répondit-il d'un air surpris. Mais cela n'a rien à voir avec cette promenade, non ?

— Justement, si.

Elle recula de nouveau d'un pas, comme pour se mettre à l'abri. Elle sentait déjà son corps la trahir, vaciller vers Donovan, comme s'il était pris dans un champ de force invisible.

— Cela a tout à voir, au contraire. Je n'ai aucune envie de me retrouver pendue à votre cou dans le *Daily Mail* demain matin. Je n'ose pas imaginer la prochaine étape… une photo où je serai à moitié nue, avec vos mains partout sur moi ?

— Cela vaudrait assurément le coup d'œil, souffla Donovan avec un petit sourire provocant.

— Vous trouvez ça drôle ?

Sans le vouloir, Elizabeth avait élevé la voix. Les chiens dressèrent la tête d'un air inquiet, et elle se força à respirer avec calme.

— Cela vous amuse peut-être d'avoir la presse sur votre dos, mais ce n'est pas mon cas. Absolument pas.

— Ne prenez pas trop cela à cœur. A la longue, on n'y fait même plus attention, fit-il en tendant le bras pour caresser sa main.

— Pas touche !

La main de Donovan s'immobilisa. Sur ses traits, l'irritation le disputait à l'incrédulité.

— Je vous demande pardon ?

— Je vous l'ai déjà dit : il n'est pas question que je me retrouve demain en position compromettante dans le journal. Nous pouvons donc faire un bout de chemin ensemble si vous le souhaitez, mais *pas* de contact entre nous.

— Nous verrons, répondit Donovan avec une pointe d'humeur dans la voix.

Sans s'éloigner, il lui désigna d'un geste la rue devant eux.

— On y va ?

— Je suis sérieuse : pas de contact.

Elizabeth se mit en marche. Les chiens prirent la tête — Violet, Hyacinth, Daisy, Rose et Bliss, suivies de près par un Finneus surexcité. Le petit groupe prit la direction du parc. Donovan bouillait côté d'elle, Elizabeth le sentait.

Chapitre 16

Ils marchaient en silence, sans pour autant que l'atmosphère soit réellement tendue. Elizabeth avait pleinement conscience de la présence de Donovan à côté d'elle — il faut dire qu'il n'en manquait pas, de présence.

A une ou deux reprises, elle parla du temps qu'il faisait, et de son plaisir à constater que la bruine nocturne avait cessé au lever du soleil. Donovan accueillit ses commentaires météorologiques d'un simple signe de tête.

Ils passèrent par Hyde Park Gate et bifurquèrent vers l'ouest pour se diriger vers les jardins de Kensington, puis marchèrent un certain temps sans échanger un mot. Elizabeth commença à se demander s'il allait rester muet durant toute la promenade. L'idée avait ses attraits, et pour cause : presque chaque fois que Donovan ouvrait la bouche, elle se mettait en colère.

Puis elle songea que c'était peut-être *lui* qui préférait qu'elle se taise. Ce qui l'incita à parler encore plus.

— Donovan, dit-elle en le regardant de biais, j'ai dit que je ne voulais pas qu'on se touche. Je n'ai jamais exigé que nous gardions le silence. C'est votre tour de parler. J'ai commenté le temps, maintenant vous pourriez peut-être évoquer la couleur des arbres en automne. Ou la façon dont les chiens semblent s'amuser.

— Vous avez des sujets de conversation précis, quand vous promenez les chiens ? demanda-t-il avec un sourire.

Il avait beau être outrageusement séduisant en règle générale, quand il souriait, il devenait franchement irrésistible. Elizabeth détourna le regard, troublée.

— Parfois, répondit-elle.

— Très bien. Pour vous faire plaisir, je dirai tout ce que vous voudrez.

D'un geste élégant, il désigna un bosquet d'arbres ployant sous un feuillage rouge si épais qu'il masquait le soleil.

— Les feuilles d'automne sont particulièrement jolies, aujourd'hui. Ça va, comme ça ?

— C'est un début, répondit-elle avec un petit rire qui s'étrangla soudain dans sa gorge.

Ils venaient d'arriver en vue d'un imposant bâtiment de briques cerné d'une spectaculaire clôture de fer forgé, dont le portail était orné de décorations qui brillaient comme de l'or fondu dans le soleil de l'après-midi. L'édifice lui-même était ceinturé de jardins superbement entretenus. Des haies de buis et des massifs de fleurs multicolores se déroulaient à perte de vue. C'était si beau qu'Elizabeth en avait le souffle coupé.

— Où sommes-nous ?

Donovan ébaucha un sourire satisfait. De toute évidence, il était content de la réaction d'Elizabeth.

— Au palais de Kensington.

— Mon premier palais…, murmura-t-elle.

Elle avait du mal à y croire. A leur droite se dessinait un chemin flanqué de chaque côté de topiaires d'un ovale parfait, comme celles qui se trouvaient devant la maison de Donovan à Sumner Place, sauf que celles-ci, gigantesques, devaient facilement culminer à six ou sept mètres de haut. Face à ces majestueux géants en forme de cône, elle se sentait un peu comme Alice entrant timidement au pays des merveilles.

— Chez nous, il n'y a pas de palais ni de châteaux.

Donovan sourit.

— Nous en avons en quantité, ici. Mais celui-ci a toujours été mon préféré. La reine Victoria y a passé son enfance, vous savez.

Elizabeth le considéra avec curiosité. Devinait-il ce qu'elle pensait ? Elle soupçonnait que oui.

— C'est bien ce que je crois ?

— Oui : Dash, son célèbre cavalier King Charles, vivait ici lui aussi.

Elle secoua la tête, incrédule. Avec n'importe qui d'autre, elle aurait sans doute masqué l'excitation qu'elle éprouvait à se retrouver en ces lieux — à l'emplacement exact où Dash et Victoria avaient vécu autrefois. Mais si quelqu'un pouvait partager son enthousiasme, supposa-t-elle, c'était bien un autre inconditionnel des cavaliers. Quelqu'un qui éprouvait les mêmes sentiments qu'elle. Quelqu'un comme Donovan.

Elle chercha son regard. Il la fixa à son tour, et une brusque chaleur envahit sa poitrine.

— Merci de m'avoir amenée ici. Je ne m'attendais pas à une telle surprise.

— Je tenais à me faire pardonner pour cette histoire dans le journal, répondit-il.

Il ne fit pas mine de la toucher, mais son regard flotta jusqu'à sa bouche.

Elizabeth eut toutes les peines du monde à s'en tenir à ses résolutions de garder ses distances.

Elle lui tourna le dos, le cœur battant. Non, elle ne voulait pas se retrouver une fois de plus dans le *Daily Mail.* Elle ne pouvait se le permettre. Elle imaginait déjà les titres : « *La mystérieuse compagne de Donovan Darcy enfin identifiée — c'était une enseignante américaine déchue !* »

Helena Robson en ferait ses choux gras.

— Venez avec moi, murmura Donovan en posant sa main dans le bas de son dos.

La chaleur de sa paume traversa la fine étoffe de sa robe et se diffusa dans tout son corps.

Elle s'écarta d'un mouvement brusque.

Donovan laissa échapper un grognement frustré.

— Pas touche, c'est ça ?

— Absolument. Si vous n'êtes pas capable de respecter cette simple consigne…

Elle leva le menton, incapable de soutenir son regard.

Elle savait qu'il serait périlleux de céder à la tentation, mais elle se demandait jusqu'à quand elle allait pouvoir tenir. Il l'avait prise au dépourvu en l'amenant au palais de Kensington. Non seulement ce geste était d'une gentillesse peu commune, mais il laissait entendre que Donovan la comprenait davantage que ne le laissaient supposer leur différence de caractère.

Ce dernier soupira.

— Bien sûr que je peux respecter une consigne. Je vous donne ma parole de ne plus toucher un seul de vos cheveux. Venez, suivez-moi.

Le dos raide et les épaules tendues, il la précéda sur le chemin surplombé de topiaires gigantesques, jusqu'à un bâtiment moins imposant que le palais lui-même, mais tout aussi charmant.

— Voici l'Orangerie. Elle a été construite par la reine Anne au début du XVIIe siècle. Aujourd'hui, c'est un restaurant réputé dans toute l'Angleterre pour son thé et son gâteau à l'orange.

L'Orangerie. Ce nom plaisait à Elizabeth, il avait une consonance à la fois simple et douce, tout en contraste avec la splendeur de l'édifice.

Elizabeth baissa les yeux vers les six chiens qui les accompagnaient. Ils avaient beau se tenir aussi bien que possible — sans doute étaient-ils fatigués —, elle savait qu'ils ne seraient pas les bienvenus à l'Orangerie, quels que soient les liens de parenté de Bliss et Finneus avec le royal Dash.

— Dommage que nous ne puissions pas entrer.

Un sourire entendu au coin des lèvres, Donovan répondit :

— Je savais que vous diriez cela. J'ai donc pris quelques arrangements.

A peine avait-il prononcé ces mots qu'un garçon en livrée noir et blanc, une serviette repliée sur l'avant-bras, sortit précipitamment de l'Orangerie pour se diriger vers eux.

— Monsieur Darcy, dit-il en le saluant d'un signe de tête. Votre table vous attend. Par ici, je vous prie.

Votre table ? articula Elizabeth en silence tandis qu'ils suivaient le garçon.

Donovan lui adressa l'un de ces clins d'œil qui avaient le don de l'électriser. Cette fois encore, cela ne manqua pas.

Le garçon les guida vers une table isolée en terrasse. Elle était située juste devant l'Orangerie et offrait une vue imprenable sur le palais et son labyrinthe de haies de buis et de massifs de roses.

Un plat de cristal trônait sur la table ; il contenait deux énormes parts de gâteau à l'épais glaçage dégageant un parfum de beurre, de sucre et d'orange qui mit aussitôt l'eau à la bouche d'Elizabeth. De délicates assiettes de porcelaine blanche et un oranger miniature, disposé au centre de la table, conféraient à l'ensemble une élégance rare.

Pour parachever le tout, deux grands bols d'argent avaient été dressés par terre, à l'ombre de la table. De l'eau pour les chiens. Il avait pensé à tout.

C'était le genre de geste grandiose que seul un homme fortuné pouvait se permettre. Un homme d'une certaine distinction.

Elizabeth aurait dû être dégoûtée. Ou mal à l'aise, à tout le moins. Si elle avait été témoin de cette mise en scène, elle l'aurait décrite à Jenna en termes cyniques et avec une bonne dose d'exaspération.

Pourtant, malgré tous ses efforts, elle n'était pas indignée le moins du monde. Au contraire. Elle se sentait touchée par la prévenance de Donovan.

Perplexe, mais touchée.

Peut-être n'était-elle pas aussi désabusée qu'elle l'avait cru.

Donovan observait Elizabeth qui, les yeux fermés, savourait une bouchée de gâteau à l'orange.

— Sublime, soupira-t-elle.

Sublime, en effet, se dit-il sans que cette pensée concerne le gâteau.

Il commençait à entrevoir le danger qu'il y avait à s'intéresser de trop près à Elizabeth Scott. Elle l'attirait beaucoup trop, ce n'était pas sain. Il avait fait de gros efforts pour se persuader que cette attirance était purement physique. Mais si dans ce cas, pourquoi l'avait-il amenée ici, à l'Orangerie ? Il avait simplement pensé que, passionnée comme elle l'était par les cavaliers, elle devait absolument voir ce lieu — qu'elle le découvre grâce à lui ou à n'importe qui d'autre n'avait aucune importance.

Elle rouvrit les yeux. Ils étaient d'un brun très doux piqueté d'ambre.

— C'est vraiment délicieux, répéta-t-elle en posant sa fourchette.

— Je suis heureux que vous l'aimiez.

Baissant les yeux sur sa propre assiette, Donovan remarqua qu'elle était déjà vide, à l'exception d'une ou deux miettes. Etrange. Il n'avait pas le souvenir d'avoir avalé quoi que ce soit. Il faut dire qu'il était resté fasciné par le va-et-vient de la fourchette d'Elizabeth entre l'assiette et ses lèvres gourmandes aux rondeurs satinées. Il en avait oublié tout le reste.

— Je comprends que cet endroit soit l'un de vos préférés à Londres.

Elle sourit, puis se lécha délicatement le coin de la bouche pour y attraper un peu de glaçage qui y était resté collé.

Donovan dut détourner les yeux. Il reporta son attention sur les cavaliers étendus au soleil, respirant paresseusement sur un rythme semblable. « Pas touche », avait-elle dit. C'était ridicule. Cette consigne le rendait fou, et il ne comprenait pas pourquoi. Il avait passé l'essentiel de sa vie à ne pas toucher Elizabeth Scott, et soudain, il n'avait plus que cette idée en tête.

La toucher.

La goûter.

Il secoua la tête pour chasser ces pensées. Tout cela viendrait plus tard. Bientôt, à Chadwicke.

Il sourit en se rappelant la condescendance dont elle avait

fait preuve en déclinant son invitation. Et maintenant, cette consigne idiote. Si seulement elle savait…

— Vous semblez presque heureux, j'ai du mal à vous reconnaître. L'ambiance, sans doute, dit Elizabeth en balayant d'un geste le palais et ses somptueux jardins verdoyants. C'est vraiment magnifique.

Sauf erreur de sa part, Elizabeth passait un bon moment. En *sa* compagnie, rien que ça. Il en était exagérément comblé.

— Ce n'est qu'une surprise parmi tant d'autres, j'ai plus d'un tour dans mon sac. La prochaine fois, je vous surprendrai peut-être au moment où vous vous y attendez le moins. *Quand vous vous retrouverez dans ma maison de campagne, par exemple.*

Elizabeth inclina la tête.

— J'avoue que vous ne cessez de me surprendre.

— Parce que vous avez découvert que je ne couchais pas avec ma sœur ? Ou que je n'étais pas fiancé à Helena Robson ? demanda-t-il, sourcils levés, en replaçant sa serviette sur ses genoux. Vous semblez très intéressée par ma vie amoureuse.

— Ne prenez pas vos désirs pour des réalités, lui répondit-elle avec une moue adorable.

— Je souligne juste le fait que vous êtes à court d'arguments à mon encontre, lui rétorqua-t-il en lissant sa cravate. Vous commencez à penser que je suis quelqu'un de parfaitement fréquentable.

Une expression incrédule se peignit sur les traits délicats d'Elizabeth.

— Ça m'étonnerait.

Donovan haussa les sourcils, dans l'expectative. Saisissant la balle au bond, elle s'expliqua :

— D'abord, il y a cette inexplicable fascination des médias à votre égard.

— Comme je vous l'ai déjà dit, je me fiche des médias. Ce n'est pas un type armé d'un appareil photo qui va régenter ma vie.

Elizabeth baissa les yeux.

— Vous vous en fichez peut-être, mais tout le monde ne peut pas se permettre ce luxe.

— Et ?

— Et quoi ?

Elle reporta son attention sur lui et, pris d'un léger vertige, il s'émerveilla une fois de plus devant ses yeux et la fascination qu'ils exerçaient sur lui.

— Vous avez dit « d'abord ». J'imagine qu'il y a une suite.

Il se pencha vers elle, et respira son parfum de savon et d'orange — un mariage qu'il n'avait jamais trouvé particulièrement heureux… jusqu'à présent.

— Elizabeth, pourquoi ne pas me dire la vérité ? Je sais que vous n'êtes pas du genre à mâcher vos mots.

— C'est votre argent, répondit-elle en plissant le nez d'un air dégoûté. Votre fortune est indécente.

— Mon argent ?

Un rire incrédule lui échappa. Nul besoin d'être un génie des maths pour additionner le nombre de femmes, parmi celles qu'il avait rencontrées, que sa fortune rebutait. *Zéro.*

— Oui, confirma-t-elle.

Elle le considéra avec froideur, attendant sa réaction.

Il aurait dû s'en douter, surtout après leur conversation à Harrods, quand elle l'avait accusé de n'être pas obligé de gagner sa vie. Il avait alors mis cela sur le compte de son récent licenciement — jamais il n'aurait imaginé que c'était l'argent en lui-même qui lui répugnait.

D'un air détaché, il déclara :

— Je vois. Vous êtes snob, voilà tout.

Elle en resta bouche bée, offrant à Donovan une vue imprenable sur sa langue rose. Quand ils seraient à Chadwicke, il avait bien l'intention de faire bon usage de cette jolie langue…

— Vous me traitez de snob, *vous* ? siffla-t-elle. C'est ridicule !

— Ridicule, vraiment ? Vous critiquez mon travail et ma personnalité sur la seule base de ma fortune, argumenta-t-il.

Il nota alors avec un malin plaisir qu'elle rougissait de seconde en seconde. Haussant les épaules, il en rajouta une couche :

— Je vous assure, mademoiselle Elizabeth Scott, vous êtes snob. Vous venez juste de l'admettre.

— Je n'ai rien admis de tel !

Chiffonnant sa serviette avec colère, elle la balança sur la table.

— J'ai simplement dit que j'étais gênée par l'énormité de votre fortune.

— C'est du snobisme pur et simple. Je suis né fortuné, ce n'est pas ma faute. C'est comme si, moi, j'étais gêné parce que vous étiez née…

Il marqua une pause, choisissant ses mots avec soin. Il voulait expliquer son point de vue, et non la provoquer au point qu'elle le poignarde avec sa fourchette.

— … jolie.

Elle battit des paupières, interloquée.

— Vous vous attendiez à quoi ? demanda-t-il en souriant.

— En toute franchise, je ne sais jamais ce qui va sortir de votre bouche.

Elle lui décocha un regard éloquent, mais Donovan décela l'ébauche d'un sourire sur ses lèvres.

— Je tiens quand même à ce que vous sachiez que c'est la première fois que l'on m'accuse de snobisme.

— C'est aussi la première fois qu'on insinue que je couche avec ma sœur. Ma chère Elizabeth, vous êtes encore pire que nos amis du *Daily Mail.*

Le sourire de celle-ci s'élargit légèrement.

— Ce ne sont pas mes amis. Et je ne suis pas *votre* Elizabeth.

Donovan écoutait à peine ses protestations. Toutes ses pensées étaient occupées par cette photo qu'il avait vue dans le journal. Cette photo d'Elizabeth bouche entrouverte, tête rejetée en arrière, une expression d'extase sur le visage.

Il se pencha davantage, se délectant de la voir s'empourprer à mesure qu'il se rapprochait d'elle.

— A votre guise. Mais nous savons tous deux ce qu'il en est.

Elle lui décocha un regard noir que Donovan ignora délibérément, préférant fixer sa bouche.

— Comme je vous l'ai dit, je suis un homme de parole. C'est la seule chose qui m'empêche actuellement de sauter par-dessus cette table et de vous couvrir de baisers.

Cet aveu sembla lui couper le souffle. Il se carra sur sa chaise, l'observant avec satisfaction tandis qu'elle tentait de reprendre contenance.

Sur ces entrefaites, le garçon apporta de l'eau pour le thé d'Elizabeth. Tandis qu'il la versait dans sa tasse, elle planta son regard dans celui de Donovan tout en se passant la langue sur les lèvres. Lentement. De façon provocante. Jusqu'à ce qu'il ne tienne plus en place sur sa chaise.

— Vous vous amusez bien ? lui demanda-t-il en luttant pour garder son sang-froid.

— Je crois, oui, dit-elle tandis que le garçon s'éclipsait enfin.

Consigne ou pas, Donovan avait toutes les peines du monde à ne pas tendre le bras pour caresser les doigts d'Elizabeth. Elle avait une façon de pianoter sur la table qui ressemblait à un appel.

Une femme armée d'une fourchette pouvait cependant s'avérer dangereuse. Par ailleurs, il n'avait pas envie de s'avouer — pas plus qu'à Elizabeth — qu'il était incapable de s'empêcher de la toucher. Donovan croisa donc fermement ses mains sur ses genoux.

— Dois-je tout donner, alors ?

— Donner quoi ? demanda-t-elle, l'air étonné.

— Mon argent, bien sûr. Ma fortune indécente, comme vous dites. Puisqu'elle vous gêne tellement.

— Ce ne sera pas nécessaire, répondit-elle en riant.

Ce rire inattendu, d'un charme irrésistible, lui fit l'effet d'un coup au cœur.

Donovan sentit ses bonnes résolutions fondre comme neige au soleil. Sa main s'élança par-dessus la table pour venir effleurer les doigts d'Elizabeth dans une caresse subtile.

Comme toujours, sa peau était douce et tiède. Sans retirer sa main, elle inclina de nouveau la tête, comme pour étudier Donovan. Dans ses yeux, il décela l'ébauche d'une émotion qui dépassait la simple attirance physique.

Il le savait depuis le début. Lui-même l'avait ressentie, plus d'une fois… lors de ce premier contact, de ce premier baiser. En toute honnêteté, il l'avait perçue à l'instant où il avait posé les yeux sur Elizabeth Scott. Depuis ce jour, la seule vision de cette femme était devenue presque douloureuse. Sans sa présence, il ressentait un manque qui le creusait de l'intérieur. Un manque qu'il n'avait jamais éprouvé auparavant — et qu'il lui fallait combler à tout prix.

Que fais-tu, Donovan ? C'est une mauvaise idée. La pire de toutes. Elle méprise tout ce que tu représentes. Et chaque fois que tu la vois, elle manque te rendre fou.

Cette petite voix froide — la voix de la raison — le ramena à la réalité, et il retira sa main.

En attendant l'addition, ils demeurèrent ainsi, leurs doigts séparés d'un cheveu à peine. Autour d'eux soufflait une brise chargée de l'odeur délicate des oranges mûres et de sa déception.

Chapitre 17

— Qui est ce Guy Fawkes, exactement ? demanda Jenna en plissant le nez au-dessus de sa tasse de thé.

Manifestement, son café du matin lui manquait de plus en plus.

— Un personnage historique anglais aux penchants pyromanes ? reprit-elle.

— Pourquoi cet intérêt soudain envers Fawkes ?

Elizabeth maintenait Rose en place sur la table de toilettage tout en observant attentivement la tête de la chienne. Depuis une heure, elle tentait d'égaliser la moustache raide de Rose. La présence de Jenna ne lui simplifiait pas la tâche.

— Tu sais, il y a un Starbucks à deux pas d'ici, juste en face de la station de métro. Tu tournes deux fois à droite en sortant, et tu ne peux pas le manquer.

Jenna s'assit jambes croisées sur l'une des chaises de jardin. Manifestement, la perspective d'un *latte* ne suffisait pas à lui faire quitter la pièce.

— Je sais. Mais je préfère rester ici pour qu'on bavarde un peu, toutes les deux.

Elizabeth sortit une paire de ciseaux de toilettage de sa poche et s'en servit pour couper un minuscule bout de poil du côté gauche de la barbe crépue de Rose.

— Voilà. Enfin ! Je pense que c'est bien droit, maintenant. Elle te plaît ?

— Je ne vois pas la différence.

Jenna but une gorgée de thé, grimaça, puis abandonna sa tasse sur la table.

— Merci bien !

Jenna haussa les épaules.

— Allons, tu sais bien que je n'y connais absolument rien. Dans les concours, je trouve que tous les chiens sont beaux. Mais je te jure que le week-end dernier, j'ai vu un caniche avec une perruque !

— Vraiment ?

Elizabeth remit les ciseaux dans la poche de la blouse qu'elle portait pour toiletter les chiens.

— C'est de la triche. Les postiches sont interdits par le règlement.

— Parfois, tu me fais un peu peur, avoua Jenna. Je te dis que j'ai vu un chien avec une perruque, et ce qui t'inquiète, c'est le règlement. C'était quand même *un chien avec une perruque*. Vous êtes bizarres, avec vos concours…

Elizabeth laissa échapper un petit rire. Non, c'était décidé, elle ne parlerait jamais à Jenna de cette amie de Sue qui avait fait poser des bagues sur les dents de son fox-terrier nain.

— Bon, revenons-en à Guy Fawkes. Qui est ce type ? Et pourquoi on met le feu à Londres tous les ans à cause de lui ? demanda Jenna.

Son regard se posa sur sa tasse de thé. De l'index, elle la repoussa un peu plus loin.

— On n'y met pas vraiment le feu, lui répondit Elizabeth.

Enfin satisfaite de la barbiche de Rose, elle venait de passer à ses sourcils.

— Je crois qu'il s'agit plutôt de feux d'artifice, poursuivit-elle.

— Mais tu ne m'as pas dit que parfois, on brûlait ce Guy en effigie ? demanda Jenna avec un bâillement.

— D'après ce que j'ai compris, il a fait partie d'un complot appelé « la Conspiration des poudres », en 1605. Il a été pris la main dans le sac avec des explosifs alors qu'il essayait de faire sauter la Chambre des Lords. Depuis, on commémore chaque année le jour de son arrestation lors de la Nuit des feux de joie, le 5 novembre. Il se trouve que c'est le week-end prochain.

Elizabeth espérait que Jenna ne lui réclamerait pas plus de détails. Elle-même n'était pas certaine d'avoir tout compris. Sue lui avait expliqué le plus gros, mais elle aurait volontiers consulté Wikipédia pour combler ses lacunes.

— Mais au fait, pourquoi ce soudain intérêt pour Guy Fawkes ?

— Eh bien, comme nous allons à Chadwicke célébrer cette drôle de fête, je voulais avoir une idée de ses origines.

Le peigne de métal dont se servait Elizabeth pour lisser les sourcils de Rose s'écrasa sur le sol carrelé de la cour dans un tel fracas que Rose sauta à bas de la table de toilettage pour aller se cacher derrière un massif de fleurs.

Si Elizabeth n'allait pas la récupérer tout de suite, la chienne risquait de se salir. Pourtant, à cet instant précis, c'était le cadet de ses soucis. Comment diable Jenna était-elle au courant de la grande partie de campagne que Donovan organisait à Chadwicke ? Et que voulait-elle dire par « nous allons à Chadwicke » ?

Qui était ce *nous* ?

L'estomac d'Elizabeth se noua. *Non. Pitié, non.*

— Mais de quoi parles-tu ?

— De la fête de Donovan, ce week-end.

Elle esquissa un geste évasif, comme si le fait de passer deux jours dans un grand domaine et de se livrer à des activités aussi ridicules que le tennis sur gazon faisait partie de son ordinaire.

— Henry y va. Il m'a invitée, et m'a pratiquement ordonné de te traîner avec moi.

A présent, Rose était en train de se rouler dans la terre sombre et humide, les quatre fers en l'air. Elizabeth lui accorda à peine un regard.

— Et qu'as-tu répondu ?

— J'ai accepté, bien sûr. J'aime beaucoup Henry. Que voulais-tu que je fasse ?

— Oh ! je ne sais pas, répondit Elizabeth d'une voix suraiguë — un peu comme ces futures mariées chez Scott Bridal quand elles se cassaient un ongle. Tu aurais pu me demander si je voulais venir, pour commencer.

— Calme-toi. Je ne comprends pas pourquoi tu en fais toute une histoire. Je me suis dit que Donovan t'avait déjà invitée. La semaine dernière, vous étiez quand même tous les deux en photo dans le journal, en train de vous peloter, lui fit remarquer Jenna en ricanant.

Elizabeth la fusilla du regard, et sa sœur ricana de plus belle.

— Il m'a effectivement invitée, dit Elizabeth.

— Alors où est le problème ?

— J'ai refusé.

— Quoi ? s'exclama Jenna. Bon sang, mais pourquoi ? Tu sais, votre petit jeu du chat et de la souris commence à devenir lassant.

— Donovan Darcy n'est pas du genre à jouer, au cas où tu n'aurais pas remarqué.

Cela dit, elle ne comprenait pas pourquoi il la pourchassait ainsi. Il était impossible qu'il s'intéresse réellement à elle. La gorge nouée, elle s'attarda cependant sur cette éventualité, juste le temps de sentir un frisson la parcourir. Puis elle chassa cette pensée de son esprit.

— Dans ce cas, qu'y a-t-il entre vous ?

— Franchement, je l'ignore.

C'était pour le moins déconcertant, en effet.

Chaque fois qu'elle se faisait une opinion bien arrêtée de Donovan Darcy, il la surprenait — agréablement. Quand elle partirait de Londres, leur visite au Royaume des Animaux à Harrods et ce délicieux gâteau partagé à l'Orangerie constitueraient sans doute ses meilleurs souvenirs.

Il y avait aussi ces baisers. Dieu, qu'il embrassait bien. Trop bien, vraiment. Pareille expertise en matière de baisers ne pouvait s'acquérir qu'avec beaucoup de pratique. Pourtant, quand leurs bouches se touchaient, elle avait tendance à occulter ce fait.

— Il me met mal à l'aise, finit par avouer Elizabeth.

C'était sans doute la seule chose dont elle soit absolument certaine concernant Donovan.

— Peu importe. Tu m'accompagnes. Je leur ai déjà dit que tu venais, de toute façon.

Jenna lui adressa ce regard de grande sœur qu'elle utilisait rarement, un regard plein d'autorité qui ne souffrait aucune contestation.

— Tu feras le trajet avec M. Darcy. Vous deux, vous allez mettre le feu — même si ce n'est qu'à une effigie. Je ne vois pas où est le problème.

Nulle part…

Partout.

Elizabeth poussa un soupir.

— D'abord, nous n'allons mettre le feu à personne. Il n'y a plus guère d'endroits où l'on brûle encore l'effigie de Guy Fawkes. Et l'homme lui-même est mort depuis des siècles, il y a prescription.

— Je vois ce que tu veux dire. Pourquoi ne brûlons-nous personne en effigie, en Amérique ? demanda Jenna d'un air pensif. Ça n'arrive jamais, non ?

— Pas que je sache. Qui pourrions-nous brûler ?

Elizabeth se souvenait d'un feu de joie, à l'époque du lycée, où ils avaient brûlé un mannequin empaillé censé représenter la mascotte de l'équipe adverse. Sauf qu'il n'avait jamais réellement pris feu. Pour finir, ils s'étaient retrouvés avec une masse fumante et puante. Un peu décevant.

— Bonne question, dit Jenna.

Soudain, son regard étincela, et elle lança :

— Des effigies de mes ex ! Pas toi ?

Pendant un instant, Elizabeth s'imagina un grand mannequin de paille représentant Grant Markham englouti par les flammes. Il fallait admettre que l'idée était séduisante. Une sorte de rite purificatoire.

Elle secoua la tête pour chasser cette image. Elle avait d'autres chats à fouetter, et non des moindres. En premier lieu, comment Donovan était-il parvenu à la traîner à Chadwicke alors même qu'elle avait refusé tout net son invitation ?

Une fois de plus, il l'avait prise au dépourvu.

— Il n'y a qu'un homme que j'aimerais brûler en effigie, pour le moment, dit-elle d'un air absent.

Ses relations avec Donovan allaient chauffer, et pas forcément comme il l'entendait, lui.

Comme Elizabeth prenait place à l'avant de sa Range Rover, Donovan perçut les vagues d'indignation qui la secouaient. En toute franchise, sa colère le laissait perplexe. Même la connaissant, il trouvait cela un peu extrême.

Alors qu'il engageait la voiture sur la M40 en direction du Devonshire, il se demanda si elle allait lui faire la tête pendant tout le trajet. Il avait parfois fantasmé sur une Elizabeth Scott silencieuse, qui ne lui sortirait pas sans détour tout ce qui lui passait par la tête — comme quand elle lui expliquait à quel point elle le méprisait alors qu'il était en train de lui toucher les seins, par exemple — mais à présent, il n'était plus très sûr d'avoir envie qu'elle se taise.

A vrai dire, c'était perturbant.

Et il avait bien l'intention de mettre fin à ce silence.

— A vous voir, on dirait qu'au lieu de vous amener à la campagne, je vous conduis à l'échafaud, remarqua-t-il sans quitter la route des yeux.

Ce qui ne l'empêcha pas, à la périphérie de son champ de vision, de la voir lever les yeux au ciel.

Une minute s'écoula — une longue minute d'un silence embarrassant. Enfin, Elizabeth se décida à parler.

— Je parie que vous êtes content de vous.

— De façon générale, oui, acquiesça Donovan en louchant dans sa direction.

Elle avait légèrement rougi, et Donovan sourit. Très bien. S'il l'énervait suffisamment, elle ne pourrait pas tenir sa langue tout l'après-midi. Aussi étonnant que cela paraisse, il préférait avoir affaire à une Elizabeth en colère plutôt que muette.

— Devrais-je me sentir particulièrement content de moi aujourd'hui, selon vous ? demanda-t-il, feignant de réfléchir à sa propre question. J'ai passé une matinée très productive, mais je ne me souviens pas avoir décroché le prix Nobel de la paix, ou quoi que ce soit d'aussi spectaculaire.

Elle lui adressa un sourire trop mielleux pour être honnête.

— En général, on n'attribue pas le prix Nobel de la paix aux millionnaires, n'est-ce pas ?

Milliardaire, songea Donovan en se mordant les lèvres pour ne pas rectifier à haute voix.

— Tout le monde ne peut pas être Mère Teresa, non ? Ce ne serait pas drôle.

— Mère Teresa ? répéta Elizabeth en réprimant un éclat de rire moqueur. Je vous assure que vous ne risquez pas de lui faire de l'ombre.

Elle laissa échapper un autre petit rire étouffé. Le regard de Bliss passait de l'un à l'autre, comme si elle voulait être de la partie.

Donovan ne trouvait pas cela très drôle. Le match de polo de ce week-end était destiné à collecter des fonds pour une œuvre de charité, après tout. Et ne venait-il pas d'offrir un gros chèque à l'hospice Sainte-Catherine ce matin même ? Pour autant, il n'allait pas en informer Elizabeth. Si elle était déterminée à voir le pire en lui, tant pis pour elle. De toute façon, il doutait que cela l'impressionne, quel que soit le montant des dons qu'il faisait. Il pensait que pour elle, signer un chèque était à la portée du premier venu. De toute évidence, elle était convaincue que la vraie charité consistait à donner de sa personne.

Sourcils froncés, il se demanda l'espace d'un instant si ce point de vue n'était pas défendable, en effet.

— Arrêtez de bouder, Donovan. Je ne voulais pas froisser vos sentiments d'aristocrate.

Elle lui donna un petit coup d'épaule.

Ce n'était pas exactement le genre de contact physique qu'il avait espéré, mais c'était déjà ça.

— Je ne boude pas, dit-il en faisant mine de s'enfoncer dans la plus intense des bouderies.

— Comme je vous l'ai dit, vous devriez être content de vous.

Elle se carra dans son siège et se remit à caresser le dos de Bliss.

Sans s'en apercevoir, Donovan commença à être hypnotisé par le mouvement régulier des doigts délicats d'Elizabeth sur la fourrure du chien. Il dut faire un effort pour se concentrer de nouveau sur la route — qu'il n'aurait jamais dû quitter des yeux.

— Et pourquoi cela ?

— Je suis vraiment obligée de vous expliquer ?

Elle laissa échapper un petit soupir qui lui souleva la poitrine, menaçant une fois de plus de détourner l'attention de Donovan de la route. Il avait *touché* cette poitrine. Et il avait la ferme intention de le refaire. Bientôt.

— Vous m'avez invitée à Chadwicke pour la Nuit des feux de joie, et j'ai refusé. Et pourtant, je suis là.

— C'est pour ça que vous êtes si remontée ? lui demanda-t-il en secouant la tête. C'était sérieux, tout ce que vous m'avez dit à ce sujet ?

— Evidemment.

Il sourit sans se cacher. Elle avait raison — il était plutôt content de lui, et du cours qu'avaient pris les événements. Il avait eu un trait de génie en persuadant Henry d'inviter Jenna. Un trait de génie désespéré, certes, mais un trait de génie quand même.

— Et pourtant, vous êtes ici, en effet.

— Uniquement parce qu'Henry a invité Jenna, et qu'elle a insisté pour que je vienne aussi. Vous avez peut-être berné Henry. Et Jenna aussi, d'ailleurs. Mais je ne suis pas dupe. Je sais que vous êtes derrière tout cela.

Elle écarta les bras pour embrasser l'espace de l'habitacle.

Donovan attrapa sa main en plein vol, et Elizabeth sursauta. Pourtant, elle ne fit pas mine de se dégager, et il en fut ravi.

Il retourna sa main et huma le parfum discret qui émanait de la peau fragile à l'intérieur de son poignet. Elle avait une odeur merveilleuse, délicieusement féminine. Presque florale. Une odeur de lavande, peut-être.

Puis il posa les lèvres à cet endroit précis et l'embrassa avec volupté.

Elizabeth soupira, et son bras se détendit. Donovan sourit intérieurement et goûta encore un peu à cette peau exquise avant d'entremêler ses doigts aux siens et de reposer leurs mains enlacées sur le siège qui les séparait.

— Et si c'est le cas, si je suis bel et bien derrière tout cela, est-ce si terrible ? Je veux vous emmener en week-end, cela fait-il de moi le mal incarné ?

Il caressa ses phalanges de la pulpe de son pouce.

— Parce que vous savez ce qu'on dit…

Elizabeth se passa la langue sur les lèvres avant de demander :

— Non. Dites-moi.

Elle était intriguée, à présent. Donovan était plus satisfait que jamais.

— « En amour comme à la guerre, tous les coups sont permis », dit-il en étreignant légèrement sa main.

Elle la dégagea de celle de Donovan et la reposa sur ses genoux, hors de sa portée.

— Et de quoi s'agit-il ici ? D'amour ou de guerre ?

Décontenancé, Donovan ne répondit pas tout de suite.

Amour, ou guerre ? Telle était la question.

— De guerre, ça ne fait aucun doute, dit-il en reposant sa main libre sur le volant qu'il serra avec force.

Non, il ne pouvait pas tomber amoureux d'Elizabeth Scott. Ce serait la pire des erreurs de jugement. Elle le ferait tourner en bourrique avant qu'il ait pu lui passer la bague au doigt. Si tant est, d'ailleurs, qu'il réussisse à la convaincre de monter les marches de l'église, ce qui relèverait du miracle. Elle lui avait déjà clairement laissé entendre qu'elle préférerait mourir plutôt que de partir à la campagne avec lui.

Il n'était pas amoureux d'elle. C'était hors de question.

Alors pourquoi t'es-tu donné tant de mal pour la forcer à t'accompagner ce week-end ?

— Ça ne fait aucun doute, confirma alors Elizabeth d'une voix sèche où perçait l'irritation.

A moins que ce ne soit de la déception ? C'était difficile à dire.

Une fois de plus, le silence s'installa. Les kilomètres et la campagne anglaise défilèrent sans qu'ils échangent une seule syllabe. Cette fois, Donovan fut heureux de ce sursis.

Elizabeth passa les doigts sur la vitre, étonnée de la sentir si fraîche, tandis qu'elle contemplait les collines verdoyantes constellées de blanc — des troupeaux de moutons — qui s'étendaient à perte de vue. De temps à autre, des maisons émergeaient du paysage, certaines plus grandes que d'autres. Toutes, pourtant, étaient de bonne taille et, malgré leur allure imposante, elles avaient un air accueillant auquel Elizabeth ne s'attendait pas. La plupart étaient en brique rouge, et leurs cheminées laissaient échapper des volutes de fumée qui lui évoquaient l'image chaleureuse d'un bon feu de bois brûlant dans l'âtre.

Elle commençait à se dire que ce week-end à Chadwicke ne serait peut-être pas aussi affreux qu'elle l'avait pensé, quand Donovan bifurqua sur une route escarpée ceinturant un village et longeant un haut mur de pierre.

Sur le siège arrière, Finneus se dressa sur ses pattes. Sa queue tambourina joyeusement sur le cuir, et il laissa échapper un petit jappement aigu.

Donovan lui jeta un coup d'œil dans le rétroviseur.

— Tu aurais pu me laisser lui annoncer, espèce de garnement.

— M'annoncer quoi ? demanda Elizabeth en serrant Bliss contre elle au cas où elle aurait eu en tête de bondir par-dessus le siège pour se joindre à l'excitation de Finneus.

La voiture ralentit, et d'un coup de volant précis, Donovan l'engagea à travers une étroite brèche dans le mur.

— Nous sommes arrivés, dit-il en désignant du menton le grand parc verdoyant qui se déployait devant eux.

Elizabeth suivit son regard. Elle ne s'attendait pas à pareille vision : un lac aux reflets saphir s'étendait un peu plus loin et coulait sous un long pont en arc qui semblait surgi d'une autre époque — une époque ou des gentlemen en redingote traversaient la campagne à cheval, et où des dames en longues robes fluides se promenaient à l'abri d'une ombrelle. Une voiture à cheval aurait été plus à sa place dans ce décor que la Range Rover de Donovan. Impressionnée, Elizabeth se mordit la lèvre pour ne pas se lancer dans des réflexions ridicules comme « *vous avez un pont… et un lac !* ».

Au-delà du lac aux eaux scintillantes se dressait la demeure des Darcy. Large et imposante, elle s'étendait d'un bord à l'autre du domaine, occupant toute la ligne d'horizon. Contrairement aux autres maisons de campagne qu'ils avaient croisées sur le chemin, elle était dotée en son centre d'un grand portique flanqué de tourelles. Elle n'était pas en briques rouges, mais en grosses pierres de taille. Avec ses allures de mystérieux château baroque, elle ne ressemblait à rien de ce qu'avait vu Elizabeth jusqu'alors.

La maison était entourée d'un immense parc vallonné planté de fleurs et d'arbres. Le tout était si vert et luxuriant qu'il en émanait une impression d'irréalité, comme si Donovan avait franchi cette brèche dans le mur pour s'engager dans quelque pays imaginaire.

Au bord du vertige, elle s'arracha à sa contemplation pour se tourner vers Donovan.

Qui êtes-vous, Donovan Darcy ? Et pourquoi m'avez-vous amenée ici ?

Un petit sourire au coin des lèvres, il murmura :

— Bienvenue à Chadwicke.

Puis il arrêta la voiture dans la grande allée circulaire cernant la demeure.

Elle était certaine qu'il n'avait pas eu l'intention de prononcer ces mots de façon sinistre. Il n'y avait rien de menaçant dans son ton de voix ou dans l'expression de son visage. Au contraire, elle avait même décelé une certaine tendresse dans son regard. Et pendant un instant, Elizabeth le vit, non comme l'homme qui l'avait manipulée pour la forcer à venir ici avec lui, mais comme celui qui l'avait amenée à l'Orangerie et à Harrods, qui lui avait offert des fraises et du champagne et l'avait embrassée jusqu'à ce que *la lettre*, l'infamante lettre, ne soit plus qu'un mauvais souvenir.

Toute tendresse mise à part, le simple nom de Chadwicke la remplissait d'angoisse, comme si ces deux syllabes, accolées l'une à l'autre, composaient le mot le plus terrifiant de la langue anglaise.

Elle se détourna de Donovan pour regarder la maison.

Tu parles d'une maison ! Le terme de *royaume* aurait été plus approprié. Elizabeth se serait sentie plus à l'aise au château de Versailles. Même si elle n'avait jamais mis les pieds en France. Mais elle avait vu des photos, et côté splendeur, la maison de famille de Donovan Darcy n'avait rien à lui envier.

Rien d'étonnant à ce que cet homme se comporte comme si l'univers tout entier lui appartenait. En grandissant dans un endroit pareil, on attrapait forcément un complexe de supériorité.

Bien, voilà qui explique beaucoup de choses, pensa-t-elle en émettant un petit rire.

Donovan sourit de nouveau, se méprenant sans doute sur la cause de son hilarité. Son visage resplendissait de fierté — encore plus que d'habitude. Elizabeth trouvait cela presque écœurant. Et, à son grand dam, plutôt sexy.

Il vint lui ouvrir la portière.

— Vous venez ?

La gorge nouée, elle déglutit avec peine et enjoignit à ses jambes de bouger pour la faire sortir de la Range Rover. Elles refusèrent tout net.

Donovan soupira.

— Encore ? Je vais *encore* devoir vous convaincre de sortir de la voiture ? Ça devient une manie !

L'agacement qui s'était brièvement peint sur son visage laissa place à cette expression qui donnait à Elizabeth l'impression qu'un flot de miel tiède lui courait dans les veines.

De la tendresse, pas de doute.

— Ce n'est qu'une maison, dit-il sur un ton presque convaincant.

— D'accord.

S'extrayant de la voiture, elle posa Bliss par terre avant de se redresser.

Donovan ouvrit la porte du coffre et Finneus bondit hors du véhicule pour venir saluer Bliss en frétillant de la queue.

— Je vais vous donner un coup de main pour Figgy et ses petits, proposa Elizabeth.

Elle s'avançait pour aider Donovan à décharger la caisse contenant la portée de chiots lorsqu'un homme vêtu d'une austère veste noire s'approcha de l'arrière de la voiture.

Encore un majordome.

Super.

Si Donovan jugeait nécessaire d'en employer un pour sa maison à Londres, combien en avait-il à son service ici ? Six ? Vingt ? Elle préférait ne pas le savoir.

— Merci, Patrick, dit Donovan en faisant un signe de tête au majordome.

Puis il reporta son attention sur Elizabeth.

— Je me charge des chiots. Et Patrick va s'occuper de vos bagages.

— Oh.

Elizabeth adressa un petit signe de la main à Patrick. Elle n'avait pas la moindre idée du protocole à suivre en pareilles circonstances, mais cet homme méritait au moins qu'on le salue.

— Merci, dit-elle.

— Mademoiselle Scott, répondit Patrick en souriant. Bienvenue à Chadwicke.

— M-merci, bégaya-t-elle.

Combien de personnes allaient-elles encore devoir lui souhaiter la bienvenue avant qu'elle se sente à l'aise ici ?

Donovan l'accompagna jusqu'à l'entrée en lui tenant la main. *Probablement pour l'empêcher de partir en courant.* Cela dit, elle ne voyait pas où elle aurait pu s'enfuir. Elle avait l'impression qu'il était propriétaire de chaque colline des environs, jusqu'au moindre brin d'herbe. Le soleil lui-même semblait avoir le nom de Darcy gravé en son centre — il brillait plus fort qu'à Londres, elle l'aurait juré.

— J'imagine que je vais rencontrer les membres de votre famille, dit Elizabeth en plaquant un sourire sur son visage.

Elle se représenta un groupe de personnes ressemblant au conseil d'administration de la Barclay School assis autour de la cheminée de Chadwicke.

— Vos parents ? Sont-ils là ?

La mâchoire de Donovan se crispa.

— Ma famille, oui. Mais pas mes parents. Ils sont décédés quand j'avais vingt et un an. Un accident de voiture.

Ils s'arrêtèrent sur le seuil. Elizabeth se tança intérieurement : pourquoi ne l'avait-elle pas interrogé plus tôt au sujet de ses parents ? Pendant le trajet, par exemple ?

Elle le savait très bien : parce qu'elle était en colère et qu'elle refusait de lui parler.

Un sentiment de remords mêlé de culpabilité la traversa d'une manière désagréable.

— Je suis désolée, Donovan.

— C'était il y a longtemps, répondit-il, laconique.

Il ouvrit la porte et ils entrèrent, le bruit de leurs pas

résonnant sur les murs lambrissés. En dehors de la Range Rover, il n'y avait aucune voiture garée dehors. Donovan et elle avaient été les premiers à arriver, pensa Elizabeth.

Sauf que ce n'était pas le cas : une bonne douzaine de personnes étaient assises dans une pièce située à droite de l'entrée. Une sorte de salon, supposa Elizabeth. Les murs étaient tapissés d'un rouge profond, et le sol était couvert d'immenses tapis. Un ensemble de canapés de cuir bordeaux faisait face à une vaste cheminée de marbre où brûlait un grand feu donnant à la pièce un aspect douillet en dépit de sa taille impressionnante.

A leur entrée, toutes les têtes se tournèrent dans leur direction. Les cavaliers, dans l'indifférence générale, trottinèrent directement vers la cheminée pour se coucher devant le feu. Elizabeth ne put s'empêcher de les envier. Un soupir de soulagement lui échappa en remarquant Henry et Jenna dans le groupe.

Celle-ci se leva de son fauteuil pour venir l'embrasser.

— Tu as vu cet endroit ? murmura-t-elle à l'oreille d'Elizabeth avant de s'écarter, un large sourire aux lèvres.

De toute évidence, elle passait le plus beau moment de sa vie.

Comment fait-elle ? se demanda Elizabeth. Jenna tirait toujours le meilleur parti de toutes les situations auxquelles elle était confrontée. De ce point de vue, Elizabeth aurait aimé lui ressembler. N'être pas aussi… désabusée.

Elle n'avait pas toujours été ainsi. Avant l'épisode Grant Markham, par exemple.

— Donovan, lança une dame d'un certain âge en se levant du fauteuil le plus proche du feu. Tu es arrivé. Enfin.

— Tante Constance.

Donovan vint à sa rencontre et déposa un baiser poli sur sa joue.

Elizabeth trouva cela un peu bizarre. Et un peu triste aussi, après réflexion. Il s'agissait de la tante de Donovan, après tout. Un des rares membres encore vivants de sa famille. Elle avait salué son neveu avec autant de chaleur que la reine d'Angleterre accueillant l'un de ses loyaux sujets.

Aussi dysfonctionnelle que puisse être la famille Scott, Elizabeth s'y était toujours sentie aimée. Souvent au point d'en être étouffée, mais aimée quand même. Et chaque fois qu'elle passait à la maison, elle avait droit à de vigoureuses étreintes.

— Tante Constance, je voudrais te présenter Elizabeth, dit-il en passant son bras autour des épaules de celle-ci. Elizabeth Scott.

Elizabeth faillit plonger dans une profonde révérence. A la place, elle salua la tante d'un bonjour timide.

Celle-ci lui adressa un regard pénétrant.

— Bonjour, Elizabeth. Bienvenue à Chadwicke.

Son ton de voix était tout sauf accueillant. Et elle portait un tailleur qui ressemblait à celui d'une première dame.

Ou de la mère de la mariée.

Non, pitié, ne pas penser mariage ou robes de mariées…

Elizabeth se tortilla sur place, mal à l'aise. Elle aurait dû venir habillée autrement qu'en jean et en pull. Mais Donovan portait une tenue tout aussi décontractée. C'était peut-être à tante Constance de revoir sa garde-robe.

— Elizabeth et Jenna sont sœurs, expliqua Donovan à sa tante.

Au même moment, Elizabeth repéra Zara qui venait avec empressement dans leur direction.

— Donovan ! s'écria-t-elle en se pendant au cou de son frère.

Il lâcha Elizabeth pour serrer sa sœur dans ses bras.

Voilà qui est mieux. Enfin un peu d'affection. A peine avait-elle formulé cette pensée que Zara lâcha Donovan pour embrasser Elizabeth avec fougue.

Prise de court, celle-ci hésita un instant avant de lui rendre la pareille — avec un peu plus de retenue.

— Je suis tellement contente que vous soyez venue, lui murmura Zara à l'oreille. C'est vraiment important pour mon frère. C'est la première fois qu'il invite une femme ici, vous savez.

Non. Elle l'ignorait. Complètement.

A vrai dire, cette révélation la déroutait un peu. Elle regarda Donovan à la dérobée, mais son expression était impénétrable. Pour tout dire, la tendresse qu'elle y avait décelée un peu plus tôt avait disparu. Il était redevenu lui-même — flegmatique et détaché.

Les présentations se succédèrent, et elle ne sut plus où donner de la tête. A un moment donné, Jenna et Henry se placèrent de chaque côté d'elle, et elle commença enfin à se détendre.

C'est alors que surgit Helena qui, l'air exaspéré et les hanches ondulantes, vint s'interposer entre eux.

Heureusement, Donovan avait pensé à la prévenir qu'Helena serait parmi eux ce week-end. Au grand soulagement d'Elizabeth, il avait également précisé qu'elle viendrait accompagnée. Cela dit, pour le moment, elle semblait être seule.

Elle portait — de nouveau — des talons aiguilles et une jupe crayon très ajustée avec lesquels Elizabeth aurait eu du mal à marcher même sur terrain plat. Allait-elle vraiment arpenter la campagne dans cette tenue ?

— Quel plaisir de vous revoir, Elizabeth, dit-elle en lui serrant mollement la main. Je suis Helena, la sœur d'Henry. Nous nous sommes vues à l'exposition canine le week-end dernier, vous vous rappelez peut-être ?

Comment aurait-elle pu l'oublier ? Mais leur première rencontre avait eu lieu dans la salle de bal d'un hôtel, lors du précédent concours. Et elles s'étaient également vues au salon du mariage. Helena avait apparemment une mémoire sélective.

— Bien sûr, ravie de vous revoir.

— Helena, dit alors Donovan avec un sourire crispé. Je pensais que tu amenais un invité.

— Oui, répondit-elle sans quitter Elizabeth du regard.

Ses yeux d'un gris froid, toujours cernés de faux cils démesurément longs, la déstabilisaient.

— Il n'est pas de la région, expliqua-t-elle. Je crains qu'il n'arrive qu'au moment du bal.

— Fantastique. J'ai hâte de le rencontrer.

Donovan plaqua la main dans le bas du dos d'Elizabeth.

— Je vais aller montrer sa chambre à Elizabeth. Je suis sûr qu'elle a envie de s'installer.

S'installer. Quelle merveilleuse idée.

Pourtant, tandis que Donovan la guidait vers la sortie sous le regard désapprobateur d'au moins une personne, elle se demanda si elle parviendrait jamais à *s'installer.*

Chapitre 18

Donovan escorta Elizabeth en direction de l'aile de la maison où il avait ses quartiers. Il était soulagé : les présentations s'étaient passées aussi bien que possible. Helena avait réussi à se tenir. Quant à tante Constance, eh bien… elle avait été égale à elle-même. Et puis, en cas de problème, Jenna était là. La présence de sa sœur empêcherait certainement Elizabeth de s'enfuir. Henry et Zara l'avaient accueillie à bras ouverts. Somme toute, les choses se présentaient plutôt bien.

En dehors du fait que Donovan ne comprenait toujours pas pourquoi il tenait tant à la présence d'Elizabeth à ses côtés. Il la voulait près de lui, c'était tout. Et, comme Elizabeth elle-même l'avait souligné, il avait l'habitude d'obtenir ce qu'il voulait.

Elle était là, c'était tout ce qui comptait.

Il lui jeta un regard en coin tandis qu'ils avançaient dans les couloirs, assez proches l'un de l'autre pour qu'il puisse la toucher s'il le désirait.

Et il le désirait.

Très fort, même.

— Donovan, pourquoi ne m'avez-vous pas parlé plus tôt de vos parents ? demanda Elizabeth, une lueur soucieuse dans le regard.

Sa sollicitude le touchait. Et étouffait dans l'œuf toute tension érotique.

— Je n'évoque pas souvent ce sujet, avoua-t-il.

D'une manière involontaire, il serra les mâchoires tandis qu'ils bifurquaient pour pénétrer dans l'aile qu'il occupait à l'intérieur du bâtiment principal.

— Vraiment ? dit-elle pour l'encourager à poursuivre.

Les yeux rivés sur le long couloir qui s'étendait devant eux, il ne répondit pas.

Elle laissa échapper un petit soupir que Donovan reconnut comme la manifestation universelle de la frustration féminine.

Qu'elle soit frustrée, tant pis. Il ignorait peut-être pourquoi il avait tant besoin de sa présence, mais une chose était sûre : ce n'est pas en étalant son passé qu'il trouverait la solution à ce mystère.

— Je n'ai nulle envie d'évoquer des faits qui ont eu lieu il y a plus de dix ans, dit-il en haussant les épaules avec une nonchalance feinte.

Elizabeth se hérissa, il le sentit. Elle eut même l'audace de le regarder de travers, comme s'il avait délibérément choisi de perdre ses parents et de devenir, au sens littéral du terme ou presque, un père pour Zara, alors qu'il aurait dû mener la belle vie avec ses camarades de fac !

Toute autre femme aurait sans doute tenté d'aborder le sujet avec davantage de compassion.

Mais Elizabeth avait-elle jamais agi comme les autres femmes ?

Sa répugnance à raconter ses malheurs passés avait beau irriter celle-ci, il percevait derrière cette colère rentrée un malaise persistant. Donovan ignorait comment réagir à cela. La moitié de la population féminine en Angleterre — les célibataires, ainsi que quelques femmes mariées, certainement — se serait coupé un bras pour pouvoir partager un week-end avec lui à Chadwicke. Donovan le savait. Tout comme sa tante Constance, ce qui expliquait sa consternation quand elle avait appris qu'il serait accompagné d'Elizabeth.

Il n'avait pas oublié son sermon à ce sujet.

Qui est cette femme, Donovan ? Une Américaine, Dieu du ciel ! Mais à quoi penses-tu ? Elle essaie de t'attirer dans ses filets pour t'obliger à l'épouser. Elle n'en veut qu'à ton argent.

Elle n'aurait pas pu être plus loin de la vérité. Il s'était épris de l'unique femme qui aurait préféré qu'il soit instituteur. Ou camionneur. N'importe quoi d'autre que ce qu'il était — riche. Elizabeth n'en avait absolument pas après sa fortune, au contraire, elle le lui avait bien fait comprendre. Et il était certain qu'elle n'ourdissait pas quelque plan secret pour l'épouser.

Il n'avait même pas encore couché avec elle. Mais il comptait bien que cela change.

— Je suppose que je partagerai une chambre avec Jenna ? demanda-t-elle.

Donovan ralentit. Après avoir parcouru plusieurs centaines de mètres dans les couloirs de Chadwicke, ils venaient enfin d'arriver dans ses quartiers.

— Bien sûr que non. Vous avez votre propre chambre.

— Ce n'est vraiment pas nécessaire. Jenna et moi pouvons dormir ensemble.

Levant les yeux au ciel, Donovan répondit :

— Elizabeth, avez-vous la moindre idée du nombre de chambres que comporte cette maison ?

— Non.

Puis, après avoir jeté un coup d'œil dans le couloir autour d'eux :

— Je ne suis pas sûre d'avoir envie de le savoir, en fait.

De là où ils se trouvaient, Donovan pouvait dénombrer au moins vingt portes. Rien que des chambres en enfilade, dont plus de la moitié étaient vides ce week-end. Et il ne s'agissait que d'un seul des nombreux couloirs de l'immense demeure. Il avait fallu des années avant que Donovan lui-même cesse de se perdre dans la maison.

— Cinquante, dit-il, incapable de tenir sa langue. A moins que ce ne soit soixante ?

— Vous essayez juste de m'impressionner, répondit-elle, le visage impassible.

— Même pas.

Il s'arrêta devant une porte.

— Mais si c'était le cas… est-ce que ça marcherait ?

— Non, répondit-elle en secouant la tête. Pas du tout.

Il fit mine d'être étonné.

— Non, je vous assure, dit-elle en secouant de nouveau la tête, lui envoyant une délicieuse bouffée de parfum d'agrume dans les narines.

Il fut ramené à cet après-midi à l'Orangerie — ce moment lui revenait souvent. Arrivait-il à Elizabeth d'y repenser, elle aussi ? Il se le demandait.

Il soutint son regard. Les yeux écarquillés, elle semblait sur ses gardes. Elle avait beau dire, Chadwicke l'impressionnait. Pas dans le bon sens du terme, comme il en prit conscience. Elle trouvait les lieux intimidants.

Il n'aimait pas lui voir cette expression, pas du tout. Cet air effarouché n'avait pas sa place sur le visage d'une femme qui, il en était à présent persuadé, n'avait que faire du faste et de la fortune. *En l'embrassant, parviendrait-il à effacer cette mine chagrine ?*

— Alors, c'est la mienne ? demanda-t-elle en désignant la porte derrière elle.

— Oui.

Pourtant, il ne fit pas mine de lui montrer sa chambre. La visite pouvait attendre. Donovan commençait à regretter de lui en avoir attribué une pour elle toute seule. Même s'il n'avait pas dans l'idée de lui en faire partager une avec Jenna.

C'est dans sa chambre qu'il la voulait. Dans son lit.

Il fit un pas vers Elizabeth et posa ses mains sur le mur derrière elle, de chaque côté de ses épaules.

Tête baissée, il huma le doux parfum de ses cheveux et murmura :

— Ce n'est qu'une maison, Elizabeth.

— Menteur, dit-elle.

Il n'y avait pas d'agressivité dans sa voix et, en le prononçant, elle avait regardé la bouche de Donovan.

Les yeux d'Elizabeth s'assombrirent de désir, et un sourire satisfait se peignit sur ses lèvres. Non, elle ne pensait plus à cette maison trop grande, il en était certain. Il n'avait plus qu'à s'approcher encore un peu pour l'embrasser.

Elle esquissa une grimace dédaigneuse que démentait la pulsation rapide d'une veine à la base de son cou.

— C'est sans doute l'endroit le plus tape-à-l'œil que j'aie jamais vu.

— Tape-à-l'œil, vraiment ?

Il avait envisagé de considérer d'un œil plein d'humour le candélabre doré accroché sur un mur quelque part derrière lui, mais il ne parvenait pas à détacher son regard de ce creux allléchant entre les clavicules d'Elizabeth.

— Je suis heureux que vous soyez là, même si vous semblez croire que je vous ai forcée à venir.

— Mais vous m'avez forcée à venir ! lui rétorqua-t-elle avant de se passer la langue sur les lèvres.

A la vue de cette petite langue rouge cerise, tous les sens de Donovan se mirent en alerte. Il dut faire un effort pour répondre :

— Grâce à votre présence, Chadwicke n'a jamais été aussi sublime qu'aujourd'hui, murmura-t-il.

Il s'attendait presque à ce qu'elle éclate de rire à ces mots, même s'il les pensait vraiment.

Elle n'en fit rien. A la place, elle releva légèrement le menton et se mordilla la lèvre.

Toute pensée cohérente déserta l'esprit de Donovan. Il avait cru que c'était lui qui tirait les ficelles, mais il s'était grossièrement trompé. Dans un ultime effort pour garder son sang-froid, il lui adressa un dernier regard pénétrant. En vain. Il posa sa bouche sur celle d'Elizabeth.

Elle leva la tête pour venir à sa rencontre, effleurant son torse de ses mains délicates avant de les croiser derrière la nuque de Donovan. Dans l'élan, celui-ci perçut un léger grognement. Etait-ce lui ? Elle ? Impossible de le savoir. Ce baiser était éblouissant, dévastateur.

S'emparant de sa bouche avec avidité, il pressa son corps contre celui d'Elizabeth, et un désir brûlant enfla en lui, si intense qu'il en aurait été douloureux s'il n'avait eu conscience de l'endroit où ils se trouvaient. Il ne s'agissait ni du bar à champagne d'Harrods, ni d'une tente à l'entrée d'un concours canin.

Il était chez lui. Et juste de l'autre côté de cette porte, à quelques mètres de là, il y avait un lit.

Il leva les yeux, légèrement étourdi. Elizabeth ronronnait presque de plaisir. Elle glissa les mains sous sa chemise, et cette nouvelle caresse lui donna le vertige.

Il jeta encore un coup d'œil en direction de sa chambre.

Trop loin, songea-t-il. Il ne voulait pas perdre une seconde de plus.

La poignée de la porte était à portée de main. Il la tourna, et ils entrèrent à reculons, titubant presque.

Il faisait sombre. Donovan ne voyait pas le visage d'Elizabeth, mais il sentait sa peau soyeuse sous ses doigts et la chaleur qui irradiait de son corps, porteuses de mille promesses qu'il n'aurait jamais imaginé voir se réaliser un jour.

Elle se mit à rire — c'était un rire clair et plein de gaieté, qui apaisa Donovan sans pour autant atténuer la violence de son désir. Dans les tréfonds de son cerveau, une petite voix lui demanda s'il était bien sûr de ce qu'il faisait. Il avait prévu de courtiser Elizabeth, non de la mettre aussitôt dans son lit, comme le premier adolescent venu.

Pourtant, il était seul avec elle depuis quelques minutes à peine, et il agissait comme si elle était une fontaine d'eau pétillante et lui un homme assoiffé. Et, bon sang, le lit n'était même pas à portée de vue.

Où étaient sa délicatesse habituelle et ce sang-froid qui était sa marque de fabrique ?

— Où sommes-nous, exactement ? demanda-t-elle dans un souffle.

— Dans votre chambre.

Il enfouit une main dans sa chevelure — dommage, vraiment, de ne pas l'avoir invitée à partager sa chambre.

— Elle est contiguë à la mienne. Il y a une porte communicante, mais nous pouvons la garder fermée à clé si cela vous pose un problème.

Pour toute réaction, elle lui mordilla le lobe de l'oreille.

— Bonne réponse, dit-il.

Il voulait la voir, s'abreuver de son regard assombri par le désir, de ses lèvres rougies par ses baisers. Il tendit la main derrière elle, en quête de l'interrupteur.

La pièce s'illumina, et tout sembla prendre vie.

Echevelée comme elle l'était, Elizabeth était plus belle que jamais. Pourtant, à la périphérie de son champ de vision, Donovan aperçut quelque chose qui lui fit marquer une pause.

Il plissa les yeux. *Avait-il bien vu ?*

— Qu'est-ce que c'est ?

— Quoi ? demanda Elizabeth, un peu essoufflée, en suivant son regard.

Donovan se détourna d'elle pour observer plus attentivement ce qui avait attiré son attention. Comme tout majordome qui se respecte, Patrick avait défait les bagages d'Elizabeth. Sa valise, vide, était rangée sous un vaste fauteuil dans le coin de la pièce. Les portes d'une grande armoire étaient ouvertes, révélant une série de vêtements soigneusement suspendus. Sur la porte de l'armoire pendait une housse. Elle avait la longueur requise pour protéger une robe, et elle était blanche, ornée de lettres dorées.

Marchesa, collection mariage.

Donovan était abasourdi.

Cette chose accrochée dans la chambre d'Elizabeth ressemblait à une robe de mariée.

*
**

L’armoire était de dimensions démesurées. Sarcastique, Elizabeth se demanda où elle pouvait bien mener. Au royaume de Narnia ? La housse de sa robe y était suspendue, déployant devant leurs yeux sa blancheur virginale.

Pendant un instant, elle ne comprit pas pourquoi Donovan fixait la housse de cette façon, comme si elle allait bondir de l’armoire et le mordre.

Il ne croyait quand même pas…

— Pouvez-vous me dire ce qu’il y a là-dedans ? demanda-t-il, l’air visiblement inquiet.

— C’est ma robe de bal, expliqua Elizabeth en croisant les bras.

Elle voulait qu’il cesse de l’interroger sur ses choix vestimentaires pour l’embrasser de nouveau, et cela l’agaçait. Il ne croyait quand même pas qu’elle avait apporté une robe de mariée à Chadwicke, non ?

Il avança jusqu’à l’armoire du pas décidé que les riches Anglais devaient adopter quand, affublés de vestes à coudières et chargés de fusils, ils partaient chasser le canard dans les tourbières, et ouvrit la fermeture à glissière de la housse.

Une longue robe chatoyante apparut par l’ouverture. Celle pour laquelle elle avait eu le coup de cœur lors de sa visite au salon du mariage avec Jenna.

Donovan esquissa un sourire appréciateur.

— Très joli.

Mais Elizabeth se fichait bien qu’il trouve sa robe jolie ou non.

— Seigneur, vous plaisantez, ou quoi ?

— Pas du tout. C’est une très belle robe.

Se retournant, il avança vers elle, le regard brûlant. Apparemment, c’était elle qu’il chassait, maintenant.

— Je serai ravi de vous l'enlever à la première occasion.

Il se pencha pour l'embrasser, et Elizabeth s'écarta vivement. Elle avait de nouveau envie de le mordre. Jusqu'au sang, cette fois.

Elle le regarda trébucher, les bras croisés.

— Vous êtes incroyable !

Donovan avait retrouvé son équilibre. Sur son visage, la perplexité le disputait à l'agacement.

— Je vous demande pardon ?

— Vous pensiez que c'était une robe de mariée, n'est-ce pas ?

Désignant la housse d'un geste élégant de la main, il répondit :

— Au premier coup d'œil, ça y ressemblait, c'est certain. Vous ne pouvez pas prétendre le contraire.

— Je suppose que ce genre de chose vous arrive souvent… toutes ces femmes qui débarquent dans leur robe de mariée et vous obligent à les épouser, ce doit être épuisant, non ?

Elizabeth n'était pas certaine de vouloir qu'il réponde à cette question. Mais trop tard : elle l'avait posée.

D'abord, Donovan garda le silence. Mais son petit sourire ironique en disait long.

— C'est plutôt le style d'Helena Robson, vous ne pensez pas ? reprit Elizabeth en se souvenant de leur rencontre au salon du mariage.

Celle-ci avait laissé entendre que la date du mariage était déjà fixée. Elizabeth avait jugé son attitude détestable, et elle n'avait pas changé d'opinion depuis, bien au contraire. Elle trouvait donc humiliant que Donovan puisse envisager, même un instant, qu'elle soit capable de se comporter de la sorte.

Il éclata de rire, et Elizabeth sentit quelque chose se briser en elle.

— Soyez tranquille, lança-t-elle d'un ton acerbe. Vous n'avez rien à craindre pour votre célibat.

Et dire qu'elle avait failli croire qu'elle était en train de tomber amoureuse de lui. *En amour comme à la guerre, tous les coups sont permis*, avait-il déclaré tout à l'heure dans la Range Rover.

Le rire de Donovan s'interrompit net.

— Vraiment ?

— Oui.

Elle tremblait, à présent. *De colère.* Ou bien était-ce la déception, allez savoir ? Elle serra les poings pour essayer de se ressaisir, refusant que Donovan voie son trouble.

— En fait, vous êtes le dernier homme au monde que je consentirais à épouser.

Une lueur indéchiffrable étincela dans les yeux de Donovan.

— Cela tombe bien, lui rétorqua-t-il avec un sourire pincé. Vu que je ne me souviens pas vous avoir fait de proposition en cc sens.

Il la regarda longuement, des pieds à la tête, mais ne fit pas mine de vouloir se rapprocher d'elle. Alors, malgré le ridicule de la situation et le fait qu'elle avait affaire à l'homme le plus arrogant qu'elle ait jamais connu, Elizabeth s'aperçut qu'elle était… excitée.

Quelle honte.

Elle avait envie de ses mains sur elle. C'était terrible comme elle en avait envie.

Elle n'avait qu'à s'approcher de lui pour lui passer les bras autour du cou, songea-t-elle, et la scène reprendrait là où ils l'avaient bêtement interrompue quelques minutes plus tôt, mais ses jambes refusaient obstinément de bouger.

— Il faut que j'y aille, dit Donovan en reculant d'un pas. Je dois régler tous les détails pour le match de polo, demain.

Elizabeth se força à sourire, ce qui requit un effort proportionnel à la frustration qui montait en elle.

— Bien sûr.

— Le dîner aura lieu à 19 h 30, dit-il avec une froideur qui ne lui était pas coutumière.

— Très bien. Je serai prête.

Comme si elle pouvait être prête pour ce genre de mascarade !

La tête inclinée, Donovan l'observait avec une intensité nouvelle. Il avança vers elle, lui prit la main et l'effleura d'un baiser.

— Je vous verrai au dîner, dans ce cas.

Le contact de ses lèvres tièdes sur sa main suffit à faire frissonner Elizabeth. Donovan, bien sûr, avait retrouvé ses manières policées de gentleman.

Ressaisis-toi.

Il se redressa, et Elizabeth cacha ses mains tremblantes dans son dos. Pendant un long moment, ils restèrent plantés là, à se dévisager en silence. Donovan paraissait partagé, comme s'il hésitait à partir. Il y avait dans l'air une tension érotique indéniable — du moins, du côté d'Elizabeth.

Avec un sourire un peu amer, il s'éloigna. L'instant d'après, il était parti, Finneus sur les talons.

Chapitre 19

Elizabeth regarda Jenna ouvrir sa valise sur l'immense lit à baldaquin de sa chambre. Sourcils froncés, elle lui demanda :

— Tes bagages ne sont pas encore défaits ?

— Non, bien sûr que non. Quand aurais-je trouvé le temps de le faire ?

Jenna sortit sa trousse de toilette puis se dirigea vers la salle de bains attenante.

La chambre était immense, presque autant que celle qui avait été attribuée à Elizabeth. Cela dit, l'appartement qu'elle louait à Manhattan aurait tenu tout entier dans n'importe laquelle des pièces de Chadwicke.

Y en avait-il réellement cinquante, se demanda-t-elle, ou bien Donovan s'était-il moqué d'elle ? Et pourquoi Jenna devait-elle défaire ses bagages alors que Patrick s'était occupé des siens — il avait méticuleusement vidé sa valise et en avait rangé le contenu avec soin dans l'armoire. Il s'agissait peut-être d'un traitement de faveur réservé à Donovan et à son invitée. Si c'était le cas, quelles faveurs réserverait-on à l'épouse d'un tel homme ?

Non qu'elle souhaite l'épouser, pas du tout. A vrai dire, elle plaignait la femme qui devrait un jour porter le nom de Donovan Darcy. Quelle qu'elle puisse être…

— Jenna ? demanda Elizabeth en jouant distraitement avec le gland doré d'un des nombreux coussins jetés sur le lit. Savais-tu que les parents de Donovan étaient morts tous les deux ?

— Oui, Henry me l'a dit, répondit-elle depuis la salle de bains. C'est pour cela qu'il est devenu le tuteur de Zara.

— Le tuteur de Zara ? Vraiment ?

Elizabeth ôta ses chaussures et grimpa sur le lit. Il était si haut que pour un peu, il lui aurait fallu un escabeau.

— Oui, dit sa sœur en revenant d'un pas vif dans la chambre. Il avait vingt et un ans quand on lui a attribué la tutelle.

— Dis donc…

Elizabeth réfléchit à ce qu'elle faisait à l'âge de vingt et un ans. Elle était en fac pour obtenir son diplôme d'enseignante. Elle avait fait pas mal de fêtes et quelques bêtises, comme n'importe qui à vingt et un ans. Du moins, quand on n'était pas propulsé parent sans crier gare.

— Zara ne devait pas avoir plus de trois ou quatre ans, à l'époque, murmura-t-elle, songeuse.

— Je sais. Tu t'imagines ? demanda Jenna en sortant de sa valise un jean qu'elle secoua pour le défroisser.

Non, Elizabeth ne pouvait pas.

Certes, Donovan disposait de ressources financières suffisantes pour se faire épauler dans l'éducation de sa sœur par un personnel compétent. Mais à ce qu'elle avait vu, il s'était vraiment comporté comme un père avec Zara. Il y avait entre eux une affection sincère.

Quel genre d'homme endosserait à vingt et un ans le rôle de père vis-à-vis d'un enfant en bas âge ?

La réponse était évidente.

Un homme d'honneur.

Voilà qui lui donnait du grain à moudre, songea-t-elle. C'était une nouvelle facette du caractère de Donovan. Une facette insoupçonnable.

— Lizzy !

— Quoi ? demanda Elizabeth en relevant brusquement la tête.

— Ça fait une minute que je t'appelle. Tu es sourde, ou quoi ?

La tête de Jenna apparut par la porte de la salle de bains. Elizabeth ne s'était même pas aperçue qu'elle avait de nouveau quitté la chambre.

— Ramène-toi. J'ai quelque chose à te montrer.

Elizabeth glissa à bas du lit et se rendit dans la salle de bains où elle trouva Jenna plantée devant une coiffeuse de marbre couleur perle.

— Tu parlais de Donovan ?

Sans se tourner vers sa sœur, Jenna désigna du menton la fenêtre au-dessus du lavabo.

— Quand on parle du loup…

Elizabeth allait plaisanter en disant qu'en effet, Donovan avait tout du loup, mais sa phrase mourut sur ses lèvres quand elle comprit pourquoi Jenna l'avait attirée là.

La salle de bains de celle-ci surplombait une piscine rectangulaire cernée de pierre couleur ardoise. Le soleil se reflétait sur la surface bleue de l'eau où une silhouette masculine nageait un crawl rapide et précis. Ses mouvements étaient volontaires, comme si une force invisible était à sa poursuite et menaçait de l'entraîner par le fond.

Jenna toussota, puis demanda :

— C'est lui, n'est-ce pas ? On dirait qu'il a de sérieuses tensions à évacuer avant le dîner.

Elizabeth hocha la tête. Sans s'en apercevoir, elle avait retenu son souffle. A cet instant, Donovan s'arrêta de nager et sortit de la piscine d'un seul coup.

L'eau gouttait de son torse nu, qui était aussi large et musclé qu'Elizabeth l'avait imaginé. Encore plus, en fait. Ses biceps se gonflèrent tandis qu'il passait les mains dans ses cheveux mouillés. Des gouttes d'eau volèrent en tous sens.

La gorge nouée, Elizabeth poursuivit son examen. Ses abdominaux étaient divins, réellement sculpturaux. Cet homme était un concentré de virilité.

Elle n'osait pas regarder plus bas, au-dessous de l'élastique de son maillot de bain noir qu'il portait dangereusement bas sur les hanches.

Ou alors, juste un peu.

Oh ! mon Dieu.

Jenna étouffa un soupir :

— Il est sacrément beau.

Du bout des pieds jusqu'à la pointe des cheveux, il était absolument parfait.

Toute pensée cohérente avait déserté l'esprit d'Elizabeth. Sa récente découverte de la part lumineuse de Donovan, alliée à la vision de son corps sensuel juste sous ses yeux, l'avaient transformée en statue de sel. Après être demeurée un long moment sans dire un mot, elle parvint cependant à se ressaisir.

— Oui, on peut dire ça, marmonna-t-elle.

Pour toute réponse, Jenna se contenta de lui adresser un sourire qui en disait long.

*
* *

Feignant de s'intéresser à la discussion de sa tante Constance, Donovan hochait la tête à intervalles réguliers. Au cours de l'heure qui venait de s'écouler, il avait beaucoup hoché la tête. Il avait souri et opiné pendant la bisque de homard, pendant la salade et le poisson. A présent, on venait de servir le plat principal — de la palette d'agneau — et il continuait de hocher la tête, sans avoir la moindre idée de ce qu'il approuvait ainsi.

La concentration était devenue un luxe dépassant ses capacités. Comment pouvait-on s'attendre à ce qu'il saisisse un seul des mots que prononçait sa tante alors qu'Elizabeth était assise huit chaises plus loin ? Elizabeth Scott, qui lui avait clairement fait comprendre qu'elle n'avait nullement l'intention de l'épouser.

Non que cet aveu l'ait surpris, certes. Il savait depuis le début ce qu'elle pensait de lui. Il aurait d'ailleurs dû être soulagé, vu qu'il n'avait lui-même aucune envie de se marier.

Pourtant, la perspective d'épouser Elizabeth Scott occupait tout à coup bon nombre de ses pensées. Et cette idée, s'étonna-t-il, avait ses attraits.

— Donovan ? appela sa tante d'un air exaspéré.

Elle semblait sur le point de lui donner des coups dc fourchette pour attirer son attention.

— Tu m'écoutes ? Franchement, si je ne te connaissais pas mieux que ça, je penserais que j'ai parlé dans le vide toute la soirée.

— Je te demande pardon.

Avec mille difficultés, Donovan détacha ses yeux d'Elizabeth qui, la tête rejetée en arrière, riait de bon cœur à quelque réflexion que venait de lui faire Henry.

— Je suis un peu distrait, ce soir, expliqua-t-il.

Distrait. Comme si ce seul mot pouvait résumer ses sentiments.

Non, il n'était pas *distrait. Intrigué, charmé, captivé*, oui — voilà des mots qui évoquaient mieux son état. Avec quelques autres, comme *agacé* et même *furieux.*

En se rappelant le regard noir que lui avait lancé Elizabeth, il serra les poings sous la table.

Vous n'avez rien à craindre pour votre célibat, lui avait-elle assené.

« Vous êtes le dernier homme au monde que je consentirais à épouser. »

Qu'entendait-elle par-là ?

— Donovan, vraiment ! Qu'est-ce que tu as, ce soir ?

Tante Constance plissa les yeux, comme si elle essayait de pénétrer ses pensées.

Dieu merci, elle en était incapable. Si elle avait su qu'une jeune femme s'était moquée de lui à l'idée de l'épouser, elle en aurait fait un infarctus. Face à la possibilité de devenir Mme Donovan Darcy, toute femme célibataire du Royaume-Uni était censée tomber en pâmoison.

Toutes, sauf une, manifestement.

Donovan considéra sa tante avec reproche et lança :

— A l'avenir, j'aimerais que Mlle Scott soit assise auprès de moi.

Ses propres mots le firent grimacer : il avait l'air pathétique. Que lui arrivait-il ? Il était en train de perdre tout sens commun !

Le regard glacial de tante Constance vint se poser sur Elizabeth.

— C'est ta maison, Donovan. Tu peux t'asseoir à côté de qui tu veux. Laisse-moi juste souligner que jusqu'à présent, tu ne t'intéressais pas à ce genre de détails. Voilà pourquoi je me suis toujours chargée de dresser le plan de table à ta place.

— J'apprécie ton aide. Mais cette fois, c'est différent. *Elle* est différente.

— C'est noté. Je donnerai l'ordre au personnel de procéder aux modifications nécessaires.

— Merci.

Comme Henry se penchait pour murmurer quelque chose à l'oreille d'Elizabeth, Donovan serra les dents. Puis il grogna intérieurement : il était jaloux ! Jaloux de son ami le plus intime, alors qu'Henry était indéniablement épris de Jenna Scott. Donovan était vert de jalousie pour la simple raison qu'Henry était assis près de la femme qu'il aimait.

Donovan faillit s'étrangler sur sa bouchée d'agneau.

La femme qu'il *aimait* ?

Etait-il *amoureux* d'Elizabeth ?

Certainement pas.

Il se rappela la douleur qu'il avait ressentie lorsqu'elle lui avait affirmé qu'il n'avait rien à craindre pour son célibat. Il avait eu l'impression qu'elle venait de l'assommer avec un poids de seize tonnes.

Seigneur. C'était donc vrai. Il était amoureux d'elle.

— Je suppose que, puisque tu sembles tellement apprécier Mlle Scott, je devrais apprendre à mieux la connaître, poursuivit tante Constance, comme si cette perspective lui laissait un goût amer dans la bouche.

A moins que ce ne soit l'agneau. Donovan le trouvait un peu coriace.

— Excellente idée, approuva-t-il en repoussant sa viande sur le bord de son assiette.

S'il était effectivement amoureux d'Elizabeth, sa tante avait sans doute raison. Il espérait seulement que cette dernière n'allait pas la faire fuir.

— Je ferai en sorte de bavarder un peu avec elle demain matin, pendant le match de polo, reprit tante Constance avec un sourire contraint.

Donovan hocha la tête. Pour changer.

Pendant le reste du repas, il demeura silencieux. *Boudeur*, comme auraient dit Elizabeth et Zara. Celle-ci, de façon prévisible, l'observa depuis l'autre bout de la table pendant tout le dessert sans masquer sa curiosité.

Il allait bien. Il ne boudait pas. Il réfléchissait, c'est tout.

De son point de vue, il avait deux options.

La première était de loin la plus raisonnable : attendre que ça passe. Peut-être ne s'agissait-il que d'une tocade. Un engouement passager. Ou alors, c'était le défi que représentait Elizabeth — se sentirait-il toujours amoureux si elle cessait de le trouver aussi abominable ?

Oui, pensa-t-il avec désespoir. *Oui, sans aucun doute.*

Ce qui l'amenait à la seconde option : la première fois qu'il avait invité Elizabeth à Chadwicke, elle lui avait opposé un refus catégorique. Et pourtant, elle était là. Assise à sa table, sous la lumière tamisée du candélabre doré qui faisait jouer des ombres sensuelles sur sa peau de porcelaine. Seigneur, comme il avait envie de l'embrasser, là, sur le point précis où son épaule rejoignait sa nuque. Il connaissait exactement le goût délicieux de sa peau à cet endroit.

S'éclaircissant la gorge, il se concentra de nouveau sur la résolution de son problème. S'il était parvenu à faire venir Elizabeth à Chadwicke, quels efforts lui faudrait-il déployer pour la convaincre de l'épouser ?

Rien que d'y penser, il avait mal à la tête. Il fallait qu'il se fixe des objectifs plus simples. Escalader l'Everest, par exemple. Les yeux bandés.

L'ennui, c'est qu'il n'avait pas envie d'escalader l'Everest. Il avait envie d'*Elizabeth*.

Un léger remue-ménage lui fit relever la tête : les convives quittaient la table. Le dîner était fini. Pas trop tôt.

Se levant à son tour, Donovan se dirigea vers Elizabeth. Elle se tenait près de la table, sa chevelure châtaine cascadant sur ses épaules, Henry et Jenna à son côté. Collés à elle.

En le voyant approcher, Henry accueillit Donovan d'un large sourire.

— Donovan, pourquoi nous avoir caché Elizabeth ? Elle est charmante.

Donovan passa son bras autour de la taille de celle-ci. Une légère inquiétude le traversa quand il s'aperçut que ce seul geste suffisait à tout remettre à sa place. Il se sentait bien, tout à coup. Oui, il était gravement amoureux. Plus qu'il ne l'avait jamais été.

Ce n'était pas une posture qui le mettait très à l'aise.

Il décocha donc un regard à Elizabeth en feignant la surprise.

— Elizabeth, charmante ?

— Je peux être charmante quand je veux, lui répondit-elle avec un sourire mielleux.

Puis elle planta le talon aiguille de son escarpin sur le bout de son pied.

Donovan se fit un devoir de ne pas tressaillir. A la place, il resserra son étreinte autour de sa taille.

— En tout cas, je ne l'ai cachée à personne. Elle est insaisissable.

— Insaisissable ? répéta Henry, perplexe.

— Tout à fait. C'est un véritable miracle qu'elle soit là, debout à côté de moi.

— Il exagère, dit Elizabeth avec un petit rire.

Donovan aurait bien aimé exagérer.

— Vous trouvez ? Ce n'est pas vous qui m'avez dit, récemment, que vous éprouviez un profond mépris pour ma personne ? Tenez, je crois que c'était ce matin, pendant notre trajet en voiture.

— Lizzy, franchement ! lança Jenna avec un air de reproche.

Quant à Henry, il était manifestement trop choqué pour rire. Il demeura bouche bée durant quelques secondes. Enfin, il retrouva sa voix.

— Eh bien, vieux frère, ton ego a dû en prendre un sacré coup. Ça doit te changer de toutes ces femmes qui se jettent à tes pieds.

— Qui se jettent à vos pieds ? répéta Elizabeth, incrédule, en se tournant vers lui.

Donovan fit glisser sa main un peu plus bas, jusqu'à ce qu'elle repose sur la courbe de sa hanche.

— Maintenant, c'est Henry qui exagère.

— Pas vraiment, non, rétorqua celui-ci.

— Voilà qui est fort intéressant, intervint Jenna.

— Henry, dit Donovan sans quitter Elizabeth des yeux. Je ne crois pas que ce genre de sujet passionne Elizabeth.

— Au contraire ! Racontez-moi tout, Henry, dit-elle en riant.

Elle s'était appuyée contre lui, et Donovan fut soulagé de voir qu'elle s'amusait — même si c'était à ses dépens.

— Je crains de ne pas pouvoir, répondit Henry avec solennité.

— Ah bon ?

Elizabeth esquissa une moue boudeuse. Donovan dut

rassembler tout son sang-froid pour ne pas embrasser ses lèvres pulpeuses sur-le-champ.

Il toussota pour chasser cette pensée affolante. Sa chambre était loin, trop loin.

— Je suis heureux de voir que notre amitié compte pour toi, Henry.

— Cela n'a rien à avoir avec notre amitié. En revanche, je serai sur le terrain de polo demain matin avec toi, et je n'ai pas envie de recevoir un coup de maillet sur la tête.

Henry adressa un petit clin d'œil malicieux à Elizabeth avant de consulter sa montre.

— Donovan, c'est l'heure du digestif, non ? Ne me dis pas que tu vas t'éclipser avec la charmante Elizabeth et renoncer à notre sacro-sainte tradition ?

A vrai dire, c'est exactement ce que j'avais l'intention de faire.

— Allez-y, tous les deux. Jenna et moi pouvons nous tenir compagnie.

Elizabeth s'écarta de Donovan. Finalement, il y avait des coups de maillet qui se perdaient.

— Rejoignez-nous, lui demanda-t-il.

— Non, vraiment. Je ne veux pas gâcher votre petite tradition. Je ne voudrais pas être pot de colle et m'interposer entre deux vieux amis.

Elizabeth, pot de colle ? L'idée était saugrenue. Tellement absurde, à vrai dire, que Donovan n'avait même pas envie d'en rire.

— Et puis, nous avons des tas de choses à nous raconter, n'est-ce pas, Jenna ? dit-elle en adressant à sa sœur un regard plein de connivence.

— Oh ! oui, acquiesça celle-ci.

Ses yeux vinrent se poser sur le portrait peint de Donovan accroché au-dessus de la cheminée à l'autre bout de la salle à manger.

Compris. Elles vont parler de moi.

Il ignorait si c'était une bonne nouvelle…

— Je vois. Vous avez des secrets à partager. Allez-y doucement avec moi, quand même.

Il décocha un clin d'œil à Elizabeth, s'attendant à ce qu'elle parte dans une diatribe enflammée pour lui reprocher de tout ramener à lui. De quel droit pensait-il qu'elles allaient parler de lui ? lui demanderait-elle.

— Nous pouvons tous dire du mal les uns des autres, répondit-elle au lieu de cela.

Se faisait-il des idées, ou son commentaire était-il moins acerbe qu'il ne l'avait craint ?

— Profitez bien de votre digestif, Henry et vous, ajouta-t-elle.

Donovan essaya de lui prendre la main, mais elle s'était déjà écartée.

— Bonne nuit, Donovan, dit-elle en s'échappant avant qu'il puisse l'embrasser.

Il la regarda s'éloigner, le cœur battant. Depuis qu'on avait bâti Chadwicke, il était certain qu'on n'avait jamais vu de créature aussi envoûtante entre ces murs.

— Bonne nuit, répondit-il une seconde trop tard.

Chapitre 20

— J'ai l'impression d'être dans une publicité pour Ralph Lauren, déclara Jenna. Pas toi ?

Elizabeth embrassa du regard l'étendue de gazon qui lui faisait face. Elle n'en croyait pas ses yeux. Un terrain de polo. Il y avait *un terrain de polo* sur le domaine de Donovan Darcy.

A côté d'elle, Jenna sirotait un mimosa[1] avec décontraction, comme si elle voyait cela tous les jours. Elle ne semblait pas intimidée le moins du monde.

Comment fait-elle ? se demanda Elizabeth.

— Essaie de t'amuser, Lizzy. Tu n'as jamais vu de match de polo ? Tous ces muscles… Et je ne parle pas des chevaux. Je me demande si Donovan et Henry porteront ces pantalons blancs sexy, comme le prince Harry quand il joue.

Pendant un instant, Elizabeth eut une vision de Donovan en pantalon blanc moulant, puis elle se reprit :

— Je ne savais pas que tu avais déjà assisté à un match de polo.

— Je n'en ai jamais vraiment vu, dit Jenna en haussant les épaules. Mais j'ai vu des photos. De la famille royale, tu

1. Le mimosa est un cocktail à base de champagne et de jus d'orange.

sais… et puis il y a toutes ces pubs de parfum. Polo, Polo Sport…

Elizabeth eut un petit rire railleur.

— D'accord, je vois.

Soudain, la tête d'Henry apparut entre leurs épaules.

— Tout va bien pour vous, mesdemoiselles ?

Jenna pivota pour lui faire face, un sourire coquet aux lèvres.

— Merveilleusement bien.

— C'est vrai, vous vous amusez ? demanda Donovan en faisant irruption derrière Henry, son regard perçant rivé sur Elizabeth.

Non, bien sûr qu'elle ne s'amusait pas. C'était une vraie séance de torture.

Elle ouvrit la bouche pour le lui dire mais, sans qu'elle sache pourquoi, les mots refusèrent d'en sortir.

— Euh…

La tête penchée, Donovan l'observa avec curiosité.

Jenna répondit à sa place.

— Bien sûr qu'on s'amuse. Tout est fantastique, Donovan, absolument fantastique.

Ce dernier plissa les yeux, mais avant qu'il ait pu émettre le moindre doute quant aux assertions de Jenna, sa tante Constance attira son attention d'un signe.

— Donovan, je suis contente de te trouver là, dit-elle en rejoignant le petit cercle qu'ils formaient.

— Je ne vais pas rester longtemps, tante Constance. Henry et moi devons aller jeter un coup d'œil aux chevaux et nous assurer que tout est prêt pour le match, expliqua-t-il en se raidissant d'un coup.

Mais pourquoi sa tante lui manifestait-elle autant de

froideur ? déplora Elizabeth une fois de plus. Pas étonnant qu'il ait l'air aussi guindé la plupart du temps.

Peut-être n'était-il pas aussi arrogant qu'elle se l'était figuré.

Cette pensée la surprit. D'où la sortait-elle ? Bien sûr que Donovan était arrogant. C'était même l'homme le plus orgueilleux qu'elle ait jamais vu.

— As-tu décidé comment se déroulerait la remise du trophée ? Helena s'est portée volontaire pour le remettre, dit tante Constance en désignant Helena Robson qui s'approchait d'eux, un mimosa dans chaque main.

Elle ne semblait pas avoir la moindre difficulté à se déplacer sur l'herbe avec ses talons aiguilles, remarqua Elizabeth — non sans jalousie. On aurait dit qu'elle glissait sur le gazon.

Donovan avait reporté son attention sur Elizabeth. Il avait dans le regard une nuance de défi qui la troubla.

— Ce ne sera pas nécessaire. J'aimerais que ce soit Elizabeth qui remette le trophée à l'équipe gagnante.

Super.

Déjà qu'elle ne se sentait pas à sa place. Elle n'avait pas besoin, en plus, d'attirer l'attention sur elle en décernant des trophées comme si elle était Kate Middleton ou… ou Helena Robson, bon sang. Elle allait protester, mais la tante de Donovan ne lui en laissa pas le temps.

— Je vois, dit-elle avec un sourire.

C'était un sourire un peu tendu, mais un sourire.

— C'est parfait. Elizabeth, j'espère que vous me tiendrez compagnie durant le match. Mon neveu m'a dit le plus grand bien de vous, et je serai ravie de mieux vous connaître.

Elizabeth lui retourna un sourire de façade. Elle avait espéré passer la matinée à discuter avec Zara, mais elle pouvait difficilement décliner l'invitation de tante Constance, non ?

— J'en serai ravie, moi aussi.

— Très bien, alors ! s'exclama Donovan avec un large sourire dévoilant une dentition d'un blanc aussi éclatant que son pantalon de polo.

Lequel, bien entendu, lui seyait encore mieux que Jenna ne l'avait prédit. Il était fabuleusement sexy.

— Nous nous verrons après le match.

Il attrapa Elizabeth par le coude pour la prendre en aparté. Là, d'une voix grave qui la fit frissonner, il lui murmura à l'oreille :

— Et je vous verrai sur le podium, quand vous me remettrez ce trophée.

— Vous avez l'air bien sûr de vous.

Elle leva les yeux et lui décocha son sourire le plus sarcastique. Pourtant, elle avait de moins en moins envie d'être sarcastique avec lui, ces derniers temps. C'était étrange.

— Et je l'assume, répondit-il. Si vous voulez rendre les choses plus intéressantes, nous pouvons toujours faire un pari : si mon équipe gagne, vous serez tout à moi cet après-midi. Rien que nous deux.

Les nerfs d'Elizabeth se hérissèrent. A moins que ce ne soit de l'excitation ?

— Rien que nous deux ?

— Rien que nous deux. Vous serez tout à moi. Ou devrais-je dire que je serai tout à vous ? demanda-t-il avec un sourire provocant. Qu'en dites-vous ?

En pensées, elle le vit qui sortait de l'eau, athlétique et trempé.

— J'en dis que je ne suis pas assez stupide pour parier contre vous, Donovan Darcy.

— Nous verrons bien.

Il se pencha pour l'embrasser chastement sur la joue.

Puis il s'éloigna à grands pas vers l'écurie, la laissant en compagnie de sa tante, d'Helena et, Dieu merci, de Jenna.

Elizabeth dut prendre sur elle pour détacher son regard de ses fesses musculeuses superbement moulées dans son pantalon blanc.

Elle prit une profonde inspiration et se tourna vers les trois femmes.

— Elizabeth, roucoula Helena d'une voix enjôleuse.

Quand elle prononçait son nom, Elizabeth avait l'impression qu'il comportait au moins dix syllabes.

— Voulez-vous un mimosa ?

— Avec plaisir, répondit Elizabeth en acceptant la coupe de cristal que lui tendait Helena d'une main soigneusement manucurée.

— N'est-ce pas un jour idéal pour le polo ? s'exclama Helena en battant des cils avant de porter sa coupe de mimosa à ses lèvres.

Soudain, elle interrompit son geste et laissa échapper un petit cri étouffé.

— Oh ! mais suis-je bête ! Vous n'avez sans doute jamais assisté à un match de polo de votre vie, n'est-ce pas, Elizabeth et Jenna ? Je veux dire, le polo n'est pas très répandu dans le *New Jersey*, non ?

Etait-ce un effet de l'imagination d'Elizabeth, ou Helena avait-elle prononcé les mots *New Jersey* avec dédain ?

— Le New Jersey ? s'étonna alors tante Constance. Il me semblait avoir entendu Donovan dire que vous veniez de New York ?

— C'est vrai. J'habite à Manhattan.

Même si ce n'était plus tout à fait exact, elle trouvait plus simple d'en parler au présent.

— Mais il est vrai que je suis originaire du New Jersey. Ma famille y vit toujours.

— Oui, ma mère, mes sœurs et moi y avons une entreprise familiale, intervint Jenna, une lueur de fierté dans le regard.

— Je vois, dit tante Constance en hochant la tête.

A côté d'elle, Helena souriait gentiment. Un peu trop, peut-être.

Elizabeth tenta de se rappeler à quel moment elle lui avait appris qu'elle venait du New Jersey, mais impossible de s'en souvenir.

— Et que faites-vous à New York, Elizabeth ? Vous travaillez ?

En prononçant ces derniers mots, tante Constance fronça légèrement le nez, comme si elle venait de déceler une odeur suspecte.

Elizabeth dut prendre sur elle pour ne pas éclater de rire. Si elle travaillait ? Comme si on pouvait vivre à Manhattan sans emploi rémunéré ! Elle regarda Helena à la dérobée. Avec ses ongles manucurés et ses cils de six mètres de long, avait-elle jamais travaillé un seul jour dans sa vie ?

Elizabeth était certaine que non.

— J'enseigne dans une école privée.

J'enseignais. Tu n'es plus professeur, rappelle-toi.

S'habituerait-elle jamais à cette nouvelle situation ?

— Elizabeth enseigne à la Barclay School, dit Helena d'un air éloquent. Vous connaissez la Barclay School, Constance.

— Bien sûr, répondit celle-ci d'un air distrait. Nous avons des amis, aux Etats-Unis, qui soutiennent financièrement cette école. C'est un excellent établissement. Vraiment excellent.

Elizabeth se mit à serrer son verre de mimosa avec une telle force qu'elle fut surprise qu'il ne se brise pas entre ses doigts. *Comment Helena savait-elle qu'elle travaillait à la Barclay School ?* Elle était absolument certaine de n'avoir jamais prononcé ce nom devant Donovan, et encore moins devant une quasi-inconnue.

Elle consulta Jenna du regard, au cas où elle aurait révélé ce détail à Henry, mais sa sœur ne réagit pas. Elle était bien trop occupée à dévorer Henry des yeux.

— Avez-vous fréquenté la Barclay School quand vous étiez enfants ? demanda tante Constance qui semblait soudain très intéressée par la conversation.

Jenna secoua la tête.

— Non, madame. Je suis allée à l'école dans le New Jersey.

Seigneur, pouvaient-elles changer de sujet ? Elle aurait préféré discuter des dernières opérations de chirurgie esthétique des stars en vogue plutôt que de la Barclay School.

Le visage de tante Constance se décomposa.

— Une école privée ?

— Non, publique, corrigea Elizabeth.

Elle avait l'impression croissante d'être en entretien d'embauche. Et manifestement, Helena Robson s'était déjà procuré une copie de son CV.

A son immense soulagement, des bruits de galop mirent fin à l'interrogatoire. Jenna et Elizabeth s'excusèrent auprès des deux autres femmes, puis elles se dirigèrent vers l'extrémité de l'auvent, aussi près que possible du bord du terrain. La terre trembla sous leurs pieds au moment où Donovan et sept autres joueurs passaient en trombe devant elles. Tout était d'une incroyable distinction. Elizabeth était particulièrement impressionnée par les bottes de cuir cirées des cavaliers et par les chevaux à la robe lustrée et aux jambières colorées.

Qu'avait dit Alan quand Sue lui avait annoncé qu'Elizabeth et Jenna assisteraient à un match de polo à Chadwicke ?

« Ah, le jeu des rois ! »

L'expression était bien trouvée. Donovan n'avait jamais eu l'allure aussi royale qu'en ce moment même. Il semblait aussi à l'aise sur une selle que s'il était né sur un cheval.

Il décocha à Elizabeth un sourire étourdissant quand sa monture passa au galop devant elle. Malgré ce qu'elle lui reprochait — le sentiment que tout lui était dû — et sa méfiance envers tout ce qu'il représentait, quand il la regardait ainsi, Elizabeth ne pouvait s'empêcher de se sentir royale, elle aussi.

Presque comme une princesse.

Donovan arrêta sa monture près de celles de ses trois équipiers, au milieu du terrain où se tenait l'arbitre. Le nom de l'équipe gagnante allait être dévoilé. Ses cheveux, encore mouillés après la douche qu'il venait de prendre, flottaient légèrement dans la brise.

— Et le gagnant du douzième match de charité de Chadwicke est l'équipe de notre hôte, Donovan Darcy.

L'annonce souleva une vague d'applaudissements et d'acclamations enthousiastes. Henry n'était pas en reste : il tapait dans le dos de Donovan avec assez de force pour renverser un éléphant.

Donovan toussa pour s'éclaircir la voix, puis il s'avança pour serrer la main de l'arbitre.

— Merci, monsieur, dit-il.

L'arbitre lui adressa quelques mots. Lesquels, Donovan

l'ignorait. Il avait du mal à se concentrer sur autre chose que l'image d'Elizabeth. Elle se tenait derrière l'arbitre, ses magnifiques cheveux châtains soulevés par le vent, serrant contre elle le trophée d'argent qu'on décernait chaque année à l'équipe gagnante. Manifestement, elle avait du mal à tenir l'imposant objet. Donovan se souvint qu'il était plutôt lourd.

— Le trophée va vous être remis par Mlle Elizabeth Scott.

En entendant ce nom, Donovan sortit de sa rêverie éveillée. L'arbitre s'écarta pour laisser Elizabeth approcher de Donovan.

— Félicitations, monsieur Darcy, dit-elle en soulevant le trophée.

Il vacillait légèrement.

Donovan l'en débarrassa, puis il l'embrassa sur chaque joue, comme la coutume l'exigeait.

— Merci, mademoiselle Scott.

Elle sourit, ce qui lui fit plaisir.

Aussitôt, tout le monde autour d'eux se mit à applaudir. Henry sortit une bouteille de champagne de nulle part et se mit à arroser de mousse tous ceux qui se trouvaient dans un rayon de trois mètres.

De son bras libre, Donovan enlaça Elizabeth par la taille avant de la soulever du sol.

— Donovan ! Que faites-vous ? s'écria-t-elle en s'accrochant à son polo comme si sa vie en dépendait.

Comme s'il risquait de la faire tomber ! Elle était moins lourde que le trophée.

— Je vous sauve. Quand Henry est dans l'équipe gagnante, les choses peuvent mal tourner.

Il l'éloigna à toute allure du centre du terrain, tendant au passage le trophée à l'un de ses coéquipiers, un homme imposant du nom d'Alfie qui jouait toujours en position numéro un. Comme Elizabeth se tortillait sous son bras, il la serra plus fort.

— Tenez-vous tranquille.

— Jamais de la vie ! cria-t-elle en lui frappant l'épaule, en vain. Donovan, reposez-moi par terre tout de suite !

Pendant le match, au milieu du fracas des maillets, et tandis qu'il regardait à la dérobée Elizabeth sur le bord du terrain, Donovan avait été frappé par une révélation. Pour dire les choses simplement, *il en avait assez.*

Assez des traits d'esprit, des provocations sensuelles, des occasions manquées. Assez de ce désir charnel qu'il éprouvait pour elle et qui, malgré tous ses efforts, refusait de disparaître. Assez de l'attente, l'interminable attente.

Il la voulait.

Maintenant, pendant qu'elle était encore à lui. Avant qu'ils rentrent à Londres et qu'elle retourne se cacher chez les Barrow — c'était juste de l'autre côté de la rue, à un jet de pierre de chez lui, mais Donovan avait l'impression qu'elle était à l'autre bout du monde.

— Je ne vous reposerai pas, non. Nous avons conclu un marché. Si mon équipe était victorieuse, je pouvais vous avoir pour moi seul jusqu'à l'heure du bal. Je réclame mon dû.

Il la porta en direction de la maison, pressé de s'éclipser avant que ses coéquipiers remarquent son absence et tentent de le traîner sur le terrain pour qu'ils célèbrent ensemble leur victoire. Quand il entra, Donovan n'entendit que l'écho de ses pas sur le carrelage. Elizabeth continuait de se débattre entre ses bras. Malgré cela, il profitait de son corps serré contre le sien, et il n'entendait pas que cela cesse.

En présentant les termes de son pari un peu plus tôt, il n'avait pas eu l'intention de la posséder *de cette façon.* Par

« l'avoir tout à lui », il avait pensé lui proposer un pique-nique, ou une balade à cheval en forêt. Il voulait lui montrer les arbres sur lesquels il grimpait enfant, le chemin où il avait appris à faire du vélo.

Eh bien, il avait décidé que ces occupations innocentes attendraient. Parce qu'il n'en pouvait plus de ce désir qui l'avait saisi à l'instant où il avait posé les yeux sur elle. Il n'attendrait pas une minute de plus.

Il emprunta avec détermination le couloir menant à sa chambre.

Béni soit ce silence.

Ils étaient vraiment seuls.

— Posez-moi par terre, Donovan, souffla-t-elle avec colère. Je ne suis pas un trophée. Je suis un être humain. Une femme.

Il ralentit, puis s'arrêta près de sa chambre pour faire remonter sa main sur son buste. La soie de sa robe coulait comme de l'eau entre ses doigts. Il arrêta son geste juste avant d'atteindre ses seins.

— J'en suis extrêmement conscient, dit-il.

Elle leva la tête vers lui, le regard enflammé. Ses yeux bruns avaient pris des reflets ambrés. Etait-ce la colère, ou le désir ?

Donovan l'ignorait, mais il savait où allait sa préférence.

Il n'avait jamais forcé une femme à se donner à lui, et il n'allait pas commencer aujourd'hui. Il avait beau la vouloir de tout son corps, il fallait que ce désir soit réciproque.

— De toute façon, si je me souviens bien, j'ai refusé ce pari.

Elle leva fièrement le menton, mais sa voix tremblait.

— Mais j'ai gagné, répliqua-t-il. Ça compte pour quelque chose, non ?

Il la posa doucement. Au moment où il la lâchait, un frisson parcourut le corps d'Elizabeth.

Pourtant, une fois libérée, elle ne chercha pas à s'enfuir. Elle resta là, à quelques centimètres de lui. Juste assez près pour que Donovan sente son parfum. Il prit le temps de le humer longuement. Sa peau avait une odeur délicieuse de baies mûries au soleil de l'été.

Le beau visage d'Elizabeth rosit. Cette soudaine manifestation de pudeur le toucha, et son cœur s'emballa.

Il n'y avait plus que ce parfum, l'afflux du sang dans ses veines, et cette brusque montée du désir dans tout son corps. Il en était presque paralysé. Pourtant, il voulait la toucher. Partout.

Levant la main, il caressa sa joue du bout des doigts.

— Vous êtes une femme difficile à attraper, Elizabeth Scott.

Chapitre 21

« Vous êtes une femme difficile à attraper. »

Elizabeth émit un rire forcé. Elle s'entendit répondre :

— C'est parce que vous n'avez pas essayé suffisamment.

Pourtant, tout en elle semblait crier tout autre chose. *Faites comme si vous m'aviez attrapée.*

Donovan se pencha pour l'embrasser, une lueur déterminée dans son regard de braise. Jamais il n'avait été aussi sérieux que lorsqu'il avait affirmé être prêt à réclamer son dû.

Elizabeth ne plaisantait pas non plus : elle n'était pas un trophée et ne le serait jamais, pour aucun homme.

Elle leva les mains, prête à le repousser. Mais au moment où la bouche de Donovan se posa sur la sienne, elle l'entendit pousser un grognement. Jamais elle ne l'avait entendu émettre un son semblable. Cela ressemblait tellement peu à cet homme qui était toujours maître de lui, qu'Elizabeth laissa à son tour un grognement semblable lui échapper.

Ses mains qui, l'instant d'avant, étaient prêtes à le repousser, se posèrent sur son torse solide avant de descendre, petit à petit… jusqu'à ce qu'Elizabeth se retrouve à tirer frénétiquement sur le polo de Donovan pour le sortir de son pantalon.

Il s'arracha à leur baiser, juste le temps de retirer son polo. Elizabeth en eut le souffle coupé. Elle eut toutes les peines du monde à ne pas le dévorer trop ostensiblement des yeux. Le corps de Donovan était parfait. Il était magnifique, il n'y avait pas d'autre mot. C'était la perfection même.

Les muscles mis en valeur par son polo ajusté étaient maintenant clairement visibles et cette fois, à portée de main. Sa peau était hâlée, il était à la fois mince et puissamment musclé, encore plus qu'elle ne l'aurait cru après l'avoir aperçu sortant de la piscine. Jamais elle n'aurait imaginé que, derrière ses sempiternels costumes et cravates, se cachait un corps aussi animal.

La seconde d'après, elle pensa que cette vision l'avait rendue folle. Car ses doigts, maintenant, étaient en train de s'acharner sur la ceinture du pantalon de Donovan qu'elle essayait de déboucler et de retirer.

Les mains plaquées sur le mur de chaque côté de la tête d'Elizabeth, Donovan s'inclina pour la regarder déboutonner son pantalon. Sur son visage, la fascination le disputait à une satisfaction sans fard.

— Si vous essayez de me rendre fou, je peux vous affirmer que c'est très réussi.

Alors qu'elle faisait glisser la fermeture de son pantalon, elle nota fugitivement qu'il tendait la main vers la poignée de la porte. Quelle mouche la piquait ? De toute sa vie, jamais elle ne s'était comportée de cette façon.

— Elizabeth, dit-il d'une voix rauque.

Il semblait proche de perdre son sang-froid, et une nouvelle vague d'excitation monta en elle.

— Soit vous entrez avec moi dans cette chambre sur-le-champ, soit je vous y porte moi-même.

Elle éclata de rire. Alors, mettant sa menace à exécution,

il la prit par la taille et la souleva pour l'emporter, une main dans son dos et l'autre derrière ses cuisses.

Une foule de sensations étourdissantes submergea Elizabeth, dont la plupart prenaient leur source dans le bas de son ventre.

Donovan referma la porte derrière eux d'un coup de pied et, avant qu'il puisse la reposer par terre, elle enserra sa taille entre ses jambes. Ses mains qu'il faisait jouer dans son dos et derrière ses cuisses la mettaient à la torture, mais elle parvint à articuler :

— Vous voyez, vous m'avez encore attrapée. Ça devient une manie…

Pour toute réponse, il émit un grognement étouffé, puis, s'éloignant de la porte, il la posa sur la surface la plus proche. Elizabeth se demanda ce que c'était. Une commode, peut-être ? Elle ne parvenait pas à détacher le regard de son visage, et tout le reste, autour d'elle, semblait plongé dans le brouillard. Une seule chose était sûre : les yeux de Donovan — d'un beau brun aux reflets dorés — s'assombrissaient d'instant en instant. Ils semblaient voir au plus profond d'elle, et elle se sentait comme hypnotisée.

Prise d'un léger étourdissement, elle s'agrippa à la commode sur laquelle il l'avait assise.

— Elizabeth, souffla-t-il d'une voix à peine audible.

— Donovan, répondit-elle sur le même mode.

Il prit le visage d'Elizabeth entre ses mains et fit courir son pouce sur ses lèvres. Lentement, doucement, jusqu'à la rendre folle de désir.

— Embrasse-moi, murmura-t-elle, surprise de parvenir à aligner deux mots. S'il te plaît.

Elle leva la tête, et il inclina la sienne pour venir à sa rencontre avec une lenteur délibérée, comme pour attiser son désir. Quand il se plaqua enfin contre elle, Elizabeth sentit son érection contre son ventre. Il respirait de plus en plus vite. Quand ses doigts se glissèrent entre ses jambes, elle crut défaillir de plaisir.

— S'il te plaît, gémit-elle.

A peine avait-elle prononcé ces mots qu'il l'embrassa sauvagement.

Ce fut un baiser ardent, exigeant, comme s'ils essayaient de rattraper le temps perdu. Le cœur d'Elizabeth battait à tout rompre, peinant à suivre le rythme de leur désir. Puis Donovan, balayant une mèche de cheveux sur le visage d'Elizabeth, détacha doucement ses lèvres des siennes pour venir les poser dans le creux de sa nuque.

Il avait les cheveux qui sentaient le savon et l'air frais, et ils lui chatouillaient le nez. Elle étouffa un petit rire.

Donovan s'écarta pour la regarder, une lueur de défi dans les yeux.

— Tu ris ?

Passant une main derrière son dos, il fit descendre la glissière de sa robe, produisant un son étrange dans la pénombre de la pièce chargée de tension érotique.

— Donne-moi cinq minutes, et tu ne riras plus.

Il fit glisser les manches de ses épaules, et l'étoffe soyeuse tomba tout autour de sa taille.

Cinq minutes ? Cinq secondes suffiront, pensa-t-elle tandis que ses mains et sa bouche sensuelle se frayaient un chemin vers ses seins.

Elle s'abandonna, incapable de résister. Les mains enfouies dans ses cheveux, elle poussa un soupir de plaisir. Puis, fermant les yeux, elle rejeta la tête en arrière.

Et se cogna dans quelque chose de dur. Le mur ?

— Aïe ! s'exclama-t-elle en ouvrant les yeux.

Donovan la regardait, l'air inquiet.

Ses cheveux étaient ébouriffés, comme s'il sortait du lit. Alors que justement, ils n'étaient même pas encore arrivés jusque-là.

— Tu ne t'es pas fait mal, mon cœur ?

Cette marque de tendresse la prit au dépourvu et, simultanément, déclencha une nouvelle vague d'excitation dans chaque cellule de son corps.

— Non, je vais bien. Très bien, même.

Donovan posa un tendre baiser sur chacune de ses épaules. Ses lèvres étaient aussi douces que le velours, et brûlantes comme la braise.

— Peut-être devrions-nous trouver un endroit plus confortable. Après tout, il y a un lit, quelque part dans cette chambre.

— Un lit, ce serait bien, oui.

Il lui prit les mains et fit courir ses pouces en cercles paresseux au creux de ses poignets.

Elle était en train de fondre. D'un instant à l'autre, elle allait se dissoudre, et il ne resterait plus d'elle qu'une petite flaque sur le sol. Libérant ses mains, elle les posa dans le bas du dos de Donovan avant de les laisser descendre sur ses fesses. Il l'embrassa de nouveau. Ses lèvres étaient avides mais patientes. Au début.

Quand leur respiration se fit précipitée, il s'écarta.

— Viens dans le lit, dit-il, haletant. Maintenant.

Il lui prit la main et fit un pas en arrière. Elizabeth sauta de la commode, et sa robe glissa à ses pieds dans un froissement d'étoffe.

Le regard de Donovan étincela. Il la prit dans ses bras, l'embrassant avec fougue tout en la guidant à reculons vers le lit. Pendant tout ce temps, Elizabeth n'avait cessé d'explorer son corps du bout des doigts, muscle après muscle. Elle n'en pouvait plus d'attendre. A peine avait-elle formulé cette pensée que Donovan la poussa doucement en arrière pour l'allonger sur les couvertures.

Debout à côté du lit, il marqua un temps d'arrêt, laissant courir un regard ardent sur le corps nu d'Elizabeth.

— Seigneur, tu es sublime.

Elizabeth ne ressentait aucune gêne, aucune retenue. Au contraire, elle avait l'impression que sa peau était léchée par les flammes — et elle adorait cela.

Puis il se pencha sur elle et posa les mains de chaque côté de sa tête. Il était tout près d'elle et pourtant, ce n'était pas assez. Elle voulait le toucher, le sentir, jouir de sa peau brûlante et douce. Retenant son souffle, elle caressa son torse ferme, laissa descendre ses mains sur son ventre plat, suivant la mince ligne de poils jusqu'à son sexe tendu.

La bouche entrouverte, Donovan émit un grognement et ferma les yeux. Son corps descendit sur celui d'Elizabeth. Aussitôt, elle se sentit submergée. Elle percevait chaque parcelle de sa peau sur la sienne, et toute pensée cohérente avait déserté son esprit. Elle lui agrippa les épaules pour le rapprocher encore d'elle. Elle en voulait davantage. Elle voulait tout de lui.

— Elizabeth, dit-il en l'embrassant aussi délicatement que si elle avait été de verre.

Puis il répéta, dans un soupir :

— Elizabeth.

Elle adorait l'entendre prononcer son prénom, avec cet accent britannique distingué et pourtant si sexy. Elle ne s'en lasserait jamais.

— Redis-le, murmura-t-elle.

— Elizabeth.

Elle le sentait sourire contre sa bouche. Elle soupira d'aise.

— Elizabeth, ouvre les yeux.

Elle obéit. Il la dévisageait d'un air si tendre que son cœur se gonfla.

— Tu me veux ? demanda-t-il.

— Oui, murmura-t-elle d'une voix que les battements de son cœur rendaient à peine audible.

A moins que ce ne soit celui de Donovan ? Elle ne parvenait plus à définir où finissait son corps et où commençait le sien.

— Dis-le-moi, exigea-t-il en plongeant son regard dans le sien.

— Je te veux, Donovan Darcy. Je te veux tout entier.

D'un seul mouvement de reins, il fut en elle, et elle l'accueillit avec fougue. Enfin ! Chacun de ses gestes, chacun de ses murmures était une caresse qu'elle ressentait jusque dans son âme, une caresse qui apaisait les blessures anciennes et éveillait en elle des sensations qu'elle n'avait jamais éprouvées auparavant. Et, tandis qu'elle se donnait à lui, Elizabeth songea avec surprise qu'elle avait enfin trouvé sa place.

Et maintenant ?

La question serpenta sournoisement dans l'esprit d'Elizabeth tandis qu'elle se blottissait contre le torse de Donovan. Son regard se posa sur leurs jambes entrelacées. Ils avaient passé tout l'après-midi au lit.

Donovan lui embrassa le front et l'attira plus près.

— Mon Dieu, Elizabeth, dit-il en enfouissant son visage dans le creux de son coup pour lui mordiller l'épaule.

— Je sais.

Elle poussa un soupir de pur contentement. Elle se sentait scandaleusement bien. Elle aurait sans doute dû éprouver une certaine gêne à voir son corps s'abandonner avec tant de volupté sous les caresses attentives de Donovan, mais au contraire, elle se sentait épanouie comme jamais.

En dehors de cette question lancinante.

Et maintenant, que va-t-il se passer ?

Ils avaient franchi une limite. Ils l'avaient même allègrement piétinée — et à plusieurs reprises.

— Que se passe-t-il dans cette jolie tête, mon cœur ? murmura Donovan au creux de son cou. J'entends grincer les rouages de ton cerveau.

Ces mots tendres, de nouveau. *Mon cœur.* Elizabeth détestait cela.

Ce n'était pas tout à fait vrai, en fait. En réalité, elle adorait les entendre. *Et c'est cela qu'elle détestait.*

Certes, entre les bras de Donovan, elle exultait, comme à présent. Pourtant, elle était terrifiée à l'idée de ce qui allait se passer une fois qu'ils auraient quitté cette chambre et devraient de nouveau affronter la réalité.

Ils venaient de vivre des heures merveilleuses, mais cela ne pouvait évidemment pas durer.

— Ce n'est rien, répondit-elle enfin avec difficulté.

— Elizabeth, dit-il en s'écartant pour la regarder en face d'un air inquiet. Je viens de passer l'essentiel de la journée à te faire l'amour. Et maintenant, j'ai l'impression que tu t'éloignes.

S'éloigner ? C'était à la fois la première et la dernière chose qu'elle avait envie de faire.

Pourquoi avait-elle agi ainsi ? Tout était allé trop loin, à présent. Elle ne pouvait plus revenir en arrière. Comment pourrait-elle désormais se présenter devant lui lors des expositions canines, sachant combien elle aimait faire l'amour avec lui ?

Et combien elle aimait être avec lui, tout simplement.

Et même si elle avait pu revenir en arrière, l'aurait-elle fait ?

Non, s'avoua-t-elle. Elle n'aurait pas pu.

— Je suis là, murmura-t-elle en l'embrassant au coin de la bouche. Je ne vais nulle part.

Si seulement c'était vrai…

— Bien, grogna-t-il. Parce que moi non plus.

Un délicieux vertige saisit Elizabeth tandis qu'une nouvelle vague de désir venait la balayer.

Posant les mains sur son torse, elle le tint à distance, le souffle court.

— Oui, mais le bal commence dans moins d'une heure. Il vaudrait mieux que je me prépare.

— Bon sang ! s'exclama Donovan en se laissant aller contre la tête du lit. J'avais oublié. On est obligés d'y aller ? Je ferais bien l'école buissonnière.

— C'est tentant, mais je te rappelle que c'est toi le maître de maison, lui répondit-elle en se glissant hors du lit.

— C'est vrai, dit-il à regret.

L'attrapant par le poignet, il l'attira à lui pour un ultime baiser. Un baiser profond et langoureux qui l'amena de nouveau au bord de l'excitation.

— Donovan, dit-elle avec un frisson. Si tu ne me laisses pas partir, ta tante Constance va débarquer ici dans deux heures et nous surprendre tous les deux dans ce lit.

— D'accord, dit-il avec un rire étouffé. Mais avant que

les derniers invités aient quitté le bal, je vous veux dans cette chambre, mademoiselle Scott.

Ces dernières paroles résonnaient encore dans son esprit tandis qu'elle se préparait pour le bal. Elle prit un bain puis, après s'être brièvement escrimée à coiffer ses cheveux en un chignon flou, elle enfila la superbe robe Marchesa que Jenna l'avait convaincue d'acheter au salon du mariage.

Le bustier était fixé par un long ruban de satin chatoyant qu'elle noua avec soin dans le bas de son dos. Elle vérifia que la boucle était impeccable en tournant la tête pour voir son reflet dans le miroir. Le jupon de satin froissé tombait en corolle dorée autour de ses hanches, jusqu'à ses pieds. Esquissant une pirouette pour se retourner, elle posa la main sur la fine ceinture de strass qui lui ceignait la taille. C'est alors qu'une pensée la frappa.

Elle avait hâte de se rendre à se bal.

Elizabeth se força à respirer lentement pour se calmer. A force de se préparer au pire, de se considérer comme une usurpatrice au milieu des aristocrates que côtoyait Donovan, elle n'avait pas prêté attention à son impatience grandissante à l'idée de participer à cet événement inédit. Cela avait sans doute commencé cet après-midi, entre deux baisers.

Elle allait au bal.

Avec Donovan Darcy.

Un petit coup discret retentit sur la porte qui séparait leurs deux chambres, puis la voix de Donovan se fit entendre, basse et sensuelle.

— Elizabeth ?

Seigneur, cet accent ! songea-t-elle, parcourue d'un délicieux frisson.

— Oui ?

— Tu es prête, mon cœur ?

Elle ouvrit la porte.

— Oui, et toi ?

En la voyant, Donovan eut une exclamation admirative, et Elizabeth sourit, ravie de sa réaction. Il avait beau être follement séduisant en gentleman plein d'assurance, elle le trouvait proprement renversant quand il perdait pied devant elle.

Tendant le bras, il effleura le décolleté en forme de cœur de sa robe, la respiration courte.

Elle l'avait littéralement soufflé.

— Seigneur…

Secouant la tête, il la prit par la taille pour l'entraîner vers la porte.

— Il faut y aller. Maintenant. Avant que je ne change d'avis.

Souriante, Elizabeth se laissa guider. Tandis qu'ils arpentaient les immenses couloirs pour rejoindre la salle de bal, elle ne pouvait s'empêcher de l'observer à la dérobée. Le smoking lui seyait admirablement bien. Avec la distinction naturelle et l'élégance britannique dont il faisait preuve en toutes circonstances, elle aurait dû s'y attendre, mais le résultat dépassait tout ce qu'elle avait imaginé. A côté de Donovan, James Bond avait l'air d'un pâle imitateur.

Il surprit son regard et lui adressa un clin d'œil. Cette mimique complice lui serra le cœur avec une telle force que c'en était presque douloureux. Cette étrange sensation surprit tellement Elizabeth qu'il lui fallut un moment pour comprendre de quoi il retournait.

En l'identifiant enfin, elle dut lutter contre les larmes. *Du bonheur.* C'était cela qu'elle avait ressenti.

Contre toute attente, avec Donovan, elle se sentait heureuse.

— T'ai-je dit combien je te trouve belle, ce soir ? lui

demanda-t-il alors que des notes de musique indiquaient qu'ils approchaient de la salle.

— Une fois ou deux, je crois.

Sa voix et ses mains tremblaient. Le bonheur faisait-il cela à tout le monde ?

L'attirant à elle, il déposa un tendre baiser sur sa tempe. Elle commençait à s'habituer à la douceur de ses lèvres sur sa peau. Elle se demandait même comment elle avait fait pour vivre sans cela jusqu'à présent. Comme si, sans le savoir, elle l'avait attendu toute sa vie.

— Nous y sommes, murmura-t-il.

Ils arrivaient en vue d'une grande porte double devant laquelle étaient planté des majordomes en uniforme. Des moulures dorées encadraient le chambranle.

— Encore de l'or, dit-elle dans un souffle.

— Quelle horreur, n'est-ce pas ? demanda-t-il, amusé, en l'entraînant dans la salle de bal.

Les seules salles de bal qu'Elizabeth avait vues jusqu'alors étaient celles des hôtels de moyenne gamme accueillant certains concours canins sur la côte Est. A la seconde ou elle posa le talon aiguille de son escarpin ouvert dans la salle de bal de Chadwicke, la différence lui sauta littéralement aux yeux.

Le plafond était d'une hauteur inimaginable. De nombreux lustres de cristal y étaient suspendus. Elle leur trouva la même élégance extravagante que les pièces montées qu'elle avait vues dans les magazines de Scott Bridal. Il y avait des moulures sculptées sur tous les murs, aussi blanches que du sucre glace. Les fenêtres, qui s'élevaient presque du sol au plafond, étaient agrémentées de rideaux de velours d'un bleu très pâle. Elles donnaient sur ce que Donovan appelait les jardins à la française, où d'innombrables rangées d'arbres avaient été taillés en forme de champignons géants. Ces arbres étaient si grands que les bancs alignés à l'ombre au bord des allées avaient presque l'allure de jouets.

Cette vue offrait une impression de sérénité presque irréelle. La même que celle qu'elle avait eue devant un autre paysage, quelques jours plus tôt. Ce souvenir l'emplit d'une douce chaleur.

— Cela me rappelle l'Orangerie du palais de Kensington, confia-t-elle à mi-voix à Donovan.

Il lui adressa un sourire complice et serra plus fort sa taille.

— Nous pourrions peut-être aller nous y promener. Après avoir salué les invités, bien sûr. Et quand je t'aurai volé une danse ou deux.

— Quelle bonne idée, répondit-elle en se réjouissant à l'avance. Ça me plairait beaucoup.

— Parfait.

Captivée par le décor, Elizabeth avait oublié qu'ils devaient danser. Et qu'il y avait des invités. Ils étaient répartis en petits groupes dans la salle, bavardant entre eux tout en savourant de délicats petits-fours et du champagne dans les coupes d'une finesse arachnéenne que leur tendaient des serveurs élégamment vêtus. Donovan la mena d'un groupe à l'autre, échangeant quelques mots et présentant Elizabeth à tous ceux qui ne la connaissaient pas déjà.

Pendant tout ce temps, il ne la lâcha pas une seconde, gardant jalousement la main sur sa taille ou sur la peau nue de son dos et de ses épaules. Il venait de la poser à la base de son cou quand Helena Robson apparut devant eux.

Elle se tenait près d'Henry, de Jenna et d'un autre homme qui leur tournait le dos, occupé à discuter avec l'un des serveurs. A leur vue, le visage de Jenna s'illumina. Henry leur adressa un petit signe de la main. Helena était vêtue d'une robe de dentelle rouge si moulante qu'Elizabeth pouvait compter les côtes de la jeune femme. Celle-ci, la tête inclinée sur le côté, semblait fascinée par la façon dont les doigts de Donovan jouaient sur la nuque d'Elizabeth, qui se résigna alors à l'affrontement. Ou du moins, à se voir infliger quelques commentaires glaçants. A sa surprise, Helena se contenta de sourire.

Etrangement, ce sourire ne semblait pas contrefait. Elizabeth se demandait ce que cela cachait quand elle entendit quelque chose qui lui glaça les os.

Pour n'importe qui d'autre, ce n'était qu'un accent britannique distingué, rappelant un peu celui de Donovan dans son raffinement. Mais pour Elizabeth, cette voix était à l'opposé de celle de Donovan. C'était la voix qu'elle avait entendue durant ses pires cauchemars, celle qui l'avait réveillée en sursaut des nuits et des nuits d'affilée, le cœur battant à tout rompre. Elle entendait encore cette voix et le souffle chaud qui l'accompagnait lui demander certaines choses qu'elle ne pouvait refuser. Parce qu'elle n'appartenait pas à l'élite de la société.

Cette voix était celle de l'homme qui avait mis sa vie sens dessus dessous.

Elle consulta fugitivement Jenna du regard, en quête d'une explication. Mais celle-ci secoua la tête, interdite.

C'est lui ! se mit alors à hurler une voix dans le cerveau d'Elizabeth.

Jenna lui posa la main sur le bras :

— Lizzy, tout va bien ?

La pièce se mit à tourner autour d'elle tandis que l'homme pivotait lentement sur lui-même. Tout le sang se retira du visage d'Elizabeth à la vue de ce rictus hautain qu'elle ne connaissait que trop bien. Lorsqu'il vit les doigts de Donovan posés sur sa nuque, les lèvres de l'homme se plissèrent de mépris.

— Donovan, Elizabeth, permettez-moi de vous présenter mon invité, lança alors Helena d'une voix théâtrale.

Elle semblait triomphante, à croire qu'elle venait de jouer et de décrocher le gros lot. Manifestement, elle se repaissait de cet instant, comme si elle l'attendait depuis des mois. Son regard perçant rivé sur Elizabeth, elle lui adressa une œillade éloquente.

— Vous vous souvenez de Grant Markham, n'est-ce pas ?

Jenna s'étrangla en avalant son champagne.

Elizabeth était paralysée et sans voix.

Non, ce n'est pas possible. Pas ici. Pas maintenant. Pas alors que tout était tellement parfait.

Markham s'inclina légèrement et lui tendit la main. Elle était tellement abasourdie qu'elle le laissa prendre la sienne.

— Elizabeth, quel plaisir de vous revoir.

Tout en lui serrant la main, Markham gardait les yeux rivés sur son décolleté. Horrifiée, elle le vit porter sa main à ses lèvres, prêt à y déposer un baiser.

Chapitre 22

Donovan vit Elizabeth arracher sa main de celle de Grant Markham avec une telle force que son coude fut projeté en arrière et s'écrasa sur son sternum. Il en eut le souffle coupé, dans tous les sens du terme.

— Ne me touchez pas.

Sa voix était à peine audible. Donovan se demandait s'il était le seul à l'avoir perçue quand elle se mit à répéter ces mots, assez fort pour être entendue par une bonne partie de la salle :

— Ne me touchez pas, dit-elle en détachant les syllabes.

Donovan n'avait aucune idée de ce qui se passait. Il connaissait Grant Markham depuis des années. Ce n'était pas un ami à proprement parler, plutôt une connaissance qui fréquentait les mêmes cercles que lui lorsqu'il se trouvait en Angleterre. Donovan ne l'avait jamais trouvé particulièrement sympathique, mais pour autant, il n'arrivait pas à concevoir ce qu'avait fait cet homme pour mériter une telle réaction de la part d'Elizabeth.

Un lourd silence s'abattit sur leur groupe et s'étendit dans la salle de bal. Jenna avait pâli, elle aussi. Donovan était vaguement conscient que sa tante Constance les regardait, les yeux écarquillés, à quelques mètres de là.

Henry laissa échapper un petit rire étranglé, sans doute dans l'intention d'alléger l'atmosphère.

— Eh bien, j'en déduis que vous vous connaissez, tous les deux.

— Oh ! oui, dit Grant Markham, les yeux toujours fixés sur Elizabeth.

Donovan sentit son sang s'échauffer — l'homme la déshabillait du regard, et cela lui déplaisait au plus haut point.

— Elizabeth et moi sommes de vieux amis. Des amis intimes, en un certain sens.

Intime ? Avec Grant Markham ?

Ce n'était pas le genre de réflexion qu'un homme aimait entendre au sujet de la femme avec laquelle il couchait. Surtout quand les draps étaient encore chauds de leurs récents ébats.

En outre, Markham n'était-il pas marié ?

La rage s'installa au creux de l'estomac de Donovan. Il n'arrivait pas à croire ce qu'il venait d'entendre.

Heureusement, l'expression dégoûtée qu'affichait Elizabeth le convainquit qu'elle non plus n'en croyait pas ses oreilles.

— C'est absolument faux, et vous le savez, dit-elle d'une voix où couvait la colère.

Donovan y décela aussi une bonne dose de panique. Elle lui lança un coup d'œil affolé, comme si elle réclamait son aide.

Jamais il ne s'était senti aussi impuissant. Ignorant tout des raisons du désarroi d'Elizabeth, il ne savait que faire. Son instinct lui soufflait de balancer une bonne droite dans le visage de Markham avant de le rouer de coups. Sa bonne éducation, cependant, lui dictait d'éclaircir d'abord la situation.

Un rapide coup d'œil dans la salle lui révéla que tous les regards étaient rivés sur eux. Au nom du ciel, pourquoi les gens étaient-ils aussi friands de scandales ?

— Je crois que nous devrions tous nous calmer, dit-il enfin.

Elizabeth recula d'un pas, et ce seul mouvement suffit à briser toute la complicité qu'ils avaient partagée des heures durant. Elle lui adressa un regard empli de chagrin.

— Nous calmer ?

— Lizzy, dit Jenna d'une voix suppliante.

— Oui, je crois que c'est une bonne idée, intervint Grant Markham. Vous ne croyez pas, mademoiselle Scott ?

Ses lèvres se tordirent en un sourire salace. La seule pensée que cette bouche avait pu se poser sur la peau d'Elizabeth rendait Donovan malade.

— Après tout, certains d'entre nous, ici présents, possèdent des secrets, et les preuves qui vont avec. Des secrets que, j'en suis sûr, vous préféreriez ne pas voir révélés. Je serais ravi d'en discuter avec vous en privé, si vous voulez.

Elizabeth regarda autour d'elle d'un air de biche traquée.

Il se passait quelque chose de grave, Donovan en était maintenant certain. Et cela allait plus loin que des sous-entendus concernant une quelconque relation intime — d'ailleurs, il était maintenant persuadé que cette allusion était purement fantaisiste.

— J'ai une très jolie chambre tout près d'ici, ajouta alors Markham.

Visiblement, il se délectait à voir la panique dans les yeux d'Elizabeth. Il avança vers elle, le regard enflammé.

— Vous ne voulez pas venir avec moi, finir ce que nous avons commencé la dernière fois ? Sinon, je serai ravi de partager certaines informations fascinantes avec notre hôte, M. Darcy. Réfléchissez bien, mademoiselle Scott.

— Oh ! mon Dieu, s'exclama Helena en cachant son sourire dans sa coupe de champagne. Comme c'est embarrassant !

Donovan fit un pas en avant, s'interposant entre Elizabeth et Grant Markham, bouillant de colère. Il dut prendre sur lui pour ne pas hausser la voix.

— Elizabeth n'ira nulle part avec vous. Est-ce que c'est assez clair ?

Markham haussa les épaules avec nonchalance. A côté de lui, Helena se mordait les lèvres. Sans doute essayait-elle d'avoir l'air désolé. Mais Donovan n'était pas dupe. C'était elle qui était à l'origine de cette scène, cela ne faisait aucun doute.

— Très bien, dit Donovan. Vous avez embarrassé Mlle Scott, je crois que vous lui devez des excuses.

Il se retourna, s'attendant à la trouver derrière lui. Mais elle était partie.

— Nom d'un chien !

Son cri résonna dans le silence pesant qui s'était abattu sur l'immense salle de bal. Personne ne parlait, on n'entendait même pas un murmure. Le bal en lui-même n'ayant pas commencé, les musiciens se tenaient immobiles derrière leur instrument. Donovan était conscient qu'il était en train de se donner en spectacle, mais il s'en fichait royalement. Le mal était déjà fait.

Il fit de nouveau volte-face. Grant Markham, toujours aussi abject, secoua la tête.

— Quel dommage qu'elle se soit enfuie alors que les choses devenaient intéressantes. Mais ce que je trouve plus intéressant encore, c'est qu'une personnalité de votre envergure ait choisi de s'amuser avec une prolétaire. Elle est un peu au-dessous de votre condition, vous ne trouvez pas ? Cela dit, je peux comprendre ce qui vous attire chez elle.

Ce fut au tour d'Helena de s'étrangler sur son champagne.

Aveuglé par la rage, Donovan faillit ne pas remarquer

combien toute son attitude, depuis le début de cette scène, était soigneusement étudiée.

— Vous auriez fait un couple beaucoup mieux assorti avec ma chère Helena. Quel dommage qu'elle soit déjà prise cette nuit.

Tendant la main, il effleura l'épaule nue d'Helena du bout des doigts, dans un geste d'une sensualité ostentatoire.

Donovan était hors de lui. Il était sur le point de sortir de ses gonds, devant tout le monde. Et il s'en fichait.

Il reporta son attention sur l'intéressée, et le regard coupable qu'elle lui retourna lui apprit tout ce qu'il avait besoin de savoir.

— Tu couches avec lui, n'est-ce pas ? aboya-t-il. C'est comme ça que tu l'as convaincu de venir ici pour faire cette scène à Elizabeth ?

Elle tendit les bras, attrapant les revers de sa veste dans un geste désespéré.

— Mais je l'ai fait pour toi. Tu ne comprends pas ? Il fallait que tu saches la vérité à son sujet…

Donovan se dégagea. Il était si furieux que sa vision se troublait. Pas assez, cependant, pour manquer le visage de Markham quand il lui décocha un coup de poing. Celui-ci cueillit l'homme en pleine face. Des cris étouffés retentirent, et il entendit vaguement tante Constance gémir son nom, mais il perçut avant tout le bruit que fit Grant Markham en s'affalant sur le sol de marbre.

Jenna en resta bouche bée.

— Et le voilà K.-O., marmonna Henry. Très belle fête, vieux frère. Très réussie, vraiment.

Donovan savait qu'Henry essayait seulement de désamorcer la situation, mais il était trop tard, à présent. Il secoua sa main qui commençait à l'élancer, puis il adressa un regard assassin à Helena.

— Quant à toi…

— Donovan…, dit-elle avec un grand geste de la main qui fit déborder son verre.

Du champagne se mit à couler le long de son bras. Elle ne parut pas s'en apercevoir.

— Je sais que c'est un choc pour toi, mais il fallait que tu saches. Elizabeth n'est pas ce qu'elle prétend être. Elle n'est pas assez bien pour toi.

— Arrête. Tais-toi tout de suite.

Il avança vers elle d'un pas menaçant jusqu'à l'acculer près du mur le plus proche. Par respect pour Henry, il baissa la voix pour dire :

— Je n'arrive pas à imaginer que tu aies couché avec cet homme pour pouvoir l'amener ici et arriver à tes fins.

Helena pâlit d'un coup, et elle baissa les yeux.

— Oh ! Helena ? Vraiment ? s'exclama Henry.

Il secoua la tête. Manifestement, le comportement de sa sœur ne le choquait pas tant qu'il le décevait. Et quand il parla, ce fut presque à voix basse :

— Tu as couché avec lui ? Tu as *couché* avec Grant Markham ? Il est marié, Helena ! Mais je suis sûr que tu le sais, et que cela t'importe peu. Tu es tellement obsédée par Donovan que tu as perdu tout sens commun. Tes agissements font de toi une putain, dans le sens littéral du terme. Et tu dis qu'Elizabeth n'est pas assez bien pour lui ?

Evitant le regard de son frère, Helena se tourna vers Donovan, le visage suppliant.

Il ne pouvait pas supporter sa vue une minute de plus.

— Je veux que tu t'en ailles. Et que les choses soient claires, tu n'es plus la bienvenue chez moi.

Il se retourna vers l'entrée de la salle. Il n'avait plus qu'une idée en tête, à présent — retrouver Elizabeth et se faire expliquer le fin mot de cette histoire.

Une main se posa entre ses omoplates. Il fit volte-face.

— Elle est partie par là, vieux frère, dit Henry en pointant son verre de champagne en direction de la sortie qui menait aux jardins.

Avec un soupir exaspéré, Donovan dévisagea son ami sans savoir ce qu'il avait envie de lire sur ses traits. De l'encouragement, peut-être ? Tout ce qu'il y trouva fut une tristesse résignée. C'était sa propre sœur qui avait orchestré toute cette catastrophe.

Quant à Jenna, elle les regardait tour à tour, trop abasourdie pour faire le moindre commentaire.

— Ne t'en fais pas pour moi, vieux frère, insista Henry. Va la retrouver.

Il désigna la porte du menton.

Donovan se fraya un chemin à travers les convives. Tous les gens qui l'avaient applaudi et encouragé ce matin sur le terrain de polo se tenaient là, silencieux, le suivant des yeux pendant qu'il quittait la salle.

Donovan avait l'esprit encombré de questions absurdes. Pourquoi restaient-ils tous là sans rien faire ? Pourquoi personne ne lui venait-il en aide ?

Il savait que ces questions n'avaient aucun sens, mais la cohérence était rarement le propre des désespérés. Et c'est bien ce qu'il était — désespéré.

Le chemin jusqu'à la sortie lui parut interminable, et quand il franchit la porte, il était hors d'haleine. Dehors, l'air du crépuscule était frais. Des projecteurs disposés sur le sol au pied des arbres lançaient leurs feux vers le ciel pour mettre en valeur leurs formes artistiquement taillées, mais le reste du jardin était plongé dans l'ombre.

Donovan plissa les yeux pour s'accoutumer à l'obscurité, mais il ne vit pas de trace d'Elizabeth. Pas même le scintillement doré de sa robe. Désemparé, il se dirigea vers le chemin, songeant qu'avec ses talons hauts, elle ne s'aventurerait pas sur le gazon.

Son pari s'avéra gagnant.

Il la trouva sur le dernier banc de l'allée. Elle y était assise, les genoux relevés sous le menton, les bras enserrant ses jambes. Le large jupon de sa robe déferlait autour d'elle, et ses pieds nus pointaient sous l'ourlet. Ses sandales à talons gisaient sur le gravier.

Malgré sa détresse, elle était adorable. Avec ses épaules nues caressées par la lune, elle était belle à couper le souffle.

Il prit une longue inspiration et s'arrêta juste devant elle. Elle lui décocha un regard si noir qu'il comprit aussitôt qu'il n'avait pas intérêt à s'asseoir auprès d'elle.

— Elizabeth, il faut qu'on parle, déclara-t-il sur un ton calme et assuré qui contrastait douloureusement avec l'état de ses nerfs.

— Tu es sûr que tu veux me parler ? Tu ne préfères pas que je me *calme*, d'abord ?

Elle fit un grand geste des bras, désignant les arbres, témoins silencieux de leurs échanges.

— A moins que ça te soit égal, maintenant qu'il n'y a plus personne pour entendre ?

Il inclina la tête vers elle.

— Tu crois que je m'inquiétais de ce que ces gens allaient penser ?

— Ce n'était pas le cas ? Ce n'est pas pour cela que tu voulais que je me *calme* ?

— Arrête de répéter ce mot.

Il avait mal à la tête. Et à la main.

— C'est agaçant, n'est-ce pas ? demanda-t-elle en lui adressa un regard glacial.

A cet instant, Donovan comprit qu'il en avait assez de se disputer avec Elizabeth. S'il n'y avait eu que lui, ils se seraient précipités dans les bras l'un de l'autre pour s'embrasser dans le clair de lune. Sans entrer dans des joutes verbales interminables. Il avait l'impression que les roues du temps avaient soudain inversé leur course et qu'ils étaient revenus au début de leur relation, à l'époque où ils avaient du mal à rester polis l'un avec l'autre.

Poussant un soupir las, il se rapprocha d'elle.

— Elizabeth, mon cœur…

— Ne m'appelle pas comme ça, le coupa-t-elle, les yeux pleins de larmes. Pas maintenant, s'il te plaît.

A ce moment, Donovan sentit la panique s'infiltrer en lui. Jusqu'alors, il avait cru que, quelles que soient les raisons de cette situation, tout pourrait s'arranger. Qu'elle le laisserait s'asseoir près de lui, qu'il lui tiendrait la main et la convaincrait de se confier à lui. Il l'aurait écoutée et, pour finir, aurait effacé ses larmes d'un baiser. Et puis, bien sûr, ils auraient terminé dans son lit.

Il commençait à se demander si ce scénario avait la moindre chance de se réaliser.

— Elizabeth, parle-moi. Comment connais-tu Grant Markham ?

A ce nom, elle tressaillit.

Donovan serra les poings, et la panique qui avait commencé à l'envahir se transforma en rage.

— T'a-t-il… forcée à faire quelque chose ?

— Non, répondit-elle d'une voix à peine audible. Mais ce n'est pas l'envie qui lui manquait.

Il se passa la main dans les cheveux, le souffle court. Il avait rarement vu Elizabeth dans cet état. Elle semblait *brisée* — c'était le terme qui lui venait à l'esprit. Et cette attitude était si loin de la force de caractère qu'elle avait manifestée jusque-là qu'il fut terrifié à l'idée de savoir ce qui avait provoqué ce bouleversement.

— C'est l'un des parents d'élèves de la Barclay School, expliqua-t-elle enfin.

— L'école de New York qui t'a licenciée ?

Il se rappelait clairement le jour où elle avait reçu cette lettre. Le chagrin l'avait rendue presque amorphe. C'était la seule fois où il l'avait vue comme cela. A part ce soir. C'était aussi le jour où ils avaient échangé leur premier baiser. Un jour à marquer d'une pierre blanche. Il avait plus ou moins occulté cette histoire de licenciement depuis, songea-t-il.

— Oui, confirma Elizabeth, le regard perdu dans le vague.

Ses yeux, pourtant, se mirent à étinceler tandis qu'elle poursuivait :

— Son fils était l'un de mes élèves. Je lui ai donné une note éliminatoire au milieu du trimestre — une note qu'il avait *méritée* — et il a été suspendu de l'équipe de rugby.

Un léger soulagement envahit Donovan. Peut-être tout ceci n'était-il qu'un malentendu à caractère scolaire qui avait dégénéré. Hochant la tête, il prit place à côté d'elle sur le banc.

Elle ne réagit pas. C'était une victoire en soi. A la place, elle poursuivit son histoire.

— Lors de la rencontre parents-professeurs, Markham a essayé de me convaincre de modifier la note de son fils. J'ai refusé, et…

Sa voix se brisa, et elle cligna des yeux pour chasser un nouvel afflux de larmes.

Donovan se rapprocha d'elle, incapable de contenir son impatience.

— Et alors ?

— Il a essayé de m'acheter. Quand j'ai de nouveau refusé, il a dit mot pour mot : « Les femmes comme vous, celles qui viennent de nulle part, ont toujours un prix. » Ensuite, il m'a touchée.

Elle enfouit son visage dans ses mains.

— *Quoi ?* rugit Donovan.

Il était prêt à bondir sur ses pieds, à foncer dans la salle de bal et à écarteler Markham. L'idée était follement attrayante, mais il savait que l'histoire n'était pas finie, et s'il partait maintenant, il ne connaîtrait jamais toute la vérité.

Néanmoins, il eut du mal à ne pas céder à la tentation.

— Elizabeth, qu'entends-tu exactement quand tu dis qu'il t'a *touchée* ? J'ai besoin de savoir ce qui est arrivé, et tout de suite.

Il n'avait pas eu l'intention de s'exprimer de façon aussi directive, mais il avait toutes les peines du monde à garder son sang-froid. Il se demanda si Markham était toujours sans connaissance. Il espérait presque le voir débarquer pour avoir le plaisir de l'assommer de nouveau.

Elizabeth se tourna vivement vers Donovan.

— Il m'a touché le poignet, et il m'a caressé le bras en

regardant mes seins. Ce n'étaient pas des avances à proprement parler, mais c'était très embarrassant. C'est ça, que tu voulais savoir ? Tu es content, maintenant ?

Ce n'étaient pas des avances à proprement parler…

Les intentions de Grant Markham étaient suffisamment claires pour que Donovan ait envie de le tuer. Il avait essayé d'acheter Elizabeth. Il avait essuyé un refus, et il avait alors essayé de l'intimider pour la soumettre à son bon vouloir.

Le sang se mit à battre furieusement entre les tempes de Donovan. Il se mordit la lèvre pour réprimer un juron.

Reste calme.

— Si je suis content ? Bien sûr que non.

Donovan se leva et fit les cent pas avant de s'arrêter devant Elizabeth. Puis, s'accroupissant, il lui prit doucement le menton pour l'obliger à le regarder dans les yeux.

— Quoi d'autre ? Ce n'est pas tout, n'est-ce pas ?

Elle hocha la tête.

— J'ai répondu de la seule manière que je connaissais en pareil cas. En le giflant.

Il laissa échapper un petit rire satisfait.

— Bravo, tu as bien fait.

— Non, Donovan, je n'ai pas *bien fait.* Pas du tout. Je l'ai humilié. Et il s'est vengé en m'humiliant à son tour. Il m'a accusée d'avoir essayé de le soudoyer. Il a affirmé au conseil d'administration que j'avais exigé de l'argent pour modifier la note de son fils, et j'ai été licenciée.

Sa voix était pleine de colère, à présent, et ses yeux étincelaient de fureur contenue.

Tout ce qu'elle disait était insensé. Grotesque, même.

— C'est impossible… Comment quiconque a-t-il pu croire

à cette histoire ? Comment a-t-il pu prouver une accusation aussi absurde ?

— Il n'en a pas eu besoin, Donovan. Il est riche et puissant, et moi je ne suis personne. Evidemment qu'il a eu gain de cause. Tu ne peux pas comprendre, dit-elle d'un ton acerbe. Comment le pourrais-tu ? C'est ce que j'ai essayé de t'expliquer depuis le début : nous n'avons rien en commun, Donovan. Tu es dans leur camp.

Voilà qui ne lui plaisait pas du tout.

Il se leva et jeta un coup d'œil en direction de la maison. Même d'ici, Donovan voyait que le bal avait débuté en son absence. Ses invités dansaient et s'amusaient, et Grant Markham — l'homme qui avait blessé Elizabeth, la réduisant à l'ombre d'elle-même — était parmi eux.

Pas étonnant, songea-t-il. Pas étonnant qu'il ait eu tant de mal à gagner sa confiance. Et pas étonnant qu'il l'ait de nouveau perdue après qu'elle avait vu Grant Markham sous son toit, buvant son champagne.

— Je suis désolé. J'ignorais tout cela, dit-il en lui prenant la main sans qu'elle réagisse. Si seulement j'avais su. Pourquoi ne m'en as-tu pas parlé plus tôt ?

Elle leva les yeux pour soutenir son regard.

— Je ne considère pas ça comme mon heure de gloire, tu sais.

— Je ne suis pas d'accord avec toi, répondit-il en lui étreignant la main.

— Comment ?

— Tu t'es défendue. Tu as refusé de céder aux pressions.

Il aurait tellement aimé qu'elle considère la situation sous un autre angle. Elle était beaucoup plus forte qu'elle ne le croyait.

— Mais maintenant, il est là, Donovan. A Chadwicke.

Ses lèvres se remirent à trembler. Ses lèvres qu'il avait embrassées il n'y avait pas si longtemps.

— Helena l'a amené ici pour m'humilier de nouveau. Pendant le match de polo, elle a raconté à ta tante certaines choses sur moi. Je me demandais comment elle en savait autant sur ma vie aux Etats-Unis. Maintenant, j'ai compris — elle essayait de se débarrasser de moi. Comment peut-on faire une chose pareille ?

Donovan serra les dents.

— Je me suis occupé d'Helena. Tu as ma parole qu'elle ne te fera plus jamais de mal.

Elle dégagea sa main et enserra de nouveau ses jambes. Quelque chose dans ses yeux mit Donovan en alerte, mais il s'efforça de ne pas céder à la panique. Maintenant que les choses étaient claires, il comptait bien arranger la situation.

— Je ne peux pas retourner là-bas. Que suis-je censée faire, à présent ?

Elle se tourna vers lui, une expression de lassitude sur le visage. Jamais il ne l'avait vue comme ça, cela lui faisait mal au cœur.

Donovan caressa sa joue du bout des doigts, et ce simple contact fut comme une révélation. A présent, il savait — peut-être avait-il su depuis le début.

— Je crois qu'il n'y a qu'une seule chose à faire.

— Quoi donc ? demanda-t-elle, une lueur incertaine dans le regard.

Il sourit.

— Epouse-moi.

*
* *

Elle avait dû mal entendre. Ce n'était pas possible autrement. Il ne pouvait pas avoir prononcé ces deux mots ridicules.

Elle déglutit avec peine, incapable de les répéter à haute voix.

Epouse-moi.

Epouse-moi ?

Il plaisantait, ou quoi ?

— Donovan, sois sérieux.

— Je n'ai jamais été plus sérieux.

— Non, je ne te crois pas. Ce n'est pas possible.

Pourtant, il avait bel et bien l'air sérieux. Et — seigneur, que faisait-il ? — on aurait dit qu'il allait s'agenouiller devant elle.

Cela ne manqua pas : il posa un genou à terre. Dans sa panique, la seule pensée cohérente qui vint à Elizabeth fut qu'il allait abîmer son smoking. C'était ridicule de songer à une chose pareille, mais Elizabeth mit cette divagation sur le compte du temps passé dans la boutique de sa mère.

Il prit sa main entre les siennes. Elle essaya de ne pas penser comme elles étaient douces et chaudes. Ni à l'agitation qui semblait s'être soudain emparée de Donovan, comme s'il était investi d'une mission.

— Elizabeth Scott, veux-tu m'épouser ?

Eberluée, elle le fixa sans répondre. A quoi diable pensait-il ? Les joues d'Elizabeth s'empourprèrent, et son cœur battait si fort qu'il menaçait de bondir hors de sa poitrine. Enfin, elle réussit à parler :

— Non.

De toute évidence, ce n'était pas la réponse qu'il attendait. Il pâlit et sembla lutter pour ne pas perdre contenance.

— Je te demande pardon ?

— Non.

Cette fois, elle prononça ce mot avec plus de force qu'elle

n'en avait eu l'intention. Mais franchement, tout cela était tellement absurde !

Epouser Donovan était hors de question. En épousant Donovan, elle deviendrait *madame Donovan Darcy, maîtresse de Chadwicke.* Elle épouserait aussi les classes les plus aisées de la société britannique. Rien que d'y penser, cela lui donnait la nausée.

Si, en essayant de s'intégrer à la Barclay School, elle avait outrepassé les limites, elle n'osait même pas penser à ce qui arriverait en épousant Donovan.

Même si l'idée était séduisante.

Rien qu'un peu.

Arrête. Ce n'est même pas la peine d'y penser. Tu es la fille qui habille les mariées, cela a toujours été ainsi. Ce n'est pas toi qui épouseras le prince charmant.

Evidemment que non. Les gens comme Donovan pensaient qu'elle n'était même pas assez bien pour éduquer leurs enfants.

— Non, répéta-t-elle encore. Je ne peux pas t'épouser.

Donovan tressaillit. Lentement, il lâcha ses mains avant de se lever.

— Elizabeth, il faut que je te dise combien je t'aime et t'admire.

Incapable d'en entendre plus, elle lui coupa la parole :

— Arrête. S'il te plaît.

Les bras croisés, il la dévisagea. Son regard s'assombrissait d'instant en instant, comme si une tempête s'apprêtait à y éclater.

— Je ne peux pas t'épouser, Donovan. Ce serait de la folie. Regarde le chaos que j'ai semé ici après un seul week-end. Ta famille serait horrifiée. Imagine la tête que ferait ta tante si elle apprenait que nous sommes fiancés.

Elizabeth ne put réprimer un frisson. Même quand celle-ci s'efforçait d'être polie, tante Constance la terrifiait.

Donovan attendit un long moment avant de répondre. Quand enfin il ouvrit la bouche, il avait réussi à juguler la colère qui menaçait de le submerger.

— Je suis adulte. Ma tante n'a pas à décider de qui je dois épouser. Si c'était le cas, je me serais marié avec Helena ou l'un de ses douze clones voilà des années. Quant au reste de ma famille, Zara t'adore. Tu t'en es rendu compte, quand même ?

— Oui, mais…

Il avait recommencé à faire les cent pas comme un animal en cage. S'arrêtant d'une manière abrupte, il demanda :

— Mais quoi ?

Soudain, Elizabeth avait du mal à parler. Pourquoi devait-elle tout lui expliquer ? N'était-ce pas évident ?

— Tes pairs, Donovan. Tes amis. Je ne viens pas du même monde. Seigneur, quand je pense que Grant Markham est planté dans ta salle de bal en ce moment même !

Le sang de Donovan se mit à battre de plus belle dans ses tempes.

— Henry est mon meilleur ami, et il te vénère. Bon sang, il est même amoureux de ta sœur ! Et si tu étais restée un peu plus longtemps dans la salle au lieu de partir en courant, tu saurais que Grant Markham n'est plus *planté* dans la salle, mais allongé par terre. Avant que lui ou Helena remettent les pieds chez moi, les poules auront des dents.

A ces mots, Elizabeth sentit quelque chose remuer en elle. Elle décida pourtant de l'ignorer.

— Tout ceci n'aura plus aucun intérêt une fois que tu seras ma femme.

Soudain, elle n'eut plus aucun mal à ignorer les sentiments qui cherchaient à se faire jour.

— Que veux-tu dire ?

— Je veux dire qu'une fois que nous serons mariés, les gens — tante Constance, Helena et consorts — te laisseront tranquilles. Il sera trop tard pour nous éloigner l'un de l'autre. Tu seras ma femme, un point, c'est tout, dit-il d'un ton léger.

Le cœur d'Elizabeth se serra. Grandir à l'ombre de Scott Bridal avait peut-être altéré son jugement, mais elle n'aurait jamais imaginé qu'on lui propose le mariage en ces termes.

— Comme c'est romantique. Excuse-moi, je crois que je vais défaillir.

— Romantique ? C'est ça que tu veux, du romantisme ? Je suis prêt à t'en offrir jusqu'à la fin de ma vie !

Sa voix retentit dans l'obscurité, entre les arbres.

— Pour l'amour de Dieu, nous venons de faire l'amour. C'était important pour moi. Et je sais que ça l'était pour toi aussi.

Elizabeth essuya une larme sur sa joue. Elle ne s'était même pas aperçue qu'elle pleurait.

— Nous ne sommes plus au XIXe siècle. Ce n'est pas parce que nous avons couché ensemble que tu es obligé de m'épouser.

— Cela n'a rien à voir, et tu le sais très bien.

Il se planta à quelques centimètres d'elle, pieds écartés.

— Au cas où ça t'aurait échappé, je viens de te dire que je t'aime. Ecoute, je sais que les choses sont compliquées. Je mentirais en affirmant le contraire. J'ai essayé de chasser ces sentiments, mais tous mes efforts ont été vains. Je suis amoureux de toi.

Les choses étaient *compliquées*. Si ce n'était pas l'euphémisme du siècle !

Mais croyait-il sincèrement être amoureux d'elle ?

Le cœur d'Elizabeth se mit à battre plus fort, comme si celui-ci tentait d'assimiler ces mots.

Son esprit, en revanche, refusait même de les entendre.

— Tu n'es pas amoureux de moi, Donovan.

Il la considéra avec un sourire incrédule.

— C'est toi qui vas m'expliquer ce que je ressens ?

— Tu n'es pas amoureux. Un homme amoureux n'essaie pas de se convaincre du contraire. Tu es un homme habitué à obtenir ce qu'il veut, nuance. Et en ce moment, c'est *moi* que tu veux.

Elle venait d'exprimer à voix haute sa crainte la plus profondément enfouie.

Donovan serra les mâchoires, mais son regard se fit plus tendre. Si tendre qu'elle croyait presque ce qu'il lui disait, aussi absurde que cela paraisse.

— Tu as peur, mais n'aie crainte. Je suis là, moi, et je te demande d'être ma femme.

La chaleur de son corps rayonnait jusqu'à elle, l'attirant de façon si animale qu'elle commença à trembler des pieds à la tête. Fermant les yeux, elle s'abandonna à cette chaleur. Elle était sur le point de céder. Ce serait si bon de dire oui, tout simplement.

Oui, je veux t'épouser.

Les mots étaient prêts, sur le bout de sa langue. Elle était surprise de constater à quel point ce petit *oui* semblait délectable, comme une cuiller de miel.

Mais une partie d'elle-même savait que ce miel était trop sucré. Tout était trop beau pour être vrai.

Cela ne marcherait jamais. Nous finirions par nous entretuer. Ou pire, par nous haïr.

Leurs sentiments à tous deux étaient irréalistes. Il ne s'agissait que d'une illusion — les séquelles trompeuses de leurs merveilleux ébats de l'après-midi.

Oui, ils avaient fait l'amour, et l'expérience avait été fabuleuse. Elizabeth n'en avait jamais connu de plus intense.

Mais le plus beau, c'était qu'au milieu de toute cette passion sans frein, il y avait eu de la tendresse, impossible de le nier. Les paroles que Donovan lui avait murmurées tandis qu'il allait et venait en elle, la façon attentionnée dont ses mains avaient exploré chaque parcelle de son corps, tout cela suffisait presque à lui faire croire qu'il l'aimait. Elle l'aurait sans doute encore cru si Markham n'avait pas fait irruption dans ce rêve.

Sa présence lui avait rappelé de façon brutale qui elle était, et à quel monde elle appartenait. Un monde qui n'avait rien de commun avec Chadwicke.

Elle n'appartiendrait jamais au même monde que Donovan Darcy.

— Tu ne m'aimes pas, Donovan, répéta-t-elle encore avant de déglutir avec peine pour prononcer la suite. Tu ne m'aimes pas, et je ne t'aime pas.

Il sursauta, comme si elle venait de le gifler — de la même manière qu'elle avait giflé Grant Markham.

— Je vois.

Elizabeth fixa un point au-dessus de son épaule, incapable de soutenir son regard.

— Tes sentiments sur le sujet sont on ne peut plus clairs. Je pense que je devrais avoir honte des miens, vu qu'ils ne sont pas partagés. Pardonne-moi de t'avoir fait une proposition aussi grotesque.

Elle se contenta de hocher la tête, puis elle se leva et prit la direction de la maison. A présent, les larmes coulaient abondamment sur ses joues. Elle était incapable de les retenir. Son seul espoir était d'atteindre sa chambre avant de s'effondrer complètement.

A son grand soulagement, Donovan ne tenta pas de la suivre.

Mais il prononça son nom une dernière fois tandis qu'elle s'enfuyait, avec cette inflexion qui lui plaisait tant.

Elizabeth.

Elle faillit se retourner.

Chapitre 23

— Tu aurais pu prévenir, quand même ! Quand tu as disparu après le bal, je me suis fait un sang d'encre.

Jenna jeta sa valise sur le lit, manquant assommer Elizabeth au passage.

Allongée sur les couvertures bleues au milieu de Bliss et des quatre border terriers, Elizabeth leva la tête. A travers les rideaux de dentelle, le soleil commençait à poindre dans la chambre d'amis des Barrow.

— Jenna, quand es-tu rentrée ?

— Je viens d'arriver, Henry m'a ramenée, lui répondit-elle avec une grimace. Tu portes encore cette robe ? Regarde-la, elle va être fichue !

— Cela n'a plus d'importance, répondit Elizabeth.

Cette robe était désormais le cadet de ses soucis.

Jenna se laissa tomber sur le lit.

— Lizzy, que s'est-il passé ? Tu es partie de la salle de bal en courant, et une heure plus tard, le majordome m'informe que tu as quitté Chadwicke en taxi !

Le taxi. Elizabeth se souvenait à peine y être montée, Bliss sous le bras, traînant sa valise bouclée à la hâte. Le trajet jusqu'à Londres lui avait coûté plus de deux cents livres. Elle ne voulait même pas savoir combien cela représentait en dollars. Elle s'en fichait. A aucun moment elle n'avait envisagé la possibilité de rentrer avec Donovan. Pas après tout ce qui s'était passé.

— Lizzy, Donovan est dans tous ses états. Que s'est-il passé entre vous ? Je ne peux pas t'aider si tu ne me dis rien !

Jenna soupira, et Elizabeth ferma les yeux. Ce n'était pas facile à raconter.

— Grant Markham était là.

— Je sais. Je l'ai vu, je te rappelle, lui répondit Jenna en posant la main sur l'épaule de sa sœur. J'ai aussi vu Donovan lui casser la figure de ses propres mains.

— Il l'a vraiment fait, alors ?

Donovan lui avait bien juré que Grant Markham était étalé par terre dans la salle, mais elle n'avait pas cru, sur le moment, qu'il l'avait assommé *lui-même.*

— Je n'étais pas là quand c'est arrivé, reprit-elle.

— Eh bien, ça fait la une du *Daily Mail.* Il y a même un article pour expliquer qu'Helena s'est fait publiquement expulser de Chadwicke. Tu veux le voir ? demanda Jenna en sortant un journal de la poche latérale de son sac à main.

— Non. Surtout pas.

Elizabeth en avait sa claque du *Daily Mail.*

— Mais pitié, dis-moi juste que cette fois, ils ne parlent pas de moi !

— Non, la rassura Jenna en secouant la tête.

Elizabeth se demandait par quel miracle elle avait échappé à un nouvel article après tout ce qui s'était passé à Chadwicke. Etait-ce grâce à Donovan ? Avait-il fait en sorte que son nom ne soit pas cité, comme il le lui avait promis ?

— Quel dommage que tu aies manqué ce coup de poing, reprit Jenna. Le spectacle valait le coup, Grant Markham s'est effondré comme une crêpe. Si Donovan avait vendu des billets d'entrée, il serait devenu riche comme Crésus !

Elle éclata de rire et ajouta :

— Sauf qu'il n'en a pas besoin, vu qu'il est *déjà* riche comme Crésus.

Elizabeth poussa un soupir à fendre l'âme et se laissa retomber sur les oreillers.

Jenna réagit aussitôt.

— Non. Ne me dis pas que c'est à cause de ça que tu t'es enfuie ? Parce que Donovan est riche ? Je pensais que tu avais dépassé ce problème.

— Je l'ai dépassé, oui, mentit-elle. Et ce n'est pas pour ça que je suis partie. Je me suis enfuie parce que Donovan m'a demandé de l'épouser… et que j'ai refusé.

Les yeux de Jenna s'écarquillèrent, mais compte tenu de la situation, elle ne semblait pas si étonnée que ça. C'était étrange, d'ailleurs.

— Il t'a demandé de l'épouser, et tu as dit *non* ? demanda Jenna sur un ton égal.

Elle était beaucoup trop calme, trouvait Elizabeth.

— C'est ce qui s'est passé, oui, lui avoua-t-elle en triturant la ceinture de strass de sa robe.

Que faisait-elle encore dans cette tenue ? Elle commençait à ressembler à Cendrillon, version trash.

Sauf qu'elle avait laissé derrière elle quelque chose de beaucoup plus précieux qu'une pantoufle de vair. Elle se sentait vidée de l'intérieur, comme si elle s'était enfuie de Chadwicke en y laissant une bonne partie de son cœur.

— Dis-moi une chose, Lizzy.

Jenna qui, elle, était confortablement vêtue d'un jean et

d'un pull en mohair beige, se pencha pour poser les mains sur les épaules d'Elizabeth.

— L'aimes-tu ?

C'était une question qu'Elizabeth n'avait pas eu le cran de se poser depuis le jour où Donovan l'avait amenée chez Harrods.

Sa gorge se serra, et le sang se mit à marteler douloureusement ses tempes.

— Oui. Je veux dire, non. En fait, je ne sais pas.

Elle n'arrivait plus à aligner deux pensées cohérentes. Elle était complètement perdue.

— J'ai peur qu'il m'ait demandée en mariage pour de mauvaises raisons.

Peut-être avait-elle peur tout court.

Avec un soupir, Jenna étreignit l'épaule d'Elizabeth.

— J'ai quelque chose à te dire.

Elle semblait si sérieuse que l'inquiétude gagna soudain Elizabeth, chassant en partie le brouillard qui lui embrumait l'esprit. Elle tenta de concentrer toute son attention sur sa sœur, mais elle avait toujours l'impression de n'être que partiellement là.

Une part d'elle — la meilleure, espérait-elle — était restée dans les jardins de Chadwicke. Avec Donovan.

Paupières battantes, elle soutint le regard de sa sœur.

— Quoi donc ?

A peine avait-elle prononcé ces mots que Jenna lui sourit d'un air contrit.

— Je sais que je ne pouvais pas trouver pire moment pour t'annoncer ça, mais je ne peux pas avoir de secret pour toi.

— Jenna ? Tu commences à me faire peur !

— Ne crains rien, la rassura celle-ci en souriant de plus belle.

C'est alors qu'Elizabeth remarqua que les yeux bleus de sa sœur pétillaient littéralement de joie. En fait, elle irradiait de tout son être, et jamais Elizabeth ne l'avait trouvée aussi belle.

— Ce sont de bonnes nouvelles, ajouta Jenna.

— Dis-moi tout, s'il te plaît, la pria Elizabeth en s'efforçant de sourire.

Son instinct lui soufflait qu'elle savait très bien ce qu'allait lui annoncer Jenna. Mais ce n'était pas possible, il était trop tôt, les choses ne pouvaient pas aller aussi vite…

— Henry et moi sommes fiancés.

Apparemment, si.

La nouvelle la choqua assez pour la réduire au silence. Henry et Jenna, *fiancés* ? Comment était-ce arrivé ? Il y avait des semaines que Donovan et elle se disputaient, éprouvant une attirance mutuelle qu'ils répugnaient tous deux à admettre. Et pourtant, en moitié moins de temps, Jenna et Henry étaient tombés amoureux l'un de l'autre et s'étaient fiancés ! Cela lui paraissait tout bonnement impossible.

Comment les histoires pouvaient-elles être aussi simples pour certains, et aussi complexes pour d'autres ? Elizabeth était stupéfaite. Et un peu triste, aussi.

— Je suis désolée, dit Jenna en se mordant les lèvres avec un air d'excuse. Comme je te l'ai dit, je choisis mal mon moment pour t'annoncer ça. Mais il fallait que je le fasse.

C'était le moment ou jamais de faire bonne figure. Elizabeth ne dirait et ne ferait rien qui risque de gâcher le bonheur qu'éprouvait sa sœur. Elle lui adressa donc son sourire le plus large :

— Ne sois pas bête ! Et je t'interdis de t'excuser.

Elle déglutit pour chasser la boule logée dans sa gorge. Elle aurait voulu en dire plus, mais elle se sentait incapable de poursuivre sur ce registre.

— Je sais que ça peut paraître précipité, poursuivit Jenna avec un sourire béat, mais pour nous, c'est juste le bon moment.

Ravalant quelques larmes, Elizabeth respira à fond pour se ressaisir.

— Bien sûr que c'est le bon moment. Vous êtes amoureux. C'est une merveilleuse nouvelle, je suis follement heureuse pour toi. Sincèrement.

Le sourire de Jenna vacilla. Elle dévisagea Elizabeth avec attention.

— Tu es amoureuse de lui. C'est évident. Tu es amoureuse de Donovan Darcy.

Cette fois, ce n'était pas une question.

— Peu importent mes sentiments pour lui, Jenna, dit Elizabeth en secouant la tête.

Elle *refusait* de croire qu'elle était amoureuse de Donovan.

— Il ne m'aime pas, reprit-elle.

Jenna battit des paupières, désorientée.

— Attends, il t'a demandée en mariage, mais il ne t'a jamais dit qu'il t'aimait ?

— Si, il me l'a dit..., murmura Elizabeth. Mais pas assez fort, pas assez tôt.

— Tu veux savoir s'il t'aime ? Si tu l'aimes ? Tu veux savoir s'il t'a demandée en mariage pour de bonnes raisons, c'est ça ? Tu trouveras peut-être les réponses à tes questions là-dedans.

Jenna plongea les mains dans la poche arrière de son jean et en sortit une enveloppe.

Le nom d'Elizabeth, écrit de la main élégante de Donovan,

était inscrit dessus, tentateur, comme la mettant au défi d'ouvrir l'enveloppe. Elle tendit la main pour la prendre, puis replia les doigts comme si elle craignait de se brûler.

— Vas-y, prends-la, l'encouragea Jenna. Il m'a demandé de te la remettre.

Elle posa l'enveloppe sur la table de chevet.

— Je vais te laisser la lire tranquillement.

Après le départ de Jenna, Elizabeth considéra l'enveloppe pendant cinq bonnes minutes sans rien faire, partagée entre la panique et l'impatience. Quand elle déchira enfin l'épais papier pour ouvrir l'enveloppe, le bruit lui sembla assourdissant.

Elle posa Bliss sur ses genoux et la serra contre elle pour se soutenir moralement, puis elle déplia le feuillet. La lettre avait été écrite à 2 heures du matin.

Très chère Elizabeth,

Tu n'as quitté Chadwicke que depuis quelques heures et déjà, la magie qui s'était emparée de cette vieille demeure lors de ton arrivée s'est évanouie, me laissant seul avec mes pensées.

Je suis désolé de t'avoir blessée, Elizabeth, plus que je ne saurais le dire. Et je te présente mes excuses pour le chagrin que t'a infligé Helena. Je veux que tu saches que je ne lui permettrai plus jamais d'être en position de te faire du mal. Quant à Grant Markham… disons simplement qu'il n'y a pas que son ego qui a souffert.

Je sais que les actes d'Helena et de Markham n'ont fait qu'ajouter à ta détresse, mais je comprends maintenant que c'est moi qui suis le principal responsable de ton départ précipité. Je n'aurais pu m'y prendre plus mal pour te demander en mariage.

Ce que j'aurais dû te dire depuis le départ, et je le pense de tout mon cœur, c'est que je t'aime. Je t'aime ardemment. Oui, nous venons de deux mondes différents. Et oui, l'idée que Grant Markham ait pu abuser de toi d'une façon ou d'une autre m'a rendu fou. Mais fou, je le suis depuis que j'ai posé les yeux sur toi, en Amérique. Je t'ai aimée au premier regard.
Je n'en dirai pas davantage, car tu m'as clairement exposé tes sentiments — ou plutôt, ton absence de sentiments. Ne te fais pas de souci. C'est la dernière fois que je te fais part de mon amour pour toi, et je jure de ne plus renouveler l'aveu de ce sentiment et la demande qui t'a tant offusquée hier soir.
Je voulais simplement que les choses soient claires, et m'excuser de t'avoir proposé un arrangement dont la seule évocation semble te révolter.

D. Darcy

Elizabeth regarda sans les voir les phrases sur le papier, la vision brouillée par les larmes.

O mon Dieu, qu'ai-je fait ?

— Monsieur Darcy ?

Donovan ne répondit pas. Il était assis dans son bureau, derrière sa table de travail, dos tourné à la porte. Il s'efforçait de ne pas regarder par la fenêtre ; la vue de la maison des Barrow lui était devenue insupportable.

Il n'avait pas posé les yeux sur Elizabeth une seule fois depuis cette nuit-là, une semaine plus tôt, dans le jardin de Chadwicke. Juste après leur entrevue, il s'était rué dans la salle de bal afin de s'assurer que Grant Markham avait quitté les lieux. Puis, après avoir ordonné à sa tante éberluée de ne plus fourrer son nez dans ses affaires, il était retourné dans sa chambre. Elizabeth ne s'y trouvait pas. Bliss ayant également disparu, il avait compris qu'elle était bel et bien partie, et qu'elle ne reviendrait pas.

— Monsieur Darcy ? répéta le majordome.

— Oui, dit-il en s'adressant au mur qui lui faisait face.

— Vous avez de la visite.

Puis il ajouta précipitamment :

— Il s'agit de M. Robson.

Son empressement à préciser l'identité du visiteur était inutile : Donovan avait depuis longtemps renoncé à avoir des nouvelles d'Elizabeth. En déclinant sa demande en mariage, elle lui avait très clairement exposé ce qu'elle pensait de lui.

— Faites-le entrer, dit Donovan d'un air absent.

Il inspira avec effort et se prépara mentalement à affronter Henry. Il avait beau apprécier énormément son ami, il l'avait évité avec soin depuis l'annonce de ses fiançailles avec Jenna Scott.

Quelle ironie du sort ! Henry et Jenna s'étaient fiancés lors du bal à Chadwicke, pendant que lui-même demandait sa main à Elizabeth, en vain. Donovan trouvait cela profondément injuste.

Il fit pivoter son siège et reporta son attention sur le panier des chiens. Les quatre chiots grandissaient à toute vitesse. Figgy avait cessé de passer ses journées auprès d'eux. Complètement sevrés à présent, ils étaient en pleine santé.

En l'occurrence, les garnements étaient en train de se disputer gaiement un jouet en mousse en forme de bus à impériale londonien — un cadeau qu'Elizabeth avait choisi pour eux au Royaume des Animaux, chez Harrods. Pudding semblait sur le point de l'emporter. A la vue des taches de rousseur qui piquetaient la truffe de la petite chienne, Donovan sentit son cœur se serrer davantage. Il détourna les yeux de la scène au moment où Henry pénétrait dans la pièce.

— Seigneur ! lança celui-ci, la mine soucieuse.

Il était rare qu'il affiche ce type d'expression, et les rares fois où cela arrivait, cela faisait son petit effet.

— Tu as une sale tête, commenta-t-il.

Donovan se frotta le visage.

— Je n'ai pas très bien dormi, ces derniers temps.

C'était un euphémisme : à Chadwicke, il n'avait même pas pu approcher de son lit, qui lui rappelait par trop Elizabeth. Il n'avait donc pas fermé l'œil de la nuit, seul et misérable, puis il était rentré à Londres, où Elizabeth n'avait jamais approché sa chambre de près ou de loin. Il s'avéra que ce n'étaient ni les draps, ni les murs ou les meubles qui étaient hantés par la présence de celle-ci, mais bel et bien son cœur. Et celui-ci refusait d'oublier.

Parfois, Donovan se demandait s'il existait un endroit au monde où il pourrait effacer le souvenir d'Elizabeth.

— Eh bien, ça se voit, commenta Henry sans se départir de sa mine soucieuse.

Il s'assit sur l'un des sièges qui faisaient face à Donovan.

— Merci bien, grommela celui-ci.

— Je t'en prie, répondit son ami avec un sourire en coin. Tu n'as pas eu de nouvelles d'elle, n'est-ce pas ?

— Non, aucune.

Henry se pencha en avant et posa les coudes sur le bord du bureau de Donovan.

— Que s'est-il passé entre vous, exactement ? Même

ma fiancée chérie ne veut rien me dire à ce sujet. Elle ne fait que me répéter de ne pas m'inquiéter… que les choses s'arrangeront d'elles-mêmes.

Que les choses s'arrangeront d'elles-mêmes ?

Aucune chance.

Si Jenna pensait vraiment cela, elle était encore plus optimiste qu'Henry. Ces deux-là étaient vraiment faits l'un pour l'autre.

Donovan leva les yeux pour croiser le regard de son ami.

— Je n'y compterais pas.

Secouant la tête d'un air navré, Henry répondit :

— Je me sens responsable. Ma sœur a tout fait pour vous étriper à mains nues, tous les deux. J'imagine que j'aurais dû voir ça venir. Je te présente mes excuses.

— Ce n'était pas ta faute.

Donovan était sincère. Il était ridicule de songer qu'Henry ou n'importe qui d'autre aurait pu contrôler Helena un seul instant.

— Je sais, dit Henry avec un sourire forcé qui s'évanouit aussitôt. Je n'en suis pas moins désolé. Je sais ce que tu ressentais pour elle.

— Ce que je *ressens*, corrigea Donovan d'un ton sec.

— D'accord, dit Henry d'un ton conciliant. Ce que tu *ressens*. Je sais ce que tu ressens envers elle. Dis-moi, que s'est-il passé ?

Donovan ferma les yeux. Derrière ses paupières baissées, il voyait Elizabeth, ensorcelante dans sa robe de bal, ses épaules nues caressées par le clair de lune. Puis il se revit, un genou à terre…

Il ouvrit les yeux.

— Je lui ai demandé de m'épouser.

Henry se raidit. Manifestement, il ne lui était pas venu à l'esprit qu'il n'était pas le seul, ces derniers temps, à s'être déclaré auprès d'une femme. Il lui fallut quelques secondes avant de se reprendre.

— Je tombe des nues, dit-il. Pour être franc, je n'aurais jamais cru que tu étais du genre à te marier. Contrairement à moi. Moi, j'ai toujours voulu me marier.

Il laissa échapper un petit rire, comme pour se moquer de lui-même.

— Mais toi ? Si je m'étais imaginé…

Donovan haussa les épaules.

— Tout le monde change.

C'est l'amour qui nous fait changer.

Le front plissé, Henry demanda :

— Quand cela s'est-il passé ?

— A Chadwicke. Le soir du bal.

Le jour où ils avaient fait l'amour pour la première fois. Le plus beau jour de la vie de Donovan, mais aussi le pire. Bien sûr, c'était aussi le soir où Henry et Jenna s'étaient fiancés. Heureusement, Henry ne souligna pas cette petite coïncidence.

— Je suppose qu'avec l'apparition de Markham, j'aurais pu mieux choisir mon moment.

— Oui, j'ai appris, pour Markham, dit Henry.

La migraine qui ne quittait guère Donovan ces temps-ci redoubla.

— Elle a refusé. Catégoriquement.

Il s'y était pris comme un manche, voilà tout. A peine sa silhouette avait-elle disparu dans l'ombre qu'il l'avait compris : il n'aurait jamais dû attendre si longtemps avant de lui avouer son amour. Voilà pourquoi il lui avait écrit cette lettre, même s'il était peu probable que cela ait arrangé son cas. Il y avait brandi son amour comme une arme. Il avait été si fier de ses sentiments, il s'en était vanté auprès d'Elizabeth, comme s'ils lui conféraient une certaine supériorité vis-à-vis d'elle.

Cet orgueil même le faisait agir exactement comme Elizabeth le redoutait.

— Tu ne vas pas abandonner, dit Henry.

Il s'agissait d'un constat, non d'une question. Il insista :

— Je n'ai jamais vu Donovan Darcy abandonner une fois qu'il avait quelque chose en tête.

— Henry, elle ne m'aime pas.

Il y eut un long silence, puis son ami se décida à parler :

— Tu en es sûr ?

Le cœur de Donovan se serra douloureusement. Etaient-ils obligés de revenir sur ce sujet ?

— C'est ce qu'elle m'a affirmé, en tout cas.

— Et tu la crois ?

— Oui.

Et non.

Donovan avala sa salive. Il songea à parler à Henry de la lettre qu'il avait écrite à Elizabeth sous le coup de l'émotion, juste après cette malheureuse demande en mariage. Il jugea préférable de ne pas l'évoquer — Elizabeth n'en avait même pas accusé réception, ce qui rendait la situation encore plus vexante.

Comme s'il avait lu dans ses pensées, Henry se pencha vers lui et lui dit :

— Je suis au courant, pour la lettre.

Donovan serra les dents. C'était donc ainsi que les choses allaient être, maintenant qu'Henry et Jenna étaient fiancés ? Il ne pourrait plus avoir de secret ? Pire encore, étaient-ils voués à une proximité forcée du fait que la sœur d'Elizabeth allait épouser son meilleur ami ?

Pour Donovan, il était inconcevable de se retrouver à côté d'Elizabeth dans une église le jour du mariage de Jenna et Henry… un jour qui aurait dû leur être consacré, à Elizabeth et lui. A cette idée, une nouvelle vague d'indignation le submergea.

— Je suppose que le contenu de cette lettre a atterri dans le *Daily Mail* ? demanda-t-il, sarcastique.

— Détends-toi, dit Henry en levant les mains dans un geste qui se voulait apaisant. J'ignore tout du contenu de cette lettre. Jenna m'a simplement dit que tu lui avais demandé de remettre une enveloppe à Elizabeth une fois de retour à Londres.

— Dans ce cas, tu dois également savoir que je n'ai pas reçu de réponse à cette lettre.

Devait-il en vouloir à Elizabeth pour cela ? Ce n'était pas comme s'il avait réitéré sa demande en mariage. En fait, il s'était appliqué à l'annuler, au contraire, et de façon irrévocable. S'il se souvenait bien, il s'était même engagé à ne plus jamais lui demander de l'épouser.

L'air préoccupé, Henry demanda :

— Absolument aucune réponse ?

— Aucune.

Il referma d'un coup sec l'agenda posé sur son bureau. Cet agenda n'avait plus guère de sens pour lui, à présent. Il était rempli de rendez-vous futiles pour les prochains jours, des rendez-vous qu'il entendait bien manquer.

— Cela n'a plus d'importance. Cette affaire est close.

— Jenna dit que…

Donovan l'arrêta d'un geste.

— Ce que Jenna dit ne m'intéresse pas. Elizabeth a parfaitement exprimé son opinion sur le sujet. Elle ne m'aime pas, et elle n'a aucune intention de m'épouser. Affaire classée. Comme je te l'ai dit, c'est fini.

— Fini ? Comme ça ? demanda Henry, incrédule.

— Oui, dit Donovan en hochant la tête d'un air résolu. Fini.

Il avait omis de mentionner un élément crucial, mais qui ne regardait que lui. Il aurait aimé dire toute la vérité à Henry, mais son mariage imminent avec Jenna rendait une telle franchise impossible.

D'ici vingt-quatre heures, Donovan serait à des milliers de kilomètres d'Elizabeth Scott.

Demain matin, il prendrait le premier avion en partance d'Heathrow.

Il quittait Londres.

Chapitre 24

Donovan était parti.

Personne n'avait informé Elizabeth qu'il quittait la ville. Pas même le *Daily Mail*. Depuis qu'elle lui avait remis la lettre de Donovan, Jenna était restée muette au sujet de ce dernier.

Lors des rares fois où elle avait entrevu Henry, Elizabeth l'avait trouvé inhabituellement calme et discret. Elle avait le sentiment que les jeunes fiancés évoluaient avec précaution autour d'elle, comme s'ils craignaient de faire chavirer le navire. Si elle avait pu se résoudre à parler de Donovan, elle leur aurait dit de ne pas se donner cette peine. Le navire avait coulé depuis belle lurette, et Donovan et elle avaient été projetés au fond de l'océan.

Jenna et Henry n'avaient pas besoin de faire tant de secrets autour de la disparition soudaine de Donovan. Elle ressentait son absence dans chaque cellule de son corps, comme si le vide qu'il avait laissé derrière lui était situé dans son cœur plutôt que dans cette maison en face.

A moins que Jenna n'ait vendu la mèche, Sue Barrow ignorait encore tout des événements de Chadwicke et, selon toute apparence, elle n'osait pas s'en enquérir. A la place, elle préférait couvrir Elizabeth de thé à la menthe et de biscuits. Elle était tout aussi généreuse avec le temps qu'elle permettait à Elizabeth de passer auprès des border terriers. L'épilation des quatre chiens avait pris un aspect presque thérapeutique et, depuis son retour de Chadwicke, Elizabeth avait passé des heures interminables penchée sur la table de toilettage avec Violet, Hyacinth, Rose et Daisy. Prenant le concours annuel d'Earls Court comme prétexte, elle avait épilé les malheureuses bêtes jusqu'à ce qu'elles n'en puissent plus.

Jenna avait cessé d'évoquer Donovan à l'instant où elle avait surpris Elizabeth en train de pleurer dans la fourrure de Bliss, la mystérieuse lettre de Donovan chiffonnée dans son poing. Elle venait juste de rentrer d'un rendez-vous avec Henry, leur premier depuis qu'ils étaient revenus à Londres.

Pour une fois, Jenna semblait désemparée. Elle n'avait plus aucun conseil à lui offrir, et cela effraya Elizabeth presque autant que cela la soulagea. Apparemment, elle n'était pas la seule à ne pas savoir comment réagir à cette lettre.

Elle ne parvenait à penser à rien d'autre.

Elle pouvait presque réciter cette lettre par cœur. Elle en avait étudié chaque phrase, et ses sentiments envers son auteur variaient du tout au tout. Bien qu'il explique clairement qu'il était amoureux d'elle, indépendamment de ce qu'elle-même éprouvait pour lui, Donovan n'avait pas réitéré sa demande en mariage, ce qui laissait Elizabeth perplexe. Elle ne pouvait s'empêcher de se demander pourquoi il insistait tellement pour qu'elle sache combien il l'aimait quand, dans le même temps, il l'assurait qu'il n'avait plus l'intention de lui demander de l'épouser. Jamais.

Il l'aimait.

Elle était presque parvenue à accepter ce fait.

Il l'aimait. Et pensait qu'elle le méprisait. Fin de l'histoire.

De temps à autre, le soir, elle se sentait tellement attirée par cette maison en face que c'en était insupportable. Alors, elle s'asseyait sur le banc devant sa fenêtre, attendant que Donovan apparaisse au clair de lune comme il l'avait fait le soir de son arrivée à Londres, quelques semaines plus tôt. Chaque fois qu'elle l'avait vu sortir, Finneus sur ses talons, Elizabeth avait regardé et attendu, le cœur dans la gorge, face à la vitre embuée par son souffle. Mais Donovan n'avait jamais levé la tête. Pas une seule fois.

Et maintenant, il était parti.

Aussi, quand Sue, qui rapportait le courrier ce matin-là, annonça qu'une lettre était arrivée pour Elizabeth, elle eut malgré elle un sursaut d'espoir — peut-être Donovan lui avait-il écrit pour lui donner de ses nouvelles ? A moins qu'elle ne lui manque, tout simplement, où qu'il se trouve.

— Tu as du courrier, ma chérie, dit Sue en considérant Hyacinth d'un regard approbateur.

Celle-ci était — une fois de plus — installée sur la table de toilettage quand Sue avait fait irruption dans la pièce.

— Ah bon ? demanda Elizabeth, surprise.

Ses mains tremblaient tellement qu'elle s'obligea à poser ses ciseaux avant de massacrer la fourrure de Hyacinth. Le prochain concours avait lieu dans trois jours à peine.

Jenna et Sue échangèrent un regard inquiet. Elizabeth en déduisit que cette dernière devait, après tout, être au courant de ce qui s'était passé entre Donovan et elle à Chadwicke, lettre comprise. Elle aurait dû être indignée à l'idée que sa sœur et Sue aient discuté d'elle dans son dos, mais elle n'en avait pas la force.

— Tiens, dit Sue en lui tendant une enveloppe.

Celle-ci lui semblait familière, mais l'adresse de l'expéditeur, au dos, ne portait pas le nom de Darcy.

Elizabeth se tourna vers Jenna.

— Ça vient de la Barclay School, annonça-t-elle.

— Vraiment ? demanda sa sœur d'un air étonné.

— Oui, répondit Elizabeth en considérant l'enveloppe, perplexe. Je me demande bien ce qu'ils me veulent.

— Ma chérie, tu ne le sauras qu'en l'ouvrant, intervint Sue en prenant Hyacinth dans ses bras. Viens avec maman, mon trésor. Je crois que tu as eu ton compte pour la journée.

Bliss émergea de sous la table où elle faisait la sieste, et suivit Sue et Hyacinth hors de la pièce, sans doute dans l'idée de se dégourdir les pattes dans le jardin. Une pointe de culpabilité traversa Elizabeth : ces derniers temps, elle n'avait guère sorti la pauvre Bliss, craignant de tomber nez à nez avec Donovan. Qu'aurait-elle dit, alors ? Et lui ?

Elle respira un grand coup : plus rien de tout cela n'avait d'importance.

— Lizzy ? demanda Jenna en lui posant la main sur le bras. Tu vas l'ouvrir, oui ou non ?

Elizabeth sortit de sa rêverie et passa le pouce sur l'enveloppe couleur crème qu'elle tenait à la main.

— Oui, bien sûr.

Brisant le cachet qui la maintenait fermée, elle en retira une unique feuille de papier.

Comme la dernière fois, songea-t-elle. Sauf qu'aujourd'hui, elle n'avait plus peur. Ils l'avaient déjà licenciée. Grant Markham avait tenu parole : il s'était vengé d'elle. Avec une efficacité redoutable.

Que pouvait-il donc faire de plus ?

Elle avait rarement été aussi perplexe qu'en dépliant cette lettre.

— Lis-la tout haut, ordonna Jenna. Et dépêche-toi. Ce suspense est insoutenable.

— D'accord, dit Elizabeth en s'éclaircissant la voix. C'est parti…

Chère Mademoiselle Scott,
Nous nous sommes aperçus que nous avions agi de façon négligente en mettant un terme à votre contrat de travail. Après une enquête plus poussée, le conseil d'administration est arrivé à la conclusion que vous n'êtes coupable d'aucune malversation.
Veuillez accepter nos excuses les plus sincères pour les désagréments que ce malentendu aurait pu vous causer.
Si vous décidez de revenir enseigner à la Barclay School, sachez qu'une classe vous y attend déjà.
Nous souhaitons de tout cœur que vous choisirez de reprendre votre place parmi nous le plus tôt possible.
A cet effet, le Dr Thurston vous appellera au cours des prochains jours afin de vous proposer un contrat à durée indéterminée ainsi qu'une augmentation de salaire conséquente.
Nous ne saurions trop vous répéter à quel point nous sommes désolés de la façon regrettable dont cette affaire a été menée.
Bien à vous,

Le conseil d'administration

La lettre s'achevait sur la signature emphatique, et désormais familière, de Mme Grant Markham. Elizabeth la fixait, incrédule.

— Oh ! mon Dieu ! s'exclama Jenna en lui arrachant la

lettre des mains. *Oh! mon Dieu!* répéta-t-elle avec emphase, comme si elle ne savait plus dire que cela.

Pour sa part, Elizabeth en restait muette. Elle se laissa tomber sans un mot sur les coussins du canapé, le cœur battant la chamade.

La Barclay School voulait la reprendre.

Ils avaient reconnu noir sur blanc qu'elle était innocente.

Ils s'étaient *excusés.*

C'était tout ce dont elle avait rêvé sans jamais s'autoriser à l'espérer vraiment.

— Lizzy ! s'écria Jenna sur un ton strident avant de fondre sur Elizabeth pour l'embrasser. Tu comprends ce que ça veut dire ?

Elizabeth secoua la tête — elle n'était plus sûre de rien. Tout était sens dessus dessous.

— Ça veut dire que tu peux rentrer à la maison, murmura Jenna, les yeux brillants de larmes.

A la maison.

Elizabeth acquiesça sans rien dire.

— Tu devrais rentrer ce week-end, avec moi. Nous prendrons l'avion ensemble.

Jenna étreignit les mains d'Elizabeth. Une bague ornée d'une grosse émeraude scintillait à son doigt. Elle avait fait son apparition le lendemain de l'annonce de ses fiançailles. Elizabeth ignorait si Henry lui avait présenté cette bague lors de sa déclaration, ou s'ils l'avaient choisie ensemble.

Elle avait honte de ne pas connaître les détails de cet épisode de la vie de sa sœur. Jenna était non seulement sa grande sœur, mais aussi sa meilleure amie. Toutes deux auraient dû parler de tout cela jusque tard dans la nuit, discutant à voix basse dans le noir — comment Henry lui avait-il fait sa demande, l'avait-il prise par surprise ? Elle ne savait même pas si celui-ci s'était mis à genoux, comme Donovan l'avait fait.

Après un nouveau coup d'œil sur la bague, Elizabeth déglutit avec peine et reporta son regard sur Jenna.

— Mais je ne peux pas. Le concours d'Earls Court a lieu dimanche, et j'ai promis à Sue d'y présenter les borders. Bliss est inscrite, elle aussi. Je ne peux pas rater ça.

— Dans ce cas, nous partirons dimanche soir, rétorqua Jenna avec un grand sourire. J'ai hâte de rentrer aux Etats-Unis. Je veux mettre la famille au courant, pour Henry, mais je ne peux pas le faire par téléphone. C'est vraiment le genre de chose que je veux annoncer à papa et maman en personne. C'est fantastique, incroyable ! Tu as récupéré ton travail. Quelle excellente nouvelle, vraiment ! C'est tout ce dont tu rêvais depuis tellement longtemps. Maintenant, tu peux vraiment oublier Grant Markham une bonne fois pour toutes.

Elizabeth fixa sa sœur un long moment, encore trop abasourdie pour mesurer ce qui lui arrivait. En voyant une lueur d'inquiétude s'allumer dans le regard de Jenna, elle se ressaisit d'un coup, le temps de répondre :

— Bien sûr. C'est fantastique.

Jenna sourit.

— Tu vois, tout ira bien, maintenant. Tu rentres à la maison.

A la maison.

Elizabeth laissa Jenna réitérer ses félicitations et l'embrasser de nouveau. Elle s'astreignit à sourire, à acquiescer et à répondre ce qu'il fallait aux bons moments.

A la maison. Je rentre à la maison, se répétait-elle avec une conviction chancelante.

Enfin.

Mais au fond d'elle, elle avait peur de ne plus savoir où était sa maison.

Le voyage s'organisa.

On acheta des billets d'avion.

On renégocia le bail de l'appartement d'Elizabeth à Manhattan.

Tout se mettait en place. Elle était sur le point d'obtenir tout ce qu'elle avait toujours voulu.

Alors pourquoi ai-je l'impression de tout perdre, une fois de plus ?

Jenna avait tout organisé de façon incroyablement rigoureuse. Elizabeth avait l'impression que sa sœur essayait de la rapatrier dans son pays avant qu'elle ait eu le temps de comprendre qu'elle avait le cœur brisé.

Trop tard, songea Elizabeth en sortant de la station de métro Stratford. Elle se sentait comme un espion en mission secrète plutôt que comme une enseignante sans emploi se rendant à un entretien d'embauche. Même si, d'un point de vue technique, elle n'était plus sans emploi. Son poste à la Barclay School n'attendait qu'elle. Et si, comme prévu, elle embarquait dans cet avion dimanche, son ancienne vie ne serait plus un lointain souvenir, comme maintenant. Une fois de plus, elle et Bliss reprendraient leurs quartiers dans leur minuscule appartement de Manhattan. Ce seraient alors Londres, South Kensington, Hyde Park, Harrods — et surtout, Donovan Darcy — qui rejoindraient le rang des souvenirs. Elle pourrait reprendre le cours normal de sa vie et oublier qu'un jour, elle avait été nounou pour chiens, ou qu'elle avait dégusté du gâteau à l'orange à l'endroit exact où la reine Victoria avait grandi.

L'ennui, c'est qu'elle n'avait pas envie d'oublier cela. Jamais.

Cette lettre inattendue de la Barclay School, alliée à son départ imminent, lui avait fait prendre conscience d'un fait des plus perturbants : elle ne voulait *pas* quitter Londres. Elle se sentait chez elle, ici. Bien plus qu'elle ne l'avait jamais été chez Scott Bridal ou à la Barclay School.

Elle était bien consciente que cela n'avait rien de raisonnable. Depuis des semaines maintenant, elle était agitée de sentiments contradictoires concernant son environnement — le merveilleux concours canin à Ashwyn House, le quartier huppé où vivaient Sue et Alan, l'Orangerie. Même Chadwicke. Elle avait cru pouvoir mépriser tout cela, et maintenant…

C'est ici qu'elle s'était éveillée à la vie, et elle ne s'en était rendu compte que lorsqu'elle avait tout gâché.

Cela suffisait.

Elle avait peut-être perdu Donovan, mais cela n'impliquait pas qu'elle doive perdre l'Angleterre. Elle ne serait jamais la maîtresse de Chadwicke, mais cela ne l'empêchait pas de devenir londonienne. Elle devait juste trouver un moyen de faire de Londres sa ville.

Première étape : trouver un poste de professeur. Elle adorait enseigner. Certes, les Barrow seraient certainement ravis de lui confier leurs border terriers jusqu'à la fin des temps, mais Elizabeth ne voulait pas que cette expérience malheureuse avec Grant Markham marque la fin de sa carrière d'enseignante. Même à Londres. Cette phase de sa vie avait déjà fait suffisamment de victimes.

Malgré cela, elle n'avait rien dit à personne de ce premier entretien pour un poste à Londres. Il serait bien assez tôt pour en parler avec Sue, Jenna et le reste de sa famille quand — ou plutôt si — elle obtiendrait ce poste. D'ici là, elle conservait une copie de la lettre de la Barclay School dans ce sac Prada autrefois si controversé. Juste à côté de son CV.

Elle balaya du regard les graffitis colorés qui couvraient les murs de la plupart des maisons et sourit. Elle était loin de South Kensington, loin de Chadwicke, mais elle était toujours à Londres. Et elle se sentait bien dans ces rues, peut-être encore plus que quand elle promenait les chiens sur les trottoirs immaculés de Summer Place.

La secrétaire du lycée de Newham semblait bien plus heureuse de la voir que ne l'avait été Mme Whitestone à la Barclay School. Elle accueillit Elizabeth avec un sourire chaleureux et une tasse de thé avant de la conduire dans le bureau du proviseur.

Celui-ci, un dénommé Dr Grant, paraissait bien plus jeune qu'Ed Thurstone. Parfait. Au moins, elle ne risquait pas de lui faire frôler l'infarctus.

— Ah, Elizabeth Scott, de la prestigieuse Barclay School, en Amérique. Quel plaisir de vous recevoir !

Jonglant avec sa tasse de thé, elle serra la main du Dr Grant.

— Je vous remercie beaucoup.

Il lui désigna un fauteuil de l'autre côté de son bureau où s'empilaient des montagnes de dossiers, de livres et de papiers.

— Asseyez-vous, je vous en prie. Et racontez-moi comment vous vous êtes retrouvée de ce côté-ci de l'Atlantique.

La gorge d'Elizabeth se noua. Elle savait qu'on lui poserait cette question. Elle avait même préparé une réponse aussi vague que possible pendant son trajet en métro. Pourtant, les mots qu'elle s'était si soigneusement répétés semblaient avoir disparu de son esprit.

— Euh…, commença-t-elle en s'éclaircissant la gorge. Eh bien, on m'a suspendue pendant quatre semaines. L'un de mes élèves a obtenu une note éliminatoire, ce qui signifiait qu'il allait manquer un événement sportif majeur. Comme j'ai refusé de remonter sa note sans qu'il le mérite, un scandale s'est ensuivi.

— Ce n'est guère étonnant, dit le Dr Grant en secouant la tête.

Il ne semblait pas surpris le moins du monde. Pourquoi avait-elle laissé cette affaire prendre de telles proportions dans son esprit ? Si elle avait tout avoué dès le début à Donovan, ce désastre sentimental aurait-il pu être évité ?

Peut-être.

Sans doute.

Son cœur se serra douloureusement. Un mois plus tôt, si on lui avait dit qu'elle aurait beaucoup plus de mal à oublier Donovan Darcy que Grant Markham, elle ne l'aurait pas cru. *Le fait est que Donovan était impossible à oublier.*

— J'ai été rétablie dans mon poste, mais je me suis prise d'affection pour Londres. J'ai sur moi une lettre de l'école me disculpant de toute faute. Si vous voulez la voir…

Elle tendit la main vers son sac.

— Ce ne sera pas nécessaire. Ce genre de problème est malheureusement très fréquent dans ces milieux. Vous n'aurez pas ce souci chez nous — plutôt l'inverse : nos parents manquent d'implication dans le parcours scolaire de leurs enfants. Vous serez plutôt confrontée à des problèmes d'absentéisme, ce genre de choses. J'ai travaillé dans toute sorte d'établissements et, selon mon expérience, tout le monde a ses préoccupations — les riches, les pauvres, et toutes les catégories intermédiaires. Il y a toujours quelque chose. Cela signifie-t-il, à votre avis, que quelle que soit notre origine sociale, nous ne sommes pas si différents les uns des autres, après tout ? lui demanda le Dr Grant en la dévisageant derrière le chaos de paperasses sur son bureau.

Quelle que soit notre origine sociale, nous ne sommes pas si différents les uns des autres, après tout.

Et dire qu'elle pensait être au-dessus de tout cela — l'argent, le statut, les pièges de la fortune. Donovan avait-il raison quand il l'avait traitée de snob ? Elle avait cru que le fait d'être pauvre la rendait plus honorable. En vérité, l'honneur d'une personne n'avait rien à voir avec l'état de son compte en banque.

Elizabeth hocha la tête.

— Je pense que vous avez raison, monsieur.

Elizabeth referma le clapet de son téléphone et s'assit à la table du petit déjeuner. C'était sa dernière matinée à Londres. Cet après-midi, elle et Suc se rendraient avec les chiennes au concours canin, et à minuit, elle serait dans l'avion qui la ramenait vers les Etats-Unis. Et le lundi suivant, la Barclay School l'attendrait.

Sauf qu'elle venait juste de recevoir l'appel qu'elle attendait depuis deux jours. Enfin. Elle avait obtenu le poste à Newham. Elle était vraiment londonienne, à présent.

— J'ai quelque chose à vous annoncer, dit Elizabeth en remuant son thé pour y faire fondre le sucre.

Elle était tellement excitée que ses mains en tremblaient.

Jenna et Sue levèrent les yeux de leur tasse et échangèrent des regards inquiets.

— Ah bon ? demanda Jenna.

— De quoi s'agit-il, ma chérie ? renchérit Sue d'un ton un peu trop enjoué.

Elle pensait sans doute que les nouvelles en question avaient trait à Donovan Darcy.

Mieux valait la détromper tout de suite.

— On vient de m'offrir un poste d'enseignante. Ici, à Londres. Je reste.

— Vraiment ? Tu es sûre que c'est ce que tu veux ? Ne te méprends pas, je suis ravie, bien sûr. Je veux que tu restes ! bredouilla Jenna, les yeux baissés sur sa bague de fiançailles. Mais tu es vraiment sûre ?

— Et M. Darcy ? Est-il au courant ? demanda Sue en se penchant vers elle.

Elle avait de nouveau cette expression pleine d'espoir.

— Oui, j'en suis sûre, Jenna. Et non, Donovan n'est pas au courant.

Puis, baissant la voix, elle marmonna :

— De toute façon, ça lui ferait une belle jambe.

— Tu te trompes. Je suis certaine que ça l'intéresserait beaucoup, au contraire, assena Sue en étalant de la confiture sur son toast.

Elizabeth réprima un petit rire moqueur.

— Je t'assure qu'il n'a pas accordé la moindre pensée à mes projets, ces derniers temps.

Avec sa diplomatie coutumière, Jenna intervint :

— C'est merveilleux, Lizzy. J'avais un peu peur de me sentir seule, ici.

— Comment ça, seule ? Et Henry ? demanda Elizabeth avec un clin d'œil.

— Et votre famille, à toutes les deux ? N'allez-vous pas manquer à votre mère si vous vous installez en Angleterre ? leur demanda Sue.

Comment sa mère allait-elle réagir en apprenant que Jenna épousait un ténor du barreau britannique ? Ses cris de joie allaient certainement retentir jusque de l'autre côté de l'Atlantique !

— Je pense que nous allons leur manquer, oui, confirma Jenna. Et il va falloir que je trouve quelqu'un pour me remplacer chez Scott Bridal. Mais je suis sûre que toute la famille va sauter de joie en apprenant ce mariage — surtout ma mère.

Jenna et Elizabeth échangèrent des regards et quelques ricanements. Si la pensée de ce mariage emplissait Elizabeth de panique — voir Donovan dans une église, en costume —, qu'il en soit ainsi. Elle serrerait les dents en attendant que cela passe, voilà tout. Elle devait bien cela à sa sœur.

— Jenna a raison. Maman va être folle de joie, dit Elizabeth.

— C'est une bonne chose. Et M. Robson est un jeune homme charmant. Quand votre famille aura l'occasion de le rencontrer, ils seront ravis, j'en suis certaine.

Sue ouvrit alors son journal et l'étala sur la table. Elizabeth considéra l'exemplaire du *Daily Mail* avec méfiance. Ces derniers temps, elle avait renoncé aux journaux et magazines à scandale. Désormais, elle se fichait bien que Jennifer Aniston soit enceinte de triplés.

— M. Robson ? Tu veux parler d'Henry ? demanda Jenna avec un clin d'œil complice à sa sœur avant de prendre une gorgée de son café Starbucks.

La réapparition des fameux gobelets de carton étaient

un signe indéniable que Jenna avait déjà remis un pied aux Etats-Unis — psychologiquement, du moins.

— Oui, Henry, répondit Sue avec une petite grimace, comme si l'appeler par son prénom la mettait mal l'aise. Henry a-t-il dit quoi que ce soit au sujet de M. Darcy ? Parce que j'ai l'impression que nous n'allons pas tarder à le revoir.

C'était reparti…

Sue décocha un regard prudent à Elizabeth.

— Vous devriez peut-être vous réconcilier, tous les deux, non ?

Au grand désarroi d'Elizabeth, la mention du nom de Donovan lui fit un coup au cœur. *Reprends-toi. C'est du passé, tout ça. Tu as une nouvelle vie devant toi. Profites-en et sois heureuse.*

— Il n'en est pas question, dit-elle avec une brusquerie involontaire. Désolée… mais je ne peux pas mettre ma vie en suspens en attendant le retour de Donovan. Personne ne sait où il se trouve, pas même Henry. N'est-ce pas, Jenna ?

— C'est vrai, répondit celle-ci à mi-voix. Il ignore où est Donovan, et quand il reviendra. A vrai dire, cette mystérieuse disparition l'inquiète.

— C'est étrange, en effet, soupira Sue en tournant les pages de son journal. Elizabeth, ma chérie, même si tu ne t'occupes plus de mes chiens, tu dois rester ici. Cette chambre est à toi aussi longtemps que tu veux.

Elizabeth lui prit la main et l'étreignit.

— Merci, mais cette fois, je te paierai un loyer.

Etrangement, Sue ne répondit pas. Elizabeth s'était attendue à ce qu'elle proteste au sujet du loyer, mais son amie avait le regard rivé sur son journal.

— Jenna, dis à Henry qu'il n'a plus besoin de s'inquiéter

au sujet de M. Darcy, lança-t-elle soudain. Je sais où il était. Et je sais où il se trouve en ce moment même.

— Quoi ? demanda Jenna en s'avançant sur sa chaise.

Le cœur d'Elizabeth bondit dans sa poitrine. Non, il fallait qu'elle se calme. Donovan Darcy n'était plus son problème. D'ailleurs, cette conversation ne l'était pas non plus. Elle allait simplement sortir de table et quitter la pièce.

Mais ses jambes refusèrent de bouger.

— C'est ici, dans le journal, s'exclama Sue en désignant le *Daily Mail* de l'index. Dans la page people.

Saleté de journal.

— Seigneur, soupira Elizabeth. Qui est assise sur ses genoux, cette fois ?

Elle se prépara mentalement à la réponse. C'était Donovan Darcy, après tout — le célibataire le plus convoité de toute l'Angleterre. Certes, si elle avait accepté sa demande, ce soir-là, à Chadwicke, Donovan ne serait plus célibataire, à l'heure qu'il était. Il serait à elle.

— Pourquoi tu ne regardes pas toi-même ? proposa Sue en faisant pivoter le journal avant de le pousser dans sa direction.

Elizabeth ne pouvait se résoudre à baisser les yeux sur la page. Elle craignait le pire. Et si la photo le montrait en compagnie d'une autre femme ? Et si — *pitié, pas ça* — il était avec… Helena ?

— Regarde, il y a une photo, dit Jenna.

Elizabeth jeta un coup d'œil furtif au journal. Donovan se tenait — seul — devant un bâtiment d'apparence familière. Elle plissa les yeux. Ce n'était pas possible, elle avait des hallucinations.

Pourtant, l'image semblait bien réelle. Son cœur se mit à battre de façon désordonnée.

Respire, bon sang, respire !

Le simple fait d'inspirer et d'expirer lui semblait au-dessus de ses forces. Pendant ce temps, Jenna lisait la légende :

Donovan Darcy était en début de semaine à New York où, dit-on, il a fait un don de la part de la Fondation Darcy à une école privée de Manhattan. M. Darcy sera de retour à Londres aujourd'hui, où il remplacera au pied levé un juge lors du concours canin annuel d'Earls Court.

Un silence stupéfait s'abattit d'un coup dans la cuisine.

Pendant quelques minutes, seul le halètement discret des chiens allongés sur le carrelage se fit entendre.

Jenna fut la première à parler :

— Je n'y crois pas. Lizzy, tu comprends ce que ça veut dire, n'est-ce pas ?

Elizabeth comprenait *exactement* ce que cela signifiait.

La Barclay School l'avait lavée de toute accusation. C'était écrit noir sur blanc. Ils l'avaient appelée pour lui offrir pratiquement le double de son ancien salaire. On lui avait donné la chance de rentrer chez elle et de retrouver ses proches et tout ce qu'elle avait cru perdu.

Elle avait la liberté de choisir sa vie… tout cela parce que Donovan avait racheté sa réputation.

— C'est dingue, s'exclama Jenna en relisant la légende. Complètement dingue. Je me demande quel était le montant de ce chèque.

— Une somme fabuleuse, j'imagine. M. Darcy a la réputation de se montrer assez prodigue en matière d'œuvres de charité, commenta Sue en croisant le regard d'Elizabeth.

Prodigue était un euphémisme.

Elle ferma les yeux et, aussitôt, fut transportée à l'Orangerie, où elle dégustait un gâteau, des papillons dans le ventre, sous le regard malicieux de Donovan. Qu'avait-il dit au sujet de l'argent, ce jour-là ?

Dois-je tout donner, alors ? Ma fortune indécente, comme vous dites ? Puisqu'elle vous gêne tellement.

Il avait fait bien plus que donner une partie de sa fortune. Il avait fait tout le voyage jusqu'à New York, rédigé un chèque d'un montant probablement exorbitant et, elle ne savait comment, convaincu le conseil d'administration de la Barclay School de faire amende honorable et de lui présenter ses excuses. Et tout cela pour une femme qui l'avait rejeté, qui avait pris son amour pour le lui jeter au visage.

Elle l'avait accusé sans relâche des pires travers, et elle s'était trompée du tout au tout. Elle aurait dû savoir quel homme c'était, surtout après avoir appris qu'il avait élevé Zara seul après la mort de leurs parents. Pourquoi n'avait-elle pas ouvert les yeux sur sa véritable personnalité, alors ?

Un soudain sentiment d'humilité la submergea. Elle se repentait de tous ses discours moralisateurs, de ses provocations concernant la fortune de Donovan, sa prétendue arrogance, ou cette façon qu'il avait de se croire tout permis. Elle regrettait surtout de lui avoir fait croire qu'elle ne l'aimait pas.

Pourtant, derrière l'humilité et les remords, elle perçut autre chose. Une lueur d'espoir. Donovan avait fait un geste complètement fou. Aussi fou que son amour pour elle.

Peut-être n'était-il pas trop tard, après tout.

Chapitre 25

Donovan était dans les scottish terriers jusqu'au cou. Il y en avait partout. Sitôt qu'il avait fini d'évaluer un groupe de quatre, cinq autres spécimens apparaissaient juste derrière. Il se demanda une fois de plus ce qui lui avait pris d'accepter de remplacer ce juge au dernier moment. Il avait à peine eu le temps de se doucher et de se changer en arrivant d'Heathrow, et le décalage horaire se faisait sentir avec une violence croissante. Il avait du mal à garder les yeux ouverts.

Cela dit, il n'y avait rien de nouveau à cela. Ces derniers temps, il souffrait de graves insomnies. Un seul remède à cela : l'hyperactivité. Tant que son esprit était occupé, il avait une — petite — chance de chasser Elizabeth de ses pensées.

Elizabeth.

Elle devait être dans l'avion pour les Etats-Unis, à l'heure qu'il était. Il s'était assuré que les méfaits causés par Grant Markham soient réparés. C'était son cadeau d'adieu à Elizabeth, sa façon de se racheter pour tout ce qui avait mal tourné. Il n'avait guère eu de mal à convaincre la Barclay School de lui redonner son poste, surtout après avoir parlé avec la femme de Grant Markham des « activités » de son mari en Angleterre lors de la Nuit des feux de joie. Et maintenant, la Barclay School allait avoir une nouvelle bibliothèque —

financée par un donateur anonyme, bien entendu. Quant à la lettre d'excuses qu'il avait insisté pour qu'ils rédigent, elle lui avait coûté de nouveaux équipements pour les laboratoires des classes scientifiques. Mais cela en valait la peine.

L'ardoise était effacée.

Si seulement il avait été aussi simple d'effacer les dégâts émotionnels que Markham avait provoqués. Alors, Elizabeth et lui auraient peut-être eu leur chance.

— Monsieur Darcy ? Etes-vous prêt pour le prochain groupe ? lança soudain d'une voix embarrassée le commissaire du ring, M. Deas.

Depuis combien de temps ce dernier essayait-il d'attirer son attention ? Il fallait vraiment qu'il se ressaisisse.

Il hocha la tête, tentant de chasser la fatigue tout en avançant vers le centre du ring. Se retournant, il rajusta ses manchettes de chemise tout en regardant le groupe de chiens suivant s'approcher de l'entrée. Encore des scottish terriers… Seigneur, on n'était pourtant pas en Ecosse ! Combien pouvait-il y en avoir ? Tendu, il poussa un profond soupir, laissant son regard vagabonder sur la rangée de chiens d'un noir de jais tous alignés les uns derrière les autres.

Il revint en arrière en apercevant une paire de jambes familières au bout de la rangée. Des jambes qui n'appartenaient certes pas à un chien, scottish ou non. Donovan en eut le souffle coupé. Il aurait reconnu ces jambes n'importe où, avant même l'après-midi où il les avait caressées et embrassées, où ces jambes avaient été emmêlées aux siennes. Il laissa ses yeux traîner sur les mollets et les genoux hâlés d'Elizabeth, et sur la naissance de ses cuisses que sa robe légère laissait deviner. Il rechignait à regarder son visage, remarqua-t-il avec un pincement au cœur. Il avait peur de ce qu'il risquait d'y lire… de la tristesse, de la colère ou pire, de l'indifférence ?

Pourtant, il finit par croiser son regard.

Au milieu du chaos ambiant — les aboiements et les gémissements des chiens, le ronronnement constant des sèche-cheveux, les images envahissantes de pattes de toutes tailles et de toutes formes trottinant près de chaussures confortables d'un ring à l'autre —, Donovan sentit qu'Elizabeth retenait son souffle. Il l'entendit comme s'il avait été juste devant elle. Il le vit dans l'écarquillement subtil de ses beaux yeux, le ressentit aussi clairement que les battements de son propre cœur, que sa propre respiration, comme si elle faisait encore partie de lui.

Parce qu'elle faisait encore partie de lui, c'était indéniable. Elle ferait sans doute partie de lui pour toujours.

Avant de pouvoir analyser l'expression de son visage, il détourna le regard. Il avait un travail à faire, après tout, et il était décidé à le faire correctement. Il reporta son attention sur les scottish terriers qu'il envoya faire le tour du ring tandis qu'il allait se poster au milieu pour mieux les évaluer. Sauf qu'il ne les voyait même pas. Il aurait pu avoir affaire à un groupe de kangourous qu'il ne l'aurait pas remarqué.

Au plus profond de lui, Donovan était conscient qu'Elizabeth l'observait, depuis l'extérieur du ring où elle se tenait en compagnie de Sue, Jenna et Henry. Il ne comprenait pas ce qu'elle faisait là, en revanche. Pas plus que Jenna et Henry, d'ailleurs. La seule personne qu'il s'attendait à voir aujourd'hui était Sue. Le nom d'Henry n'apparaissait nulle part sur le programme des juges. Certes, s'il avait fait part à son ami de ses intentions avant de partir aux Etats-Unis, sans doute celui-ci lui aurait-il rendu la pareille.

Donovan adressa à Henry un regard interrogateur. Celui-ci lui répondit d'un haussement d'épaule accompagné d'un sourire goguenard.

Merveilleux.

Donovan se tourna de nouveau vers les scotties en attente de jugement.

— J'aimerais voir le premier chien sur la table, s'il vous plaît.

Donovan attendit que le premier propriétaire dispose son chien pour l'examen, puis il passa la main sur l'échine de l'animal.

Que fait Elizabeth ici ?

Le chien présentait une légère scoliose, nota-t-il en se félicitant d'avoir conservé suffisamment ses esprits pour établir une évaluation équitable.

Elle devrait être de retour en Amérique, à l'heure qu'il est.

— Un dernier tour, je vous prie, ensuite je verrai le prochain chien sur la table, ordonna Donovan au propriétaire du scottie.

Les gestes qu'il effectuait étaient absolument incompatibles avec la tempête qui se déchaînait dans sa tête.

Il examina rapidement le reste des scottish terriers. Les mains enfouies dans leur fourrure rêche, il se sentit soulagé de pouvoir se consacrer à cette tâche familière : évaluer la robe des chiens, définir l'épaisseur et les caractéristiques de leur ossature. Il était dans son élément, et cette routine avait quelque chose de réconfortant. Bientôt, il allait sortir du ring et se retrouver face à Elizabeth, ce qui le mettait mal à l'aise d'avance.

Sa présence au concours le prenait de court. Il s'était attendu à devoir attendre des semaines, voire des mois, avant de la revoir au mariage de Jenna et Henry. Ils n'en avaient pas encore annoncé la date, mais quelle qu'elle soit, Donovan aurait eu le temps de se préparer à encaisser le choc qui ne manquerait pas de se produire lorsqu'il la verrait de nouveau.

Il se trompait, cependant : il était impossible de se préparer à un tel assaut d'émotions. La seule façon de s'en tirer sans perdre la tête était de se plonger dans le travail et de laisser passer la journée dans les meilleures conditions possibles.

Plus facile à dire qu'à faire.

Il se dirigea vers la table des juges pour inscrire ses conclusions dans le livre de notes. Il aurait aimé aller voir Elizabeth et lui parler, juste un instant. Mais les règles du Kennel Club[1] prohibaient toute interaction entre juges et propriétaires tant que ceux-ci n'avaient pas présenté leurs chiens dans le ring.

Et comme si la voir pour la première fois depuis sa demande malheureuse n'était pas déjà le comble de l'inconfort, il était maintenant censé juger des border terriers.

Il n'aurait jamais dû accepter de venir. Qu'est-ce qui lui avait pris ?

Je pensais qu'elle serait en route pour New York, voilà tout.

Donovan appuya tellement fort avec son crayon en inscrivant le nom du scottie gagnant qu'il fit un trou dans le papier.

Menteur.

Il serra les mâchoires. Quelque part au fond de lui, ce n'était pas du tout ce qu'il s'était dit. Une part plus ou moins consciente de lui, qu'il préférait ne pas considérer de trop près, avait espéré qu'elle serait là aujourd'hui. Espéré de toutes ses forces, même.

Donovan rassembla tout son enthousiasme pour distribuer

1. Le Kennel Club est l'association cynologique la plus importante du Royaume-Uni.

leurs récompenses aux dresseurs des scottish terriers, puis il retourna à la table des juges. Il se tint là en silence, à vingt mètres à peine d'Elizabeth et de Sue qui attendaient de présenter leurs border terriers. Elizabeth posa les yeux sur lui une fois, et une seule, pendant une fraction de seconde. Juste assez longtemps pour qu'il se demande comment il allait trouver la force de juger ses chiens. C'est alors que le commissaire lança :

— Les border terriers dans le ring, je vous prie !

Donovan redressa les épaules tandis qu'Elizabeth et Sue s'alignaient puis s'agenouillaient pour positionner leur chien. Avant de venir de New York, il avait consulté le programme, et il savait qu'il n'y aurait que deux terriers inscrits. C'était peu, et il en avait déduit qu'Elizabeth ne serait pas présente à ce concours.

De toute évidence, il avait eu tort.

Donovan se tenait dans le ring, bras croisés. Il attendait.

Enfin, Elizabeth leva la tête. Il décela une multitude d'émotions dans ses yeux envoûtants et familiers. Il y lut également une bonne part de détermination. Elle releva légèrement le menton dans ce qui était sans aucun doute possible un mouvement de défi.

Tendu, il s'approcha d'elle, s'arrêtant à un mètre du chien qu'elle tenait en laisse. Il baissa les yeux sur le brassard fixé sur son bras mince. Elle portait le numéro huit — le même que lors de ce premier concours, dans le New Jersey.

Simple coïncidence ? Certainement pas. Depuis quand croyait-il au hasard ?

— Candidat numéro huit ? demanda-t-il, sourcils froncés.

— Oui ?

Les lèvres d'Elizabeth s'étirèrent en un sourire malicieux qui attira aussitôt l'attention de Donovan.

Bon sang, comme ces lèvres lui avaient manqué.

Comment osait-elle pénétrer dans son ring pour le tourmenter, après tout ce qui s'était passé entre eux ?

— J'aimerais voir votre chien sur la table, s'il vous plaît, dit-il en désignant la table de toilettage au milieu du ring.

Il fulminait. Puis il se ressaisit : *que ça me plaise ou non, il va falloir que j'assume.*

Elizabeth s'efforça de garder son calme en menant Rose à la table. Elle avait l'impression de sentir le regard de Donovan derrière elle, glissant sur ses hanches, sa taille, le creux de sa nuque… tous les endroits de son corps qu'il avait embrassés, autrefois. Elle se faisait certainement des idées. Il n'avait pas eu l'air ravi de la voir. Surpris, peut-être, mais pas ravi.

Elle commençait à se demander si elle n'avait pas mal interprété son don généreux à la Barclay School. Peut-être ne l'aimait-il plus, après tout. Peut-être essayait-il simplement de l'éloigner de Londres, de la renvoyer chez elle.

Non, ce n'est pas possible, se dit-elle. Mais il s'agissait plus d'un vœu pieux que d'une affirmation.

Elle déglutit pour évacuer la boule qui lui obstruait la gorge, puis se prépara à affronter Donovan.

Soudain, il fut juste à côté d'elle. Elizabeth avait l'impression que son cœur allait exploser. Sentant ses jambes se dérober sous elle, elle s'agrippa à la table. Son parfum, à la fois familier et ensorcelant, lui donnait le vertige. Cette odeur n'appartenait qu'à lui, elle l'aurait reconnue entre toutes.

— Bonjour, mademoiselle Scott, dit-il, les yeux rivés sur la truffe de Rose.

Elizabeth tenta d'ignorer la déception qui l'assaillait. Elle avait espéré qu'il continuerait à l'appeler Numéro Huit, qu'ils pourraient se rejouer la petite scène de leur premier concours. Comme s'ils repartaient de zéro, en quelque sorte.

— Bonjour, monsieur Darcy, dit Elizabeth sur un ton égal tandis qu'il examinait la robe de Rose. Heureuse de vous revoir.

Pas de réponse. Pas même un hochement de tête.

Elizabeth se sentit prise de panique. Donovan avait déjà fait le tour de la table pour examiner les hanches de Rose. C'était quoi, déjà, cette petite plaisanterie qu'ils avaient partagée en pareille occasion avant même de se connaître ? Elizabeth aurait tout donné pour qu'il lui récite les standards de race, en ce moment…

— Son ossature est-elle à votre goût ? demanda-t-elle, le cœur battant la chamade, en observant Donovan derrière ses cils.

Le coin de la bouche de Donovan frémit. Enfin, une réaction. Pourtant, il ne répondit pas.

— Que pensez-vous de ses hanches ? ajouta Elizabeth en le regardant franchement, cette fois. Trop étroites, trop larges ?

Il inclina la tête, le regard inquisiteur. Elizabeth se mordit la lèvre pour les empêcher de trembler. Elle avait l'impression que le regard pénétrant de Donovan touchait au plus profond de son âme. Elle aurait voulu qu'il en soit ainsi, qu'il puisse appréhender l'ampleur de ses regrets pour tout ce qui s'était passé à Chadwicke, en ce soir où tout avait commencé si parfaitement et aurait dû finir de même.

Si seulement…

L'ébauche d'un sourire apparut sur le visage séduisant de Donovan.

— Ses hanches sont exactement de la bonne largeur. D'ailleurs, je crois que je n'ai jamais posé les mains sur un spécimen aussi parfait. Aucune tare disqualifiante. Non, absolument aucune.

Sa mâchoire se contracta, et il ajouta :

— A ses yeux, c'est sans doute moi qui ai tous les défauts.

Puis il tourna les talons et s'éloigna.

Sans savoir comment, Elizabeth trouva la force de reprendre Rose et de la poser par terre pour un aller-retour convenable. Elle avait à peine conscience de ses gestes, ignorant même si Rose la suivait ou non. Au terme de son aller-retour, elle s'aperçut que Donovan ne la regardait plus. Elizabeth n'avait même pas la possibilité de placer Rose pour la pose finale : Donovan était déjà en train d'examiner Violet sur la table, s'entretenant poliment avec Sue.

Les choses n'auraient pu se dérouler de pire manière.

— Pouvez-vous amener vos chiens faire un dernier tour ensemble, s'il vous plaît ? demanda Donovan d'une voix forte depuis le centre du ring.

Elizabeth ne bougea pas d'un pas. Elle était comme paralysée. *Que va-t-il se passer, maintenant ? Que dois-je faire ?*

Derrière elle, Sue la poussa légèrement.

— Elizabeth, avance. Un pas à la fois.

Avance. Un pas à la fois.

Les jambes d'Elizabeth lui obéirent enfin. D'un claquement de langue, elle commanda à Rose d'entamer sa course finale. Elle mena la chienne autour du ring avec panache, comme jamais auparavant. A l'extérieur du ring, des applaudissements retentirent. L'instant d'après, Donovan la désigna du doigt :

— Vous serez ma championne de la race pour aujourd'hui.

Elizabeth ralentit pour se diriger avec Rose vers la table des juges. Elle appréhendait ce moment — la remise de sa rosette et de son écharpe marquait également la fin de son passage dans le ring.

— Bravo ! Tu as réussi, ma chérie, chuchota Sue. Rose est une championne, maintenant.

— Oui, c'est vrai, se dit Elizabeth, surprise.

Rose venait d'être consacrée championne, et Elizabeth avait mené à bien la tâche que Sue lui avait confiée en l'invitant à Londres. Alors pourquoi se sentait-elle si vide, malgré cette victoire ?

— Mademoiselle Scott, permettez-moi de vous remettre la rosette et l'écharpe de la championne de la race, dit Donovan en lui présentant l'écharpe.

Au moment où elle allait s'en emparer, Donovan, avec un sourire moqueur, la souleva pour l'en ceindre lui-même.

Chacun de ses gestes avait des relents d'adieux. Pourtant, le cœur d'Elizabeth s'arrêta de battre quand il s'approcha. Lorsque le bout de ses doigts effleura ses épaules, elle crut qu'elle allait s'évanouir.

Les paroles de Sue résonnaient dans sa tête : *Avance. Un pas à la fois.*

Elle inspira profondément.

Dis-lui… allez, dis-lui… que tu sais, pour la Barclay School. Que tu sais que c'était lui. Dis-lui que tu sais ce qu'il a fait et que tu l'aimes. Que tu l'as toujours aimé.

Elle se passa la langue sur les lèvres, attirant le regard de Donovan sur sa bouche.

— Donovan, il faut que je te dise quelque chose. Je…

Il se pencha vers elle, et elle crut déceler de l'espoir dans son regard :

— Oui, mademoiselle Scott ?

— Je…

— Excusez-moi. Monsieur Darcy ? Mademoiselle Scott ? les interrompit soudain M. Deas en faisant irruption à côté d'eux.

Le commissaire du ring se balançait d'une jambe sur l'autre, et sa pomme d'Adam montait et descendait rapidement, se heurtant dans le mouvement au col de sa chemise.

— Je suis désolé de vous interrompre, mais le secrétaire du concours voudrait vous parler, à tous les deux.

— Maintenant ? demanda Elizabeth, stupéfaite.

— Oui, il a précisé que c'était urgent, répondit M. Deas en décochant à Donovan un regard nerveux. Monsieur ?

— Très bien, allons voir ce qu'il veut.

Donovan recula d'un pas, et tous les espoirs qu'Elizabeth avait entrevus l'instant d'avant s'évanouirent.

Elle confia la laisse de Rose à Sue et emboîta le pas à M. Deas. Ils sortirent du ring en file indienne — M. Deas, Elizabeth, puis Donovan. Jenna et Henry les suivirent du regard, l'air inquiet, et des murmures circulèrent dans la foule.

Pendant un instant, elle se revit à Manhattan, s'apprêtant à suivre Mme Whitestone dans le bureau du proviseur. Elle ignorait ce que le secrétaire du concours pouvait leur vouloir à tous deux, mais elle avait le pressentiment qu'il ne s'agissait de rien de bon.

— Je connais le chemin, nous n'avons pas besoin d'escorte, aboya Donovan en rattrapant le commissaire.

M. Deas tremblait comme un chiot effrayé.

— Je ne fais que suivre les ordres, monsieur.

— Pas question qu'on me promène comme un chien au bout d'une laisse. Viens, Elizabeth.

Donovan posa la main dans le bas du dos d'Elizabeth, et ils hâtèrent le pas jusqu'à ce que le commissaire soit loin derrière eux.

— Que crois-tu qu'il nous veuille ? lui demanda-t-elle.

— J'ai bien une idée. Ne t'inquiète pas. Je sais que ça ne va pas être facile pour toi, mais essaie de ne rien dire et laisse-moi parler, d'accord ?

Donovan baissa les yeux sur elle et pendant une seconde, elle eut l'impression qu'ils se retrouvaient comme avant.

Elle acquiesça. Elle aurait aimé pouvoir arrêter le temps pour que cet instant dure toujours.

— Il faut quand même que je te dise…

— Nous y sommes, la coupa Donovan avec un sourire tendu alors qu'ils approchaient de la table du secrétaire.

Se penchant, il ajouta :

— Et rappelle-toi : bouche cousue.

— Ah, monsieur Darcy, mademoiselle Scott ! s'exclama le secrétaire du concours, un certain M. Atkins, à en croire le badge épinglé au revers de sa veste.

Il était assis les mains croisées devant lui, *selon la pose classique d'un proviseur de lycée*, songea Elizabeth, qui s'y connaissait. Donovan et elle étaient manifestement en mauvaise posture.

Donovan lissa le devant de sa veste et ajusta ses manchettes de chemise. Détendu et plein d'assurance, comme toujours. Elizabeth ne comprenait pas comment il parvenait à ce détachement.

— Vous avez trois secondes pour nous expliquer de quoi

il retourne. Je suis censé juger des terriers Jack Russel en ce moment même.

M. Atkins tressaillit. De toute évidence, il ne s'attendait pas à ce que Donovan prenne l'offensive.

— Monsieur Darcy, nous avons appris que vous et Mlle Scott êtes engagés dans une relation intime. Comme vous le savez, j'en suis sûr, un tel conflit d'intérêt constitue une violation de l'éthique du Kennel Club.

Oh ! non.

— En fait, pas forcément…, balbutia Elizabeth.

Donovan lui adressa un regard meurtrier.

Se rappelant sa promesse, elle ferma la bouche. Pour une fois.

Donovan reporta son attention sur Atkins.

— Premièrement, la nature des mes relations avec Elizabeth Scott ne vous regarde absolument pas.

— Je crains que, selon le *Daily Mail*, elles regardent absolument tout le monde, ce qui me les rend difficiles à ignorer.

M. Atkins considéra alternativement Donovan et Elizabeth. Les joues de celle-ci s'enflammèrent. Elle savait que ces affreuses photos d'elle et de Donovan allaient revenir la hanter. Elle le savait.

Atkins rajusta son blazer vert qui arborait, brodé sur le revers du col, le logo du Kennel Club. Sans doute souhaitait-il rappeler à Donovan qu'en tant que secrétaire du concours, il avait le soutien de l'ensemble du club.

— Dans la mesure où la nature de votre relation avec Mlle Scott est…

— Assez ! s'écria Donovan. M. Atkins, puisque vous semblez avoir une connaissance *intime* de la réglementation nationale en vigueur en matière de jugement et d'éthique dans les concours canins, je suis certain que les règles énoncées en section F1, alinéa 30 du code des concours, vous sont familières.

Atkins lui retourna un regard vide.

— Peut-être dois-je vous rafraîchir la mémoire ? demanda Donovan, sourcils levés.

— Peut-être, monsieur.

— La section F1, alinéa 30, a trait aux règles de jugement à appliquer en situation d'urgence. Savez-vous ce qu'elles disent ?

Atkins tourna la tête vers Elizabeth avant de revenir à Donovan.

— Je suppose que je pourrais émettre une hypothèse.

— Sans doute. Mais à tout hasard, permettez-moi de vous en énoncer les termes précis : « En situation d'urgence, les règles habituelles ne s'appliquent plus. » En d'autres termes, Mlle Scott et moi pourrions être entrés dans le ring en dansant et avoir présenté un chien que j'ai élevé moi-même, et il n'y aurait pas eu le moindre conflit d'intérêts.

Tout en parlant, Donovan s'était rapproché d'elle. Elle sentait sa chaleur, une chaleur dans laquelle elle rêvait de se fondre.

Elizabeth n'avait jamais été du genre à rêver qu'un homme se lance à sa rescousse. Elle avait toujours été indépendante, ne comptant que sur elle-même pour se sortir des mauvais pas. Pourtant, elle ne pouvait s'empêcher d'observer, fascinée et ravie, la façon dont Donovan s'était transformé en justicier pour la défendre, et se défendre lui-même. *Les* défendre, en un mot.

C'était plutôt excitant.

— M. Atkins, comprenez-vous, à présent, pourquoi votre

insinuation de violation des règles me met tellement en colère ? demanda Donovan en croisant les bras.

— Certainement, monsieur. Je vous présente mes excuses, à vous et à Mlle Scott.

Le secrétaire se leva et s'inclina devant Elizabeth.

Celle-ci était sur le point d'esquisser un geste de protestation et de dire à Atkins de ne pas s'en faire pour ce malentendu quand Donovan reprit la parole, sur un ton qui interpella Elizabeth.

— Cela dit, je vais vous épargner davantage d'embarras.

Il jeta à Elizabeth un regard qui, de façon inexplicable, la glaça.

— Je déclare devant vous renoncer pour le concours d'aujourd'hui à mes fonctions de juge.

Pardon ?

— Henry Robson est dans le public, et je suis sûr qu'il sera enchanté de me remplacer. Bonne journée, dit Donovan en s'inclinant à son tour devant M. Atkins et Elizabeth.

Elle sentit son cœur s'arrêter de battre. Avant qu'elle ait pu se ressaisir, il était parti.

La matinée s'écoula comme dans un mauvais rêve, et quand arriva l'après-midi, Elizabeth était épuisée. Sue avait décidé de présenter Rose elle-même dans le concours par groupes, comme elle avait coutume de le faire jusqu'alors. Elizabeth en avait donc officiellement fini avec ses fonctions de baby-sitter pour chiens. Tout ce qui lui restait à faire avant de retourner à sa vie d'enseignante, c'était de présenter Bliss.

Elle allait entrer une dernière fois dans le ring, et tout serait fini.

Elle ne reverrait plus Donovan jusqu'au mariage d'Henry et Jenna.

Si toutefois il se donnait la peine d'y assister.

De toute évidence, il n'avait aucune envie de la revoir, jamais. Il avait disparu après leur confrontation avec le secrétaire du concours et depuis, il n'avait plus donné signe de vie. Certes, Elizabeth n'avait pas eu le temps de fouiller les lieux pour le retrouver, mais il s'était *retiré du concours*. N'était-ce pas éloquent ?

Pourquoi ne lui avait-elle pas fait part de ses sentiments dès qu'elle en avait eu l'occasion ? Pourquoi avoir perdu le peu de temps dont elle disposait à flirter avec lui et à tourner autour du pot ? Tout était arrivé si vite. Elle en avait le vertige.

C'est donc le cœur bien lourd qu'elle entra dans le ring réservé aux cavaliers.

— Bonne chance, Lizzy, murmura Jenna. Tu vas y arriver.

— Oui, bonne chance, renchérit Sue. Bliss est magnifique, ma chérie. Je pense que cette fois, tu as toutes tes chances.

Elizabeth jeta un coup d'œil à sa petite chienne, puis aux autres cavaliers alignés derrière elle. Bien sûr, elle pensait que Bliss était la plus jolie chienne en compétition, mais c'était ce qu'elle pensait de manière générale, elle n'était pas très objective. A son avis, même si Bliss avait perdu tous ses poils, elle aurait mérité le premier prix. Dans le monde des concours canins, en revanche, seule importait l'opinion du juge. En l'occurrence, la juge était une certaine Mme Pitt. Et elle était un peu… ronde. A tel point qu'elle évoluait dans le ring sur une sorte de scooter électrique au lieu de se déplacer sur ses jambes.

Elizabeth était soulagée que le programme ait été — encore une fois — modifié, et qu'Henry n'ait pas à la juger. Tout ceci commençait en effet à prendre un tour légèrement incestueux. Elle n'avait aucune envie d'être de nouveau appelée devant le secrétaire du concours. Surtout si Donovan n'était pas là pour la défendre. Aussi, en découvrant Mme Pitt trônant sur son scooter, Elizabeth fut ravie.

Elle ne prit toute la mesure de ce ravissement qu'au moment où la juge lui remit l'écharpe de championne de la race puis, une heure après, celle de championne de groupe.

— Seigneur, je n'y crois pas, murmura Elizabeth en sortant du ring pour se précipiter dans les bras grands ouverts de Jenna et de Sue. Bliss vient vraiment d'emporter le titre de championne des chiens miniature ?

— Tout à fait, ma chérie, dit Sue après l'avoir étreinte.

Elle arborait un sourire plus radieux que jamais. Elle paraissait se réjouir encore plus de la victoire de Bliss que de celle de Rose en tant que nouvelle championne.

— Et maintenant, tu vas concourir pour le premier prix du concours général ! Et tu vas peut-être l'emporter, tu imagines ?

— Tu vas gagner, renchérit Jenna. Je le sens. La plupart des autres chiens ont eu peur du scooter du juge, mais Bliss est restée imperturbable. C'est dans la poche, je te dis ! Je suis surexcitée !

Dans d'autres circonstances, Elizabeth aurait demandé à Jenna d'où lui venait cette subite passion pour les concours canins, mais elle n'avait même pas la force de taquiner sa sœur. La journée avait été pleine de rebondissements, et elle se sentait proche de craquer. Et dire qu'il lui fallait encore présenter Bliss pour ce dernier titre, le plus prestigieux du concours !

Elle disposait d'une minute à peine pour passer un peigne dans la fourrure de sa petite chienne avant qu'on ne l'appelle.

Pour la millième fois depuis qu'elle s'était réveillée ce matin-là, Elizabeth aurait aimé ralentir le cours du temps afin de pouvoir savourer ces moments. Au lieu de cela, elle se pressa vers le ring. A son côté, Sue lui débitait d'innombrables conseils :

— Mets-toi en fin de ligne, ma chérie. Laisse tous ces gros chiens passer devant pour qu'ils ne s'empilent pas derrière toi quand vous ferez tous le tour du ring.

— C'est compris.

— Et ne presse pas Bliss. Laisse-la trouver son rythme.

— D'accord.

Elizabeth avait le trac, et une nuée de papillons s'ébattaient de façon désordonnée dans son estomac.

— Et surtout, amuse-toi !

Sue l'embrassa une dernière fois avant de la pousser vers l'entrée du ring.

Amuse-toi.

Elizabeth secoua la tête. Elle avait oublié que c'était pour cela qu'elle avait décidé de faire tous ces concours — pour s'amuser. Comment avait-elle réussi à l'oublier ?

Ici et maintenant, elle se trouvait dans le ring avec Bliss pour obtenir un titre de championne du concours général. Une chance pareille, ça ne courait pas les rues.

La plupart des éleveurs rêvaient de ce titre prestigieux, et Elizabeth elle-même avait fantasmé plus d'une fois à ce sujet. A présent, ce rêve était en train de devenir réalité, et elle comptait bien en profiter sans compter.

Son seul regret était que Donovan ne soit pas là pour la voir concourir.

L'annonceur commença à inviter le vainqueur de chaque groupe de race — la crème de la crème — à entrer dans le ring. Il y eut d'abord un chien de chasse, puis le représentant des hounds, suivi du plus beau chien d'utilité, du vainqueur de la catégorie des chiens de bergers, puis de celui des terriers.

Pour finir, on appela Bliss.

— Et dans le groupe des chiens miniature, voici un cavalier King Charles, annonça la voix dans les haut-parleurs.

C'était à elles.

— Prête, Bliss ? demanda Elizabeth en souriant à sa chienne.

Alors, elle avança sous les projecteurs.

Un tonnerre d'applaudissements éclata quand elle apparut avec Bliss au bout de sa laisse. Soutenue par les encouragements de la foule, elle avança avec son cavalier chéri pour aller poser sur le tapis vert. Puis elle se rendit à la table et, pour finir, elles parcoururent un nombre interminable de cercles derrière les autres chiens — tous plus gros, plus impressionnants et certainement plus expérimentés que Bliss en matière de concours. Mais en définitive, rien de tout cela n'avait d'importance. En effet, quand arriva le moment d'annoncer le vainqueur du concours général, Mme Pitt, assise sur son scooter, pointa sans hésiter le doigt sur Elizabeth.

— Quoi ?

Elizabeth eut toutes les peines du monde à rester debout. Elle tremblait de la tête aux pieds, persuadée que tout cela n'était que le fruit de son imagination. Sue et Jenna, qui sautaient de joie en criant son nom derrière les barrières du ring, lui firent comprendre qu'il n'en était rien.

Elle jeta un coup d'œil à Henry, qui se tenait au côté de Mme Pitt. Il lui adressa un petit clin d'œil et alors, elle prit pleinement conscience.

Championne du concours.

Les larmes lui montèrent soudain aux yeux. Prenant Bliss dans ses bras, elle se soumit aux félicitations des autres éleveurs et attendit qu'on lui remette sa rosette. Elle espérait qu'Henry lui passerait l'écharpe. Il serait bientôt de la famille, après tout. Elle préférait que ce soit lui qui lui remette cette récompense plutôt qu'un des autres juges, qu'elle ne connaissait pas ; ce serait moins impersonnel.

Ils s'approchèrent d'elle en groupe : Mme Pitt roula la première vers le milieu du ring, escortée par Henry et les juges des autres groupes de races.

— Félicitations, dit Mme Pitt en souriant.

Son sourire se figea. Apparemment, elle ne connaissait pas le nom de la gagnante.

— C'était une très belle victoire, candidate numéro huit, ajouta-t-elle.

C'est alors que Donovan apparut derrière les juges attroupés.

— Je crois qu'elle s'appelle Mlle Scott, et non Numéro Huit.

Le corps d'Elizabeth réagit à sa présence avant que son cerveau n'enregistre le fait qu'il était là, au milieu du ring. Son sang battait si fort dans ses veines qu'elle était persuadée qu'il l'entendait. Elle porta ses mains à sa poitrine, comme pour empêcher son cœur de s'en échapper.

— Monsieur Darcy, murmura-t-elle.

Il lui sourit, d'un sourire poignant qui semblait dire exactement ce qu'elle ressentait elle-même.

Comme tu m'as manqué.

— J'espérais que vous me permettriez d'avoir l'honneur de remettre sa récompense à Mlle Scott, dit-il à Mme Pitt.

Puis, à l'adresse d'Elizabeth :

— A moins que cela ne vous ennuie, bien sûr ?

Elizabeth secoua la tête.

— Pas du tout. En fait, c'est une idée merveilleuse.

Aussi merveilleuse que toi.

Donovan se tourna vers Mme Pitt qui lui tendit l'écharpe du vainqueur.

— Et si nous laissions à M. Darcy et Mlle Scott un peu d'intimité ? dit Henry en entraînant les autres juges vers l'entrée du ring, à l'image d'un chien de berger emmenant son troupeau.

L'un des juges poussa un cri aigu en sortant du ring. Mme Pitt avait dû lui rouler sur le pied, se dit Elizabeth.

Elle ne le saurait jamais, car Donovan s'était approché d'elle. A présent, ils n'étaient plus séparés que par quelques centimètres.

Elizabeth leva les yeux vers lui, de plus en plus convaincue qu'elle était en train de rêver.

— Que fais-tu ici ? Je croyais que tu étais parti.

— Parti ? Je n'aurais manqué ce spectacle pour rien au monde ! Je ne me suis retiré que pour éviter de te soumettre à un nouveau scandale. Je sais que tu détestes ça. Notre expérience avec le *Daily Mail* a été concluante, en ce sens. Je n'ai pas quitté les lieux de la journée. Tu as dit que tu voulais me parler, alors je suis resté.

Pour toute réponse, Elizabeth battit des cils pour chasser les larmes qui lui montaient aux yeux.

— Mais faisons les choses dans l'ordre. Je suis heureux de te remettre le titre de championne du concours, dit-il d'une voix rauque voilée par l'émotion.

Elizabeth frissonna tandis qu'il faisait glisser l'écharpe scintillante autour de sa tête.

Une unique larme courut sur sa joue. Quand Donovan l'effaça du pouce, elle songea qu'à partir de maintenant, elle le laisserait volontiers essuyer toutes ses larmes.

Elle reposa Bliss par terre et caressa du bout des doigts

les mots *champion du concours* inscrits en lettres pourpres sur le satin de son écharpe. Elle savourait sa victoire, certes, mais elle ne voulait plus parler de la compétition. Elle avait plus important à dire.

Et cela ne pouvait plus attendre.

— Je savais que c'était toi, Donovan, dit-elle en posant la main sur son torse.

Ce simple contact lui donna le vertige.

— C'est toi qui m'as fait rétablir dans mes fonctions d'enseignante à la Barclay School. Je l'ai lu dans le *Daily Mail.*

Donovan esquissa un sourire railleur.

— Saleté de journal. Cette donation était censée être anonyme.

— Tu m'as tout rendu : ma réputation, mon avenir…, commença-t-elle en laissant maintenant libre cours à ses larmes. Tu m'as rendu ma vie.

Il inclina la tête et tendit la main pour caler une mèche de cheveux derrière l'oreille d'Elizabeth, puis il posa la paume sur sa joue. Il la regardait d'un air si sérieux qu'elle se sentait hypnotisée.

— Si tu le dis…

De nouveau, il essuya ses larmes, et elle laissa aller son visage contre la main de Donovan.

— L'ennui, Donovan, c'est que je ne veux plus de cette vie. Maintenant, ma vie est en Angleterre. J'ai accepté un poste d'enseignante ici, à Londres.

Les lèvres de Donovan s'étirèrent en un sourire si sincère que le cœur d'Elizabeth s'envola.

— C'est vrai ? se contenta-t-il de dire d'une voix étranglée par l'émotion.

— Oui. J'enseignerai l'anglais dans un lycée de Newham.

— Newham ? demanda-t-il en fronçant les sourcils. Ce n'est pas le même standing que la Barclay School.

— Cela te pose un problème ?

Pitié, pas ça. Je pensais que nous avions dépassé ce genre de choses…

— Absolument pas. Le lycée de Newham est en fait l'un de mes projets phare. La Fondation Darcy soutient plusieurs de leurs programmes éducatifs. Cela te surprend ?

Elizabeth songea qu'elle ne l'avait jamais autant aimé qu'à ce moment précis.

— Non, pas du tout. Je suis ravie, mais pas vraiment surprise. Je t'avais mal jugé. Je ne referai plus cette erreur. Je t'aime, Donovan. Je t'aime depuis le début.

— Dois-je en déduire que tu as changé d'avis ? Parce que mes souhaits, eux, demeurent inchangés, mais un seul mot de ta part suffira à me réduire à jamais au silence.

Il lui sourit de nouveau et soudain, elle n'eut plus du tout envie de pleurer. En réalité, elle avait l'impression bouleversante que chaque chose, dans sa vie, était enfin en train de se mettre en place.

— Au silence, *toi* ? Ça ne durerait guère, je parie, murmura Elizabeth d'une voix tremblante. Redemande-moi, Donovan. S'il te plaît.

Et alors, au beau milieu du ring, Donovan Darcy mit un genou à terre, sans tenir compte des poils de chien qui souillaient son pantalon. Devant un attroupement de juges stupéfaits, il redemanda à Elizabeth Scott de devenir sa femme.

Cette fois, elle accepta.

Attrape-moi… si tu l'oses ! - Natalie Anderson

Règles du premier rendez-vous

Par Nadia Keenan

1) Boostez votre confiance en vous : faites-vous belle.
2) Ne couchez pas le premier soir.
3) Si vous tombez sur un salaud, signalez-le sur « www.1femmeavertie.com ».

Après avoir découvert qu'on le traînait dans la boue sur le blog en question, Ethan Rush ne décolère pas. Alors, comme ça, il est un « serial dateur », du genre « un verre, une nuit… zéro nouvelle » ? Oui, il sait qu'il plaît ; oui, il aime séduire ; mais ça ne fait pas de lui un salaud ! Pour qui se prend-elle, cette Nadia ?
Hors de question de se laisser insulter de la sorte. Le plan de bataille est simple : mettre les règles de Nadia à l'épreuve, le temps de trois rendez-vous. Pas un de plus.

Il va tout faire pour lui faire changer d'avis à son sujet.
Elle est déterminée à prouver, une bonne fois pour toutes, quel genre de type il est.
Le jeu du chat et de la souris peut commencer.

)arcy, what else ? - Teri Wilson

: C'est une vérité universellement reconnue qu'une célibataire l'aube de la trentaine doit avoir envie de se marier. »
.a bonne blague. C'était peut-être vrai au XVIIIe siècle, nais, aujourd'hui, Jane Austen a tout faux. Elizabeth en st la première convaincue ; d'ailleurs, les hommes, l'amour, e mariage et tout ce qui va avec, elle les a soigneusement angés dans une petite boîte. Une petite boîte bien fermée et nterrée six pieds sous terre.
lon, vraiment, pour elle, c'est fini. Les hommes sont morts, ive les chiens ! Un chien, ça ne trompe pas, ça ne râle pas, ça ous fait toujours la fête et c'est content de vous voir. Et Bliss, a chienne adorée, le lui prouve tous les jours. D'ailleurs, c'est lle qu'Elizabeth a choisi d'emmener à Londres – de l'autre ôté de l'Atlantique ! – pour commencer sa nouvelle vie de ounou de chiens de concours.
lais, sur place, rien ne se passe comme prévu lorsqu'elle roise l'irritant et arrogant et désagréable et odieusement sexy onovan Darcy, milliardaire, éleveur de chiens de race.
t – accessoirement – membre du jury…

ROMAN GRAND FORMAT - A PARTIR DE 9,90€

Composé et édité par HARLEQUIN

Achevé d'imprimer en Allemagne
par GGP Media GmbH, Pößneck
en janvier 2015

Dépôt légal en février 2015